朱 炫 作品

持剑者心伤

Me and My
Broken Heart

CS 湖南文艺出版社
HUNAN LITERATURE AND ART PUBLISHING HOUSE
博集天卷
CS-BOOKY

目录
Contents

楔子

天地是无穷的雨，影影绰绰的人徘徊在四周，他看不清晰。

他想动，却发现自己被绑在铜柱上，视野里一片铁灰。

一阵剧痛。

他低下头，腰腹上一道见骨的伤口，流出的血滴在雪中，蒸发着腥味。

不知为什么，他一直在流泪，他想说求求你们，放过我好吗？

可无人理他，只有那些忽近忽远的笑声，像是从大地深处爬出来。

他抬起头，黑云密布的天穹上落下一颗燃烧的流星，砸入大地掀起剧烈的冲击波，化为一片深陷的盆地，从中生出藤蔓一样的黑色荆条，裹成一株参天的死树，黑色的树干忽地亮了，那是燃起的火焰如同它的血。

至大至伟的力量。

是宝相庄严。

黑夜的尽头不知何时燃起了长龙状的炬火，十万个身披黑袍的人匍匐着来，匍匐着赞美，匍匐着奉献。

"诸位，替天行道，我不入地狱，谁入地狱！"

有人抡起一把重锤砸中他的后颈，清脆骇人的声响，于是他的头深深垂下去，耷拉在两肩之上。

持剑者心伤

"杀了他！"

数不清的刀枪剑戟劈下来，血花飞溅，视野里只有一片血污。

他感觉不到疼，因为他知道自己在梦里，可是这个梦太古怪了。

大滴的鲜血落在地上，他睁开眼，从人群的缝隙里，似乎看见一个女孩，像是雪中的玫瑰，很冷，也很漂亮。

于是他伸出手，想拨开那些挡在面前的人，可他的左手只剩下半截，皮肉连着骨头，他又想开口让那些家伙滚蛋，可嘴里却只能发出"咝咝"的声响。

又不知为什么，他感到一种填满胸口的难过。

也许是那个女孩看着他的眼神。

"这个人，我来杀！"

她一步步走过来，攥着一条黑铁的链枪，起先只是小跑，到最后已是大步狂奔，划过空气的啸响吹散了雨幕。

他终于意识到自己可能真的要死了。

这世上还有比死更可怕的事吗？

有的。

"天哪，考试睡过头了！！！"

年轻人猛地从上铺坐起来，一头撞在天花板上。

第 一 部 分

爱之于我

七月小暑

1.

"别看了，鱼凡真没来。"

二十岁的时候，许卿记得是个夏天，他站在师大礼堂里，哀乐响得人后脊发凉，室友穆仁庄捅了捅他，知道他在找谁。

"死人面前发春，你心真大。"

今天是历史系女教师贾素丽的追悼会。

女人昨晚像是纸鸢一样从教学楼上跳下去，成了师大近三个月最大的新闻，上一次还是有学生在食堂的包子里吃出一只彩虹色屎壳郎。

警方说贾素丽是自杀，其实警方说什么都无所谓，作为"师大三丑"之一，贾老师即便死了也掀不起太大的风浪。

唯一不可思议的是学校里都在传，贾素丽其实只有三十五岁，可许卿一直以为她早就到了退休的年龄。

一个三十五岁的女人，却长了一张七十五岁的脸，如今又死了，这让许卿更加坚信师大的风水不好，比如男生宿舍的位置就挺凶的，一年四季也看不到对面女生宿舍的人洗澡。

"许卿是吧？裘主任让你去一趟办公室。"来了个学生传话。

许卿心里骂了声娘。

　　裴得解是许卿历史系的辅导员，兴趣爱好是突击查寝与促膝长谈，许卿一直认为裴得解很适合做思想工作，张嘴小周啊小王啊，闭口你这个思想啊，很烦。

　　推开办公室的门。

　　果真一副禁欲扮相，许卿猜想他可能至今还是个处子身，这体现在他的扣子永远系到顶端。

　　许卿走神望了眼窗外，下午的阳光很烈，又是个寻常午后。

　　无数个这样寻常的午后堆积起来，就是他所有的大学生活，然后他就会毕业，找工作，娶一个女人，生一个孩子，老死。

　　这个女人应该，大概，肯定不会是鱼凡真。

　　因为你无法想象那个冰刀一样的女孩有一天也会鸡皮鹤发，毕竟在师大里鱼凡真素有"雪山女王"的称号，而不论是"雪山"还是"女王"，都不应该在琐事中温暾老去。

　　怎又想到了鱼凡真？

　　许卿发现自己可能是魔怔了，喜欢一个女孩，就整天想她，糟糕的是师大想她的男人成百上千，这么多男人每天都在想，这股精神力量该是多么强大。

　　穆仁庄常说，你们这帮色坯要是在古代，那鱼凡真可以当教主了。

　　许卿表示自己可以当木驴护法，专门给教主侍寝那种。

　　"贾老师死之前跟我说，有东西留给你。"

　　裴得解张嘴第一句话，就让许卿目瞪口呆。

　　"留给我？"

　　他除了在贾素丽那门课挂过，就再没什么交集，这事来得太突然。

　　"你自己去拿吧，就在她宿舍，我也不知道是什么。"

　　姓裴的摘下眼镜，象征性地默哀了几秒钟，递给许卿一把钥匙。

　　关上门退出来，外边儿夏日晴空，也不知哪个农学院的学生在教学楼的花圃里种菜，空气里飘着一股淡淡的屎味儿。

　　"什么情况？"穆仁庄凑上来。

　　"我哪儿知道。"

　　许卿将事情说了，穆仁庄眯了眯眼："那我跟你一起去，没准很刺激。"

　　如果许卿知道穆仁庄这张乌鸦嘴黑透了，他当初绝不会选择跟这种人做朋友。

　　教职工宿舍五楼。

　　这个点老师都在上课，整整一层空无人影，凭空一股凉气钻着人牙眼儿地寒，许卿掏出钥匙开门，屋子里陈设如常，贾素丽常用的茶杯仍在桌上，再就是一张板床，被子叠得四四方方，颇为朴素。

"找找看。"

"在这儿。"许卿打开抽屉，发现里面躺着信封，写着"许卿"两个字。

这个信封显然被人动过，有撕开的痕迹，但对方似乎没有发现什么有价值的东西，毕竟里面除了一张字条，什么都没有。

"我估计是裴得解那个变态……等等，这是什么？"

许卿愣住，字条上是女人娟秀的笔迹——东经123° 34′，北纬41° 44′。

一个坐标。

"这地方在哪儿？"

脑后忽然一声轻笑，本来这笑声极小，一般人听不见，可这里一个人影也没有，四下里静得出奇，二人猛回头，就见有人蹲在窗户上，冲他俩招了招手。

从这个时间点开始，许卿的生活就算完蛋了。

2.

"你怎么上来的？"

理智告诉许卿，这里是五楼。

"飞。"

男人一件文化衫，一双露趾拖鞋，不到四十岁的模样，胡子拉碴，一头很久没洗的头发乱蓬蓬梳在脑后。

"你到底是谁啊？"

"师大每年都会给一批孤寡老人寄钱，我就是其中之一，领了你们学校四年救济款，领出了感情，得知有人死了，心里很痛，过来缅怀一下。"

"我这辈子头一次见三十多岁的孤寡老人。"

"你就是骗我们学校的救济款吧。"

"不是骗，是智取。"

男人说："我叫史封喉，来找一样东西，一样你们贾老师留下的东西。"

"这字条是你的？"

"比这个大。"史封喉翻箱倒柜。

"大哥你就是贼吧……"

正说着许卿嗅了嗅鼻子，有一丝焦煳味。

天哪，着火了。

"在那儿！"史封喉手指处，赤红的火光从墙体内部透射而出，火流在每一道裂痕中流淌。

"散开！"

男人一把抓住他俩，足尖点地，轻盈至极，眨眼的工夫就离墙丈远，裂石中又卷出一道狰狞火舌，黑红色的火炭向四面八方迸溅，所落之处熊熊燃烧。

眨眼的工夫，整间宿舍成了一片火海。

"开什么玩笑？！"

许卿意识到贾老师可能在墙里埋了个炸弹。

但那一刻他还是见到了一团明黄的焰光。

他从未见过这样的火，如此纯粹，仿佛炼狱中的业火，它并不是那种亮丽的、光明的东西，来到这个世上，似乎也只为了纯粹的燃烧，烧死所有的一切。

更诡异的是，他似乎曾经见过，也许这么说有些古怪。

许卿痴迷于火焰的跳动，几乎有些发愣。

"吓傻了吧你！跑！"穆仁庄狠推他一把。

砰！

凭空一股清气，是奔雷巨浪，也是太古铜钟，那是压缩后的空气由一个中心点炸开，形成可见的庞大气旋。

一屋子的大火也如风中残烛，刹那泯灭，只余下零零碎碎的火星飞扬。

"火……火灭了？！"穆仁庄大张着嘴。

许卿跌坐在地。

"搞了半天你在这儿。"史封喉搓着手掌。

整面墙皮剥落，当中裂开一条夹缝，熔化的混凝土中插着某种东西，赤红的身子立于火中，许卿第一次见到那东西，它看起来等待了许多年，化作一缕孤独的影子，枯坐在井底。

随后它飞起来，又冲许卿来了！

"天哪！"

许卿举手下意识格挡，忽觉手心一热，结结实实握住了什么。

一柄剑。

通体白色，剑柄白银雕花，一株死树雕刻其上，剑身笔直修长，没有剑鞘，而是一层血红气流包裹，又燃烧蒸发，露出里面火焰熊熊的剑刃，不多时火苗熄灭，余下一缕金红闪光。

"把剑给我。"史封喉伸出手。

许卿反应过来，慌不迭将宝剑抛过去，他从小就知道不是自己的东西不能要，尤其是这种邪乎的东西。

谁知那柄剑在空中打了个旋儿，又飞返回许卿手中。

"这总不能怪我吧！"

史封喉也愣住，大概没想到会这样，这宝剑如今有灵性一般，直往许卿手里钻，试了几次都是如此。

"看来这钱没法挣了。"

"这到底是怎么回事？"

"你还不明白？这东西就是为你准备的。"

史封喉脚下一蹬，直接从五楼翻窗而走，如白鹤振翅，翩然落地。

"May the Force be with you!（愿原力与你同在！）"

"他刚才是不是跳下去了？！"

第二回

雪山女王

1.

"我摊上事了。"

许卿感觉自己就像是去体检，医生说你的前列腺有自主意识想要离开你，那种感觉通常被人称为五雷轰顶，同时又有点蒙头转向。

白天一场火学校里天翻地覆，官方说是线路老化，可对许卿来说这又不单单是一场火灾，原本这柄剑从火中来他还只当是缺氧的幻觉，可史封喉从五楼跳下去，总不能是自己眼花了吧。

许卿知道这事不对。

穆仁庄说："这把剑没准还会幻化，你想啊，电影小说里不都这样吗，这东西会变成一个少女，见了你就叫主人什么的。"这让许卿想起那些网文高手，白天剑插在鞘里，晚上人插在剑里……

可为什么墙里不能直接是个姑娘呢，钻出来说我就是为你准备的。

凭什么人家的是美女，我的是一柄剑？

许卿摸了摸口袋里的小黑盒，心里五味杂陈，这是穆仁庄送他的霸王龙电击器。

穆仁庄花二百八在网上买了两台，自己留一台，送许卿一台，之所以这么做，是因为他从师大的救济款名单里找到了史封喉的地址。

"我认为这人知道不少秘密，我们可以亲自去问他，如果他是正义的一方，我们就加入他，如果不是，我们就电他！"

穆仁庄始终认为这个世界上显然有一股神秘的力量，没准是超能力者，贾老师是他们中的一员，那个姓史的一定也是，他们顺藤摸瓜就会见到一个光头，光头说变种人的未来就靠你们了。

许卿说穆仁庄你的超能力应该就是变身成傻×，这是个很厉害的能力，你要好好珍惜。

这种无意义的讨论一直持续到傍晚，许卿出来买酸辣粉，卖粉的老板见他宝剑背身，顺口喊了句少侠，许卿说他是学校话剧表演，演令狐冲。

他以前看小说，最喜欢令狐冲，令狐冲有任盈盈，是妖女也是圣姑，男人都喜欢这样的女人，因为你不知道她什么时候是妖女，什么时候是圣姑。

他以为鱼凡真就是这样，当然这也只是他以为，在那天晚上之后，他压根就再没跟鱼凡真说过几句话。

说起那个晚上，记忆就像是隔了一层水汽，显得不那么真实。

许卿还记得那是个雪夜，雪花落在四合院的屋檐，勾了一道浅浅的银边。

2.

大一的跨年夜，学生会在胡同里租了间四合院庆祝，可许卿却要走了，他只是个普通得不能再普通的人，本不该参加这样的聚会。

身后的屋子里人声鼎沸，却显得很远，尽管穆仁庄仗着自己是学生会主席，领着他进来，可整个晚上他除了一个人缩在角落里吃香肠卷，实在没别的事可做。

现在他要走了，也没有人注意到。

砰！

不知谁家放的礼花袅袅升入夜空，远瞅着像海里上浮的水母，他仰起头看得入神，视线尾随着淡金色余光洒下，才发现院子里其实一直站了一个人。

是个女孩。

堆了一个极丑的小雪人。

她到底是什么时候来的，没有人觉察，似乎她就应该在那里，站在一片鹅毛状的夜雪中，仓皇冷艳。

"好看吗？"

"好……看。"

“谢谢，但我觉得很丑。”

许卿才明白，她指的是那个雪人。

“今天雪好大。”

许卿愣在那儿，不知该怎么回答，他觉得自己的世界忽然变得很安静，静得能听见雪线落在鼻尖的声响，他想说同学你谁啊，你从哪儿来啊，你往哪儿去啊，你有没有男朋友，是不是空虚寂寞冷，需不需要有人在你来"大姨妈"的时候给你送热水瓶啊，他想尽了一切办法留下一个好印象，却只闷闷地说：

“天气预报说今天大雪偏北风五级。”

糟透了。

“你也是学生会的吗？”

“嗯。”许卿撒了个小谎。

“我不是。”女孩想了想，“我是来喝酒的。”

她这么说的时候丝毫没有享受跨年夜的兴奋，只是随手褪下大衣，露出一件丝绒礼裙衬里，纯粹的白像是一片裁下的新雪，皮带上点缀的玫红又好比冻了霜的玫瑰。

“你要走了吗？”她问。

“嗯。”

“没人理你？”

“也不是啊……啊哈哈……啊哈哈。”许卿挠着头，“我有个朋友是学生会的，拉我过来说有不少好东西吃，然后，我吃饱了……”

“没人理你。”女孩看着他。

许卿没作声，他觉得自己像是被人揉碎了，又展开来，一览无余了。

“你要没什么事，就陪我喝一点吧。”

“我？”

她甩手把大衣丢过来，算是回答，又一把挽住许卿胳膊，黑色的罗马鞋大踏步踩过积雪，发出咯吱咯吱的声响。

许卿的世界停止了。

其实现在想想，他认识鱼凡真的过程也就这么简单，没有什么天崩地裂，也不见落雨纷纷，无非是一片雪中，走来一个人。

于是你任由着被领进屋，眼见着屋内的喧哗安静下去，像是一柄冰刀插进沸水。

一双双嫉妒羡慕的眼光投来，心中层层的窃喜与得意，你登上了人生的顶峰，成为众人的焦点，师大的"明星"，派对的"宠儿"。

而实际上在那个晚上女孩并没有怎么说话，她始终静静地坐在对面，大多数时间都盯着窗外的雪。

有时候你会觉得她其实并不在宴会之中，而是一抹飞雪绕在时空之外。

可你的眼睛就盯着这一抹飞雪，反复地游弋，死也分不开。

后来许卿才知道，女孩叫鱼凡真，是他的学姐，师大的学生喜欢叫她"雪山女王"，是说她性子冷冽，偏生又姿容美艳，自然是登山者众，坠崖者无数。

至于为什么是许卿，又为什么是那一晚，没有人想得明白。

实际上连许卿自己都没明白。

他只知道，如果那晚自己早一分钟离开，也就不会认识鱼凡真，更不会喜欢上她。

但人这一生许多事，往往都少了这一分钟。

这个世界很多东西都是注定的，得到与失去都是。

如果你知道这一切终究只是泡影，你是否还会想要开始？

"会的吧，毕竟我是个傻瓜。"

许卿停下脚步像是自言自语，这让他从回忆中醒来，一抬头才发现场景熟悉。

这是昨晚贾素丽坠楼的小巷。

傍晚时分巷子里显得分外幽冥，许卿不禁打了个哆嗦，视线扫过，头皮"嗡"的一声发麻。

好死不死，有人堵在巷子里。

"裘老师……下班啊？"

普通教育刀法

1.

裘得解站得笔直，拎着公文包，目光远比往日凛冽。

"贾情珍果然狡猾，拿小字条糊弄我，原来剑一直就在我眼皮底下。"

"贾情珍是谁？"

"就是贾素丽。"

"你这不等于没说吗。"

裘得解搓了搓手，幽幽道："把剑给我吧。"

"好的！"

许卿说这东西我也不知道是什么，糊里糊涂就拿了，但我知道你们一定是某个神秘组织，我不想惹麻烦。

自从拿了这柄剑，他突然意识到没准真给穆仁庄猜中了，但不管是神秘组织还是外星人，他都不想惹。

宝剑在空中划过一道弧线。

裘得解一把接住："多……"

谢字没出口，那东西荡开一声龙吟，二人慌忙趴下，等狂风散尽，宝剑又握在许卿手中。

"哦，我明白了。"裘得解扫了眼，"天穹炎剑选了你。"

"炎……什么剑？"

裘得解的目光里透着一股寒气。

"那我只好杀人取剑了。"

等等……杀人？

杀什么人？

许卿心想《今日说法》你没看过吗？撒贝宁你不认识吗？

裘得解走前一步，从公文包中取出一物，长五尺六分，阔一寸分余，通体红木，其上隐约有红褐色斑点，多是风干后的枯血。

一柄戒尺。

只是相比普通的戒尺要长上一大截，握在裘得解手中倒更像是一柄斩马长刀。

"许卿同学，此乃普通教育刀法，得罪了！"

言毕他连续挥尺，有如鬼神挥刀。

"裘老师饶命！"

许卿心道这都什么玩意儿，奈何戒尺挥出道道风墙，直劈面门。

"只有受过一种合适的教育之后，人才能成为一个人。"

这是捷克教育家夸美纽斯的名言。

许卿飞在空中，感到人中一热竟是鼻血，意识在暴怒的狂风中支离破碎，吞吐着血沫，那些风墙压在脸上，让他不能呼吸。

有时候死就是那种突然而来的想法，脑子里迸出一个声音"死！"。

但你一想到，你还没有一个心爱的姑娘，你死了，连个哭天喊地的人都没有，你就会流泪。

一道刺眼的亮光劈入，像是混沌初开，无穷的光明从口子里浩浩荡荡地涌进来，汹涌的空气猛然钻入他鼻孔。

"怎么还哭了？"

他睁开眼，对上一张梦寐以求的脸。

女孩居高临下，冷色的裙摆在风中猎猎舒卷，宛如奥丁神话中的女武神瓦尔基里。

"鱼……凡真？"

2.

许卿一直觉得鱼凡真的眼睛很好看，包括她现在怒视裘得解的时候也一样，明亮透彻，好比泼了勺月光。

　　他开始明白穆仁庄平常说他饥渴是对的，自己心底这头小鹿该是嗑了药的，所以发情才完全不分场合。

　　"武林神剑，先到先得，我劝你不要多管闲事。"裘得解恨道。

　　"我的事从来不是闲事。"

　　鱼凡真咬着牙解开上衣，抽出腰间"皮带"，指间一抖行云流水。

　　那是一根黑铁锁链枪，雄浑内力汇于铁尖，隐隐有雷音震耳。

　　原来鱼凡真也不是看起来那么简单。

　　"这破学校都什么人啊……"

　　"啊！"

　　鱼凡真吼出一声英文，这一声走到高处，奔流内力沿高音灌入锁链，与女孩身形连成一线，射出一道丈长黑影。

　　砰！

　　枪头入墙，后者如纸糊般向内凹陷，掀起的土石破碎纷飞。

　　"五元音枪？！"裘得解大惊。

　　据说此种枪法脱胎于英语五大元音，在重读开音节中发长音，攻势则高昂激越，在重读闭音节中发短音，攻势则迅捷如雷，电光石火。

　　枪头呼啸而过，掀卷狂风，裘得解堪堪避开。

　　"英语有五个元音，我们有的是时间谈心。"

　　余下几个音符接踵而至，果真如雷贯耳，音调中锁链枪头飞追而来，裘得解左右劈尺，面不改色。

　　u！

　　眼见无法破局，最后一枪提前催动，是深渊之蛇，也是暗夜长锋，力量被挤压成一点，再由一道直线刺出！

　　"德育式！"

　　水银般的文字从尺身上升腾，正是法国教育家卢梭的《爱弥儿》。

　　裘得解抡起戒尺兜头劈下，这一"刀"仿佛有卢梭威严灌顶，一尺挥出千丈狂风，音枪速度登时减慢，悬停于空中，似乎那风波有形有质，胶水一般滞塞了枪势。

　　鱼凡真目瞪口呆。

　　"你不懂卢梭。"裘得解笑，"我如今充满了对学生的爱，你如何伤得了我？"

言毕伸出一手，将滞于风中的枪头轻轻摘下。

"先师卢梭，还是太过温柔，对付你们恐怕不够。"

潮水般的念咏声响起来，初听含混不清，却隐含韵律，有法会梵音之妙，再听则清晰可辨，每一字都如烙铁，滚烫地敲在戒尺上。

"谁耽误了时间，就让他失去享受；谁做了坏事，谁就没有资格快乐；谁不节制，谁就得到苦药；谁讲话，谁就被逐出教室。"

这段话出自德国教育家赫尔巴特的训育理念，他将训育分为限制、奖励、责备与惩罚四个阶段，裘得解直接祭出最后阶段，足见功力深厚。

"惩戒式！"

相传"普通教育刀法"是一门严苛的武功，以戒尺为长刀，从古今教育理论中提炼内力，当年刀圣陶行知赴美留学，在布鲁克林桥下拜谒美国教育名家约翰·杜威，拱手求教，何以西方教育刀法百年来后起直追中原武林？

老人笑答："无他，普通尔。"

言毕一刀劈开哈得孙河，拂袖而去。

陶行知醍醐灌顶，普通，即普通人也可练，普通人也可学，暗合现代教育，以人为本，人人有学上，人人有书读的大道。

于是深感中原刀法本末倒置，回国后，潜心钻研西方现代教育理论，在古法的基础上，推陈出新，才有了这一门绝强武功。

当下只见裘得解出招后，狂风起落宽广如波，小巷内飞沙走石，墙壁崩裂，鱼凡真脸色阴郁，自知不敌也只得以五元音枪迎风硬上。

"幼稚！"

男人劈斩般挥尺再送一道风波，扇面展开化为一堵风障，其间有光羽般的浩瀚文字，正是赫尔巴特的代表作《普通教育学》。

轰隆巨响入耳，鱼凡真眼见迎面一堵风障将她死死拍在墙上，裘得解挥尺不止，风障层层叠加，她整张脸像是贴在玻璃上，只怕要不了多久，就会被活活挤死。

"许卿……跑……"

"叫爸爸！"

这一声开天辟地，许卿忽然单手翻飞，他已经不能忍了。

裘得解并不知道自己冒犯了一个纯情少男的底线——

欺负我可以，但不可以欺负我的女人。

3.

霸王龙电击器。

据说可电死一只成年霸王龙。

许卿也没想到穆仁庄交给自己的道具如今会派上用场。

电击器尖头嗞嗞作响，抵着裘得解后臀，再近一分就要电个痛快。

"爸爸！"

纵然姓裘的武功盖世，可防得住刀枪剑戟，却也吃不下这近身电击。

"儿子！"

剧烈的电流化作一道白雷闪电，从后臀钻入，整片括约肌都处在针刺般的痛苦中，裘得解这一吃痛，鱼凡真算是解了围。

"我都喊了你怎么还电！"

"让你喊爸爸，又没说不电你。"

裘得解说："许同学你不要误会，我做这些真的都是为你好……"

"闭嘴！你，还有贾老师到底是些什么人？"

许卿原本不想管这些，但今天的怪事实在太多，也许裘得解压根不是地球人，也许鱼凡真也不是，包括那个史封喉，到现在为止，所发生的一切都超出了他的理解范围。

"实际上整件事……"裘得解话没说完竟筛糠似的抖起来，弓成个虾米模样，电流在他头发上喷出一股白烟。

"怎么他妈又电啊……"男人翻了翻白眼晕死过去。

"说起来你可能不信，这次是电击器自己动的手……"

嘿，穆仁庄买的什么劣质产品。

竟然漏电。

许卿愣了愣神，扭头才发现鱼凡真已经凑了过来，此时两个人近极了，仿佛呼吸都堵住了。

"你就是许卿吧。"女孩抓住他双肩，"我是来帮你的。"

就凭这句话，许卿觉得今晚的一切都值了。

第四回

尹志平拿了屠龙刀

1.

"我记得你，你是历史系的，我们在跨年夜上见过。"

"学姐你还记得我？！"

许卿以为鱼凡真这样的女孩并不会记住他，因为她身边总是有一群人，想要在这一群人里脱颖而出的难度不亚于中国队勇夺世界杯，而且还是蝉联。

可鱼凡真不但记住了，还专门为他而来，这就足以让他神魂颠倒。

感谢上苍，让我遇到了这柄剑。

感谢这柄剑，让我勾引到了学姐！

"你相信世界上有武功吗？"鱼凡真打断他。

"武功？！"

"吓着你了？"

"也不是……但你们这个五元音枪，还有什么普通教育刀法，就算是在武侠小说里也没有这么离谱的招式吧。"

鱼凡真说，天下武功，都是招式为形，内力为本，而内力的修炼来自对外界的感悟，既然社会现代了，武功的招式自然也会与时俱进。

老实说许卿什么都没听懂。

他从小看过的武侠故事不少，笑傲江湖独孤九剑，金毛狮王倚天屠龙，个个都精彩绝伦，试问中华大地的少年儿童，谁不曾有过大侠梦，可若真说现实里有这些飞天走地，神功内力，那怎么着也不得信，毕竟不符合常识。

"萧峰的降龙十八掌，一招出手，有一万斤的力道，张无忌的乾坤大挪移，可以使人凭空飞行，哪一个符合常识？"

"萧峰和张无忌……是真的？"

"当然假的，都是虚构的人物。"女孩摇头，"但我可是真的。"

为了证明，她捏起一团餐巾纸放在掌心，发功之后，纸团竟穿透了树干，留下个拳头大小的孔洞。

"方才我掌心里的就是我的内气，也叫内力。"

所谓武功就是对气的运用，鱼凡真将内气覆盖在纸团上，它就成了杀人的兵器。

"那你们是不是还有门派？还是像 X 战警，有个什么学院之类……"

"什么都没有。"

许卿见她脸色凄凉，似乎不愿多说，只好改口："可我和这个狗屁武林也没什么过节，为什么裘得解要对付我？"

"因为你身后那柄剑。"

鱼凡真仰起头，一时威严不可侵犯：

"天穹炎剑，武林神器。"

2.

每个武林都有神器。

每个武林人都玩命地寻找神器。

每个神器最终都属于那些不想要它的人。

所以神器很贱。

这一次武林的神器，就叫作天穹炎剑。

距今四百年的明朝万历年间，当时最好的铸剑师梅铁心以自身性命，投火打造了一柄绝世神剑，赠给他一生的挚友大侠杨广贞，据说此剑汇聚了天地正气，有光明伟力，故谁持此剑，谁就是武林至尊，天下无敌。

"杨广贞凭借此剑横空出世，一人扫平魔教，解武林于倒悬，传说他一剑挥出，整片天空都在燃烧，八百魔教众死伤殆尽，魔教彻底荡平，说到底都是这柄剑的功劳。"

　　也许正因为这柄剑太强，杨广贞灭魔之后，失去了强敌的武林再次陷入纷争，天穹炎剑自然成了人人觊觎的神器，为避免武林人争夺此剑，引发血雨腥风，杨大侠隐退于武林，带着神剑销声匿迹，从此无人知其下落，足足四百余年，天下太平，直到……

　　"直到现在这柄剑落在我手上。"

　　"没错。"

　　"所以我现在是天下无敌。"

　　"没错。"

　　"大晚上的你跟我说这些，不觉得尴尬吗？"

　　"尴尬。"鱼凡真点头，"但事实如此。"

　　"你把这柄剑说得这么厉害，那我怎么拿了一点感觉没有？"

　　"可能你武功是零，所以不管多厉害，乘以零，还是零。"

　　"…………"

　　许卿揉了揉太阳穴。

　　"我……还是不信。"

　　许卿想说祖国都要走向繁荣富强了，你现在跟我讲什么武林神剑，天下无敌，几个会武功的人，一个个听起来都好厉害的样子，叫我怎么相信，到底是饭不好吃，还是觉不好睡，我脑子短路了跑出去掺和你们这些事？

　　"随你信不信，你只要知道，武林中人想要你的剑，想了很多年。"

　　鱼凡真语气冰冷，根据武林的传说，但凡神剑认主，要想夺剑，只有杀掉剑主。

　　"你说的……到底什么意思？"许卿冷汗直流。

　　"尹志平拿了屠龙刀恰好东方不败很想要，就这个意思。"鱼凡真顿了顿，又摇头说，"不对，你还不如尹志平，你就是悦来客栈那几个因为摸了小龙女的手就被人打死的甲乙丙丁。"

　　"我谢谢你生动的比喻。"许卿抹了把脸，"可……杀人犯法啊。"

　　"武林人杀你，不留痕迹的方法光我就知道好几种，你是想挨个都试试吗？"

　　许卿仰天长叹，心想：我他妈连学习委员都没有当过，怎么就当了个天下无敌，更糟的是这狗屁无敌一点好处没有，既没有善男信女送钱也没有痴心小姐陪伴，只有一群五大三粗的家伙想要我的命。

　　"你也不要丧气，正因为这样，我不来了吗。"鱼凡真上前一步，逼得许卿后退，"我有办法让你把剑摘下来。"

3.

短短一句石破天惊。

许卿破涕为笑，忙问如何是好。

"贾情珍是不是给你留了个东西？"

"对，有个坐标。"

他自己和穆仁庄在网上搜过了，这地方在东北，沈阳以南的……某个地方，唤作灯塔市，普通人一辈子估计都没听过。

"恐怕你得去一趟这个地方。"

"等等……"

许卿忽然意识到，这事怎么会和贾老师扯上关系，方才鱼凡真还说天穹炎剑是武林神器，又怎会落在贾老师的宿舍里？

"以后你自然会知道，我只能告诉你，贾情珍死前见过我一面，她交代我，这柄剑必然会选你，但只要这一路我肯护送着你去坐标，一切就能真相大白，不仅神剑可以摘下，我也能找到我想要的。"

"这……"

这特么不就是佛祖告诉孙悟空你在五指山下待着，有个秃驴会来找你，到时候你保着他西天取经吗。

这么大的事发个微信说清楚会死吗？

"她就没说点别的？！"

"除了这些，她什么都不肯说。"鱼凡真摇头，"这个女人的秘密太多了，她为了守住这些秘密，宁愿带着它们去死。"

许卿无话可说了，他最恨这种戛然而止，沉默半晌后，忽然又问："可你见过尹志平背着屠龙刀还到处晃荡的吗？"

有句话说得好，人不作死，就不会死。

就算他答应了鱼凡真，稀里糊涂上路，但一路上指不定又有多少人虎视眈眈。

"你要想去，你自己去就是，我不如找个地方躲起来。"

"你还不明白？关键是你这把剑，没有它我去了也是白去！"鱼凡真头一回急了，许卿也是头一回见。

他愣了愣，想答应，又有些不知所措。

"别怕，我会保护你。"女孩攥住他肩膀，凑上来。

许卿的心跳猛地滞了一下。

"学姐，你刚才说你也能找到你想要的，你想找什么？"

"找个人。"

鱼凡真不愿多说，许卿也没胆子多问，他怕问完了，又得到一个他不想要的结果。

"信息量太大了，你……容我三思好吗？"

尽管鱼凡真信誓旦旦，可许卿总觉得有一团叵测的阴云以他为圆心旋转着，他现在只想回宿舍喝一瓶汽水，假装这一切都没发生过。

他转身想跑，又被鱼凡真一把抓住。

"你傻啊，不管你同不同意，学校都已经不能待了。"

鱼凡真犹豫了会儿，声音低下去。

"走吧，我带你去开个房。"

4.

一声惊雷响。

随后雷云舒卷，从云与云之间延伸出一道千米长的惨白闪电，如同天穹上的裂痕，原本漆黑一片的室内，骤然间一片亮堂。

裴得解睁开眼，只觉浑身都是电击后的刺痛，他记得下午在小巷被许卿偷袭了，然后就没了意识。

这里是贾情珍被火烧过的宿舍。

空气中原本留存着刺鼻的焦糊味，如今雷雨掀起的清风却很快将它们一扫而空。

"你醒了。"

黑暗中，有人站在窗前，是个男人，一张白净脸，一柄三尺有余的黑鞘长刀在身，凝视着瓢泼大雨。

历史上很多高手都喜欢看雨，尤其是夜雨，因为黑夜中无尽的雨滴让人变得平静。

但这个人不是，这个人只是在装 ×。

他一双眸子上尽是大片的白翳，如同蒙了一层水雾。

他是个瞎子。

"我不认识你，你找我干什么？"

"问你点事，剑是不是选了一个大学生？"

"是又怎样？"裘得解神色警觉，往后小退一步，"有个姓鱼的女学生在帮他。"

"五元音枪。"

"少废话，你到底什么来头？！"

裘得解猛然暴起，双手合十，他自恃内功深厚，仍可一搏，心中已经打定主意，不论对方什么来头、什么功力，先下手为强总没错。

高手过招，每一秒都是生死。

"砰！"

浓密的烟雾膨胀开来，一瞬间又扭曲分裂，凝聚成无数浮空的"子弹"，将裘得解体内经脉冲得七零八落。

"你这人真有意思，聊得好好的，怎么突然动手？"烟雾中传来个少女声音。

裘得解恍然大悟，方才出手的人并非白净脸，而是这藏于烟雾中的少女。

"不……不要杀我！我还有老婆孩子！"以一敌二，裘得解尿了。

"裘老师，你今年不是要转正了吗，一个月万儿八千的工资拿着，学校又分了房，你要这柄剑做什么？"

"神剑在手，天下无敌，那种快意又岂是区区工资能比？校长的位子给我也不换！"

"等你当了天下无敌，你就知道，还是校长的位子更好。"白净脸笑，"最后一个问题，贾情珍刚刚暴毙，这消息怎就传得武林皆知？"

"有人放出来的。"

"谁？"

"我哪知道，反正武林最近都在传，师大死的那个老师就是贾情珍，剑在她手上，我一开始还不信，可现在由不得我不信！"

白净脸点头，手中长刀出鞘，潮水般的黑暗遮去了刀势，裘得解"饶命"两字尚未出口便觉眼睑一股剧痛，那一瞬他以为自己要死了，却侥幸活了下来，然而经脉被刀锋舔过，早已瘫软在地。

"老板你下手太狠了吧！"少女捂着眼，好像疼的是她自己。

"走了。"

白净脸甩去刀锋血珠，头也不回地离开。

窗外又有一道惊雷。

无尽的黑夜中，飘散的雨滴使人宁静。

第五回

骑自行车的人

1.

大雨忽然而至，环路上掀起一层雨雾，那些远方的灯火显得斑斓迷幻。

二人挤在出租车上。

"我帮你安顿好就回学校，等你想清楚了就告诉我。"鱼凡真想了想，"我会在附近守着你。"

"好……好。"

许卿也不知说点什么好，他自然不至于幻想鱼凡真会和自己睡一个屋，但心里就是抑制不住地狂跳。

"学姐你这裙子真好看，是哪个男生送的吗？"

这话出口他就后悔了。

"我自己剁手买的。"

鱼凡真倒是不恼，只是"剁手"这两个字从她嘴里说出来天生就带着一股子寒气。

"原来学姐也会剁手。"

"那你觉得我私底下是什么样？"

许卿摇头，他以前觉得鱼凡真很漂亮，也很远，走在路灯下，一个转弯就不见了，像是书里来去无踪的仙家姑娘，捏个诀排山倒海那种，他想不出来仙家姑娘私底下做什么，也许她们每天醒来了就排山倒海，睡着了就俊美如画。

"我给你个建议，不要把女人想得太完美，否则有一天你费尽心机地得到她，又发现其实她也会有坏习惯和臭毛病，你就会后悔。"

鱼凡真想了想，不似开玩笑："总有一天我也会像那些大卖场里的老阿姨一样扑上去抢打折牛仔裤。"

"没关系，那我就和你一起扑上去抢，我力气很大的。"许卿认真地说。

女孩愣了愣，岔开了话题："你还是先挺过眼前吧，我总觉得不太对劲。"

"哪儿不对劲？"

"太简单了。"

鱼凡真说，宝剑出世之后，按说武林人都该知道在许卿手上，可第一个动手的却只有武功平平的裴得解，真正的高手仍然未动。

许卿心想武功平平你还不是差点被放倒，可他实在不敢说。

"没准这才是正常，可能武林人也想通了，一柄剑有什么用呢……"

说到这儿，许卿忽然愣住，他注意到鱼凡真的目光起了变化，警觉地盯着前方。

"学姐？"

出租车突然一个急刹。

许卿一头歪下去，只觉少女胸口的松软澎湃扑面而来，鱼凡真一张脸登时涨得通红："你！"

年轻人忙不迭抱歉，可一抬头也是愣住，见马路尽头一辆老旧的凤凰牌自行车逆行驶来，骑车人身着工装，车间工人的扮相，尽管往来车流如梭，却浑不在意。

一种说不出的诡异。

又见男人停妥车后拱手长拜，咧嘴笑了。

如你所愿，真正的高手来了。

2.

引擎轰鸣，捷达出租车喷出一串刺耳尾音，轮胎在地上烧出一道黑印。

窗外风驰电掣，两旁景物嗖嗖作响，速度绝对不慢。

"再快点！"鱼凡真神色紧张，如临大敌。

"说好的，甩了他给我两百！"师傅咬牙。

"少不了你！"

第一部分　爱之于我

"那家伙骑的是自行车，你怕什……"许卿话到嘴边却噎住。

"兵车锤·的卢。"

男人跨上自行车，身形压在车杠上，如此专业的骑车姿势搭配他的外貌，说不出地古怪，而更可怕的是他隐隐还在加速，不觉间竟已和出租车并行！

许卿瞥了眼仪表盘，指针已经过一百。

"你们跑不了的，还是停车跟我走吧。"

他脚下速度不减，脸上风轻云淡，的卢乃三国刘备名驹，素来电光石火，疾如迅雷，这一招恐怕正是以速度见长。

"这到底是人是鬼啊？！你们不会惹上了什么不干净的……"

面对不符合"常理"的状况，师傅也有些语无伦次。

"师傅我再加两百！"这回连许卿也慌了。

"好说！"

前方环路蜿蜒至天际，车少路长，师傅轰了把油门，出租车化为一发贯穿银河的子弹，斜着从土坡上飞起来，许卿整个人贴死在椅背上，他这辈子没坐过这么快的出租车。

"我的妈呀！"

许卿苦着脸说："鱼凡真你不是会武功吗，你倒是想想办……"

眼前的呕吐物划出一道精美弧线。

她竟然晕车。

捷达出租车猛然急转，刺耳的烧胎声直刺夜云，竟是漂移过弯！

"的卢，今日危矣，可努力！"男人大吼。

自行车猛然压向一侧，竟也漂移过弯！

"醉了。"许卿在脸上画着十字。

他见过不少人骑自行车，有倒着骑，正着骑，插着骑，或者坐在杠上鸳鸯戏水地骑，但烧胎漂移，这是第一个。

"许卿……你千万不能被他们抓住。"鱼凡真喘着气，因为惯性她死死压在许卿胸口，暖烘烘地发烫。

可眼下二人被困在车上，实际是一处死地，就算想跑又能跑到哪儿去？

"你跳过车吗？"

"我说没跳过你会笑我吗？"

许卿脸色惨白，他知道这么高的速度跳车必死无疑，可忽然就有一双手捧住了他的脸颊，月光似的眼眸迎上来，倒映着那头不知所措的小鹿。

"没事的，我说过我会保护你。"

咔嗒。

车门打开的声音。

下一秒许卿只觉一只脚踹在小腹上，将他整个人蹬飞出去，借着出租车漂移的扭力，竟比寻常飞得更高更远。

"我喜欢谁不好，为什么要喜欢她呢？"

这是许卿在空中最后一点想法。

第六回

行侠仗义，不存在的

1.

"这是几？"

有人冲许卿比出一根中指。

"我靠……"他有气无力地睁开眼，蒙蒙眬眬似乎躺在一张硬板床上。

"很好，你看得出我这根中指的含义，说明你不但意识清醒，而且逻辑思维喜人。"

外面已近黄昏，晚霞热烈，可许卿明明记得上一秒还在午夜的出租车上。

毛坯房内颇为简陋，头顶一台风扇摇摇欲坠，吱呀作响，日光灯管就是唯一的照明，照着墙上一张发黄的《星球大战》海报。

"你睡了一天。"

"你是那个骗救济款的？"

"不是骗，是智取。"

史封喉从墙上摘下灯管。

"我这把剑叫达思唯德，通达思想，唯贤唯德，最善于发现人群中的龙傲天，昨晚它感受到一股强大内力波动，在它的指引下我就找到了你。"

"我怎么可能有内力？"

"你不知道是正常的，很多人都不知道自己体内蕴含了内力，就像很多人都

029

不知道自己不孕不育。"

"我压根不想知道。"

"实不相瞒，你体内的力量远超常人，说你是天降伟人也不为过，反正你这种人在我们武林中就被称为——光之使者。"

四个字如雷贯耳。

"噢……"

"你不要高兴得太早！"

"我没有高兴……"

"光之使者虽然厉害，实际却是悲伤的英雄！因为你体内无穷的力量如果不加以引导，迟早会造成反噬，最终导致……肉体爆炸！"

"那个……"

"但是好在，我的剑法是唯一可以引导这种力量的武功！我可以教你，收费也不贵，每个月三千五，每天两小时教学，包教包会，满十二个月还送小礼品，学成之后，你就是真正的光之使者！"

谜一样的沉默如同雾气萦绕在屋内。

也不知过了多久，年轻人的声音幽幽响起：

"大哥，我在你眼里就是个傻 × 吗？"

2.

"我个人觉得这个骗术已经编得相当完美了，附近的小学生没有不信的。"

"我已经大二了！"

一道风波浩荡，男人足尖点地退开，许卿只觉胸口一疼，衬衣已被整齐切开，却不见任何刀刃。

"是剑气，虽然没有什么光之使者，但我的剑法没有骗你。"

原来这人也不是一无是处，既然他会武功……

"你也是来抢宝剑的吗？"

许卿握住剑柄退后一步，他有些后悔穆仁庄送的电击器如今不在身边。

"你不要冲动。"史封喉摇头，"我对神剑没什么兴趣。"

"哪有人会对神剑没兴趣？"

"北京房价都快七万一平了，你告诉我一柄神剑有什么用？"

"威风啊。"

"威风能买房吗？"

"你可以去抢。"

"房子怎么抢？"

"把户主杀了。"

"你这是智力正常的人说的话吗？"

"不是。"许卿郁闷，"那按你这么说，大家都别来抢剑了。"

"个人追求不同，别人想当武林至尊，那是别人的事，我管不着，我就想买房。"

"你既然不想要这柄剑，那你当初跑贾老师宿舍去干什么？"

许卿想起来第一次见史封喉的时候，他就在贾情珍宿舍翻箱倒柜。

"我这人各方面都堪称完美，除了一个缺点，就是贪财。"史封喉挠挠头，"这柄剑我不想要，可武林里有的是人想要，我想转手卖了……"

"你……"

"可惜现在没办法了，剑选了你，我就没什么好说的了，总不能……杀了你吧？"

许卿一哆嗦。

"你知道剑为什么会选我吗？"

这事情许卿怎么也没想明白，当初鱼凡真一句"神剑择主而事"就将他打发回去，可良禽也讲究择木而栖，你要说神剑选了周杰伦还算罢了，偏偏选了许卿，这让人不禁怀疑神剑的品位有一点低级。

"命数。"史封喉说，"命里有剑，选中了就选中了，为什么那只蜘蛛咬了蜘蛛侠呢？因为命里有蛛。"

他这种敷衍的回答让人实在懒得反驳。

"你认识贾老师吗？我是说武林中的她。"

"太湖明珠，我这个岁数的都知道。"

据说贾情珍当年也是苏州武林有名的侠女，长得一副好仪容，当时有不少人打着比武的名号，排着队只为窥她一眼，要不是十年前那件事，谁又能想到她会去夺剑呢，结果她成了武林的敌人，当年那些想娶她的，后来都恨不得杀了她。

"现在她真的死了，也不知大家满足了没有。"

史封喉轻叹："美人薄命。"

"十年前？哪件事？"许卿愣住。

"鱼凡真没告诉你？"史封喉也愣住。

许卿两手一摊，把昨晚的事又重复一遍。

"她说什么你信什么？就这样你就敢和她上路？"

"我还没上路呢，这不就遇到个骑车的丧门星吗！"

史封喉想了想："你知道三人夺剑的故事吗？"

许卿摇摇头。

男人叹息，娓娓道来。

"天穹炎剑自从四百年前被杨广贞带走不假，可说它一直下落不明，却并非如此。"

实际上它十年前就出现过一次。

当时苏州寒山寺一道冲天火光，武林人才发现神剑始终藏在寺中，可谁知却有三个人抢先一步将它窃走，这三人夺剑后就此失踪，至于他们到底去了哪儿，又发生了什么，一直是武林中一个谜。

直到前几天晚上，三人之一的贾情珍在师大死掉。

她这十年也不知发生了什么，面目全非，枯萎得像个老人，却因此避过武林人眼线，十年隐姓埋名，十年无人觉察。

结果现在她死了，这十年到底发生了什么，还是无人知晓。

"难怪这柄剑会出现在贾老师宿舍，可学姐干吗不说？她还说她想找个什么人，难道也是那三个人之一？"许卿拧着眉。

"你问我问不着。"

"最后一个问题，你知道贾老师留下的坐标，到底什么意思吗？"

史封喉眯了眯眼："我看起来像十万个为什么吗？"

许卿沮丧，忽然又意识到还有一件更重要的事情。

"大侠！你能帮我一起去救学姐吗？"

"你不怕死？那骑车的人唤作车行子，可是兵车锤的高手。"

车行子？

这什么鬼名字，可许卿也顾不得了，如今怕不怕死还重要吗，你总不能放着那个女孩不管，他心底的小鹿又开始活蹦乱跳了，女孩的样子像是零零散散的书页被风吹开，忽然他又觉得自己很蠢，那个人如今生死未卜，自己却还在想这些男女私情。

"男女私情怎么了？"史封喉笑，"世上的事，不是男人的事，就是女人的事，男女之事，多半都是情事。"

　　"也许吧……反正我想去救她，你到底愿不愿意帮我？"

　　"帮你可以。"史封喉起身拉上窗帘，凑到近前，"只要你肯出钱，别说帮你救人，帮你破处都行。"

　　"你要多少？"

　　"六千八，标准套餐包含打架救人击败反派头目，加一千可以让我用绝招华丽登场。"

　　"我没那么多钱……我一年的生活费才五千不到。"

　　"原来是穷苦人家，既然是这样……"史封喉感慨。

　　"我就知道你不会不管！"

　　"你丫洗洗睡吧，再见！"

第七回

车人一体

1.

如同隔了一层海水，车水马龙的声音也显得温温暾暾，最终完全地隐去。

北京西郊的红旗自行车厂如今只剩下一堆上了岁数的老厂房，杂草丛生，到了夜晚整个区域不见星点灯火，打外面看只有黑乎乎一片。

眼前就是车行子的巢穴，史封喉虽自己不来，却也把地址告诉了许卿。

他瞅了眼厂区深处黑洞洞一片，吞了口口水。

自己一个人去救鱼凡真，会有胜算吗？

"我他妈一定是渴疯了。"

穆仁庄如果在的话大概会抽他一耳光，他常说鱼凡真这样的女人生来是风云，风云要龙虎来降，许卿不是龙虎，许卿是大象，而有些事并不需要大象去做，比如天降英雄力挽狂澜抱得美人归。

大象这么做，不是英勇，而是冲动。

可世上的英雄救美，无不是冲动，若是想得太明白，懂得太清楚，怕是再难终成眷属。

"拼了！"

许卿迈过栏杆，硬着头皮钻进厂区，这个点厂房内空旷不见人，然而头顶的照明灯却亮着，水泥地反射着一片冷光，一路前行，再往下连灯也没有，只有脚步声轻微回荡，也不知拐了多少弯，终于听见了喧闹声响。

> 咱们工人有力量，
> 嘿！咱们工人有力量！
> 每天每日工作忙，
> 嘿！每天每日工作忙，
> 盖成了高楼大厦，
> 修起了铁路煤矿，
> 改造得世界变呀么变了样！
> 哎嘿！

是歌声，宏大的管弦乐中朗朗合唱，随后流水般的光明从浓稠的黑暗中倾泻而出，如同洪荒中开启了一道缝，浇在许卿脸上。

这是一座足有两个篮球场大小的生产车间，聚满了老老少少的男女，里三层外三层，都是厂内工人，差不离小一百人，仿佛一座竞技场。

又有人轻轻拨响了自行车铃。

合唱结束，全场安静。

人群陆续往两旁分开，似一把剪刀裁开白绫，所有的车灯汇聚于一点，缓缓走来的却是个茶色工装的"车间工人"。

正是昨晚袭击出租车的车行子。

"这么晚把大家召集过来，实在对不住。"

"师父太见外了，天穹炎剑出世，我等何尝不想一窥神剑风采。"人群中有人拱手。

据说厂区内按口号"安全生产，质量第一"，又分为八位长老，说话人正是"产"字辈长老，算得上德高望重。

"一窥神剑风采？"车行子摇头，"我看也未必，你们中有的人孩子要高考，有的人今晚要陪家里人吃饭，还有的人在忙着找厂里会计去开房，哪件不比神剑重要。"

众人一阵哄笑，有人吹起了口哨。

男人叹："可惜今晚的事，我希望大家都能在，做个见证。"

"师父，依我看这么等是等不来的，不如我们现在就去把那小子抓来！好叫他知道我们兵车锤的厉害！"

"不必，人已经来了。"车行子微笑，忽然拔高嗓门，"许同学，你敢来救人，难道不敢出来和我见一面吗？"

许卿浑身冰凉，他明明藏得很好，车行子也离他老远，怎么就发现了他？还是虚张声势，只是想把自己骗出来？

一双手开始不由自主地哆嗦。

该怎么办？！

可情势由不得多虑，耳边一阵罡风就感觉有人来了，不见气息，也不闻声响，如同一道雷光疾射，抬眼男人已到了眼前，居高临下地盯着自己。

他如此之快，也如此之从容。

"来！"

一只布满老茧的手拉起许卿，而后放声大笑，笑声震慑房顶。

年轻人魂飞魄散。

2.

"法治社会，绑架关五年。"

许卿咽了口口水，早被众人包围，逃无可逃。

"好，懂法。"车行子笑，"那我问你，你来做什么？"

"来……救学姐。"

"说得好。"男人点头，"英雄救美，就拿出点英雄的气概来，不要想着谈条件、找退路，否则还算什么英雄。"

咣当一声巨响！

天顶落下一辆老旧凤凰自行车，分外眼熟。

男人瞥了眼许卿身后宝剑，笑道："原来宝剑就长这样。"

许卿不敢动，任由他伸手抚过剑锋。

"确是好剑。"

他摸了摸许卿脑袋，反倒像个长辈："既然来了，那我们就直接谈正事吧，小伙子，你把剑给我，我让你把鱼凡真带走，好不好？"

"我也想啊……"许卿手中宝剑抛出，毫不意外地又飞返回来，俨然是个活物。

"传说中神剑认主，竟然是真的。"车行子感慨。

"实不相瞒，我是被迫的，只要我能摘下来，我一定给你。"

"我恐怕没这个耐心。"男人摇头，"今日我不动手，明日你落在别人手上，我就没机会了。"

"你疯了吗？这无非就是一柄剑而已！"

"武林神剑，天下无敌。"男人笑，"它怎是一柄剑？"

"你几岁？"

"你有梦想吗？"

"我的梦想是混吃等死。"

"那也算个好梦想！"车行子叹，"我知道，你觉得我脑子有病，可是我十岁学武，练了这兵车锤，如今做到掌门，既没见过刀光剑影，也没见过血雨腥风，说什么英雄长剑，可我今年已经四十五岁了，男儿的英雄梦都要醒了。"

说完盯着许卿，眼中飞过一丝神采："但眼下忽然有一柄神剑唾手可得，执剑者天下无敌！换了是你，你要不要？"

他大笑一声，手中自行车杀气横流。

"江湖儿女，若不能天下无敌，不能风云激荡，不能快意恩仇，岂不是一生饮恨？这是我最后的机会，所以我今日就要杀一个人，抢一柄剑，当一次武林至尊，否则我死也不会瞑目。"

许卿知道这没的谈了，这人是个中二病。

他退后一步握住剑柄，尽管不会使，可这剑改回去至少也算一件兵器。

总不能坐以待毙。

"好，想打就好！"男人咧嘴笑了，挥了挥手，周围人自觉散开，"许少侠，我们用武林的规矩解决，胜生败死。"

车行子一手握紧车杠如古时武将选摘兵器，竟将那辆自行车拎起来，抢在手里掂了掂，简单舞了个圈。

真的要打吗？

许卿心头一冷，他环顾四周也没见到鱼凡真身影，她现在到底在哪儿？

对方却容不得他犹豫，脚下一蹬早已高高跃起，手中铁车如锤，从天而降！

细密的鼓点响彻心间，一道杀气扶摇万里。

"兵车锤·乌云踏雪。"

乌云踏雪乃三国猛将张飞的烈马，生性刚猛，据说离地就要死人。

"长坂桥头杀气生，横枪立马眼圆睁！"

车行子吼的是《三国演义》第四十二回的开头诗,万钧之力劈头盖脸地砸下,乍一看豹头环眼果真有张飞气象。

"哇呀!"

许卿大叫一声,举起宝剑想要硬挡!

他心想没吃过猪肉,还没看过猪跑吗?动漫电影看了这么多,剑招不就那么回事吗!

他错了。

那不是武功,那是从天而降的山峦,所谓兵车锤,车是锤,锤亦是车,端的是刚力无匹,以许卿一介书生,区区一柄剑,绝无胜算。

车胎压在胸口,年轻人只觉肋骨尽数断了,像是有人以铁锤将肋骨根根敲碎,他生平第一次喷出一口苦血。

"你……你也看到了,这柄剑根本没有效果!"许卿抹了抹血,"就不能放过我吗?"

"那是因为你不会武功,所以你使不动这柄剑。"男人笑,"换我的话就不一样了。"

"谁说我不会武功!知识就是力量……老子……老子是堂堂985大学生……"

"这才叫武功。"

车行子抬手一震,奔雷内力涌入车身,又被那脚蹬中轴、牙盘曲柄、飞轮后轴尽数吸收,不多时车体竟蹿起火苗。

好比血热到极致,化成了火焰。

"兵车锤·赤兔。"

车行子双手握住大杠,车与人化为一体,浓烈火焰升腾,瞬间就吞没了他,然而人在火中反倒越发凶狠,劈头盖脸地打在许卿全身各处。

许卿直飞出去,疼得几乎晕厥,青筋暴起在鬓角,一张脸上写满了痛苦。

骨头砸得粉碎。

"老实说,我很佩服你的勇气,但你我终归是不同的。"

车行子手中不落,喃喃道:"我们兵车锤上一代的掌门是我师兄,他和你一样都没什么抱负,有一天陪着领导去吃酒,一个人干了五瓶白的,最后死在酒桌上,我去的时候尸体上都是呕吐物,死得很丑陋。"

男人说:"许同学,我不知道你听了怎么想,但我很害怕。"

"因为你忽然发现人生就这样啊,和一个谈不上多爱的女人结婚,和一群算不上多好的朋友推杯换盏，然后一晃你就快五十岁的人了，你的一生就过去了三分之二，最后平平无奇地死去，那些同样平平无奇的人来参加你的葬礼，再过上几年，根本没人记得住你。"

"可我小时候听的故事不是这样的，都是少年英雄的潇洒，武林豪杰的厮杀，与杨广贞一剑铲除魔教的快意，我觉得那才是对的！我不想我死的时候，和我师兄一样平凡，你明白那种感觉吗？"

许卿躺在地上，奄奄一息，车行子缓缓走来。

"所以我问自己，为什么我不可以天下无敌？"

3.

"汉寿亭侯五关斩六将！"

车如战锤，侵略如火。

这一招刚猛却不失变化，以速度提升风力，风力鼓噪火势，总计五下重击，分别袭击人体的头颈胸腹腿，是要以一辆燃烧战车，将敌人从头到脚地碾过。

焰风斗转，原本就已重伤的身子再一次狠狠摔在地上，因为疼痛而蜷曲。

"救命……"许卿失神的脸贴着地面，觉得很凉，费劲地抬起一根手指，想把宝剑从手边拱走，这几乎是仅剩的力气。

他忽然有些害怕。

搞不好真的要死了。

原来有些事大象真的做不来，大象只要用鼻子吃香蕉就好了，其实想想还是活着好，活着就可以熬夜打游戏，可以看小黄书，可以幻想那个似乎永远也得不到的女孩。

说起来他为什么会来送死？

明明什么都不会，什么都不行，连四级都没过，人生的梦想就是娶个有鱼凡真五分姿色的老婆，养一条狗，打打游戏，每个月四千块钱，他这种人，和武林人真的是不同的，何必要嚷嚷着救人，又逞哪门子英雄？

然而想这些有什么用呢，他这不还是来了吗，跑来救鱼凡真，像一个傻 ×。

风吹过草原，所有的星星都在燃烧。

"你就要死了，不妨再看一眼你要救的人。"

男人揪起他的头发，许卿的脑袋难受地仰起来。

从车灯照不见的黑暗里传来链条转动的轻响，一人被吊钩当空吊下，铁链牢牢绑死双手。

鱼凡真。

她毫无知觉地昏死着，就像是睡着了一般，可半张脸却肿胀着，眼窝处是深深的青紫，那条冷色的裙子也被人撕开，本该是光洁如玉的肌肤上布满血污，有些是新伤，有些是旧痕。

鲜血滴在地上，在脚尖化成小小的一摊。

许卿张大了嘴，他不能呼吸。

像是走在一片雷雨中，一眼望不到边的黑云，世界是无尽的雨。

他不明白，明明说好的，是你保护我，为什么却成了这样？于是他睁大了眼，想看一看，这一切到底是不是真的，是否只是一场梦境，在梦境里那个女孩奄奄一息，而来救她的人眼看就要死了。

这一刻他忽然觉得胸腔里有什么东西火辣热烈，如同一泼浓血在喉咙里烫得发狠，又像是一把热刀在反复地剐，他无限地疲惫，太阳穴隐隐作痛，像是有人剪开他的筋，使劲地抽，又或者敲碎他的牙，钻着他的牙眼儿。

"到此为止了。"

车行子收敛了笑意，双手擒住后胎。

"温酒——"

男人深吸一口气，热焰又比方才旺盛了一倍不止，他举起车，好比一柄万斤巨锤，流火四溅，都说关羽勇如一国，乃万人敌，此言不虚。

"斩华雄！"

这是至强一击，也是最后一击，它会将年轻人碾成肉泥，再一把火烧去所有的痕迹。

原来人生真的就这样，很可能糊里糊涂就过去了。

你会死得很平凡，因为你本来活得就很平凡。

可你甘心吗？

"你说什么？"男人皱眉。

年轻人的嘴唇上下嚅动，听明白的车行子猛然愣住。

"为什么我不可以天下无敌？"

那是一道炽烈的火光。

以剑为中心，照亮了整座厂房。

第八回

执剑者天下无敌

1.

膝盖不耐烦地抖动，烟头甩手扔出窗外。

夜色下，三环上的车流像是被焊死在一处，连绵至天边的尾灯像一群红眼的蝙蝠，由于道路中央两车相撞，男女司机谁也不让，导致了大塞车。

诡异的是，原本争执的司机们不约而同探起头，他们的视线越过拥挤车流，齐齐望向天空的西北方。

就在刚刚，像是一股浩大的炎风从那个方向呼啸而来，短短数秒之间所有人为之一震，如同一把灼热的炭火浇在头顶，有人不自觉地尖叫。

到底是什么？

人们心有余悸地瞪大双眼，可那里只有一片宁静的夜云，仿佛刚才掠过的不过是夏季的阵风。

此时距离三环十五公里处，厂房入口前，一地枯叶纷飞，从建筑物深处涌出的内力有如黑色潮水，惹人窒息。

"希望还来得及……"

手提灯管的男人跨过栅栏冲入厂区，远空中橘红色的光焰在宝蓝色的夜空里张牙舞爪地摇摆。

厂区车间内。

车行子目瞪口呆。

"剑……"

挡住他攻势的，正是那柄天穹炎剑。

耀眼的火舌包裹着剑刃，一如它初次登场的模样，浩瀚的火流沿着剑身炸开，从中破开钢铁的剑锋，直扑车行子！

以火攻火，以剑对锤！

撤！

车行子脚尖点地，须臾退开，身后已是一片冷汗，若是慢上一分只怕早已断成两截，可许卿仅仅靠着剑风就将他整个吹飞，男人狠狠砸在石柱上，哇的一声吐出一口鲜血。

"好！天穹炎剑，天下无敌！"这反倒让他兴奋。

谁也不知道，年轻人此时脑中嗡嗡作响，眼前却是青石铺就的街道，两旁是冰冷漆黑的屋檐，屋檐上落满白雪，而雪中似乎有一簇一簇的火焰。

又有一股冷风灌入，眼前一座千年小镇，见不到人，也见不到任何活物。

许卿并不明白这一切是如何发生的，甚至忘记了前因后果，他睁开眼，只见到白衣的人提着一柄剑，踏过一地的尸体，走在小镇的街上，那些黑红的血从尸体上涌出来，溅在雪中，燃起无声的火苗。

白雪，火焰，鲜血与尸体，白衣提剑的人。

那个人在哭。

许卿听不见哭声，也不知那个人为什么要哭。

他只是孤独地，默默地，沿着青石古道，蹒跚在风雪中。

那一刻许卿感受到这柄剑有无穷的力量，剑柄溅出万丈的火星，化作一场火雨，洗刷着钢铁剑锋，俨然一头邪火的龙。

人与剑皆感到热切的喜悦。

兵车锤的弟子们却仗着人多，群情激动，蜂拥而上，手中的自行车本可以一击打穿整块岩石，然而在许卿面前，不过是些虫豸的挣扎。

"走！你们不是他的对手！"车行子大吼，声音淹没在潮水般的铃声中。

都说天下无敌好。

竟是这般好！

"来！"

哗啦作响的砖块轰然飞溅，那是一剑撕开了房顶，剧烈的气流化作狂风倒灌！

接踵而至的，是几乎掀翻天地的震动！

年轻人脚下一蹬，整个人便高高跃起，从未有人类能达到如此高度，黑色内力恰如斗篷一样张开，遮蔽了一切希望，在无穷的黑中，是熊熊燃烧的红。

包裹着剑身的火焰吞噬了负剑的人，只留下一抹焦黑的影子。

是那个叫许卿的年轻人，如今他与他的剑皆在火中。

"既然你那么想要天下无敌，今日我给你。"幽幽长叹从火中升起，许卿眉目低垂，不见眼神。

车行子退后一步，运足内力，他自恃武功深厚，即便对手是天穹炎剑，犹可一搏！

年轻人俯冲而下，化作一只火焰披身的猎鹰，羽翼之上火流飞卷，澎湃着一股怒意，也渗着一缕寒气。

是摧枯拉朽的一剑。

车行子旋身一拧，兵车锤逆势而起，堪称拔山之力，然而只一瞬他便愣住，一片肆虐的火舌中，对上一双寒潭般的眼眸。

他不是没见过可怖的眼神，但这一种却与以往的都不同。

你是在可怜我吗？

在绝世的神剑之下凡人的武功也不过是蝼蚁顽抗，他终将被这柄剑一滴不剩地抹去，然而此刻他并不感到恐慌，相反却想起了自己死去的师兄。

当年兵车门下，也是两个年轻人，一个练了兵车锤，一个却只想挣大钱，他们并肩躺在公园的假山顶看老头放风筝。

"师弟，天下无敌到底有什么好？"

"快意。"

"快意能当饭吃吗？你不能一辈子这么幼稚。"

他当然知道师兄说得对，这么多年每个人都这么说，他们说这是痴人说梦，说日子就是这样，哪里有快意？

人不能这么幼稚。

可车行子偏偏是个痴人，痴人的一生，无所谓幼稚。

"你不必可怜我！"男人忽然大笑，笑声直达天宇，"武林人的对决，本该如此！"

他几十年来无不是在等这般对决，所谓少年英雄的潇洒，武林豪杰的厮杀，确实本该如此，于是抡起兵车锤，山峦一般砸下。

许卿举手挥剑，不费吹灰之力，一剑之下车体竟成两截，切口处流火滚烫，与其说是被切开，不如说是被刀锋上的高温熔化。

"何必徒劳。"许卿静静地注视着他，再没了方才的慌张与恐惧，那双眼里是极纯粹的黑，也是极纯粹的清澈，仿佛暗夜森林中一口古井，不见一星半点的杀意，只有无穷无尽的疲倦。

"徒劳，当然徒劳。"车行子仍是笑，"可我这一生，宁愿徒劳！"

半截车身燃起明火，如一朵炽烈的蔷薇怒放。

他的双目神采奕奕。

"来吧，天下无敌！"

"好，成全你。"

许卿脸色未变，脚步却极快！飞驰中长锋破海，他根本不给车行子反击的机会，只求一击结果！

那一瞬车行子浑身的内力张开，手中车体焰光万丈，并不比天穹炎剑弱小，尽管他知道自己无论如何也接不下眼前这一剑，然而那又怎么样呢？

有些东西，何必问结果！

朔烈的炎风相互交织，酣畅淋漓，也无所畏惧，兵车锤燃尽生命的一击竟焕发出无穷斗志，如同所有试图天下无敌的痴人一般，他将所有的力量放出去，迎着那柄从天而降的火剑，大地为之震颤！

兵车锤·威震华夏。

"快意！"

厂区外奔跑的男人也不由得站住，远空的大火中笑声冲天，那是武林百年的余威。

"车大侠千古豪情，史某甘拜下风。"

男人躬身长拜，神情肃然。

2.

"我这是……怎么了……"

许卿愣愣地握着宝剑，不敢相信刚才所发生的一切，他像是从很深的水中浮出来，所有的画面都烟消云散，一瞬间掐灭。

这里是哪儿？

鱼凡真又在哪儿？

"师父！"众人见车行子受伤，一个个扑上去，后者整个人凹陷进墙里，恐怕已经废了，然表情安详竟是不见一丝戾气。

"学姐！"

许卿顾不得这些，手忙脚乱地冲上去抱起鱼凡真，女孩轻哼了一声，似乎还有意识，她伸出手搂着许卿的脖子，像一只遍体鳞伤的小狗终于找到了避雨的树洞，蜷缩着，肌肤外的血蹭在许卿胸口。

"别让他跑了！"人群愤怒了，蜂拥而至，群起而攻之。

许卿却没了刚才那股"神力"，剑上的火苗彻底熄灭，惊慌之中又发现自己方才断裂的骨头，竟也愈合了。

但现在并非琢磨这些的时候。

"为师父报仇！"

人群吼叫着追上来，厂区内无处不是金属撕裂的巨响，无处不是狂魔一般的火，碎石落下反倒溅起更多火星，负剑的年轻人抱着他的女孩奔跑在火中。

他们像是一对私奔的情侣，身后都是要阻止他们的人。

"闪开啊！别跟着我！"

"抓住他！他伤了师父！"

许卿心中叫苦不迭，明明是你们的师父先要杀我，怎么反倒是我的不对？！

"许卿……"

鱼凡真微微睁开眼，发现自己正被人抱在怀里，想要挣脱却浑身无处不是剧痛。

"你真的该减肥了！"

许卿挤了个笑容，额头汗珠如雨，他现在最后悔的是不该为了耍帅使用什么公主抱，早知道鱼凡真抱起来比看起来重那么多，就该找个小推车把她放进去。

杀气已触到后颈。

如果跑不动，就趴下来护住女孩，这样万一死了，学姐至少还会感恩他吧，清明节给他烧个纸糊的女仆之类，他脑子里胡思乱想，那些烈火熏得他睁不开眼。

"天哪，还真给你救出来了啊？"

史封喉举着灯管，满脸不可思议。

3.

"先走。"

史封喉推了一把许卿。

"你什么人？！你也是那小子的帮凶吗？！"

"我就是个收钱办事的。"史封喉正色道，"六千八，童叟无欺，指哪儿打哪儿！"

"大家别怕他，咱们人多！"

史封喉叹了口气，老实说武林中这种话他听得多了。

"其实逃跑也是男人的智慧啊……"

他扬起灯管："接下来我这一招，专取人双眼，正是江湖上失传的夺目剑，你们可要做好准备！"

众人一惊，又见史封喉果真舞了个剑花，虽是灯管却气势腾腾，偏生他面色从容，脚步不乱，更有高手风范。

一股杀气飙射！

夺目剑，专取人眼珠的凶残剑法！

众人念头一闪，慌忙双手捂眼。

孰料半晌过后，只有厂区内轻轻的风响，再抬眼哪还有人影。

"死骗子！"

一群人高喊着为民除害，举着自行车拼命追赶，可男人剑法不行，逃跑却是宗师，几番闪避，迅速远去了。

夜路中。

许卿听见背后人气喘吁吁，回头见姓史的一头汗地赶上来。

"他们没跟上来？"

"就他们？想抓我，没门儿。"

话音未落，许卿一拳打在史封喉鼻梁。

"你不是说不来吗？！我差点被他们害死！"许卿揪着衣领。

"我也是刚想通。"史封喉挣脱开，"你没钱，但你可以分期付啊，以后按月还，你这个月先欠我八百。"

许卿愣着说不出话，真不知道天底下还有这等无赖。

史封喉笑，又见许卿脸色苍白，浑身被汗水浸湿，似乎经历了极其痛苦的事情，忙问刚才发生了什么。许卿无奈，这才将宝剑的异象说了。

"果然是武林神剑，连你这种垃圾都能使。"

"少废话，先帮我看看学姐的伤势。"

史封喉走到鱼凡真身边，捻起拇指轻轻滑过对方脊背，女孩已再次昏迷过去。

"她伤得很重……"史封喉难得严肃，双掌又在女孩背脊上画了个圈，像是电视剧里常演的疗伤，嗞嗞冒着白气。

过了足足半个小时，额头也渗出热汗，最终史封喉长舒了口气。

"我现在将她瘀血化去，顺便帮她止痛，暂时没有大碍，但她丹田已损，内气反噬，全身经脉十去其九，恐怕车行子也下了死手，一早就废了她武功。"

许卿低下头，见怀中女孩眉头紧皱，脸上尽是黄豆大的汗珠，仿佛仍在噩梦之中，如今风干的血渍在半张脸上结了痂，暗红色的抹了又抹，下意识地，许卿用手轻轻蹭过鱼凡真脸庞，想替她刮去，又似抚摸一只受伤的小兽。

此时的许卿，心中既有怜惜也有恐惧，如果说之前的裘得解不过是小打小闹，那么车行子的出手，让他明白这伙人绝对是敢违法的狂徒，他总算意识到这柄剑的危险，若每一个出场夺剑都是姓车的这般厉害，恐怕他是活不到今年秋天了。

但眼下不是纠结这些的时候，他开口问："你的意思是，学姐现在武功都被废了？"

"不但武功废了，如果破损的经脉不尽早修复，只怕以后吃饭拉屎都难。"

史封喉并非危言耸听，习武之人一身内力由丹田而发，流进周天经脉，一旦受损，非但武功尽失，重者性命都要堪忧。

许卿揪着头发，只觉万念俱灰，却见史封喉点了支烟，一副欲言又止的模样，心中明白了七八分。

"你说吧，这次要多少钱？"许卿索性债多不压身。

"不是钱的问题。"男人皱眉，"那个人愿不愿意治，我也没底。"

"那你先带我去见他！只要能救鱼凡真，让我做什么都行，大不了我给他磕头就是！"说完背起鱼凡真就走，却被史封喉拦住。

"我就说还是钱吧！"

史封喉却面露难色，最终叹了口气。

"那个人在上海。"

第九回

泰山野种

1.

修摩托车铺子坐落在山脚，往来山民常来这里与老板客套，老板年纪不大，三十来岁，听说有个半大的小女孩常住在铺子里，生得娇俏可人。

"下雨了啊。"

风云吹拂着黑色的山壁，远空中已下起了雷雨，在山与天的缝隙，雷声如吐息。

"师父，我回来了。"

小女孩撩开帘子进来，搬了只小凳子坐下一言不发，片刻后她开始抽鼻子，豆大的泪珠从眼眶里滚出来。

"怎么了？"男人停下手中扳手，蹲下来盯着小女孩的脸，上面青一块紫一块，甚至头皮也因为撕扯秃了小小一块，渗出血渍。

"镇上的小孩都说我是野种，说我没爸妈，我不服，就和他们打起来了。"

"所以你打架了？"

"是他们先骂我的！"

"我是不是说过，女孩子不能打架？"男人脸色沉下来，小女孩低头不作声了，又小心地点点头。

"今晚你就别吃饭了。"男人拧了把湿毛巾随手丢给她，"自己擦干净。"

"可我没做错啊……"

"你还敢说没做错？别人骂你几句，你就动手打人？这谁教你的坏毛病！"

"哇！"小女孩再也忍不住，大哭着跑回屋。

压得很低的雨云终于落下了浩荡雨水。

夜晚，镇子里一声惨叫。

中年妇女不可思议地盯着自己的儿子，半张脸肿得几乎裂开。

"谁，谁打你的？"

那小子一脸茫然，摸了摸脸就号啕大哭，那晚像这样受害的小孩总计六个，个个被人扇成猪头，到头来也不知下手的是何方神圣。

细细的雨滴划过明月，清冷不乏困意，男人回到修车铺已是午夜，打了个悠长哈欠抬眼却发现早有人站在门口。

"你怎么又起来了？"

"我饿……"

他愣了愣，终于叹了口气："好啦乖囡，我给你煎个鸡蛋。"

一老一少就搬了两只小马扎坐在路边，午夜里安静极了，郁郁葱葱的松林中只有雨点落在棚子上的响声，远空中的山峦明暗不清。

"师父，你出去过？"

"睡不着，出去遛遛。"

"噢……"小女孩小心翼翼地咬了口鸡蛋，"师父，我真的是野种吗？"

"我把你从长春观抱回来，你可不就无父无母吗，在别人眼里，这就是野种。"

"噢……"小女孩的嘴巴贴着碗边。

"又哭，没出息。"男人伸手刮了刮她鼻尖，"你管别人怎么看呢，这世上的蠢人那么多，你要是太在乎他们的想法，反而活得不快活。"

"师父你说的……我都听不懂。"

"好好，不聊这些。"男人眨眼，"等我挣够了钱，过上个几年就送你去城里念书，以后你就去当医生、当律师、当大明星什么的，你要不喜欢啊，我就把铺子卖了，陪你去城里开个花店，师父给你看店，好不好？"

小女孩噘着嘴不回话，脸耷拉下来。

"怎么，你不喜欢？"

"师父答应我的事，从来就没有做到的。"

"我答应你什么了？"男人愣了愣，这才想起来，"噢噢……看长颈鹿对吧？我保证这周末就带你去。"

"好——"小女孩破涕为笑，"就这么定了！"

稚气的声音回荡在朦胧雾水间。

"长颈鹿，个子高，细长脖子摇啊摇。"

男人仰起头，才发现雨已经停了，山区的雨来得快，走得也快，月亮从云里冒出来，将女孩一蹦一跳的影子拉得老长，片刻后那个小小的影子忽然跑回来，拉住他的手。

"师父，我明白了，我不是野种。"

她揉了揉眼睛，头靠在男人怀里。

"我有师父。"

山顶的黑云终于消散，一片月光凉如水。

2.

"我做了个梦。"

鱼凡真睁开眼，一片被烟熏黄的车顶。

隆隆的引擎声，窗外是飞驰而过的高速隔离带。

"学姐你醒了！"许卿一张脸出现在视野里。

鱼凡真才发现自己躺在许卿的膝盖上，她想动，可全身没有一处不痛，像是有小虫咬着穴位，更使不上丝毫的力气，就连抬起一根手指都难。

"我们这是去哪儿？"

"去上海。"许卿苦笑，"先带你治伤，然后我们再去东北。"

事情到了这个地步，许卿已经没有退路了，不是他想惹事，而是事在逼他。

眼下的计划只有和鱼凡真一路同行前往贾情珍留下的坐标地，早日把剑摘下脱身。

老实说许卿骨子里不是没有胆怯过，他恍惚觉得自己真的成了令狐冲，不小心拿了辟邪剑谱，武林人都想弄死他，好在身边还有个任盈盈。

"说到底世间的事，哪件不是情事。"

也许史封喉说得没错，如果你心里只有盈盈，那管他呢，武林神剑算个屁，天下无敌又算个屁，从头到尾，很多事一开始都是注定。

从你被神剑选中的时候开始，甚至从你遇见那个人的雪夜开始。

"到底发生了什么？"鱼凡真虚弱地问。

许卿无奈，只得把自己怎么遇见史封喉，又怎么雇了他的事都说了，安慰鱼凡真明天一早就能抵达上海市区，到时候就能把她的伤给治好，皆大欢喜。

"多谢。"

"你还真不用谢我。"史封喉头也不回，"是你男友的功劳，你男友为了救你，一个人冲进车行子的工厂，当时只见一人从天而降，剑法如仙，杀了个片甲……"

"你不会武功跑过去救我干什么！"没想到鱼凡真竟是生气了。

许卿低着头不说话，显得很委屈，可一想到女孩没有否决那个"男友"，心里又有一丝窃喜。

"他说的是真的吗？"鱼凡真又问。

"当然。"许卿来了精神，"我只用了三成功力。"

"说实话。"鱼凡真枕在许卿膝盖，仰着头剜了他一眼。

"好吧……当时宝剑忽然就给我加了个 Buff[①]……"

许卿把工厂里的事一五一十地道来，他只说自己一剑之下放倒了车行子，趁乱救走了鱼凡真，自己却压根不知为何能使出惊天的剑法。

"宝剑不是对你无效吗？我不懂。"鱼凡真目瞪口呆。

"没准他太爱你了，所以剑也感动了。"史封喉点了支烟。

"我没有！"许卿憋红了脸。

"如果方清浊在就好了，他们三个当年把剑带走，肯定知道这柄剑的猫腻。"

"方清浊？"许卿愣住。

"当年取剑失踪的三个人里，有一个人叫方清浊。"

许卿注意到女孩的眼神里忽然有某种细微的起伏，翻卷了会儿又退下去，成了一片灰蒙蒙。

"他是我师父。"

五音宗方清浊，十年前与贾情珍、林英雄三人一并从寒山寺取走天穹炎剑，至今已失踪十年。

这是许卿头一次听见他的名字。

"所以你说你要找的人……"

"贾情珍告诉我，到了那个坐标就能知道师父的下落，没准我师父真的在

---

① Buff 一词在游戏中的意思主要有两种：一是指增益系的各种魔法，这个词汇多流行于 D&D 跑团和网络游戏中，通常指某一角色增加一种可以增强自身能力的"魔法"；另外一个意思是指在游戏的版本更新时，对某一个职业、种族、技能等游戏内容进行增强。

那儿。"

也难怪她肯护着许卿，当初贾情珍死前主动表明了身份，交代了身后事，鱼凡真大惊之余，本想问个明白，谁承想女人当晚就自杀了，压根没给她机会。

"我没有别的办法，我找了他们三个人十年，现在这是我唯一的线索。"

许卿没作声，心底明白了不少，如今一个要找师父，一个要摘神剑，都指着贾情珍的坐标，理应如此，可贾老师为什么不直接一点，为什么要把一切的真相都藏在那个神秘的坐标后？

倒像是一只无形的手，故意把两人攒成了一对。

他实在想不明白。

"想不明白就别想。"史封喉苦笑，"先治好伤，有什么事以后再说。"

"还有几个小时才到上海，你不如睡一会儿。"许卿小声说。

鱼凡真无奈叹了口气，缓缓闭上眼睛，几缕刘海粘在额头。

许卿小心地替她拨开，静静端详这张脸，忽然有一种自私的想法。

他希望永远也到不了上海，什么宝剑，什么贾情珍，什么方清浊，管他呢，他和鱼凡真就坐在车里，红尘做伴，潇潇洒洒，还有个免费的司机。

"把你的手拿开。"

鱼凡真忽然睁眼，吓了许卿一跳。

"你胳膊压着我胸了。"

车内飘出史封喉爽朗的笑声。

第十回

衡山路纯情指法

1.

上海衡山路，夏。

许卿把剑别在腰间，身后背着鱼凡真，站在弄堂里，眼前一栋老式洋楼，门口一扇红色小门，虚掩着没锁，院中齐齐码放了好些花草，修剪打理妥帖，想必住在这旦的人颇为恬静。

时间推回半天之前。

昨夜史封喉玩命飙车，总算在一大早开进了上海市区，舟车劳顿，三人废话不说先找了家宾馆倒头就睡。

醒来已是下午。

"要想治鱼凡真的伤，你得找一个人。"

史封喉将许卿唤来，塞了张字条给他，上面写了个地址。

"我就问一个问题。"许卿说，"我目前背着宝剑，被邪恶势力视为肥肉，你这时候让我出去，人生地不熟，万一半途被人截杀，我跪还是不跪？"

"放心吧，哪有那么容易死，这次让你去也是为了锻炼你的革命意志，在逆境中求生存，实在不行，你可以和对方同归于尽嘛。"

"你有事瞒着我。"

"有个屁，你只要记住，到时候千万别说是我喊你来的就行。"

许卿皱眉："说了会怎样？"

"不会怎样，只是他脾气烈得很，到时候挨揍了可别怪我。"

许卿心想总不能是你的仇人吧，但事已至此也没别的办法，于是留下史封喉，自己和鱼凡真无奈出发。

上海的夏天有一股南方特有的潮湿烦闷，许卿浑身透湿，女孩饱满的胸脯压在背上，二人肌肤紧贴，又因汗水粘在一处，有些痒。

"你是不是还挺享受？"女孩冷笑。

"我很难受。"

"你那点心思真的不难猜。"鱼凡真叹，"我要吃冷饮。"

"你刚才怎么不说？咱们都走到这儿了！你知道我背着你……"

"你嫌我重？"

"我没这个意思……"

"我这脖子底下都是汗，难受死了，我要吃冷饮。"

许卿见她一身的伤痕至今连澡都没法洗，身上的血污又被汗水化开，红的黑的一片，狼狈不堪，无奈也只好硬着头皮再把她背出来，又在弄堂口买了根冰棍替她举着。

"你戳到我鼻孔了。"

"我这头也不能三百六十度转啊！"

"你觉得我真的能治好吗？"她忽然问。

"废话，治不好还得了，史叔说经脉碎了以后拉屎都难。"

刚说完许卿就后悔了，本以为鱼凡真会发火，可女孩只是轻轻咬了口冰棍，把下巴枕在许卿肩上，忽然沉默了。

夏日的热浪拂过弄堂，远方的蝉鸣仿佛某种儿时的哨声。

许卿才明白原来鱼凡真是在害怕。

"学姐，我有没有跟你说过我的光环？"

"什么光环？"鱼凡真愣住。

"我小时候有一次肠炎住院，隔壁床是个植物人老大爷，植物了很多年，结果我一去，大爷噌地醒了，当时就惊了，拉着我的手，说我是药师佛转世，有治愈光环，可以治疗身边的好心人，所以你也别怕，有我在，你的伤肯定没问题。"

"你都跟姓史的学坏了。"鱼凡真摇头，"肠炎病人和植物人怎么会住一个病房。"

"可能他是个得了肠炎的植物人。"

鱼凡真扑哧笑了，把冰棍塞进许卿嘴里。

"走吧，我不吃了，冻得脑袋疼。"

二人再回到洋楼前，许卿伸头瞧了瞧，这里怎么看也不过是个寻常住宅，墙上还有个大大的拆字，上海老城区有的是这种房子，一栋楼里住了七八户，这辈子的夙愿就是政府拆迁。

这里面的人当真治得了鱼凡真？

许卿鼓起勇气，蹑手蹑脚地上前敲门，无人应声，咬了咬牙，轻轻推开。

吱呀一声响。

"有人吗……"

举头四顾，这洋楼当真简单得不行，上下两层，也无甚家具，靠墙一个数米宽的巨大书柜，堆满了书，与其说是诊所，不如说是个书斋。

桌前又坐了个女人，四十多岁的年纪，一张瓜子脸，上好料子高开衩旗袍，纵使清汤寡水素颜朝天，可奈何底子美貌，别有一股玉兰清新。

"你们找谁？"

"阿姨，请问大夫在吗？我们是来求医的。"

"求医？"女人头也不抬，"你们找错地方了。"

许卿愣住，瞥了眼字条发现地址没错。

"笨，谁告诉你武林中治病的一定是大夫？"鱼凡真苦笑，"再说哪有你这样的，张口喊阿姨，哪个女生听了开心？"

"小姑娘的话我爱听。"

女人终于笑了，她这一笑，满屋子生光，就连鱼凡真也没有这般温婉。

许卿恍然大悟，原来史封喉说的"他"，实际应该是"她"。

从头到尾，指的都是个女人。

2.

"我叫云裳。"

许卿听过很多名字，但只有这一个称得上是片尘不染，不但片尘不染，性子也温和，哪有史封喉说得那么不堪。

"先把她放下来吧。"云裳瞧了眼鱼凡真，"让她先洗个澡。"

鱼凡真一听总算有个地方能洗去一身血污，眉飞色舞，又见云裳递了个眼色给许卿："愣着干什么，浴室在二楼。"

许卿支支吾吾，仍是不明白。

"她现在动不了，当然你帮她洗。"云裳嗔笑。

鱼凡真闻言登时脸色透红，尤其是她这会儿还趴在许卿背上，心中只觉二人间的肌肤相亲说不出地别扭，可越是别扭，身子越是滚烫，许卿脸上更早有一团红云炸开。

"云姐你搞错了，我们是同学。"鱼凡真这称谓用得恰到好处。

云裳"噢"了一声，似笑非笑，从许卿手里接过鱼凡真，一个弱女子竟不费吹灰之力，脚下一蹬跃上二楼。待鱼凡真进了浴室，就有哗哗的水声，许卿捧着茶杯坐在沙发上，竖起耳朵却什么也听不见，不多时女人走出来。

"泡澡了。"她坐在许卿对面，脸色和蔼，"我先说明，我是个写小说的。"

许卿愣住，心想这怎么疗伤？

女人不待他开口，又道："要我治她的伤可以，但你要给我个故事，什么故事都行，这就是我要的报酬。"

许卿抓了抓头，这倒是新奇，可他实在想不出有什么引人入胜的东西可说，一时犯了难。

"天穹炎剑，难道还没有故事吗？你就说这个吧。"

"你……你认出来了？"

"我又不瞎。"

云裳盯着他，再不说话。

挣扎许久，许卿吸了口气，只得将此前至今的一切都娓娓道来。

他语气不紧不慢，云裳也不打断，除了中途抿了口热茶，叙述的过程中，许卿感到曾经那些画面历历在目，恍惚间觉得是很久远的事情，而实际上却连一周还没到。

从师大的宿舍开始，到如今在上海。

就连他自己也发现不可思议。

待故事说完，云裳满意地点头，又兴冲冲打开笔记本电脑，噼里啪啦打字不停，可没过多久女人又停住，似是想起什么。

"我有个问题，你故事里那个傻大粗，他没名字吗？"

这"傻大粗"当然是许卿给史封喉取的诨号，用以反衬自己的光辉形象。

"噢，他姓史，叫史封喉。"

许卿想都没想就回答。

眼角一瞥，云裳竟没了踪影，余下一把微微摇晃的空椅。

完了。

我他妈是不是说漏嘴了？

浩大愤怒的内力瞬间充盈了整栋洋楼，似是一团登陆的小型台风！

"我好气啊！"

女人像一头发怒的狮子，两指如电，直刺许卿胸口！

3.

"我忽然……好想谈恋爱……"

方才云裳两指刺入他胸口，非但不疼，更由着那股指劲在体内游走，飘飘然之间又有怦然心动之感，仿佛置身一片看不到头的棉花堆里，无穷的舒适，却动弹不得。

"你放心，纯情指法从不伤人。"女人揉着手指，"都说一见钟情好，我今天白送给你。"

所谓纯情指法，实则脱胎于言情小说，号称以文笔练心，键盘练劲，多为女子所习，只因此功极其难练，多一分则滥情，少一分则绝情，若内功反噬，更受矫情之苦，故个中平衡，拿捏之准，非女子不可，若他日大功告成，则不论武学还是情感，皆可无为而为，所向披靡，是一门辅助系的现代指法。

眼下云裳这招"一见钟情"，正是指法中的起手式，中招后可使人直入初恋之境，忘却烦恼，代价却是全身麻痹，任人摆布，所谓一见误终生。

"云姐我说句实话，你和史封喉的事……"

啪！

许卿脸上已重重挨了一记耳光。

"不许提他的名字！"女人恨道，"以前有个人来我的婚礼搅局，最后拍拍屁股跑了，现在竟然还敢回来找我帮忙，你说这种人，是不是不要脸？"

"岂止是不要脸，这种人该杀！"许卿哭丧着脸。

"我也这么觉得。"

一股内力忽然送入许卿两腿之间。

阿姨使不得!

晚了。

许卿只觉浑身火烧火燎地发烫，仿佛回到了情窦初开的那个下午，阳光很暖，世界从此是黏的。

"我感觉我要爆炸了!"

初夜爆炸。

这招不必解释。

许卿此时也不知是该惶恐还是该尴尬，纳闷大家都是武林人，为什么人家是刀枪剑戟，你是生殖消灭，你好残酷啊!

他说:"再说冤有头债有主，你炸我干什么啊……"

"现在就把那个姑娘带走，再也不要回来。"云裳怒斥，"我管你是什么人，只要是他的朋友，我一概不治!"

许卿摇头，表示从这一秒算起，史封喉就不是我的朋友，他是我不共戴天的敌人，只要您一句话，我立马就去凌辱了他。

"如果你还是不同意，那你就炸吧，我跟你奉陪到底，只要你能把学姐治好!"

云裳见他一副满不在乎的神情，扬起的手反倒停住。

"好，那你让史封喉说自己是条狗，然后叫三声，从我门口爬过去，我就帮你相好治伤。"

许卿愣住，心说你这是四十岁的人说的话吗，这种条件谁他妈会……

"我是一条狗!"

许卿几乎以为自己听错了。

只因这一声来得太突然，突然得像一条杀出草丛的野狗，在窗外炸响，估摸着小半个街区都听得见。

史封喉不愧是练过武，三声"汪"字一声比一声响亮，最后竟直入云霄。许卿第一次听人学狗叫还学得如此雄冠古今，心生佩服，只是他突然意识到，原来那家伙一直都躲在门外。

他说不敢来，结果还是来了，可他来了，又不敢进来。

那一瞬间，许卿发现云裳忽然就不说话了，她的眼睛垂下去。

"我是一条狗!

"汪汪汪!

"我是一条狗！

"汪汪汪！"

也不知喊了多少遍，那声音终于没了。

谁也不知道，男人是否真的从洋楼门口爬了过去，毕竟云裳也没有开门，她只是站在那儿，像是被一道闪电击中，又像是隔了很多年，终于又听见那个人的声音，直到所有的波澜从眼中褪去，成为一片雾气。

"好，算他狠。"

女人别过脸，看不见是生气还是难过。

第 二 部 分

三生有界

处子回春

1.

病房在走廊的尽头。

这个点已是深夜，值班护士头埋在胳膊里睡觉，谁也没闲工夫注意这三个访客，他们看起来就像是一家三口，只是模样怪异。

女的婀娜曼妙，红唇紧致，一袭 OL 套裙紧绷，胸口衣衫几乎撑破，左右腿各三条皮带，分别位于脚踝、膝盖、大腿处，牢牢绑死，却掩不住小腿匀称，端的好身材。

相较于女人，男人则剑眉星目，不怒自威，一身黑袍更显英武之气十足，是侠者风范，偏偏手中捧着一台 PSV①，聚精会神地打游戏，一路低头不语。

二人身后跟了个面如冠玉的少年，手中一支玉笛，俊朗不凡，举手投足堪称"妙有姿容"，本该是武侠小说中的翩翩公子，只是这年头揣着玉笛满街走，就未免有些装 × 过头了。

"就是这儿了。"

推开门，病房内唯有一张单人床，呼吸机的声音轻轻鸣响。

"被打得够惨的。"女人啧啧感慨。

---

① PlayStation®VITA 是索尼的一代掌机，简称 PSV。

床上之人正是早前与许卿交手的车行子，后者并不知道自己那一剑劈碎了对方全身所有的骨头，从今往后仅有半截小指能动，如今不过是苟延残喘。

"兵车锤号称有劈山之力，怎会输给一个学生？"少年开口问。

"因为宝剑加持。"

"剑果真有神力？"

"当然。"

"以前你说我还不信，今日我是真的信了。"少年点头。

"武林危矣。"男人忽然长叹，又伸出一手，轻轻摁在车行子眉心，后者昏迷不醒，浑然不知这伙人的闯入。

"车大侠，实在对不住了，行大道，有时候需要一些牺牲。"

他这话说得诚恳，完全不似演戏，一双眼里几乎流出泪来，可他嘴里这么说，掌心却微微发力，见心率仪急促地跳动，代表着心跳的绿色线条仿佛地震一般波动。

肉眼可见的滚滚内力从车行子体内涌出，又水流一般汇入男人掌心，那些暴突的经络在皮下扭曲翻卷，进而转为死黑，干涸的皮肤裂开，车行子弓身抽搐，最终他安静下去，浑身上下干尸一般再不见分毫光泽。

男人深深吸了口气，眉目间隐隐有一股伟力，满面荣光，表情却悲怆。

"兵车锤算是绝了，我们终于走到这一步了。"他目光垂下，略有些怜悯地盯着车行子，又道，"让他这样活着，是不是太惨了？"

"你吸了人家内力，还有脸关心他？"女人冷笑。

"武林人落得这种下场，总会让人唏嘘。"言毕他挥了挥手，少年人点头，唇启玉笛，却非什么典雅的曲目，反倒让人哭笑不得。

高桥洋子的《残酷天使的行动纲领》（残酷な天使のテーゼ）。

此人虽只有一支玉笛，却似万千管弦乐声势浩大，曲声扶摇，众人只觉手背一凉，竟是雪花。

这雪花不似寻常，落在人体非但不化，更结出一层白霜，起先只有寥寥数枚，而后竟密如雪风，且只在这小小的病房中，一时桌椅墙壁冰凌幻化丛生，几乎要将皮肤钻出个洞来，男人低下头，眼见十指指甲统统冻掉，露出一片死肉，可他却连眉头也不皱一下。

"天下英雄，好死不能赖活，如果车大侠能说话，一定也会让我们这么做。"

男人叹气，话音刚落寒气褪去，待最后一片雪绒蒸发，周遭又恢复先前模样，只是病床上余下一摊冰水，这少年竟是将车行子活活融化了，又见他将玉笛一端放入水中，好好一支笛子竟被当成吸管，将那不知该叫冰水还是尸水的东西一饮而尽，恶心至极。

"老妖怪。"女人翻了翻眼。

"不拘小节，不拘小节。"少年人打了个饱嗝。

"眼下许卿在哪儿？"男人问。

"上海。"少年挠头。

"上海武林谁最厉害？"

"谁最厉害我不知道，但谁最贪钱我是知道的。"少年笑。

"好，今夜你发一道悬红，凡夺剑者赏，就开八百万。"

"这么多？"

男人大笑："反正他也拿不到，画多大的饼不是画？"

说完低头打起游戏，见那屏幕里的小小勇者，如今已出了新手村，向着魔王的巢穴再进一步。

2.

夜晚的池塘，低飞的蜻蜓点过水面，泛起一层细纹的涟漪，尽管是晚上，可仍然热得黏稠，那些翠绿荷叶如今都无精打采地漂在水面上。

白天史封喉一通狗叫总算"感动"了云裳，女人答应替鱼凡真治病，据说纯情指法原理就在于通过调度内力促进细胞活性，可以局部修复坏死的经脉，相当于一把纳米级的神经性手术刀。

"简单讲吧，你们看美国大侠奇异博士，不是也靠着武功把手治好了吗？"

"可他最后手还是废的啊……"

"这不重要，总之你学姐的伤虽然重，但只要她自身有内力打底，我就能把破损的经脉再接上。"

许卿"噢"了两声，也不知听懂没有。

鉴于治疗的过程需要封闭，许卿在洋楼守着也不是办法，索性先一步回到宾馆，却看见史封喉孤零零坐在宾馆门前的小广场上一个人发呆。

像条狗。

"你说是来帮鱼凡真治伤，其实是找个机会见云姐吧。"

"不是，就是治伤。"

"你们之间到底什么事？"

"小孩子不要问这些有的没的。"史封喉有些不耐烦，摸了根烟，"我学狗叫学得像吗？我告诉你我会学十六种狗的叫声，我研究过。"

许卿第一次见有人觉得学狗叫是一件很值得自豪的事情。

"你为什么不直接去见她？"

"我为什么要去见她？我来是为了给你的小情人治病。"说着男人伸出一根手指，比了个七，"这一次收你七千，狗叫的钱也算里面了。"

"天哪！又算钱？"

"本人大老远开车送你们这对狗男女来上海，总不能白来。"

"我说咱俩的关系只有钱吗？"

许卿心想这一路上史封喉跟自己讲起来也算半个江湖情义，怎么张口闭口全是钱，倒是男人想得开，表示你我的关系正是因为有了钱才显得格外纯洁朴实，也正是因为有了钱才悬崖勒马，没有滑向激情的深渊。

"现在掏不出来，我们还是可以记账嘛。"

许卿叹气，默默记下，发现自己欠史封喉的得有小一两万了，两人相对无言，只好并排坐着分抽一支烟，任凭池塘上的微风吹得体毛舒展。

"武林人还会来吗？"隔了好一阵，许卿问。

"会来。"史封喉点头，"但上海那么大，也不好找。"

小说里常说江湖传言，武林风声，几个蒙面人、黑衣客就知道主角在哪儿，乘其不备，暗中伏击，可现实里光一个上海就有两千万人，这两千万人里，想找一个人，实在不是一件容易的事。

"不聊这些丧气的。"男人改口问，"昨晚那一剑，你还有印象吗？"

"有一点。"

许卿挠挠头，他记得自己见到鱼凡真受伤，很生气，于是冲昏了头脑，但是他记不清自己是如何出剑，又是如何劈出那一道惊天的剑气。

"你现在还能使出来吗？"

许卿摇摇头，表示当时也就是一阵的，现在又感觉啥也不会了。

"可能因为我不会武功吧，车行子也说我不会武功所以使不动，耍起来全靠运气。"

"那也不一定。"史封喉皱眉，"杨广贞当初一剑封神的事，你知道吧？"

"知道。"

许卿点头，鱼凡真也提过。

"那你可知道，他一剑封神之前，压根不会武功？"

年轻人张大了嘴，目瞪口呆。

3.

据说四百年前，三月飞雪，武林各派最后一次围攻魔教总坛，众高手齐出，彼时武林正值鼎盛，心法境界，武功修为，都非当今可比，魔教上下八百弟子自不能敌。

杀至最后，魔教教主巍巍然出现，又转为一场单方面的屠杀，一代高手死绝，本以为武林败亡，却有一人取长剑破穹隆，是天人之姿，此人生平只此一剑，却一剑定了天数，一剑入了鬼神，是以大光明力直冲天顶，堪称剑仙降世，从此天下折服。

"这人听起来可真厉害。"许卿赞叹。

"最厉害的不是这个。"史封喉苦笑，"杨广贞在此战之前，不过是镇抚司一个小小锦衣卫，虽有剑术，但绝不至于登峰造极，要知凡人练剑，十年起步，二十年方能唤一句高手，若要修得鬼神境界，至少百年起，就算你有命活到，也得看机缘，入剑飞仙，岂是凡人能染指的东西？可他区区一个小卒，又是如何在极短的时间里出神入化？"

史封喉起身踱步，头顶黑云聚涌，男人的目光却似穿透了般，直射云层后的一轮皎月。

"你恐怕不知道，魔教的教主有多厉害，那是武林百年未见的魔头，天下高手的死敌，最后一次围剿，不乏武林顶尖能人，想那龙虎山少阳真火、少林寺金刚力士，皆惨死于此魔之手，何以最后被一个小剑客一剑诛杀？当真这柄剑那么厉害？"

说完他瞥了眼许卿身后宝剑，神色不无忧虑："当年梅铁心打造天穹炎剑赠予杨广贞，老实说，铸剑的过程谁也不知道，只说是以身投火，以命铸剑，就算是真的，这柄剑也未免太强，竟让一个年轻人一跃成为剑神，那这还是凡人的兵器吗？"

他顿了顿，盯着许卿："若一个凡人拿了鬼神的东西，也许不是什么好事，世上没有掉馅饼的事情。"

许卿愣住："你别吓我……"

年轻人的手抚过剑锋，觉得格外冰凉，仿佛这里面真的有个人的魂灵一般。

他猛然意识到当初在北京工厂所见的幻象。

那个白衣提剑的人。

"你看到的应该就是杨广贞吧。"史封喉点了一支烟，"我是说那个穿白衣服的人。"

"不知道，我连是男是女都没看清。"

当初在幻象中，那个人实在离得太远，就算是杨广贞，都四百年过去了谁还能确定他长什么样？

"我怎么会看到这么奇怪的东西？"

"也许你看到的是这柄剑的记忆。"史封喉顿了顿，"没准想告诉你什么。"

"告诉我什么呢？"

"我哪知道，如果剑是女人，那天穹炎剑就是女人里最难搞的那种，谁又能猜得透她的心思？"史封喉笑，"你慢慢悟吧，没准哪天摔一跤就开窍了。"

许卿垂下头，知道问了也是白问。

史封喉浅笑，视线盯着远空。

许卿的手机铃声却忽然响了。

"我就问你一个问题，你现在立刻回答我！"

话筒里云裳的声音像头母狮子："你到底是不是处男？！"

4.

"摁住她！"

鱼凡真全身肌肤竟似波浪般起伏，肉眼可见的内力在经脉里滚滚流淌，又有细密的血珠从毛孔深处溢出，煞是可怕。

云裳说，只要这关能过就没问题，但她需要一个处男相助，方能将纯情指法中的"纯"字提炼至顶尖，谢天谢地许卿正好是一名二十年的处男，但不知为什么后者听了一点都高兴不起来。

"接下来，我会将内力打入她灵台、至阳、悬枢三穴，我要借你的处子之气一用，用来稳定她的意识。"

"处什么玩意儿？"

"内气人人都有，只不过有强弱之别，练武的强点，普通人就弱点，气如人品，抽烟喝酒的，往往内气浑浊，而像你这种童子身，内气往往最纯，又称为处子之气。"

"可我打过飞……"

"那不算阴阳交合，只不过是阳气外泄，本身还是纯的。"

许卿心想这到底谁发明的武功怎么这么污秽。

治疗的过程中，云裳一指打在他脊椎，另一指钻入鱼凡真脊背，女人就像一根数据线，把许卿和鱼凡真联结在一起。

"纯情指法·处子回春！"

一缕缕乳白色的丝线在二人间流淌，许卿能够清晰感受到鱼凡真所承受的痛苦，如同一把锉刀，在脊椎上来回地锯。

这也太疼了。

手臂忽然吃痛，女孩一口咬上来。

"对不起。"鱼凡真嘴里叼着胳膊，面色狰狞地道歉。

"没事我皮厚。"许卿也挤出个死全家一般的笑容。

那一瞬间，大概是太疼了，鱼凡真的手不自觉地握了上来，许卿觉得心底里像是有一根火柴，擦出一抹亮丽的火苗，女孩的手指很细，手心冰凉，微微地发抖，许卿一把将它们攥住，他也不知道哪里来的勇气，好在鱼凡真只是小小地挣扎了下就放弃了，任由两个人十指紧扣，手心里都是汗水。

原来雪山女王也会有脆弱的时候。

也会需要一个人攥住她的手，或者借她一条胳膊。

所以十指紧扣就是这种感觉。

"搞定！"

云裳手指点穴一般噼里啪啦地点过鱼凡真全身，那些乳白色的丝线缝补了伤口，又黏合起原本破损断裂的经脉，大功告成。

"小处男，这次多亏你。"女人胡乱揉了把许卿的脑袋。

许卿悲痛地表示，不管是"小"还是"处男"对一个男人来说都很不爽。

"弄疼你了吗？"鱼凡真指了指他手臂上一排牙印。

"疼。"

"那你咬回来吧。"女孩伸出胳膊，竟不像是开玩笑。

"你先欠着吧。"

"你们……"云裳打了个哆嗦，"我走了，你俩单独聊会儿吧。"

"不用了，我想再睡一会儿。"鱼凡真摇头，脸色疲惫。

许卿和云裳关上门退出来，外面天色全然黑了，远处楼宇的灯光投射在院中，留下一小片橘黄。

许卿盯着自己的手，仍有鱼凡真的余温。

"我对你好不好？"云裳眨了眨眼。

"啊？"

女人狡猾地笑了："这么猥琐的武功，你真以为我会啊？"

许卿愣住，原来治疗确实进入了最后关头，但这并不代表需要一个处男来这里做贡献，其实整件事都是云裳的一点小计策。

她现在终于做了点四十岁的女人擅长的事情，比如说撮合单身男女。

许卿说："我代表许氏列祖列宗谢谢你，但你下次可不可以编一个高大点的理由，比如说需要一个肌肉健壮的威猛男子。"

"相信我，男人的肌肉就像女人的美甲，都是自嗨。"

许卿语塞，过了半晌："总之，谢谢……"

"不用谢我，我只是觉得小姑娘这个时候，应该有个人陪在身边。"云裳拨弄着院中花草，"不然她岂不是太可怜了。"

说完又指了指许卿胳膊上的牙印："我可以帮你去了，不然会留疤。"

许卿低着头，那是一排小小的牙印，左右两侧的又比中间深一点，代表着鱼凡真的两颗虎牙。

"留着吧。"

"嗯，留着也好，想她的时候就看看。"

许卿不知道怎么接，沉默着不说话，女人也不说话，窗外的夜雾朦胧。

"小姑娘再休养几天就没事了，接下来你们有什么打算？"

"去东北啊。"

"去了以后呢？"

"按贾老师说的，把我的剑摘下来，顺便再替学姐找到师父……"

"再然后呢？"

许卿挠挠头，说再然后就不知道了，回去补考高数吧，还能怎么样。

"再然后就没有然后了。"

女人狠狠敲了下许卿："小姑娘受伤的时候，是最需要人陪的时候，这么好的机会你不抓住，等错过了，你还有机会泡她吗？"

许卿心想：老子的感情就这么外露吗，怎么是个人都知道。

"可我觉得，她对我没什么感觉吧……"他晃了晃脑袋。

云裳剜了他一眼："没感觉又怎么了，就算今天你有感觉，也许明天父母又不同意，父母同意了，房子又买不起，感情里有那么多问题，你怎么一个一个去解决？

"你要是想当英雄好汉，那就去当，想拯救地球，那就去拯救，最好明天就拔剑，就和坏人大战三百回合。但如果你喜欢一个女孩，那就什么都不要想，什么都不要管，喜欢一个人的时机很短，短到一眨眼就没了，一定要全力以赴。"

"很……短吗？"

"很短。"女人伸手抹去窗台积水，"一个人想啊想啊，觉得这也不行，那也不对，结果一眨眼，爱情就走掉了。"

许卿愣了愣，爱情这种东西也会走掉吗，长着两条腿，说我走啦，打一辆车去浦东机场然后飞往乌干达或者摩洛哥，永远不回来。

会这样吗？

他忽然有些想笑。

"云姐，我感觉你蛮懂啊。"

"我吃的盐比你看过的片还多。"

"你是不是吃了史叔的盐？"

刚说完许卿就意识到自己多嘴了，连忙作揖告饶，他偷偷抬眼，却见女人的眼神像是一阵风吹皱了湖水，也不知过了多久，风停了。

"你可不许学他。"

许卿的额头狠狠吃了个栗暴：

"该你追的时候，千万不要逃。"

黄铜古门

1.

距离上海不到一百公里的苏州市。

黑如重墨的夜云旋聚在天空，明黄色的圆月停靠在云与云的缝隙里，底下是延伸至地平线的璀璨灯火。

奔驰车一路出了城区，驶进小镇。

时近半夜，镇上无人，一双鹿皮靴踏在地上，时髦的少女与身背长刀的男人并肩而行。

二人拐过一个弯，来到一处漆黑铺子，门口堆了些纸人纸马，地上有白日里没来得及清扫的纸钱。

是个寿衣铺。

少女以食指轻叩，敲了三下，门板从里面拆开，探出个扎麻花辫的小姑娘，她揉揉眼睛似乎并不惊讶这两位夜半来客，只是比了个请。

"爷爷睡了，他说你们自己看就好。"

少女点头，二人再奔铺子深处，又以钥匙轻拧开暗门，露出一条斜斜向下的甬道。

白净脸皱眉："大晚上的盗墓？"

少女瞪他一眼，也不说话，拉着他走进去。

不知过了多久，黑暗中燃起一点火星。

"仇大小姐，你再不戒烟，就嫁不出去了。"

少女叫仇胭，旁人初听这名倒也不觉得异样，但只要见识了她骇人的烟瘾，难免会心一笑。

"你管得着吗？！"仇胭翻了翻眼睛。

正说着二人触了底，眼前是一座三人高的地窖，有一丝泥土腥味，点了盏鬼火般的油灯，四面墙下堆满花圈冥币，恐怕寻常被拿来作仓库使。

"这算什么？"话音未落白净脸却愣住，他虽目不视物，但依然能感受到那股强烈内力在波涌，即便隔了数百年，仍源源不绝地流淌在这伸手不见五指的黑暗中。

他努力地睁大那双充斥着白翳的眸子，视线所及——

是门。

一扇黄铜古门。

"四百年前，这里就是魔教的总坛。"

少女的声音不轻不重，像个幽魂。

2.

"魔教……"

白净脸愣了片刻，很快恢复镇定。

"想不到武林人闻风丧胆的魔窟，竟在这么个小地方。"

"四百年前这里可气派呢！"少女辩驳。

白净脸点点头，不置可否，试问世上又有什么气派，抵得过四百年的风霜岁月。

"领我进去看看。"他上下打量，若自己不说，无人看得出他是个盲人。

"这门打不开。"

"打不开？"白净脸伸出手摸了摸，果真大门紧闭，连个机关也没有。

"门后是什么？"他又问。

"我哪知道。"少女吐了个烟圈。

"这地方全是纸，回头我俩再一起烧死。"白净脸皱眉。

"毛病多，来来，给你看看这个。"仇胭指着大门一侧。

"我是个瞎子。"

"让你看就看。"

白净脸无奈上前，伸出一指在墙壁上摸索，不多时愣住。

"是画。"

其色彩鲜艳，纵然多年却不见凋零，大片的红与绿、黄与黑泼洒在墙上，经由画师的手，绘成一幅令人窒息的图景。

那是个白衣的古代男子，傲视武林，一柄长剑直指云端，浑身都是浓血，男子脚下，又有无数古代男女，皆为无头尸首，血泊如泉，身后则有一株参天枯树，枝叶凋零，黑色的树皮中仿佛燃着余火，如此一人一树一地尸首，堪称诡异奇景。

"是杨广贞。"白净脸喃喃自语，"他背后的是因果菩提。"

"因果菩提？"

"我师父提过一点。"白净脸想了想，"你知道魔教的真名吗？"

少女摇头："你又没跟我说过。"

白净脸揉了揉太阳穴，说道："小说里说魔教是波斯拜火教，但实际情况远比这复杂，它从何而来，因何而起，至今众说纷纭，甚至连'魔教'二字，也是武林人强加于彼，它出现于晚明，真实的称号应该是'菩提教'。"

之所以称为菩提教，乃是由于教众拜一株圣树，称为因果菩提。

在佛家中，菩提是大彻大悟、明心见性、得证光明的象征，自然不可用于邪道，故武林中很少有人称呼其本名，多以"魔"字代之。

"因果菩提，就是魔教的圣树，据说圣树可予教众平安喜乐，凡每年五月，教众折枝祈愿，以圣树木枝制成菩提镯，保平安，增福寿。"

"我还以为魔教就是吃人什么的……"

"我在你眼里就是这么个形象？"

少女吐了吐舌头。

白净脸手摸壁画："这是谁画的？"

"贾情珍咯，她还挺有才的。"

白净脸点点头，又蹲下抚过墙壁与地面，只觉一道道横七竖八的深痕，仿佛刀刻，却凌乱不堪。

"哎？我之前怎么没注意到这些，这是什么？"少女歪着头问。

"是剑痕，她好像很生气。"

"她为什么生气？"

"这我就不知道了，没准她也进不去，所以不爽。"白净脸两手一摊，"就这些？"

　　"不然呢！"少女嘴鼓成球，"为了找到这里，你知道我花了多少时……"

　　"我还以为是什么天大的事，你直接电话里说不就完了？"

　　"我……我也不想啊！"仇胭欲言又止，"其实，还有一件事……"

　　"说吧。"白净脸叹。

　　"是这样的……我闺密要结婚了，就在苏州，你过几天，可不可以陪我去参加个婚礼……"像是提起什么难以启齿的事情，少女的声音极小，"然后……装作我男朋友……"

　　"你喊个瞎子当男友，脑子坏掉了？"白净脸皱眉。

　　"我闺密她们都有男朋友了，就我还单身……如果你不帮忙，她们就会给我介绍各种恶心的男人，然后我这个人又笨，搞不好，我就会糊里糊涂地答应，还有……"

　　"按照计划，我们下一步应该去上海。"白净脸冷冷打断。

　　少女低着头，仿佛做错了什么事。

　　"不过车票，也可以推迟。"

　　男人翻了翻眼，站在一堆花圈里，一张脸别扭地拧巴着：

　　"但是我说好，就这一次。"

第十三回

黄浦江上少年愁

1.

"什么？！又被抓走了！"

云裳表情沉痛地点头，客厅桌上如今只剩一壶见了底的清茶，一张画满了涂鸦的纸，再不见女孩身影。

按云裳的原话，鱼凡真是下午被人抓走的，对方来路不明，目的就是逼出许卿。

"我现在就去通知史叔！"

"我去找他，你现在立刻去外滩4号码头，找一艘叫申江号的小船，人在船上等你，要快，不然他们就撕票！"

许卿愣住，他着实没想到鱼凡真会在这个节骨眼上出事。

到底又是什么人杀出来了？！

莫非又是武林里的什么高手？

想到那天车行子的狠劲，许卿一刻也等不了，生怕伤刚好的鱼凡真再出什么危险，扭头就出门拦了辆车直奔外滩。

黄浦江畔。

"鱼凡真！"

声音沿着江面回响，小船内不闻动静，许卿索性心一横跃上去，谁知双脚刚触到甲板，船竟无风自行，载着他一溜烟驶入江心。

天地间只余下江水滔滔，许卿悔之晚矣。

"学姐！"

手腕一抖宝剑红光耀眼，他虽不会武功，可这些日子跟着史封喉死缠烂打也学了点三脚猫的花架子，像那么回事。

抬眼扫过，才发现船头盘腿坐了个相貌平平的汉子，显然正是船主，平日搭载过往游客在江中赏玩。

"就是你抓了学姐？"

汉子置若罔闻，只是捏着锡酒壶自饮。

"我问你话呢！"

"不用问了，他是个聋哑人。"

许卿回头，见鱼凡真坐在角落玩手机，显然已待了好一会儿。

"哎？你不是有危险吗？"

"云裳跟我说有危险的是你，把我骗上来了。"鱼凡真头也不抬，"没想到傻的不止我一个。"

也许云裳实在是看不下去了。

该你追的时候，千万不要逃。

许卿想起女人的话有些惭愧，尽管这几天和鱼凡真朝夕相处，甚至也曾攥着女孩的手，可到头来还是什么也说不出口。

全力以赴，说得好听，暗恋的人哪个不是浑身无力。

手机来了云裳微信：争取晚上就别回来了。

他哭笑不得，正想解释清楚，视线停在女孩身上，心脏"扑通"了一下，当初鱼凡真随许卿来上海，一时走得匆忙没带换洗衣物，这几日始终在穿云裳的。

只是……云裳今天给她配的什么啊……

波点超短裙配上藏青色露肩衣，裸露出小腿与锁骨上一整片光滑如玉的肌肤，许卿差一点从船上栽下去。

"现在怎么办？"鱼凡真对自己"暴露"的穿着丝毫不在意。

"划回去？"

"我试过了没用，这人武功在我之上，他不点头，我二人谁也走不掉。"

许卿了然于胸，云裳竟请了这么个高手，将两人困在江心。

他心中暗下决心，回去就是绑也要把史封喉绑上云裳的床。

"你一个人傻笑什么呢？"

"我笑风景好。"

"嗯，风翻白浪，涛似白雪。"鱼凡真难得附庸风雅，"确实好风景。"

她说的是"黄浦秋涛"，自古为沪上八景之一，只因每年七月到九月，浦江潮最高，八月十八民众多前往陆家嘴观潮，有"江色分明练绕台，水天东望一徘徊。风翻白浪花千片，涛似连山喷雪来"的雅意。

"反正都来了，不如喝点。"

说完她闪开身子，许卿目瞪口呆，这船里堆满了各色洋酒，有说得出名字的，也有说不出名字的，谁承想这江上一艘破船竟是个洋酒坊。

金黄色酒浆灌入两只玻璃杯，又分给两人，许卿想起第一次见她也是个蹭酒的夜晚。

"干杯。"

"不该说点什么吗，就呆喝啊……"许卿抓了抓脑袋，想到孤男寡女出来喝酒，不免有些头昏脑涨。

鱼凡真不答应，自顾自下肚一杯，许卿无奈跟着仰头，冰凉酒浆在喉咙里烧得发烫，顿时一股暖流沿着头顶蹿入脚跟，他呼了口气，抹抹嘴，觉得有些眩晕。

那汉子见二人开始饮酒，咧嘴笑了，丢下酒壶任它沉入江底，转身对许卿拱手一拜，随后脚尖一点，踏入水中，只是他轻功了得，也只在水面一触即离，噌噌噌数点水花，人已消失在水雾中。

"这人是谁？"

"不知道，是个老船工吧。"

"哪条江上的老船工能在水上漂？！"

"这叫轻蝉步，是顶层的轻功。"鱼凡真见怪不怪，"都说武林衰亡，可世上的高手，还是多。"

说完叹口气："我有时候觉得，世界真是大，我们以为神剑的事很重要，但其实也只是世界很小的一部分，就像这个老船工，连名字都不知道，放在人海里就找不见了，可也许武功也是顶尖，不比那些流芳百世的人要差。"

许卿闻言也心生感慨，他第一次遇袭得解，刀法狠辣，以为厉害得紧，后来又见鱼凡真，五元音枪上天入地，以为这才是高手，结果遇见车行子与云裳，前者兵车锤威力无双，后者纯情指法起死回生，才发现真正的武功高不可攀，可即便如此，这些人也只是数万万人中的几个，也许还有更强的强人，可就算强到无法理解，也只是万千世界中的沧海一粟，这世上的人太多了，多到任何人的事，都不算大事。

"不聊这个了。"鱼凡真问，"咱们从师大出来多久了？"

"怎么也得……"许卿翻开手机不由得愣住，从头到尾也不过一周。

这一周发生了多少事？他本是个混吃等死的大学生，如今却和鱼凡真在船中共饮，还惹上一帮高手追杀，生活天翻地覆。

"事情太多，反叫人忘了时间了。"

"爱因斯坦曾说过，时间是相对的，当你和冲田杏梨在一起的时候，时间的流速是平常的三倍。"

"我没她胸大。"

"学姐你连这都知道？"

鱼凡真笑笑，改口问："如果没有这柄剑，你这会儿在干吗？"

"不知道，要么就是在网吧，再要么，就是……准备补考吧。"

许卿低下头，他忽然觉得那个不起眼的自己又回来了，也许没有这柄剑，他真的什么都不是，他的生活里不会有冒险，也不会有鱼凡真。

又是几杯下肚，最后一点日光西沉，夜云铺天盖地地涌上来，原本沉寂的外滩灯火次第点亮，倒映在江水之中，梦幻如水底龙宫。

"一直以来都谢谢你。"

鱼凡真的酒量很好，即使许卿已经满面通红，她仍是面色如水。

"你不要说得好像要永别一样。"

"不，是真的谢谢你。"她把手伸进江水里搅动，"上次你去工厂救我，我一直没来得及说。"

许卿想起车行子那次，自己为了鱼凡真差点送命，女孩嘴上说鲁莽，其实内心还是欢喜的吧，毕竟师大有几个会像他这样蠢。

"其实我还想跟你说一句对不起。"

鱼凡真拨开刘海，露出那双星夜一般的眼睛。

"本来该我保护你的，结果弄成这样。"

来了。

许卿的心"扑通扑通"个没完，像是黄浦江上涌来的大潮，借着酒劲，滚滚红尘将他托得很高。

他们的视线交集在一起，这一次许卿没有躲。

喜欢一个人的时机很短，短到一眨眼就没了，所以你很努力地睁大眼，想要把一切都留住。

不要逃，千万不要逃。

"学姐，我……"

"许卿，你到底为什么喜欢我？"

女孩把目光挪开，一声叹息竟压过了江水。

2.

小船停在江心，远岸的灯光星星点点，二人也不知喝了多少，后者坐在船边，一双莲藕般的小腿伸进水中，随意拨弄着。

"我们学校好多人都喜欢你。"

"好多人喜欢，不代表你喜欢。"

许卿想了想，似是憋在心底很久的声音："我觉得，你像我。"

"我怎么会像你，我不信。"鱼凡真睁大眼睛好奇。

许卿摇头，他也说不上来鱼凡真为什么会像他，像他这样一个普普通通的大学生，远比学校那些体育健将、风云人物，都还要渺小，就连穆仁庄好歹也是个学生会主席，可他什么都不是。

"还记得有一年跨年吗，你来学生会的局上喝酒。"

鱼凡真舒展眉头，总算想起来："那个出来接我的人是你。"

"你记错了，那时候我本来是要走的。"

"噢……"鱼凡真淡淡说，"我那天喝多了。"

"你喝了好多，说是来喝酒，根本就是来抢酒的吧。"许卿苦笑，"那天你把我们所有人都喝翻了。"

"那是他们酒量不行。"

许卿记得那天晚上，鱼凡真安静地坐在那儿，自带一股冷气，她原本只是和许卿喝，到后来跟所有人喝，她那种喝酒，真的就只是喝酒，不聊天，也不玩游戏，只有一杯一杯地下肚豪饮，搞得那些个跃跃欲试的家伙不停地喝。

"我那天看见你哭了。"许卿抓抓头。

鱼凡真愣住。

许卿低着头，很小声："那天我走出院子，我看见你蹲在胡同里，只有你一个人。"

这段记忆他谁也不曾说过。

"你一个人在那里哭，我也不知道为什么。"许卿抱着膝盖，"但是我太胆小了，我不敢上去，我连递纸巾都不敢，然后你就走掉了，都不知道我在电线杆后面偷看。"

许卿想起那个漆黑的夜晚，女孩蹲在空荡荡的胡同里，像是她自己堆的那个小雪人，原本星夜一般的眼睛蒙了一层雪雾，波澜起伏，流光黯淡。

"那时候，我就觉得像是在看自己。"

有好一阵两个人都不说话，任凭发丝凝起一层小水珠，天地间静得只有哗哗作响的水声。

"原来是这样……"

女孩咬着嘴唇，她似乎想笑，又觉得笑不出来，最终摇了摇头。

"我是上大学时才开始喝酒的。"她手撑着船板，"一开始我都是用内力压着，所以怎么喝都喝不醉，后来我发现，酒这个东西，一定要醉，醉到难受才好。"

"为什么？"

"因为越难受，越刻骨铭心，别人跟你说的话，你才忘不掉，这样你以后一难受，就会想起这个人的话。"

许卿对上鱼凡真那双雾蒙蒙的眼睛，那一刻他下意识地想要躲，可又发现无处可躲，他像一个被定住的术士，总觉得一道致命的咒语就要来了。

"你换个人喜欢吧。"

她的声音并不大，偏偏像是雷鸣在脑海里发出一声巨响。

不知道为什么，许卿忽然松了一口气。

很多时候你料到那个结果，当它真的出现的时候，你反而没有那么惊慌，你甚至还隐隐有些感激她先一步说出口，免去了你表白的尴尬。

许卿有时候想，这个女孩看起来冰冷，其实心里什么都知道，只是她总是把自己藏在一层厚厚的冰壳下，让你永远也看不透她。

也许正因为看不透，所以才有些令人难过。

他不再说话了，目光沉入一片江水，任凭气氛索然无味地沉寂下去，直到远处渡轮飘来一声长鸣，让人仿佛置身于另一处时空，他的酒量当真不行，这一刻女孩在视线里竟显得模糊扭曲。

穆仁庄以前说要是喝多了，就去操场跑步，跑三圈就清醒了，所以许卿经常跑步，在漆黑的操场上，偶尔也看见鱼凡真一个人在草坪上缓缓地散步。

她总是一个人，你也不知道她想什么。

只好一圈一圈地跑，趁着擦肩而过的瞬间，悄悄瞥她一眼。

尽管你们在一片操场上，可你还是会觉得，你与这个女孩隔得很远，满天的银河，似乎都横亘在你们之间。

你忽然就明白了，其实就算你不逃，你也追不上那个背影。

许卿低下头，给自己倒了满满一杯，一口闷了。

鱼凡真的手机响起来，铃声穿透了雨雾。

"你们想干什么？"

许卿看见她接听电话的脸上一团阴云张开，又见船外江潮翻涌，浪花似雪，巨大的阴影从天而降，许卿仰起头，那是一艘三层楼高的豪华巨轮，如今正劈波而来。

甲板上，十二个穿红衫的男女迎风而立。

十二柄长刀在鞘，鞘也是鲜红，十二个人站得笔直，不发一语。

这回是真的。

汝可识得此阵

1.

白玉兰号，足有申江号五个大。

本是游轮，如今却被人包了，十二个刀手领着两人前往顶层，船舱内漆黑一片，倒像座空荡的幽深古堡。

鱼凡真大伤初愈，尚不知有几成功力，许卿更是头昏脑涨，他最后一满杯纯酒进肚，江风一吹，立马上了头，对于接下来要发生的事，两人都没有信心。

"请。"

"我们要先见人。"鱼凡真说。

远处落下一处柔光，紧接着数盏高瓦度的射灯沿天花板平铺开，鱼凡真心里"咯噔"一下，光下竟早早坐了一圈男女，身披名贵礼服，又以面具遮脸，这些人方才在黑暗中不作声，如今冒出来着实吓了鱼凡真一跳。

想不到对方有这么多人。

鱼凡真焦急，注意到船舱中央的椅子上反绑着云裳。

"算我倒霉。"女人无奈，原来许卿前脚刚走就有一伙人闯进洋楼，将她绑来。

"云姐你没受伤吧？！"

"我没事。"云裳笑，见许卿蹲地上发呆，"这小子怎么了？"

"欢迎，欢迎！"

第二部分　三生有界

西装笔挺的男人从楼梯上下来，猛兽般的瞳子睥睨，身后竟是一口黄铜开市大钟，光辉四溢。

"报名字。"鱼凡真冷着脸。

"钱无用。"男人深深鞠躬。

"你就是那个千金院的掌门？"

"如今世上哪还有什么掌门。"男人笑笑，手指周围人群，"容我先介绍一下，这位是一叶知秋雷惊云。"

从中站起个胖子，拱了拱手。

"还有这位，通天龙少。"

那是个五十岁左右的中年人，手不老实地搂着一旁年轻貌美的少女。

"他手上搂着的，是无极皇霸师太。"

鱼凡真愣住，如此多武林人，莫非上海武林倾巢而动？

"你别给他唬住了。"云裳翻了个白眼，"你看清楚了，这些只是钱大侠的金主。"

"金主？"

"神功增寿，内力养生，拳法补肾，心诀减压。"钱无用严肃道，"我是很认真地在教他们练武，大家都算是武林中人，有问题吗？"

"你把武功当什么了……保健品吗？"

"如果武功可以保健，那它为什么不能是保健品？在武林人眼里，武功是决生死，在诸位老板眼里，武功就是个消遣，它和瑜伽、足疗、高尔夫球，其实没有什么区别，我教他们练武，也是绿色养生，延年益寿，是正经的生意。"

鱼凡真不作声了，她早年听师父说武功是一个人的修为境界，武林的灵魂所在，如这番话让她实在难以接受。

钱无用整了整领带，又示意众人少安毋躁，换了副笑脸面对鱼凡真："说正事！我今天把你们请来，是想和二位谈一笔交易。"

"你抓个女人做筹码，好意思说交易？"

"她可不是什么普通女人，抓这个老阿姨我也费了好大劲！"钱无用心有余悸，"我直接说了吧！把许卿留下，这老阿姨你带走，我不是车行子，能交易的绝不动手。"

他有这个信心，如今白玉兰号横亘在黄浦江心，二人插翅难飞，云裳原本是好心"哄骗"许卿和鱼凡真谈情说爱，反倒弄巧成拙，将他俩置于一块"死地"。

"这个我做不了主，剑不归我管。"

鱼凡真伸手摸到腰间，五元音枪始终被她缠在衣服衬里。

指尖触碰到铁链。

"许少侠，你怎么想？"钱无用转向许卿。

"哇——"

许卿竟是吐了，这酒当真害人，他摇了摇头，又点了点头，不分南北东西。

浑浑噩噩之际，他也不明白自己为什么就难过了，为什么就喝醉了，也许是一种情绪堵住了，又或者你听到了什么，但是想要忘掉。

许卿抬起头，在微光下女孩的眼睛锐利，他伸出手，似乎是想要为自己的失态道歉。

"啊！"

漆黑的枪头却冲着面门来了！

2.

"躲开！"

趁着众人分神的当口鱼凡真五元音枪抛出，机会只有一次，与其坐以待毙不如擒贼擒首，铁链枪直扑许卿身后的钱无用，料定对方措手不及！

谁知又有一道疾风比她的枪更快！

鱼凡真手背吃痛，划出一道血痕，五元音枪脱手而出。

天空徐徐飘下一张百元钞，像是一片泛红的雪，钱无用两指稳稳捏住，本是纸币却似刀锋般硬朗。

"我搞不懂，跟你们谈交易，你们非要动手。"

他扫了眼周围宾客，又笑道："诸位不是说一直想见真章嘛，今日就让你们开足眼界。"

十二个红衣男女听令，齐刷刷抽刀，鲜红刀鞘中竟也是鲜红的刀锋。

"好！牛×！"那些个名流富商个个睁大了眼，这可是货真价实的武功交战。

一股杀气铺开，鱼凡真退后一步，视线落在鲜红刀锋上，惊得说不出话来。

"难道我也喝多了？"

眼前并非寻常金属的刀锋，而是由许多红色的百元钞票，裹成了"刀"的形状，只是原本软塌塌的纸币如今也似钱无用手中那张一般，锋利得能割破手指。

所谓金刀快马，原来是现金的金。

当真直白，也当真土豪。

"现金刀，牛市衣，正是我千金院两件法宝。"钱无用笑，一掌拍中黄铜大钟，钟鸣如万马千军，余音绕梁不绝，"二位既不肯合作，那就领教一下金钱的力量吧！"

所谓牛市衣，实则取"牛市飙红"之意，故千金院中一直有穿红衣、上牛市、挣大钱的规矩，每一个千金院门人，都以红衣为荣，期盼着大盘哪一天能破九千点。

而现金刀自然是源自现金在手的快感，据说刀法到了顶层，能将刀锋舞得发烫，摸起来就像刚从提款机取出来一般。

话说回来，那十二人听了钱无用的钟声，立时怒目圆睁，十二把长刀齐刷刷劈来。

"讨教了！"为首一人鲜红刀锋破空，空气中溢出一缕好闻的钞票香。

鱼凡真拎着许卿躲闪，可后者醉醺醺地摸不着头脑，偏偏死沉死沉，一时躲不过去，身上被刀锋划出许多豁口。

"凯必拓刀阵！起！"钱无用位于阵后敲钟，一掌击中，又是一声太古钟鸣。

十二人果真一步前倾，仿佛受铜钟操控。

据说"凯必拓"实际是英文"Capital"的谐音，意即资本刀阵，一人作"投资者"操控于后，数人作"血汗劳工"布阵于前，刀法本身也如资本一般锱铢必较，功利性极强，多为武林人所不齿，却厉害得紧。

鱼凡真铁链枪展开，可她五元音枪虽强，却来不及出声，十二把长刀已递至眼前，阵形错落有致，有如蔷薇盛开，四把为一组，分为上中下三路，角度刁钻，专刺人关节要害，所谓投资者分散风险，正是此理，讲究多线并进，一招不中，还有后招。

"许卿你给我醒醒！"鱼凡真拽着他脚下一蹬，纵然堪堪避过，背后衣服也割成了碎片，好在许卿迷迷糊糊打着酒嗝倒也不觉疼。

鱼凡真有些急，也有些抱怨，为什么这个节骨眼上这个人要喝这么多？

可转念一想又觉得自己在明知故问。

"汝可识得此阵！"钱无用大笑，两掌齐出，铜钟长鸣，"凯必拓刀阵·圈地运动！"

十二人闻声而动，前后相连竟围成个圈，脚步灵动之际绕着两人打转起来，耳边刀风呼呼作响，内力掀动衣袂，正是模仿英国资本家"羊吃人"运动，取一个密不透风、倾家荡产的杀意。

"这个厉害，这个牛！"围观宾客又是齐齐鼓掌。

鱼凡真却心知凶多吉少。

果不其然，刀圈猛然向内收缩，鲜红刀锋从十二个方向劈来，化作十二道霹雳，这一回避无可避，她冲上去挡在许卿面前，使出一招"铁索拦江"，竟是要硬接这十二刀！

因为再没别的办法。

至少让许卿不用挨刀。

"学姐，退后。"

忽然间一只手揉了把鱼凡真头发，像是主人揉一只小猫，那个人的手滚烫，眼神却冷。

"许卿……"

话音未落，年轻人的背影已在一丈开外。

剑风如星海翻涌。

3.

钱无用入武林十余年，未闻此剑出山。

如今方觉剑气炽烈，杀气冲天，这一剑虽无章法，却实实在在，其力道强绝惊人，挥剑人正是许卿。

呼！

几乎是一瞬间的，船舱内狂风暴涨，也许风中充满了细小的剑锋，又或者狂风本身就是一柄大剑，年轻人大吼一声，手握剑柄，大开大合之间似是一条火龙将混沌从当中撕开，于是所有的风就像找到气口一般一股脑地冲出去！

那十二人见状立马举刀格挡，十二把金刀骤然收拢，化作一团飘忽刀影，从四面八方劈向许卿，然而许卿毫不避退，他原本身法并不快，可宝剑却似有灵性一般，反倒引着他身子前倾，整个人"嗖"一声送出。

"不可能！"众人大惊之余，许卿手中剑锋一层焚风吹开，人与剑交相呼应，眼神却冷得像一块寒铁。

想他当日一剑残了车行子，也是这般杀伐冷漠的模样。

"这怎么……回事？"鱼凡真目瞪口呆。

"想要剑，"许卿摇头冷笑，"你们自己来拿！"

言毕反手挥剑划过一轮月弧，看得出他对于剑招一窍不通，只能想什么是什么，然而速度极快，刀剑相击，火花如雨，与那十二人轮番对攻，本是以一敌多，对方却只有防守的份儿。

"笑话！"

一斩之下皆为万古杀意，江水为之翻腾分卷，十二把现金刀刹那间齐齐粉碎，一时船舱内都是钞票飞洒如雨，许卿置身雨中，岿然不动，剑锋火焰飘忽，有如鬼烛，对面十二人鼻梁上则各有一道割伤，无不血流满面。

似曾相识的感觉，许卿只觉一团火烧在胸膛，于是那一瞬间他触摸到从剑锋里涌出的力量，又回到那座悄无声息的古镇，火化开了积雪，浩大的雪水便沿着街道奔涌过来，脑中一片空白。

那十二个弟子还想再战，却震惊于年轻人的气息，他的气息像一面鼓，与这柄剑的明灭紧扣在一起，他们共同呼吸，剑脊上的火焰却像雪水一样波动。

"又来……"许卿自己也觉得有些不可思议，顿时酒醒了一半。

"刚才……真是你？"鱼凡真对于许卿的剑法仍是不敢相信。

"我也不知道。"许卿抓了抓头，总觉得刚才挥剑的人是剑本身而非自己，"我心里就是想教训教训他们……结果就这样了。"

"我 ×！"钱无用忽然大叫，他倒不是担心那十二个弟子，而是自己那些围观的富豪竟有一多半已纷纷落水，余下的也缩在角落狼狈不堪，方才那位通天龙少更是搂着无极皇霸师太吓湿了裤子。

"这群人不会武功，哪里抵挡得住炎剑威压，你要是不想自己的客户今天死绝，还是放艘小艇让他们快走吧。"云裳苦笑。

"对对！钱师父快放我们先走！我们知道厉害了！这个太刺激了！刺激过头了！"先前那一叶知秋雷惊云颤声道，他们本是想来见识真正的武功，哪知武功如此可怕，都说坐山观虎斗，前提也得是在山上，坐在老虎旁边可就要了命了。

钱无用无奈递了个眼色，一位弟子捂着伤口将这些人搀扶出去，不多时就见先前还跃跃欲试的各路"高手"落荒而逃，小艇直奔岸边。

"各位老板，下周三上课别忘了啊！"钱无用吼了两嗓子，见没什么反应，悻悻作罢，转身瞧着许卿，不怒反笑。

"不愧天穹炎剑。"

"你不管你的财神爷了？"许卿冷笑。

"哎咦，他们哪有这把剑重要，天下英雄，都该为此剑赴汤蹈火！"

言毕他举起那口黄铜大钟，登时山一般的威严震荡在船舱，巨轮为之摇晃。

持剑者
必伤

"今日这把剑，我要定了！"

原来钟上还有一行烫金铭文——金钱就是力量。

"你还能继续吗？"鱼凡真抖开音枪，"一起上！"

许卿喘了口气，眼见剑锋火焰徐徐熄灭，心知宝剑 Buff 来得快去得也快，恐怕力有不逮，但此时由不得他露怯，只得举起宝剑，寄希望于钱无用知难而退。

然而钱无用身为千金院历代掌门之首，绝非资质平平之辈，纵然许卿有宝剑加持，他也丝毫不惧，见其深吸口气，胸脯起伏，内含雷霆之响，双掌猛拍铜钟，一时滚滚黄浦江，钟鸣响不绝。

"我十年前在美国纽约购得此钟，连败华尔街十七位高手，你二人可识得此钟？"

"亚……当？！"

鱼凡真退后一步，脸色出奇地难看。

4.

钟曰亚当，资本之光。

亚当非伊甸之亚当，而是著名的经济学家亚当·斯密，此钟乃经济学三大法器之首，另两把则是凯恩斯战斧与马克思铁锤。

据说钱无用十年前远赴纽约，深夜叩拜华尔街大宗主沃伦·巴菲特，二人立于雪中第五大道，老人只问了钱无用一个问题：

"你为什么要赚钱？"

这个问题曾拦下高手无数，有说为了幸福，有说为了文明，还有说为了世界和平。

只有钱无用长叹一声，盖过了风雪。

"因为我除了钱，什么都没有。"

大宗主默然不语，那一日华尔街风雪大作，下足七日。

七日后，大宗主睁眼："这口钟你拿去吧。"

想来此钟一生在纽交所吸足铜臭，有无上资本力，本该是个荣华富贵的东西，可听钟的人却说它音色凄苦，像是个一无所有的人坐在山一样的金币上，他什么都没有，只有那些没有生命的财富。

是一口不祥之钟。

纵然不祥，却也是无敌的所在。

"涨！"

男人怀抱大钟，步步趋前，每一步，都浮卷着天地间的伟力，所踏之处，甲板也崩裂似的翘起，他单掌敲钟，波澜壮阔的钟声响彻江面，铺天盖地，又沉沉压下。

"学妇！"

关键时刻许卿也不知哪儿来的勇气，一把将鱼凡真抱在怀里，他此时感到耳膜疼得像是一把剪刀在搅，又有一股来自五脏六腑的绞痛，似乎全身都要被声波摧毁，可越是难受，他越是将鱼凡真抱得死死的。

"世人都夸金钱好！"

钱无用忽然放声高歌。

百金买骏马！

千金买美人！

万金买高爵！

何处买青春？

这一声天问走到高处，铜钟竟剖出一片金光，明晃晃亮眼，江面上又荡开一道洪钟巨响，光芒再盛一倍，俨然资本威严灌顶，遮天蔽日地翻涌。

"抱我干什么！动手！"

鱼凡真忍着剧痛大吼，才发现许卿的鼻孔早已流血，自己唇角一咸，恐怕也好不到哪里去。

这回真的要说再见了。

许卿心中一横，索性孤注一掷，手中高举神剑，将所有的注意力都放在剑上，如今剑锋再无星点火焰，乍一看普普通通，却是许卿最后的希望，他努力平复心境，用尽全力挥剑，只盼这一剑能有奇迹。

哪怕一丝也好。

一道江风从远空卷来。

果然还是不行！

然而下一秒连同许卿在内的所有人都惊惧地愣住。

风里的声音咆哮，有什么暴怒的东西正从江面上逆卷而来！

世人只有金钱好

1.

"黄浦……秋涛？"

从江水尽头涌来的大潮似有万丈高，外滩的游人也驻足观看，只是如今刚入七月，尚未到大潮掀卷的时节，可夜色下分明有一线波浪平推而来，轰隆作响，然而就算是大潮，也从未如此壮观过。

那巨浪简直接连天地，三层楼高的白玉兰号与之相比，也不过是江中浮叶！

一声巨响后船体剧烈地倾斜，吱呀作响的龙骨似乎随时会裂开，像是一头受伤的巨鲸在浪头里挣扎。

钱无用心胆俱丧，他曾听人说绝顶的剑气可以搅动天地，江水自然不在话下，自己原本雄浑的钟声在其面前竟好似一朵微不足道的浪花，轻而易举被卷得粉碎。

天穹炎剑果然名不虚传。

联想到当初车行子的惨败，男人的鬓角也有冷汗沁出。

"船要沉了！松手！"

许卿手疾眼快，跳起来去帮云裳解开绳索，一手拽着鱼凡真，倾覆的江水灌上来，只觉脚下一凉，人已跌至水中。

"上船！都上船！"好在申江号一直泊在附近不远，云裳不知何时已跃至船上，十几个人只有她滴水未沾，如今举着救生圈捞人。

连同钱无用在内的几个千金院弟子也扑腾着水花游过去，如今外滩灯火辉煌，江面上却一片漆黑，只有那艘白玉兰号似沉未沉，倾覆在夜色下的黄浦江心。

"我的人呢！我的人呢！"钱无用哆嗦着点了又点，才确定十二个弟子都上船了，扭头见鱼凡真顾不得浑身湿透，铁链枪已攥在手中，许卿更是神剑一横，假模假式地舞了个剑花，眼下巨轮虽翻，但这帮人实力犹存。

"大哥我错了！"钱无用吐了口水，狼狈不堪，忽然又扑通跪下，"不知神剑天威，我有眼无珠，有眼无珠！"

干净利落，这人竟是投降了。

只有钱无用自己知道，这条命是保住了，他习武多年，明白有些钱能挣，有些钱不能挣，所以他知道什么时候喊"速来受死！"，什么时候喊"大哥我错了！"，方才见识到那股剑气，知道了天外有人的厉害，这个时候喊"大哥我错了"，绝对错不了，否则再打下去，定会重蹈车行子的覆辙。

"大丈夫伸缩自如，佩服。"

"先靠岸吧！到时候巡江的人来，咱们有理说不清。"云裳皱眉。

"对，对！快走，白玉兰号是我租的啊！"相比淹死，当场让钱无用赔钱更是要命，只是他心中一酸，那口亚当铜钟如今早已沉入江底，只怕往后再也没的威风了。

见钱无用服软，鱼凡真绷了一会儿，终于叹了口气放下音枪，众人齐心合力，划着小船往陆家嘴方向去了。

2.

众人好不容易靠岸，码头上湿漉漉的一片水渍，个个垂头丧气，面如土色，方才怒潮如山，一时还没缓过劲来。

"许少侠，今日是钱某瞎了眼，改日一定登门赔罪！再会！"钱无用拱手抱拳，拧了把衣服上的水渍，转身就想领着弟子开溜。

"我什么时候让你走了。"

"噢。"男人哆嗦了下，回身站定。

许卿起身甩了甩剑，抖去水珠，只可惜身子就没那么好运，水淋淋贴在肌肤，夏夜的风一起，竟还有些寒凉。

"你也是来抢神剑的？"他背靠外滩夜景，脸色沉在暗中，努力使自己看起来威严。

"当然，当然，天穹炎剑到了上海，小弟我第一个知道消息。"他远比许卿年长，如今张口却是"小弟"，也是被神剑吓得不轻。

"我真是不懂，这柄剑就这么好？你们一个个的发了疯地要？！"说到这许卿气不打一处来，原本与鱼凡真在江上漂得好好的，莫名杀出个钱无用，把一切都搅黄了。

"少侠息怒！武林神剑对我来说也是个屁啊。"钱无用堆笑，"实不相瞒，我来就是为了挣钱，和外面那些五大三粗的家伙不一样，我没有恶意，不……何止是没有恶意，我对许少侠的敬仰之心简直早已有之……"

"少废话，挣什么钱？"这回轮到许卿愣住。

"你还不知道？"钱无用左右望了望，小声说，"许少侠，最近武林里有人发了笔悬红，要你这柄剑，你往后可一定要小心啊。"

"谁发的？"鱼凡真警觉。

"小弟还不清楚，但一定是个阔佬！"

"什么意思？"

"八百万的悬红。"

"八百万？！"

许卿觉得自个儿要是能摘下这柄剑，根本轮不到别人来抢，自己第一个洗干净乖乖双手奉上向邪恶势力深深低头。

鱼凡真哭笑不得："搞了半天你们抢剑，只是为了钱。"

"小姐，八百万啊，我不为了钱难道为了给你妈拜寿啊？"

钱无用说："武林人要这柄剑，有的为了天下无敌，有的为了武林至尊，那都是吹牛，只有我为了人民币，代表了武林群众的真实想法，说出了武林人的心里话。"

"为了钱，你就敢杀人？"许卿问。

"要不怎么说许少侠风华正茂，少年英雄，对钱的了解还是不够深入，我这么说吧，武功练三十年，练到登峰造极，武林人也不一定全听你的，你买张彩票中了八百万，八百万，你在武林想杀谁都行。"钱无用摊手，"无非就是有的人贵一点，有的人便宜点，武林至尊贵一点，寻常百姓便宜点，就好比交通事故死个人，赔两百万顶天，那就是一个老百姓的价钱，你一个穷学生，八百万够买四个你，你知足吧。"

许卿闻言气道："那你这样，岂不是正邪不分？"

第二部分　三生有界

"人命有价，难道正邪就是无价吗？"钱无用摇头，"你要肯花钱，那你就是正，你说谁是邪，谁就是邪，如果今日出钱的人是你，我也可以帮你去杀别人，这个道理其实很简单呀，好比你身边有个奸人，纸醉金迷，骄奢淫逸，你鄙视得不行，结果有一天他说你来我们公司上班吧，一个月给你五万，你心里会不会有一丝动摇，觉得自己偏激了？觉得自己是不是误会人家了？你能保证，你就没有动摇过你那点可怜的善恶观吗？"

他这一番言论，许卿听得目瞪口呆。

"武林百年风云，结果到头来只认钱，不但认钱，还认得头头是道，我也是佩服。"鱼凡真冷笑。

"世界上有两种人喜欢说自己不在乎钱，一种是赚不到钱，一种是赚太多钱。"钱无用竖起一根手指，"最后一种是纯傻×，所以不是废了嘛。"

许卿知道他说的是车行子，如此一想，当初那个一门心思想当武林至尊的男人，反倒显得更加"武林"。

众人又是一阵默然，许卿明知道钱无用说得不对，可又不知道如何反驳。

老实说如果今日他与钱无用对调，也不能保证自己做的比钱无用高尚。

"再问你点事。"鱼凡真改口，"还有人知道我们在上海吗？"

"目前除了我还没人知道。"钱无用抹了把汗，"我若是对外说了，其他人来抢功怎么办？"

"那我现在废了你们，这事就没人知道了吧。"鱼凡真手掌一翻，五元音枪浮空。

钱元用吓得退后一步，连那十二个弟子也屁滚尿流地爬起来，他倒不是怕鱼凡真，而是顾忌许卿与那柄诡异的神剑。

"许少侠，我们嘴很严的啊！"钱无用告饶，"大家出来赚钱，最讲诚信，说闭嘴，一定闭嘴，我们就是贪点财，其实和你无冤无仇啊！"

说完那十二个弟子也拱手作揖，哭天喊地。

"算了吧，我相信他们不会说的。"许卿神色沮丧，他心中有些滋味说不清道不明，总之就是失望。

"不行！这些人不能放！"鱼凡真急了。

"可是他们也……就是些普通人啊！"许卿也急了，"反正我下不了手。"

见许卿坚持，鱼凡真只得挥了挥手："剑在上海的事，千万不可说出去！"

"明白，明白！"钱无用拱手抱拳，递了个眼色，那十二个弟子哀声怨气地跟在后面，互相搀扶着往外走。

"没事了咱们就回去吧。"云裳伸了个懒腰。

"云姐我们来救你，你都不知道说句谢谢的啊。"

"你不说我都忘了。"云裳挤挤眼，"你俩下午搞得怎么样？"

"现在不是说这个的时候！"

许卿被她弄得没脾气，直到鱼凡真打了个喷嚏，这才意识到女孩如今也被江水洗了个透湿，最好赶紧回去取暖，三人遂沿码头直上大路找地方拦车。

"刚才大潮真是你劈出来的吗？"鱼凡真看样子还是有些不信。

"我都说了，真的是我。"

"那就好……"鱼凡真难得笑了，"以后靠你了，许大侠。"

听她这么说，许卿心里暖了一把，又觉得其实这柄剑也不全是坏事，若换作以前，刚才的威风自然想都不敢想。

"二位先聊着，我回去了。"云裳冲许卿眨眨眼，奔向出租车。

"没什么聊的了，我跟你一起走，许卿你自己回吧。"鱼凡真追上去。

许卿叹了口气，没走几步，抬头见夜云散尽，一轮皓月当空，马路上再没了别人，只有街对面的 7-11 亮着白炽灯，穿文化衫的男人正坐在靠窗的位置埋头吃关东煮，显得有几分落寞。

他愣了会儿，索性推门而入，挨着男人坐下。

"好巧。"史封喉把一颗鱼丸塞进嘴里，"出来吃个夜宵都能遇见你。"

许卿看着他，摇头冷笑：

"你准备什么时候告诉我，你一剑能劈得翻三层楼高的船。"

3.

"不是我干的，大潮是你自己劈出来的。"史封喉笑。

"刚才那么强的钟声，我和鱼凡真耳朵都要炸了，结果云裳什么事也没有，我明明看见音波到了她眼前，结果又分开，再想想她绳子怎么自己断了……一点都不难猜。"

许卿抬头盯着史封喉，眼神一穿到底："你从一开始就在我们附近，而且这事云裳也知道，所以她从头到尾都不惊讶，因为她知道你会救她。"

"你还蛮会联想的。"史封喉扬起脖子喝汤，"我就是路过而已，本来想见义勇为，但看见你那么威风，我不好抢你的风头。"

　　许卿知道这人打定了主意不承认，再问也是白搭，他心觉好笑，史封喉和云裳像是处在不同的时空里，彼此恨不得没有一丁点的交集，哪怕来救人，都要躲起来救。

　　"我真是看不懂你们。"

　　"你今天干得不赖，这把剑在你手里越来越好使了。"史封喉打岔。

　　"这把剑到底怎么回事？"许卿想起神剑今天的表现，心中疑惑更深。

　　"我也不太懂。"史封喉叹，"不过有一件事我可以确定。"

　　说完他意味深长地盯着许卿："你是不是又看见了？"

　　许卿点头，同样的白雪、古镇、漆黑的屋檐与燃烧的尸体。

　　"好自为之吧。"

　　许卿还想说些什么，又见史封喉一脸愁容。

　　"你现在和鱼凡真必须马上离开上海。"

　　"为什么？"

　　"你应该听你学姐的话。"男人苦笑，"你放过了姓钱的，他今晚就会把剑在这儿的消息卖出去，一刻都不会犹豫。"

　　"可是他答应过我不说。"

　　"这种人的话怎么能信。"

　　许卿低头，觉得有些沮丧："现在武林都是这种人了吗？"

　　"人家想要天下无敌，你说幼稚，现在为了钱，你又觉得俗气，你到底想怎样？"史封喉笑，"再说了，我也是这种人啊。"

　　许卿愣住，退后一步："你不会也想把我卖了吧？"

　　"放心吧，你是我的客户，我从来不卖客户。"

　　说完他想了想，又道："其实说到底，武林不就是一群人吗，人活着不就这样吗，有人想天下无敌，有想一剑飞仙，就有人想考研，想泡妞，想上重点小学，不稀奇，大家都是普通人，普通人都俗。"

　　许卿说："其实我一直没明白，像你和钱无用这样的，武功都这么厉害，怎么还看重钱，毕竟钱多俗啊，你们有武功，完全可以超凡脱俗。"

　　"噢，你觉得武功厉害，我还觉得手榴弹厉害呢。"史封喉叹息，"武功嘛，再高也只是拳脚，这世上几样好，靠拳脚一样也拿不来。"

　　"不太明白。"

　　"想不想听我的故事？"

第十六回

松江镇上有情人

1.

后半夜的时候下了一场雨，许卿和史封喉靠着宾馆的窗户，两个人分抽一支烟，夜云如今被风轻轻推着，露出一片近乎透明的月光。

"二十年前我跟你想的一样，觉得武功无所不能，我和云裳在上海武林号称松江侠侣，威风得紧，现在想想这名字挺蠢的。"

男人的香烟飘飞进夜色，提起自己的往事咧嘴笑了。

那时候正值二十世纪九十年代。

据说有一对少年男女，男的住松江镇，剑法登天，女的住浦西，指法绵绵，一刚一柔，一攻一守，天衣无缝，是一对璧人。世人羡慕他们出双入对，煞是恩爱，只因武林这多年也没出过几对侠侣，练武的人本就五大三粗，能互相看对眼的已是少数，看对眼了还能耐着性子处下去的更是凤毛麟角，大部分都因为吵架时一言不合，要么一掌打死了我，要么一枪戳死了你。

"我与云裳十五岁认识，在一起五年，五年中我心里除了剑，只有她，我以为人生就该如此，站在上海滩最高的楼顶，一剑挥开夜云，请她看星星看月亮，夜夜如此。"

许卿心想：所谓武林侠侣，其实就是一对会武功的男女，大晚上在楼顶秀恩爱给你看，难怪武林中人个个咬牙切齿，还一剑劈出个月亮，大哥你这么玩真的犯规，真的该杀。

"后来呢？"

"后来我觉得时间到了，我要去娶她。"

二十岁的时候，史封喉说差不多了，咱们结婚吧，当时云裳已经听家里人的话，在国营单位当出纳，可他还是天天练剑，想当天下第一剑。

"我脑子拎不清嘛，拎着两盒大闸蟹、一条烟就上门提亲了。"史封喉笑，"我心想上海武林谁不知道我和云裳是松江侠侣，一个剑术登天，一个指法绵绵，等我去了，她父母一定也欢喜得紧。"

说到这儿，男人顿了顿："结果那天我站在客厅，连个椅子都不给，她爹妈指着我鼻子说要结婚可以，但要在浦西买一套房，我想了很多种画面，没想到是这一种。"

许卿没说话，只是静静听。

"二十年前上海房价也没多贵，但我还是买不起，我那时候很穷的，穷得连彩礼都出不起，不过最让我难忘的是，我以前都不觉得穷是一件不好的事，我甚至不知道自己是个穷鬼，我只知道我剑法厉害，直到那天晚上……我才知道世界不是我想的那个样子。"

"然后呢，你就戾了？"

"我戾了。"史封喉点头，"我配不上她。"

许卿说："你是松江侠侣啊拜托，你一剑劈开夜云啊，看他妈星星月亮，你说你配不上她，我不懂。"

"很难理解吗？"

史封喉说："其实你一旦真的喜欢一个女人，你就会觉得，这个女人哪里都好，好到你得到她都是一种幸运，骨子里你觉得自己配不上她。

"我以前不这么想，因为我剑法厉害嘛，就像你觉得自己打游戏厉害，很有自信，但那晚以后我才知道，我一点都不厉害，二十岁的人，大学都没考上，云裳这么好的女人，我配不上，就该有一个更好的男人去配。"

说到这儿，香烟点燃了，他狠狠地吸一口，眸子里一片漆黑：

"结果后来，真来了个更好的男人去配她。"

2.

弄堂里一片静寂，夜幕下砖瓦墙檐，浮起一层靛蓝，只有洋楼里点了一盏灯，红光乍暖，云裳把泡好的面推给鱼凡真，坐下来撩了撩头发，静静地看女孩在碗里扫荡。

"晚上吃东西会胖的。"

"喝酒了肚子就饿。"鱼凡真咬了口煎蛋，"后来呢？"

"后来他把我甩了。"

云裳托着腮。

"我那时候也小，觉得天都塌了，我们是松江侠侣嘛，书上哪有侠侣因为一套房子分手的，你就说小龙女和杨过因为汴京一套两室一厅闹掰了，这多可笑？"

"也是……"鱼凡真喃喃道。

"所以我就跟父母大吵一架，跑去松江镇找他。那时候去松江还得先去闵行坐小巴，我连着去了一个月，每天坐最早的一班来，坐最后一班回去，结果他就躲了我一个月，后来我知道，他为了躲我，一直躲在镇上的男澡堂里。"女人冷笑，"我有时候真佩服他，脑子里到底都是些什么。"

"他为什么不见你？"

"他为什么甩了我？"云裳反问，"你知道有些男人喜欢自以为是，觉得我把手放开是为你好，我配不上你，我要不起你……这种人骨子里都是自卑，尤其是他这种，从自信到自卑，人就变成狗了，狗屁狗屁的。"

云裳说："我小时候觉得张无忌很帅，把赵敏吃得死死的，可有一天，张无忌要是说我们不合适，你是郡主，我是贱民，咱们还是算了吧，那赵敏还会喜欢他吗？赵敏只会很难过，觉得自己看错了人。"

你喜欢他，喜欢的是他一剑劈开夜云请你看星星看月亮。

不是喜欢他握着你的手说我买不起房你去找个好人家吧。

那不是侠侣的感情。

"到头来我才发现，他不是张无忌，我也不是什么郡主，我俩就是没想明白。一个月以后，我父母给我介绍了一个对象，他在陆家嘴的办公室有落地窗，看得见黄浦江，那个人不会武功，只是个普通人。"

云裳摇头："可他对我很好，到单位给我送饭，替我打水，他老开一辆奥迪，我说太招摇了，他就改骑自行车，是个很温柔的人，除了不会请我看星星。"

"你爱上他了？"

"我最后一次去了一趟松江镇。"云裳起身打开窗，夜雨后的风吹进来，"我跑遍了镇子，哭着问每一个人史封喉在哪儿，但那时候他已经躲到周庄去了。"

据说那是个秋天，红彤彤的叶子堆满小镇，武林人都说她是来找史封喉私奔的，像所有的侠侣一样去浪迹天涯，可史封喉跑了，史封喉是条狗，狗屁狗屁的。

"我本来下了决心要私奔，但我那天回去了，因为那个男人在镇头等我，他说你要是找不到人，就跟我回去吧，大不了以后我陪你一起找。"女人轻轻叹口气，"我就抱住他，我哭着说你娶了我吧。"

鱼凡真愣住。

婚礼那天排场很大，在黄浦区的沐恩堂。

鱼凡真忽然发现女人的眼中像是一把火从枯草里烧起来：

"本来婚礼我没请史封喉，结果就在那个节骨眼上，他冲进来，他说我反对。"女人顿时表情古怪，"结果这人喊完了，愣了一会儿，又跑掉了！"

"为什么跑？"

"我哪知道。"云裳冷笑，"我只知道，当时我老公偷偷捏了一下我的手，他说如果你想追出去，我不会拦你。"

"你没有追出去。"

"我这么说吧，其实从一开始我也没有多喜欢那个男人，有的时候女人会糊里糊涂地答应一个人，因为这个人出现在最恰当的时候，然而那一天，我是真的爱上他了，就是一瞬间的事情。"云裳把头发扎成束，眼睛像月光一样清冷，"我说刚才那个跑进来的人是个神经病，他好吃好喝，笑笑也就过了。"

鱼凡真明白，从那天开始，松江侠侣就真的解散了。

往后也不会有人提起那一对年轻的璧人。

就像是所有武林的侠侣一样无疾而终。

"听到现在是不是觉得很无聊，一个四十岁的老女人叨叨？"

"原来你结婚了。"

"我儿子都有了，在新西兰上大学，我老公过去陪读了。"女人笑，"如果不是你们来，我原本这周也会过去，机票都买好了。"

鱼凡真没想到会是这么个结果，她之前和许卿不是没八卦过史封喉与云裳的关系，总以为是失散多年的情侣，现在才明白是自己电视剧看得太多。

世界上哪那么多痴心等候。

"这么多年史封喉老以为自己辜负了我，以为我恨他，希望我能原谅他，自己思前想后，还不敢来见我。"云裳摇了摇头，"问题是我早想开了，感情这种东西就是一眨眼的时机，错过了就错过了，没那么伟大。我现在不想见他，不是因为恨他，而是觉得我老公要知道了肯定会不开心，他那么温柔的人，嘴上不说，心里难受，我不想让他难受，就这么简单。"

云裳起身收拾桌上吃剩的碗筷。

鱼凡真沉默了会儿，忽然问："你当时看见史叔冲进来，心里开心吗？"

女人擦桌子的手停下。

"你觉得呢。"

不多时厨房里传来水龙头里的哗哗声，窗外一小片月光洒进来，鱼凡真本打算再问点什么，想想还是算了。

她趴在桌上，吹着额前一丝刘海。

忽然有一些不知所措。

3.

"你为什么跑？"

"因为我看见现场的那盏水晶大吊灯。"

许卿摇摇头，实在不明白。

史封喉笑："那盏吊灯有他妈一层楼高，全部手工打造，都是上好的水晶，那东西值钱得一塌糊涂，我知道云裳喜欢亮晶晶的东西，这玩意儿是那个男人送给云裳的，就连我也承认，真的牛。"

有时候击垮一个男人的并不是剑。

那一瞬史封喉才意识到，他可能一辈子都无法给云裳这样一场婚礼，在如此奢华梦幻的水晶吊灯下，彼此交换戒指，宣誓，接吻。他俩的婚礼很可能就是在闸北某家面馆的二楼，花五千块钱，请一位眼看就要混不下去的司仪，用一口蹩脚的普通话说"你愿不愿意"。

"我喊了我反对，觉得很好笑。"

所以他又跑掉了，在场的宾客都以为这个男人是来搞笑的。

许卿摇摇头："你也太屃了。"

"怎么屃？"

"想那么多干吗？！如果是我，我就把云姐从婚礼上带走！"

"也许吧。"史封喉耸耸肩，"可是带走了又能怎么样呢，你什么都没有，你们两个也不被祝福，你让那个女孩跟着你住毛坯房吗？你家里连个像样的家用电器都没有，搞不好日子过着过着就只剩下吵架了，为了点鸡毛蒜皮的事，然后每一次她都会把婚礼上的事翻出来，说什么'当初就不该跟你走'的气话，两个人就变得很俗气，一点也不美好。"

"这都是你脑补的。"许卿失望。

"随你怎么说。"史封喉冷笑，"我那天就不该冲进去，太搞笑了。"

"你觉得搞笑，那你现在回上海来干什么？"

"你要我说几遍，我是来给你的小相好治伤的。"

许卿哑然，他知道再问下去也不会有什么新意，眼前是个屄×，你怎么能和屄×争辩。

"很多事不是你想怎么样就怎么样的，有些问题，天下无敌也没用，武林第一也没用。"史封喉笑，"一剑劈开夜云，请你看星星看月亮，夜夜如此，可劈开了夜云，看完了月亮，又能怎样呢？人是要吃饭的啊。"

原来武功再高，真的只是拳脚。

而像史封喉这种人，拳脚根本救不了。

许卿还想说点什么，又觉得说来说去，其实自己也好不到哪里去，索性沉默了。

"两性夜话就聊到这儿。"史封喉岔开话题，"讲起来你们准备什么时候出发？"

"你怎么比我还慌？有你在怕什么。"

许卿心想史封喉剑法登天，怎么着也能当个肉盾抗上两把。

"我劝你还是早点把事情解决，不要再拖了。"史封喉左右看了看，声音压下来，"车行子死了。"

"死了？！"许卿大惊，要知道他当初一剑废了对方，可完全没想着要杀人，这年头杀个人可不是闹着玩的！

"你放心，实际上是死不见尸，活不见人，警察拿你没办法。"史封喉皱眉，"但武林里最近传言四起，认定是你杀了他。"

"不可能，绝对不可能！再说这明明是失踪，凭什么说他死了？！"

"这就是你不懂武林人了。"史封喉冷笑，"车行子是北京武林的大侠，大侠死了，你就是反派，反派拿了神剑，就是大逆不道，武林人再想杀你，更是无所顾忌，只当你是罪有应得。"

许卿哑然，原来车行子是失踪还是死亡，只在于武林人愿意怎么想，更别说他现在握有天穹炎剑，又和车行子交手过，剑如烈火，把他烧成灰也不难，还真是有理说不清。

"我就不明白了，明明是车行子先来要我的命，就算我失手弄死了他，怎么还是我有罪？"许卿气不打一处来。

"人不就是这样吗？"史封喉冷笑，"在世人眼里，你一个小卒拿了天穹炎剑，死是应该的，结果你非要反抗，不但反抗，还害死了车大侠，就是你不对，是错上加错，武林人取你的狗命，就是天经地义，替天行道，你懂吗？"

许卿默不作声，心里像是有一把剑出鞘，恨不得让这些是非不分的浑蛋都知道自己的厉害，如此一想，还是钱无用更"爽快"，杀人求财，哪来那么多道理。

"那我现在怎么办？"许卿泄了劲。

"按贾情珍的吩咐速去东北，把你的剑摘下来，离这一切都远远的。"史封喉顿了顿，语气阴森，"我总觉得这事没那么简单。"

这话说到了点子上，贾老师一死，神剑的消息就不胫而走，到了上海又出现八百万的悬红，显然有人在背后蠢蠢欲动，许卿哆嗦了一下，不禁怀疑车行子的死也与其有关。

总之，眼下多耽误一秒，就多一秒的危险。

"那我去通知学姐！"

洋楼内，亮着一盏低瓦数的台灯，女孩迷迷糊糊揉着眼睛起来。

"跟你说了，当时就应该废了钱无用，最少也得让他昏迷个几天，结果你不听。"

"我错了我错了。"许卿挠头，"今晚就走？"

"明天天亮吧，我还得收拾下东西。"鱼凡真想了想，"以防万一，云姐你也走吧，我担心有些居心不良的人来找你，就像钱无用那样。"

"现在知道连累我了？"女人笑，"没事，我早订了机票去新西兰，等上了飞机，武林就跟我没关系了。"

鱼凡真愣了愣，没说什么，至于车行子的死亡她也不是很震惊，毕竟她受过对方的折磨，实在谈不上交情，再说武林人为了神剑原本就不准备放过许卿，多一条人命在身并不能改变什么，还是先启程再说。

鱼凡真吩咐了会儿，回屋子收拾行李。

"你还没回答我呢。"见她离开，云裳小声捅了捅许卿，"在船上到底怎么样？"

"就那样，我觉得应该失败了吧。"许卿抓了抓头。

"失败了不要怕，还有第二次，第三次，第一百次机会，你看过日本那个电视剧没有，《一百零一次求婚》，那人长得比你还丑，不也成功了吗？"

"我谢谢你。"许卿郁闷，"可你自己不也说喜欢一个人就是一眨眼的工夫吗，哪有那么多次机会？"

"傻瓜，人这辈子又不是只眨一次眼。"

许卿目瞪口呆。

"总之你不许尿。"女人笑笑，从兜里摸出一对小挂件，一猫一狗，也就指甲盖大小，用红绳拴好了，偷偷塞许卿手里。

"找个机会送她一个，两个人嘛，一定要有些东西证明你们是一对。"

许卿愣了会儿，心想真是俗得要死的想法，顺手默默收进兜里。

"你怎么还在这儿？"鱼凡真从门后探出脑袋。

"不是等你收拾行李吗？"

"我说的是天亮就走，你要在这里待到天亮吗？"

"噢……噢……"

许卿灰头土脸地离开洋楼，走前又回头瞥了眼女孩，大概是准备洗澡，她的头发扎起来，露出一片纤细的脖颈，漂亮得让人喘不过气。

4.

天蒙蒙亮，天空透着一种温和的鱼肚白，晨雾翻涌在弄堂。

宾馆外。

老旧的黄色甲壳虫停在路边，鱼凡真的行李早已收拾好，这次她准备充分，从云裳这里借了不少衣服。

"放心，每件都很性感。"

看着女人发来的微信，许卿哭笑不得，不多时史封喉也从宾馆出来，却不见行李。

"开车去沈阳走高速的话至少也得两天，这一趟不会轻松，你们一路小心。"

"怎么你不去？"

许卿一直以为这一趟至少是三个人上路，没想到史封喉轻描淡写地给拒了。

"我为什么要去，我当初帮你救人，帮你治相好的伤，又教了你武功，明码标价，每一笔都完成了任务，还有什么是我应该做的吗？"

"武林人在追杀我。"

"你有神剑。"

"我不是每次都灵啊。"

"你自己拉不出屎，我一个扫厕所的也没有办法啊。"史封喉摊手，"再说鱼同学有五元音枪，就算打不过，带着你逃跑总没问题吧。"

"你开个价。"

"不是钱的问题。"史封喉有些不悦，"我一个老实人，怕了不行吗？"

"你不是剑法登天吗，难道就真的不管我们了？你自己也说后面还有高手，我们怎么对付得了？"

"我都说我怕了，你也知道他们强，我打不过。"

"你怕？"

"我武功高，但是我胆子小啊。"史封喉苦笑，"你以为我义薄云天，可我也只是个凡人，不是什么英雄好汉，我能帮你们到现在已经是极限，不把你卖了就算不错，要知道八百万啊，八百万我都不要了，你还指望我为了你的事赴汤蹈火？"

许卿没有反驳，只是盯着男人，忽然觉得自己明白了什么。

"记住我很反的，难道你第一天认识我？"史封喉笑。

"许卿，算了吧，云姐说得没错，史叔就是这种性子。"

"还是鱼同学懂我，记住，还车的时候要加满油，这辆车我只是借给你们，不是送。"

"你就不能承认一次吗？"谁也没想到许卿忽然大吼，"你想去见她你就大踏步地去啊！一个男人喜欢女人不就应该这样？！管她结没结婚是不是还喜欢你，二十年了你忘不掉她那你就去告诉她，就算她让你滚蛋，也好过在这里叽叽歪歪！"

许卿也知道自己有些激动，更可笑的是，他说的话其实连他自己也做不到。

可是他实在不想憋着，从昨晚开始，史封喉就盯着云裳送的那两只小猫小狗，他就知道这东西肯定不是云裳买的。

你的女人把信物都送人了，结果你还在想，还在等，还在犹豫。

就算你学了十六种狗叫，到头来还是留不住一个人。

沉默了很久。

"你胡言乱语什么玩意儿，一路顺风！"男人笑了笑，伸出手来，"记得你还欠着我的钱，分期付款！"

许卿冷着脸没有动，心底忽然有许多情绪翻滚，却发现再没什么好说的了，所谓好聚好散，大概也就是这样。

没想到，这就是分别。

其实史封喉说得对，他们都不是什么英雄好汉，但一想到要和这个不正经的家伙说再见，也难免有些郁闷，他茫茫然挥了挥手，算是告别，史封喉也不吭声，拍了拍车屁股像是拍一匹马，似乎想让眼前这两个人赶紧滚蛋。

鱼凡真拧开车钥匙，轻微的引擎轰鸣穿透了晨雾，后视镜里的男人越来越远。

"他是故意留下来的吧。"鱼凡真说。

"嗯。"许卿点头，"他昨晚就没睡，在走廊里走来走去的，我猜他是想留下来陪云姐吧。"

"那他这次会去见她吗？"

"不会的，他骨子里没那个胆量。"许卿摇头，"他最多在门口学几声狗叫，然后抽根烟转身跑掉，要么就是透过窗户看两眼，伤感几分钟，最后懊恼把车借给我们。"

鱼凡真愣住："你怎么这么了解？"

许卿笑，他说这不难猜啊，史封喉这种人只会把自己看得很悲情，然后把一切都错过，这种人脑子都是屎做的，他们不知道怎么做选择，只知道犹犹豫豫。

就好像现在他想去见云裳一面，却连这种想法都要遮遮掩掩，他来上海，原本就是来见那个女人，但死不承认，当初逃跑的是他，走不出去的也是他，叽叽歪歪感慨世态炎凉的还是他，他想了这么多，没有一次大大方方，什么松江侠侣，散了好，一条狗怎么劈得开夜云，又看哪门子的星星。

"云姐说得对，不见最好，他自己还想不明白，装得一副风轻云淡的样子，在屋外学什么狗叫，全是小聪明。"

许卿也不知道自己为什么要说这些。

他只是觉得自己在一团棉花堆里，有力使不出来，他心里堵得慌。

"按你这么说，这种人也挺可怜的。"

"嗯，挺可怜的。"许卿喃喃自语，回头最后一眼，史封喉孤零零地站在路边，他冲着两人招手，眼中却是灰蒙蒙一片，竟是所有的飞光都泯灭了。

第十七回

寒拾殿

1.

黄色甲壳虫驶下高速。

许卿和鱼凡真天刚亮就从上海出发，这一路上，他始终有些提不起精神，而女孩也保持沉默，两人明面上镇定，实则心中却各自惴惴不安。

只因前路漫漫，却不知凶险将从何处杀来，他倒是有些后悔，早知道不放史封喉走了，成全了这对老鸳鸯，却白白少了个保镖。

伴随这些恼人的想法，许卿只能把注意力转向窗外，却忽然发现二人行进的方向并非往北。

"哎？咱们这是去哪儿？"

"这里离苏州只有一百公里，我们绕一趟。"

"去苏州干什么？"许卿愣住。

"你忘了这柄剑从哪儿来的了？"

"贾老师的宿舍？"

话一出口许卿就知道错了，那个念头噌的一下闪过，照亮他原本一团乱麻的脑海。

寒山寺。

十年前贾情珍等人正是从寒山寺取走了天穹炎剑，这柄剑自从杨广贞铲除魔教后，足足消失了四百年，始终藏身于苏州枫桥镇。

如今许卿二人距离枫桥镇近得可以忽略不计，当然应该去一趟，也许会有什么意外发现。

甲壳虫一路颠簸，穿过苏州城区径直向西，直到一片白墙黑瓦的古建筑群错落有致地展开在眼前。

枫桥古镇。

现在该叫枫桥景区，除却寒山古寺，另有江枫古桥、铁铃古关，以及古运河，与古镇并称为"五古"，令人仿佛穿梭时空。

停车后二人向着寒山寺行去，过了江村桥就见黄墙入眼，正是寒山照壁，两侧古松苍翠，入夏游人不绝。

鱼凡真拽着许卿挤开人群，一路上吸引了不少虎视眈眈的目光，毕竟大白天堂而皇之背着一柄宝剑，让人由衷地想要报警。

"我这样进去，还不给打死？！"

许卿表示，当初你师父和贾老师把剑从寒山寺弄出来，寺里的和尚恐怕都气炸了，现在打我个物归原主也算在情在理。

"没事，公共场合最多打成重伤，不会死的。"

"我谢谢你！"

许卿话没说完已被鱼凡真拽着跨入山门，就见照壁后古典楼阁飞檐翘角，一派古刹气象，又有枫江霜钟二楼矗立在侧，皆取自那首脍炙人口的《枫桥夜泊》。

"接下来呢？"

"搜。"鱼凡真说，"当初剑藏在寒山寺内，肯定有负责保管的僧人，如今才过去十年没准此人还在，我们仔细找找。"

许卿似懂非懂，只得跟着她沿寺内乱转，谁知问遍了寺内僧众，竟是一无所获。

好像十年前天穹炎剑现世，本就是一场大梦，如今梦醒了，一切如常。

鱼凡真心头懊恼，许卿却一脸轻松，今日是周末，游人如织，正午的阳光和煦温暖，虽是夏季却并不燠热，青松下星星点点的光斑，令人心旷神怡。

如果不是这柄剑，那他现在和鱼凡真，岂不像一对来旅游的情侣？

想到这儿，许卿不自觉打量前方，女孩长发披肩，露肩衬衫搭配齐膝短裙，又有一双长腿如玉，令人浮想联翩。

"你看够了没？"鱼凡真头也不回地说。

许卿忙不迭将视线挪开。

"咱们还有哪儿是没去过的？"鱼凡真问。

"嗯……只剩下寒拾殿了。"

年轻人指了指远处，黄墙黑瓦的阁楼掩在一片翠叶中，那一瞬他忽然觉得某种似曾相识的东西在心里宛如水汽般蒸腾，但很快又被嘈杂的人声所掩盖。

2.

寒拾殿内。

此殿位于藏经楼内，屋内有寒山、拾得两位高僧塑像，其中寒山执一荷枝，拾得捧一净瓶，披衣袒胸，据传二人乃文殊、普贤菩萨转世，后又被皇帝敕封为和合二仙，是祥和吉庆的象征。

鱼凡真扫了一眼，又见塑像背后嵌有千手观音像石刻，上有乾隆年间苏州状元石韫玉的篆书"现千手眼"，殿内左右壁则嵌有《金刚般若波罗蜜经》，共二十七石，是南宋书法家张即之所书，苍劲古拙，英武刚烈，女孩细细看去，果真是令人赞叹。

"这里怎么连个人影也没有。"

"这里……"许卿喃喃自语，来回踱步，打量殿内各处。

他忽然这般严肃，鱼凡真也不敢打扰。

"我好像以前来过这儿。"许卿喘着气，眉毛拧成麻花，"但我记不得了，我就是有一种感觉，很熟悉。"

说完他指着眼前一方空地："这里原本应该有个东西……"

"什么东西？你仔细想想。"鱼凡真意识到这或许就是关键。

"一尊……佛像？我不确定。"

脑海中似乎有个伟岸庄严的影子，模模糊糊的人形，他试图将这些残缺的回忆拼贴起来，却发现只是徒劳。

"真的一点都想不起来？你是什么时候来的？和谁来的？"鱼凡真追问。

"我不知道，但就算我来过也不稀奇啊，我以前和我妈就住在苏州，没准……我妈带我来玩过。"

"你以前在苏州？"鱼凡真的脸冷得可怕，"这么重要的事你为什么不说？"

说起来天穹炎剑十年前出现在寒山寺，十年后又选了许卿，若他曾在苏州待过，那二者之间恐怕就不是"偶然"这么简单了。

许卿见她寒气透骨，慌不迭解释："那时候我太小了，好多事情都没印象了……我以为没什么重要的。"

"那你再想想，你当年来干吗来了？"

"来烧香吧。"

"烧香干什么？"

"求姻缘啊小姐！"许卿哭笑不得。

鱼凡真这才意识到自己是钻了牛角尖，看来许卿是真的一点都想不起来了。

如此一来线索又断了，眼看唯一燃起的希望覆灭殆尽，让人不免懊恼，正愁着门外却有个尖细的嗓音传来。

"我用我老公的命担保，上机大师绝对灵，人家原先也是这里的高僧，十年前为了救苦救难才主动还俗，专门替我们这些有缘人算命，价格还不贵！"

"可哪有高僧开网吧的？"

"普度有缘人，在哪儿不是度？大师说过，键盘上亦有灵台，机箱里可奉真佛，小小 CPU 就是尘世的缩影，绝对错不了！"

许卿探出寒拾殿，才发现是几个中年妇女闲聊路过，当中一个梨花烫眉飞色舞，保不齐是托儿，据说山门寺庙门口总有一批替各路"大仙"揽活的捎客。

"阿姨，我能问一下那个网吧在哪儿吗？"鱼凡真竟满面堆笑地走上去。

"怎么，小姑娘你也想算命？"那梨花烫愣了愣，又瞥了眼许卿，恍然大悟，"明白了，算姻缘！"

"不不……我们不是你想的那种……"许卿慌忙摆手。

"对，就是算姻缘，看看我和男朋友配不配。"

鱼凡真一把挽住许卿，后者似是遭雷劈一般戳在原地。

"就在枫桥镇的鑫旺网吧，你找老板就行，算什么都很灵的！到时候别忘了说是我推荐的啊！"梨花烫信誓旦旦。

鱼凡真谢过，待那几个中年妇女走远，许卿皱眉问："学姐，真的……算姻缘？"

"此人是寺里的僧人，十年前还俗，你还不明白吗？"

"十年前……"许卿愣住，一拍脑门，"对啊，十年前正是天穹炎剑出世！"

也许这位还俗的"高僧"，正是解开一切的关键！

许卿正要举手欢呼，才发现鱼凡真仍挽着自己，心脏扑通加速，女孩却什么也没说，顺手松开，自然得像是一只开溜的小猫。

于是心中那几朵姹紫嫣红，也悄悄地飘落。

3.

上海。

皇冠 KTV 位于上海的闹市区，装潢可以用金碧辉煌来形容，高跟鞋踩过大厅的人造水塘，大理石地面倒映着女人凹凸有致的身材，胸口一线乳沟惹眼。

"您好，请问去哪个包间？"服务员努力不让自己的眼神太过轻浮。

"V12。"女人笑了，她笑起来的时候，就连胸口也跟着一抖一抖。

随着她推开包厢门，一股令人作呕的药水味扑鼻，像是尸体泡在福尔马林中。

"我来晚了。"

这是个大包厢，足有十几个人，他们都小心翼翼地站着。

当中又有一人盘腿坐在沙发上，英姿魁梧，不知从哪儿弄来的香炉，袅袅的紫檀香缥缈，他全身笼在黑袍之中，手中却捧了个 PSV，聚精会神，目不斜视，身旁玉面少年垂手而立，白衣玉笛，姿容清雅。

"Misson Completed（任务完成）。"

又过了一关。

男人睁眼，扫了一圈钱无用等人，眯眼笑了。

"钱大侠果真有英雄气概！"

"哪里哪里。"钱无用擦了把汗，"想不到发悬红的就是您！真是百闻不如一见！我还以为您已经死……不不，我的意思是，您不但一表人才，英武挺拔，玉树临风，还有钱，还帅。"

钱无用见到此人时，心中也吃了一惊，不过他历来知道武林中有些事，不该问的别问，不该管的别管，只要对方肯出钱，他可以当什么都不知道。

"不用夸了，这些我都知道。"男人笑，他这人生得剑眉星目，天生的侠者风范，让人无端产生好感。

"钱大侠这次虽然失败了，但没有功劳也有苦劳，我还是要奖励的，你们觉得多少钱合适？"

钱无用与那十二个弟子对视一眼，私下一阵激动，他们原本还担心许卿跑了卖不上价。

"您看着给，二十万我不嫌多，两万我也不嫌少。"

"哈哈哈哈，你小子，知道自己为什么叫钱无用吗？"

"我师父咒我呢。"

钱无用讪笑，只因他这一门历代有四位掌门，前三个叫钱无穷、钱无限、钱无尽，结果轮到自己，师父却取名叫钱无用，是成心羞辱他。他不明白，为了挣钱，他连老婆孩子都不管，连朋友的钱都骗，世上还有什么比钱更好的东西？

"嗯，有道理。"男人招手，"来，我给你看样东西。"

钱无用慌忙凑过去，男人伸手拍在他头顶。

脑中"嗡"地一响。

却已经晚了。

一股巨力贯穿眉心，肌肤下经脉蠕动，全身上下便如麻痹一般动弹不得，任由内力抽身而去，耳边又闻一曲笛声欢快，便有一丝碾碎玻璃的脆响，细小的冰凌在肌肤上凝出一层冰霜，连空气中的水珠也一并冻住，整间包厢的时间似乎都停止了，只剩下一片死沉死沉的静寂。

"《宾克斯的美酒》，这曲子淡了点，但是死人听正合适。"

钱无用余光瞥去，见那少年人一步一寒，手掌抚过那十二个化作"冰雕"的男女，掌心所触，便融成一摊冰水，绵柔无声，竟连一丝一毫的血渍都没有，活活地蒸发干净。

"你们……"

他凭着心底一股悲愤，勉强仍有一丝知觉，可在男人掌心的吸力下，却丝毫使不出劲来，如今也只有眼珠极细微地动了一番，眼眶中滚着泪水，那十二个男女说到底也都是些普通的市井小民，其中不少还有妻儿老小，如今却在男人的武功下连个全尸都不留。

"武林就是俗人太多了，才走到今天这一步。"男人幽幽道，"你师父给你取了个好名字，你却到死都不明白，太让人失望了。"

言毕拍了拍钱无用肩膀，本想着对方毫无反抗之力，谁知却有一声怒吼，钱无用竟是双手掐住男人脖颈！他如今形容枯槁，一层皮肤好似盐腌过一般，透着死黑，却仍紧紧抓着男人，泪水滚滚流出。

"你不是只爱钱吗？"男人面色不改。

"我答应他们，一起发财的！

"我答应过他们的！"

浩大的内力潮水一般涨了起来，这是钱无用毕生的功力。

他习武多年，明白有些钱能挣，有些钱不能挣，所以他知道什么时候喊"速来受死"，什么时候喊"大哥我错了"。

这个姓林的男人武功百倍于他，这时候喊什么，根本不用犹豫。

"速来受死！

"速来受死！

"速来受……"

那是一道更加苦寒的冰霜，顷刻间包裹了全身，将钱无用怒目圆睁的形象定格住。

"我还以为已经吸干了，幸亏有你。"男人看了眼少年，示意可以收尾了。

少年人举起玉笛，轻轻敲打，整座"冰雕"彻底粉碎，化成水珠飞溅在包厢墙壁，与那十二个弟子一道化成冰水，果不其然，少年人又趴下身子，以玉笛做吸管，噘起嘴将地上的冰水吸得一干二净。

"你吃东西就不能换个法子吗？"女人捂眼。

"不拘小节，不拘小节。"少年抹了抹嘴笑了。

"以后记得提醒我，钱无用也是武林豪杰，今日是我错怪他了。"男人长叹，转而又问，"许卿已经出发了吧？"

"这会儿在苏州。"少年回答。

"苏州？我不记得有这种安排。"

"他们是去寒山寺，十年前那个守剑使还活着。"

"那家伙什么都不会说的。"男人冷笑，"我了解大师的心思，大师什么都不怕，就怕死。"

"说起来你签证办得怎么样了？"少年反问。

"不用你操心。"男人挥手，"好戏自然要留到最后。"

说完他眉峰一挑，脸色忽地阴沉下去。

太静了，从刚才开始包厢外就听不见丁点声响，像是整座 KTV 里的人都在一瞬蒸发，随之而来又有一股亮如秋水的气息，一层叠着一层翻涌铺开，叠到最后，竟似山岳般庄严肃重，压得人喘不过气。

"好剑气。"男人大笑，"阁下既然来了，何不进门一叙？"

话音刚落，一道透明且肃杀的剑弧便将两指厚的包厢门劈为两半！

112

"我进来了，你怎不跑？"门外之人呼了口气，手中竟是一截日光灯管。

"我怎么跑？"男人摇头，"上海市区，谁出得了你的剑圈？"

"也是，不如坐以待毙。"

史封喉笑笑，打了个哈欠。

第
十
八
回

贫僧法号上机

1.

午后的马路人流熙攘，许卿和鱼凡真停下脚步，前者扬手一指街对面。

"学姐，就这里。"

手指处破旧的牌匾上四个宋体大字，龙飞凤舞——鑫旺网吧。

二人推门入内，一股浓烈刺鼻的味道汹涌着卷来，鱼凡真下意识地捂住鼻子。

"怎么这么难闻？"

"你没来过网吧，当然不知道。"许卿笑，"香烟为阳，脚气为阴，阴阳交合，臭气熏天，正是自然之理，和你们练功是一个道理。"

"谁要知道这种道理。"鱼凡真瞪他一眼。

许卿做了个鬼脸，走向前台："你们老板在吗？"

"押金十块，包夜二十。"前台小哥头也不抬，操作鼠标给游戏里的队友加血。

"我们不是来上网的。"

"噢……这样啊。"小哥四下望望，压低声音，"二位现在包厢没了，只有那种带帘子的，你们声音小点就行。"

"我们是来算命的。"鱼凡真压着火气，一字一顿地吐字。

"算命？"小哥茅塞顿开，"明白了，那你们去 1 号机！"

他顺手指了指拐角处一处电脑，夹在承重墙与垃圾桶之间。

114

"我们老板说了，他也不是什么人都算，必须是有缘人才行，你们完成了考核，就是有缘人，可以见他。"

许卿和鱼凡真面面相觑，都觉得莫名其妙，无奈打开电脑，二人不由得愣住，桌面上竟只有一个程序——

《算命须知》

"这老板怎么这么能作？"许卿恨道，本以为是填表之类，谁知点开一看，他心里又骂了一声娘。

竟然弹出一道历史选择题——

明英宗时期的权宦是：

A. 王振　　　　　B. 冯保　　　　　C. 魏忠贤　　　　D. 汪直

本以为离了师大就可以高枕无忧，没想到这历史作业竟然千里追凶！

"做吧，你不是历史系的吗？"鱼凡真说。

"难不倒我，这题选……选C！"

"魏忠贤是明熹宗时期的人，英宗时导致土木堡全军覆没、皇帝被俘的是王振，"鱼凡真握着他的手移动鼠标，"应该选A。"

见许卿一张脸涨得通红，才意识到两人的手搭在一处，女孩轻轻"啧"了一声，慌不迭松开。

"你自己做，下一题。"

唐朝管理天山以南的机构是：

A. 安西都护府　　B. 北庭都护府　　C. 西域都护府　　D. 宣政院

"我知道，是C。"

"又错了。"鱼凡真摇头，"唐朝有两个都护府，武则天设的北庭都护府，管理天山以北，唐太宗设的安西都护府，管理天山以南，所以还是选A。"

许卿现在恨不得一剑捅死那个出题的老板。

二人连做几题，都是鱼凡真在答，许卿只负责点头，说些牛×，这你也知道，厉害啊，本以为这般做下去怎么着也能拿个九十，结果鱼凡真却愣住了。

许卿难得见她也有傻眼的时刻，想看看到底什么问题惊为天人。

凑脸一瞧，差点从座位上栽下去。

《最终幻想Ⅷ》中登场的女主角是：

A. 蒂法　　　　　B. 莉诺雅　　　　C. 尤娜　　　　　D. 雷霆

"对不起，我不会。"鱼凡真一脸沮丧。

一只手拍了拍女孩肩膀。

许卿天神下凡。

"选B。"

2.

DOTA 中哪个英雄拥有的技能最多？

A. 地卜师　　　　B. 影魔　　　　C. 召唤师（祈求者）　　　　D. 光之守卫

"D。"

动画《银魂》中 Hata 王子来自哪个星球？

A. 翠星　　　　B. 多古拉星　　C. 央国星　　　　D. 耻球

"C。"

《生化危机》系列中曾经说过"我的工资高到不行"的男主角是……？

A. 克里斯　　　　B. 吉尔　　　　C. 里昂　　　　D. 威斯克

许卿愣住，眉头拧成麻花，不多时展颜笑了，心中已有答案：

"首先题目是男主角，我们就可以排除女性角色吉尔，而剩下的三个人中，克里斯是雇佣兵，威斯克是幕后BOSS，里昂是总统特工，可见里昂属于公务员吃死工资，应该是钱最少的，而威斯克富可敌国，叛变前还是他们的上司，按常识来说，答案肯定是威斯克。"

"哦……"鱼凡真若有所思，"所以选D？"

"错！你也中计了。"许卿压低声音，眯了眯眼，"实际上整个《生化危机》系列中，没有人说过这句话。"

"什么？怎么会是这样……"

"这句台词，它来自一段官方恶搞视频，第一次出现于视频2分25秒处，说出这句话的人——"

许卿移动鼠标："恰恰是里昂。"

做完这一切，他将了将头发，意气风发。

"我现在知道你为什么本专业水平那么烂了。"鱼凡真感叹道，"行吧，你把题目做完吧。"

一炷香后，最后一题结束，弹出个对话框——恭喜你有缘人！

"这就完了？"

"老板在院子里等你们。"

前台小哥比了个请，打开网吧尽头的小门，露出一条不透光的木质甬道。

许卿深吸口气率先走入，尽头处一片天光洒下，现出一座小院，堆满了淘汰下来的废旧主机箱与电子元件，当中又划出一尺见方的空地，秃头的男人一袭灰袍，转过身来笑容僵死在脸上。

"我 ×，怎么是天穹炎剑？！"

3.

"你让她把枪先放下……"男人喉间顶着铁链枪冷汗直流。

"你果然是武林人！"鱼凡真厉声道，"说！剑的事你知道多少？方清浊你认不认识？十年前寒山寺到底发生了什么？"

她急着问出师父下落，难免有些激动，许卿再三劝过方才收枪。

"但你还是得回答我的问题。"女孩不依不饶。

见对面来者不善，上机心中郁闷，自我介绍道："贫僧还俗前的法号叫上机，上是上求佛法、下化众生的上，机是机谓根机、缘谓因缘的机，名字虽土，却饱含大智慧，不知哪里得罪了二位？"

"你这名字……"许卿捂脸，"对了，我说你干吗要让人做题？"

"施主有所不知，找贫僧算命的人太多，实在不堪其扰，所以布此迷阵，以历史题先筛走一批没文化的，再用动漫题踢走一批年纪大的，到最后来找贫僧算命的，一定是又年轻又聪明……"上机正色道，"如果长得还漂亮，那贫僧就加微信。"

"大师的智慧像海一样宽广。"

"不敢当不敢当，度人嘛，度有缘人，也度美人。"

"说正事！"鱼凡真音枪暴起。

"我对这柄剑知道的也不多！"上机灰头土脸地躲过，"这不是最近它在武林里传得沸沸扬扬，我才认出来嘛！"

"你是最近才知道的吗？"鱼凡真冷哼，"大师十年前从寒山寺还俗，你敢说与神剑出世就一点关系没有？"

上机忽地愣住，旋即又叹口气："我实话说吧，十年前炎剑从寺里冒出来，我们这些和尚也被吓了一跳，鬼知道杨广贞四百年前为什么把剑藏在寒山寺，我知道的不比你们多。"

"那柄剑当初藏在哪儿？"鱼凡真问。

"寒拾殿。"

许卿心头一紧。

"这柄剑就藏在寒拾殿内的韦驮像里，"上机神情郁闷，"当时贾情珍三人为了夺剑，就在寒拾殿放了一把火，他们倒好一跑了之，旅游局怪下来，说寺里有僧人蓄意纵火破坏历史文化景点，住持就把我交出去了，说让我顶了个雷。"

至此上机才还了俗。

"贫僧投身 IT 行业，实在是命运所迫啊！"

许卿皱眉："就这些？你其他什么都不知道？"

"真不知道。"

鱼凡真捏紧了音枪，死死盯着对方，良久泄了气。

看来苏州实在是白来一趟，什么消息也没探出来。

"你刚才说的那个韦驮像，现在在哪儿？"许卿想了想问。

"在我这儿。"上机咧嘴笑。

二人跟上机走进院旁仓库，上机吹了吹灰，手指角落一尊金刚怒目像，却是当中裂开，焦黑的朽木上挂满了蛛网。

"就它。"

"你留着它干什么？"鱼凡真纳闷。

"留个念想。"上机的声音忽然静下去，"师父说，里面是修行，外面也是修行，外面的修行比里面的修行还要苦些，就叫我不必难过，带着这尊韦驮，日日观想，一样可以破除业障。"

"你师父还是体恤你的。"

"我师父是想省那一笔清垃圾的钱。"

鱼凡真哭笑不得，正想问问许卿有何看法，却发现他失神在原地，身子不自主地颤抖，似是见到极可怖的画面！

"许卿？！"

4.

是一个雪天，年轻人的目光散溢出去，簌簌白雪从天而落，庭中古松摇曳。

有一道门，门上拴着铁链，却仍可跻身而入。

黑暗中立着沉雄肃穆的雕像，石丸一般的眼珠睥睨凶恶，金刚杵平端在手。

有个小小的影子跪在像前，双手合十，看不清五官年龄，只是团浑浊的黑，关键的记忆在流风中支离破碎，唯有虚空的悲伤在轮回吹拂，既无助，也孤独。

许卿扭过头，又见雪中扬起经幡，黑袍的信徒从四面八方拥来，颂咏着菩提与因果，代表着至大至伟的力量从天而降，化身金甲英雄持剑，断尽诸般烦恼障碍。

鲜血自眉心涌出，结掐莲花手印，印中升炽烈火，火烧众生。

他欣喜若狂，像是等了数千年。

想要的都得到。

想有的都拥有。

世间再无三途之苦。

"咤！"

上机大喝一声，以威猛咒驱心魔，响彻天地！

许卿猛一个激灵，转醒过来才发现自己仍在仓库中，窗外日光干净淡雅，鱼凡真苍白着脸站在一旁。

"你怎么了？！"女孩掏出纸巾忙不迭替许卿擦汗，后者如今像是从水里出来，浑身大汗淋漓，可皮肤却凉得吓人。

"我没事……"许卿挤了个笑容，他此刻只觉体力透支，太阳穴也隐隐作痛，好在有鱼凡真为他担惊受怕，心里好过了许多。

"我看到……很不好的东西，比在上海看到的还糟糕。"

许卿定了定神，开口将所见形容一番，鱼凡真越听脸色越沉，似是有极不好的预感，可目光却像隔了一层浓雾，让人琢磨不透。

"完全不懂。"

"我猜是这柄剑对佛像有感应。"上机若有所思，"一个是伏魔神剑，一个是护法神将，二者间浩然杀气叠加，金刚怒目凡人必受影响，你看到的，应该是佛祖降魔，得大解脱的场景。"

许卿不置可否，他方才心中愤怒不假，可又有一丝悲哀恐惧，更有几许不易觉察的喜悦，本是互相矛盾的心情却彼此重叠，令人困惑。

"想那么多干吗？"上机摆手，"我看你俩一路人困马乏，也是累着了，不如在镇上小憩半日，恢复一下元气，好好玩玩说不定还能增进感情！"

许卿心说不愧是高僧，"增进感情"四字简直如雷贯耳，可嘴上还得故作嗔怒：

"都什么时候了，还有闲工夫逛景？！"

鱼凡真默不作声，踱步了会儿，忽然开口："镇上有什么好玩的吗？"

"学姐……咱不去坐标了啊？"许卿愣住。

"坐标又不会飞走。"鱼凡真摇头，"休整半天，晚上再出发。"

"哦……"

"我是觉得，你也应该休息一下。"鱼凡真抿了抿唇，没再往下说，她方才又看见那个眼神，心中一绞，许卿魔怔的时候眸子又极冷下去，仿佛万古大雪不绝。

那一瞬她几乎以为"许卿"已经消失了。

心底似是有一把钝刀在割，好在她心念不动，脸上倒也平静。

告别了上机，两人准备离开，男人却悄悄拽了下许卿。

"贾情珍……是不是死了？"

许卿愣了会儿："是啊，贾老师好像是自杀的。"

上机"哦"了一声，大仇得报的模样："死得好，要不是她惹的好事，我现在搞不好都当上住持了！"

说完挥了挥手，笑眯眯送二人到门口。

许卿回身最后看了一眼，男人笑容轻松舒畅，可眸子里却不见分毫的光芒，像是一口死沉死沉的井。

远处的寒山寺升起一道若有若无的钟鸣。

第十九回

感情的道理我没有不懂的

1.

上海。

KTV 内大小宾客数百人早已晕厥在地，偌大厅堂不闻半点声响，只因史封喉剑气惊人，寻常凡夫俗子熬不过半分钟便会失去意识。

可眼前三人又并非凡夫俗子。

"你怎么找到我的？"

"我料定钱无用会去找那个发悬红的人。"史封喉似笑非笑，"只是我没想到那个人会是你，我还以为你死了。"

他顿了顿，三个字滚在牙间："林英雄。"

十年前三人取剑，贾情珍、方清浊，余下一个姓林，名英雄。

人如其名，此人本是武林正道的一杆大旗，亦是重振武林的希望所在，谁知却夺取了武林神剑，又失踪了整整十年。

"英雄哪有那么容易死。"

"英雄可不会杀人。"

"不是杀，是借力。"

"我 ×。"史封喉翻了个白眼。

"这人到底什么来头？很厉害吗？"女人皱眉。

121

　　"岂止是厉害。"林英雄笑，"史先生年少成名，剑法摘了天道，号称杨广贞死后武林四百年剑术冠首，有剑仙之姿，只可惜后来交了个女朋友，一身剑法专门为人劈夜云看星星，屈尊做了个松江侠侣。"

　　史封喉轻笑两声："第一，剑仙之姿，纯属放屁；第二，剑术冠首,屁用也没有。"他踏前一步，山海般的剑气沉沉压下，对面少年如临大敌，十指叩笛，一首鸳巢诗郎的曲子送出，结阵冰墙拔地而起，却又瞬间粉碎崩塌。

　　"第三，我好不容易脱单，你才可惜。"

　　史封喉仍是笑意绵绵，可明眼人都看得出此人已动了杀心。

　　"你要的是许卿，不是剑。"他说。

　　"什么都瞒不过你。"

　　"你到底在计划什么？"

　　"我说重振武林，你信吗？"

　　"信，你说生二胎我都信。"史封喉冷笑，"你有病。"

　　"我也是没办法。"

　　"世上的王八蛋，哪个不是没办法。"

　　言毕史封喉灯管震开，剑气再增一倍！厅内草木无不倒伏。

　　"休想伤他！"女人抬腿欲上，却被一只手拦住。

　　"不必送死。"

　　林英雄手腕翻转，一枚金色剑柄之上腾起一道光明剑锋，无形无质却凛冽威严，亦是神色不惧。

　　"和平是谎言，唯有欲念存。"史封喉一改平日嬉笑怒骂，目光如秋叶。

　　风雨欲来！

　　刹那间他由静入动，身形模糊唯有剑光似水，几乎一触即离，纯钧剑气又似湖上波澜一层一层越发汹涌。

　　"好剑术！"

　　林英雄大喝，心中涌起久违的热血，当初车行子所言无错，若不能英雄长剑，你我何故练武？

　　练武，便是为了有朝一日，与强者对敌！

　　"这妖人好厉害！"见此人与林英雄交手数个回合竟不分胜负，女子惊道。

　　"妖人？"史封喉眉峰一扬，灯管划出一道圆弧，恍如一千把光剑开屏。

　　"我与天争锋，就是妖人吗？"他手腕拧转，纷纷扰扰的剑气十方铺展，天地草木砖石无不开裂！

一剑挫波澜，一剑杀日月！

所谓登峰，所谓造极！

"欲念生力量，力量生权力！"

剑气冲到顶，竟是劈开四面墙体，那玉笛少年脸色难看，运气间层层冰墙凝结，想要助林英雄一臂之力，谁知史封喉提剑入阵，剑势影影绰绰摧开万千朵宝光绽放，一时无人可挡，唯有冰屑飞溅于月下，却是一滴也不沾身。

女人愣在原地，那家伙刚才念的那是什么？

这人他妈是尤达吗？

"不是尤达，是西斯武士。"林英雄抹去额前血珠大笑。

Peace is a lie, there is only passion.（和平是谎言，唯有欲念存。）

Through passion, I gain strength.（欲念生力量。）

正是《星球大战》里的西斯信条。

话音甫落林英雄轻叩剑锋，又一道光明伟力腾空，化作重剑长锋迎头回击！

"等你许久！"

见灯管与无形的光明相交，却发出铁与铁撞击的硬响。

史封喉退开一步，内力从未如此平和。

高手对剑，拼的是心境，而非剑法。

林英雄提起"正道大剑"，人如山岳，光明力拔地而起。

他心境了得。

"你这十年到底吸了多少人的内力……"史封喉脸色阴沉。

"一百四十三个，不算多。"林英雄摇头，"我实在不明白，一个臭小子值得你这样保吗？你好生去找你的云姑娘，你我井水不犯河水，岂不是更好？"

"谁让我欠那小子一个人情。"

"你是剑仙，也会欠一个小卒的人情？"

"廿上哪有什么剑仙，只有一个懦夫。"

林英雄愣住，他眼见史封喉像是一把孤剑插在湖心，衣袂随风舒卷，层层清波荡开，又涨为一片遮天巨浪。

"你知道臭小子走之前还教育我来着，叫我鼓起勇气。"史封喉仰头，"那时候我听了觉得很扯。"

男人说："明明那小子自己还是个处男，凭什么教育我，我花了二十年的时间，对感情了如指掌，知道什么叫权衡，什么叫理智，什么叫进退自如，什么叫见好就收，我会没有勇气吗，我会不明白吗？"

他低下头，忽然苦笑："可等那个女人真的要走了，我才发现他说得没错，不明白的是我。"

其实一个男人喜欢一个女人，哪有什么道理。

有一天你发现机会只剩下一次，你才知道这二十年懂的那些进退自如、见好就收，原本毫无意义。

你的那些通透，也不过是怯懦。

"原本就没有什么见好就收，你收得住剑招，又怎收得住念想？"林英雄淡然，"我懂了，你剑法高，情商却低。"

"这话从你嘴里说出来怪怪的。"

"书上看的。"林英雄笑，"写书的人说慧极必伤，情深不寿，你太聪明，结果想得太多，反倒不如那小子豁达。"

"这书谁写的？"

"你那个相好。"

史封喉愣了愣，忽然哈哈大笑："你……行了，我今日就要拿你做个人情，你不介意吧？"

林英雄点头："不介意，多问一嘴，云裳几点走？"

"今晚七点，还有一个小时。"

林英雄看了眼表，一身光明力滚滚卷开，直贯天穹，待他光华褪去，凝神自守之时，双眼中已再无半点犹豫。

"来吧，没准杀了我还来得及。"

2.

一百公里外的枫桥镇。

许卿觉得眼皮跳得厉害，他抬起头，远空中缕缕铅云，压得很低。

"跟上，许卿！"

鱼凡真的招呼打断了这种不祥的思绪，女孩蹲在街边的小饰品摊位上看得兴起。

他二人听了上机建议，如今真的在镇上逛起来。

　　说到小饰品，许卿摸了摸口袋。

　　"学姐，这个送给你。"

　　"这是什么？"

　　"幸运符。"许卿随口胡编，"云姐给的，一人一个，男人戴了不脱发，女人戴了不长胖，有了它一定能找到你师父。"

　　"噢……"鱼凡真倒是挺喜欢那只小猫，将红绳套在手腕上，"这是一对？"

　　"其实也不……"

　　"一对就一对吧。"女孩举起手腕，点点头，"挺好看的。"

　　许卿愣了会儿，其实他也知道对方只是随口一说，当初在黄浦江，很多事都说得很明白，可你真的听到了，又忍不住去多想一点，像是那扇原本关紧的铁门又开了条口子，你努把力就可以推开。

　　"快来！"女孩忽然跑上去。

　　"哪个好吃？"鱼凡真咬着嘴唇站在小餐馆门口，一双眼睛睁得老大。

　　许卿见她忽然这般乖顺，不免笑了："老板，两碗枫镇大面，一碟蟹壳黄，还要一盘虾子酱油！"

　　二人找了处临窗位置落座，揭开隔窗，正瞧得见外面的上塘河水，白墙绿柳令人心怡，顾不得许多，鱼凡真食指大动，原本还不觉得，坐下才发现整个人都饿瘪了。

　　"好吃！"

　　"还有这个蟹壳黄，你也尝尝，甜的是玫瑰豆沙，咸的是蟹粉葱油。"

　　"嗯。"鱼凡真点头，一口咬下去，整个人猫儿一样哼了哼。

　　许卿静静看着，也不说话。

　　有人说那些你以为忘记的东西，并不是消失了，而是潜伏在暗处，你不知道它什么时候会出来，可它出现的时候，就会把你死死地攥住。

　　许卿觉得有什么沉甸甸的东西顶上来了，涨满了胸口。

　　那是熟悉的时光去而复返，小小的少年呼噜着面条，蒸汽熏在脸上，他抬起头，觉得女人也是这样看他，目光如水，他们离得很近很近了，可他仍然看不清女人的脸。

　　"你怎么了？"

　　许卿哆嗦了下，才发现自己一直死死"盯"着鱼凡真。

　　"没什么。"许卿低下头吃面，"我就是想起小时候，我妈也会给我煮这种面。"

"那下次让她也做一碗给我尝尝。"鱼凡真笑，拿起小勺舀了点虾子撒进许卿碗里。

"她死掉了。"

女孩拿勺子的手悬在半空，她不敢去看许卿的表情。

3.

"我还没出生的时候，我爸就跑路了，我妈说他发了财，不要我们了，我妈就带着我一个人住在苏州。"

许卿沿着河畔不紧不慢地散步，视线飘得很远。

"那时候她就在苏州工业园给人洗车，一个月八百块钱，带着我住在园区外的廉租房里，那屋子隔了六道帘子，塞了十个人，转身都难，再后来她出了车祸，我就过继给了她在北京的堂姐，我喊她姨妈。"

"车祸？"

"我记得是上小学三年级的时候，我妈带我去附近的穹窿山旅游。"

许卿说："那是个大雨天，大巴遇上山体滑坡，等我醒来的时候已经在医院，他们跟我说她死了，我最后一眼见她是在停尸间，你知道死人是什么样吗，就像是睡着了。"

鱼凡真没有接话，她发了会儿愣，也不知想什么。

许卿犹豫了下："你不会也觉得我很惨吧？"

"我也没见过我爸妈。"女孩摇头，"我是被师父带大的，没觉得怎么样。"

"嗯，这样最好。"许卿舒了口气。

他这辈子遇到太多的人，都喜欢在他身上施舍同情心。

"啊，枫桥到了！"

许卿抬起头，眼前是一座砖石拱桥，银月一般倒扣在河道，辉煌的日光洒在水面，恍如漂着一层金箔，鱼凡真先一步登上去凭栏远眺，身影也融在一片流光之中。

许卿一时有些出神。

"二位拍照吗？来枫桥留个纪念，五块钱一次！"

不知从哪儿钻出个照相小哥，许卿连连摆手，倒是鱼凡真破天荒地拽了拽他。

"拍一张吧，我和你是不是没有合照？"

"有的话反而奇怪吧……"

"那今天就留一张。"

许卿一度以为自己听错了。

他以前看书上说你喜欢一个人，就带着她去旅游，你们站在山顶的瀑布前，光晕透着一道彩虹，你们就会相爱，因为两个人分享了最美好的时刻，就像是联手偷走了冰箱上的糖果，那是一种共谋的甜蜜。

所以是因为枫桥的美景，鱼凡真就喜欢上他了？

可书里的东西怎么能当真，许卿宁愿相信鱼凡真只是听了他童年的故事，生出了点廉价的同情。

但他元法拒绝。

"两位靠近一点！"小哥的声音打断他，"再近一点，对对，靠一起！"

鱼凡真的身子贴过来，许卿退后一步感到紧张，一侧的手抬起又落下，最后别扭地交叉在胸前。

"搂住她，亲密一点。"

"你误会了啊，我们是姐弟，懂吗！"

"姐弟难道不应该更自然吗？"小哥冷哼，"男人胆子放大点，让你们拍合照又不是拍床照。"

许卿王想说你这人怎么这么鸡婆，鱼凡真却一本正经地摇头："他没这个胆子。"

谁说我没胆子？！

那一刻心底的小人儿忽然跳出来拼了命地擂鼓，千军万马齐声高喝，上将军你不是戻！

谁怕谁，许卿咬牙一把搂过鱼凡真，那一瞬女孩的身子竟"噌"地滚烫。

"学姐……"

鱼凡真挣扎了下想要从胳膊里溜出去，可许卿搂得更紧，这倒不是他色胆包天，而是肌肉因为紧张而绷住，最终怀里那个软软的身子也放弃了。

许卿的指尖轻颤，心底却发出傻笑，原来她也会紧张。

"可以松开了吧？"鱼凡真小声说。

许卿慌忙双手举高。

小哥甩了甩照片递过来，许卿看见相片里的模样心里就有些郁闷，好比你看见龙宫里的虾兵蟹将搂着紫霞仙子，与其说是一对，不如说是绑架。

紫霞仙子还是要至尊宝来配。

你又不是至尊宝。

"这些都是你拍的吗？"鱼凡真指着照片板上许多神态各异的情侣。

"是，我在这儿好多年了，只拍情侣。"

"咦，为什么？"鱼凡真来了好奇心。

"为他们留个见证。"小哥笑，"这样就算两个人分手了，我这里也会留下一点痕迹，毕竟那时候他们路过枫桥，都是想一辈子的。"

"你怎么突然骚包起来了……"

许卿还想说点什么，扭头却发现鱼凡真沉默了，她站在桥上看人来人往，近乎透明的日光染在眉梢，眼眸里潮起潮落。

这种无端的消沉令许卿心头一紧，他盯着那些照片忽然有一种预感，也许很久以后自己和鱼凡真也会在上面，那将是他们之间唯一的痕迹。

许卿摇了摇头，如果史封喉在，大概又会说他矫情，毕竟有些东西本来就该这样。

他忽然有点想念那个家伙。

说起来那老小子这时候应该回北京了吧？

4.

天空中最后一丝红霞被黛蓝色的云层吞没。

KTV里全然分不清黑夜白昼，只有破碎的土石砖块，倾倒的盆景假山，那是两团近乎模糊的影子在空中与地面相撞击，苍蓝的灯管与剑锋状的光明缠斗不休，震开的气浪有如万丈波澜，苍天伟力层层不绝。

"剑仙之姿，此言不虚。"林英雄点头赞许，他如今面色不改，甚至吐气比方才还要平稳，氤氲的光气化为长锋，形成一柄直抵天穹的重剑，一剑劈下，整座KTV便吞没于无穷光明海中，待光明散去，竟余下深达数米的剑痕。

"正气勇者，也不是吹牛。"史封喉冷笑，"我不明白，你为什么想重振武林，这都什么年代了。"

"我想为武林做点事。"林英雄摇头，"这和什么年代没有关系。"

"为了这种小事，就要毁掉一个年轻人？"史封喉叹。

"挽武林于既倒，怎么会是小事？"

"怎么不是。"史封喉苦笑，"天底下那么多人，武林才多少，区区一千个人的事，怎么不是小事？武林存不存、亡不亡，除了你，谁又在乎？人的一生那么有限，比武林重要的东西又那么多，何苦还要拘泥在这一方天地里。"

"可对我来说，这就是全部。"

林英雄拔剑而来，宽阔的剑气散发着近乎纯白的光芒，史封喉手握灯管，逆势而上，二人腾挪于大理石地板之上，四面八方剑气相挫。

"拜托，有这个闲工夫，去谈个恋爱不好吗！"

剑如山岳星海，大开大合之间几乎要将房顶掀破。

"我喜欢打游戏，没想过谈恋爱的事。"

林英雄笑了笑，拧转手腕，长剑光明陡增，映着也一双淡漠的眸子。

"勇者的光明！"

"中二病也要有个限度吧……"史封喉皱眉。

林英雄的武功号称"正气勇者"，不但吸他人内力为己所用，更可在战斗中不断成长，愈战愈强，不愧"勇者"之名。

这一层"勇者的光明"是指我心光明，大彻大悟，以无上明力照亮自己，已是正义初显，"正气勇者"进入了实战阶段，可与奸邪对敌。

"中二病没有错。"林英雄严肃起来，"我想拯救武林，更没有错！"

"没关系，我也不在乎你错没错。"史封喉全身内力张开，源源不绝的剑气喷薄而出，像是湖中翻腾的旋涡，沿着整座大厅盘旋。

"The Force shall free me!（武力使我自由。）"

他进一步，剑锋如浮光掠影，剑气则浑然成形，灯管划出一轮苍蓝色的力场，那是无数剑弧纷飞碎乱，化为一片片伤人的光羽，他剑法虽轻，气势却沉，脚步徐徐推进，仿佛十万大山压来，却在林英雄迟疑的一瞬，剑招陡然变化！

只一瞬，所有的剑气压缩为一点，恍如黄浦江水奔流入海，于是天地的一切都暗下去，狂风吹灭了灯光，黑暗中只有那一缕决绝的杀气，刺向林英雄。

剑招之强，强于变化。

纵以林英雄如今内力之强，方才的注意也只在史封喉的百万剑阵之中，绝想不到前者会突然暴起。

"人生二十载，不过是湖中望月，梦中观景。"

吐字间男人剑气平缓实则暗藏锋芒，剑光缥缈之际却压着一道雷霆，直杀命门。

"我今日方醒！"

灯管裂开，当中竟射出一把青锋长剑，弹指间将对方心口贯了个透穿！

史封喉松了口气，他二十年收剑入"鞘"，面对林英雄原本也无十成把握，如今心中大石才算落地。

眉峰一蹙，忽觉一盆冰水钻心，皮肤毛骨悚然！

林英雄的身体竟水波一样涌动虚化，如同刺中了一团无形的光晕。

只是个残像。

大滴的冷汗从史封喉鬓角滴落，巍峨浩然的力量从身后逼近，无穷无尽，起起伏伏，像是实质的光明包裹，他胸膛一热，那股耀眼的光明便穿透了他。

最后一声长叹似是永不会完，他跌落下去，整个世界都安静了，只有耳边猎猎的风声，依稀间还有个女人的影子。

"你说得对，人的一生真的有限。"林英雄拧了下剑柄，光气渗入史封喉经脉，化为无数细小的剑锋切割，更多的血从男人窍里涌出。

"可我这一生，只想做这一件事。"

史封喉舔了舔嘴，冷笑："你走火入魔了。"

"我的愿望在你看来，就是着魔吗？"

"也不是，你可能动画片看多了。"

林英雄不再理会，猛地抽出光明剑，史封喉抽搐了下，瞳孔渐渐涣散，又被一股暖意包裹，似乎林英雄想给他余些体面。

"一个小时到了，看来我是赶不过去了。"史封喉惨笑，鲜血染红了牙齿。

林英雄不置可否，只是静静地站着，手摁在男人眉心。

滚滚内力汇入肉身，史封喉的脸干瘪下去。

"你见到那小子的时候，替我谢谢他。"

"好。"

男人似是满意了，那一刻他觉得自己的灵魂也飘起来，向着更高的地方飞去，恍惚间他又见到了那盏水晶大吊灯，灯下是月白婚纱的女人。

她真的很漂亮，值得你冲上去在众目睽睽之下拉起她的手，就像你很多年前第一次在松江镇上见到她，隔了一层水雾却有玉一样的光华。

那时候你并不知道自己是个穷鬼，也不知道人这一生很多事都没有办法。

你以为你剑法厉害，一剑为她劈开夜云，你说你要娶她。

可你也没有做到。

现在她站在教堂中央，那个看起来比你要温柔许多的男人挽着她的手，他们就要白头偕老了，你理应起身祝福，可话到嘴边又说不出口。

你才发现这二十年你一直在等着这一天。

说什么见好就收，结果却想了这个"好"二十年。

说什么进退自如，其实不过原地踏步。

有些事二十年前你就该做，这是你最后的机会。

于是那具枯瘦干瘪的躯体忽然睁大了眼，他伸出手在一片黑暗中摸索着，试图迸发出声嘶力竭的吼声：

"云裳……我……

"我带你……

"我带……"

像是耗干了最后的意识，结果却只有嘴唇无声地翕动。

"他说什么？"

少年盯着那具尸体徐徐融成一摊冰水。

林英雄摇摇头，转身离开，不知是否是错觉，那个原本雄伟的身影似乎也委顿下去，只有疲倦的叹息从黑暗中飘来。

"原来这世上真的没有什么剑仙。"

5.

"小姐……你还好吧？"

浦东机场，女人掏出一张飞往新西兰的机票递给安检员。

伸出的手却停住。

她像是忽然窒息了，随后捂着脸蹲下去，泪水从指缝里涌出。

"我听见有个人在喊我。"

"要不……你回去看看？万一是什么重要的人……"

安检员试探着问，这样的戏码几乎每天都会在机场上演。

"没事，也许是我听错了。"

女人抹干了泪痕，她起身回头，只有一片汹涌的人潮，机场的光晕刺眼，她以为自己又站在了教堂中央，门打开，本该有个人冒着风雪冲进来，说我带你走。

结果什么都没有，除了喧嚣平淡的人世。

"没错，我一定是听错了。"

第二十回

月下宾馆文章会

1.

它像是一座古堡，坐落在海边，铁灰色的海浪拍打着黑色的礁岩，远空中隐隐聚集了雷雨，在海与天的尽头。

福利院的门匾不知什么时候被人拆了，锈迹斑斑掉在地上，少年的手掌都是血，门板上也是血，惨白的闪电撕开一道光，露出一双同样惨白的眼睛，雷声滚滚，几乎要拍碎他的耳膜，血的腥味灌满了鼻腔，他什么也看不见。

只有无穷的黑暗，黑暗中是欢笑，欢笑里是尖叫，它们比雷声还要吵闹。

"求求你们，放了她。"

那双雾蒙蒙的眼里流下泪水，他看不见，可他知道在走廊的尽头，有一个人站在那儿，看着一片漆黑的海。

那一声尖叫变成了惨叫，女孩挣扎着，喊他的名字，反倒让那群人的笑声更大，一声高过一声，像是一把尖刀挑开他的青筋，他跪下来，咚咚咚地磕头。

"求求你们！我求求你们！"

"林大侠，这小子留给你如何？"有人揪起他的头发。

"算了吧，反正是个瞎子，不必管他。"那个人说。

那个人长什么样？他努力地睁大眼想要记住，却忘了自己是个瞎子。

从海平面上涌来的黑云吞吃了光，雷声像是一头巨兽在天地的尽头吐息，它呼出狂烈的海风，终于掀掉了房顶。

"算了，我改主意了。"

阴鸷的杀气刺入胸膛，少年闭上眼，尽管他本不需要。

死，就是一瞬的事。

白净脸睁开一双泛白的眼睛，大喘着气，这又是一场分不清白天黑夜的噩梦。

指尖触到手边长刀，心跳才算平复缓和。

这是一间普通的标准间，天花板很无聊地装了一面镜子，好在他也看不见。

电视机里最新一期的综艺节目，少女盘腿坐在另一张床上，百无聊赖地吞吐烟圈。

"睡醒啦？"

"小姐你能把烟掐了吗，这里不透气。"

"你哪只眼睛看我抽了？"仇胭将香烟两手一拍，化作一团青雾。

"我哪只眼睛都看不见。"

"好好笑哦。"仇胭剜了他一眼，"不是说去上海吗，怎么又跑到这个鬼地方来了？"

"这还不怪你？我真不明白人家结婚，为什么你喝得大醉？"

"开心嘛。"少女在床上打了个滚，"你不知道我带着你，有多出风头，她们眼睛都直了！"

白净脸想起那晚的婚礼，少女们艳羡的目光，叽叽喳喳地窃喜，他倒也不反感。

"你那些闺密都哪儿来的？"白净脸问，"我不记得除了我以外，你还有什么朋友。"

"柯基小狗保护协会。"

"柯……什么？"

"我们都是网上柯基小狗保护协会的战友，致力于保护流浪的柯基小狗。"仇胭认真道，"大家天涯海角的，聚在一起多不容易！"

"搞了半天是网友。"

"老板，我能再问你个问题吗？"少女小声说。

"最后一个。"

"等这一切都结束了，你有什么打算？"

"现在什么都没开始，你就想着结束？"男人笑。

"我问问还不行吗？说吧说吧！"

白净脸犹豫了会儿，挠挠头："养猪吧。"

"我靠，你还真养猪啊！"

"我养了那么多年，只会这个。"白净脸实在找不到理由。

仇胭扶着额头："难道我真要嫁一个养猪的瞎子……"

"你说什么？"

"没什么……"仇胭嘟囔着，又红着脸道，"不如我们一起开个宠物店吧，一起养柯基小狗，你负责打扫卫生，买狗粮，算账，给小狗打针，洗澡，教它们钻呼啦圈……"

"那你干什么？"

"我陪小狗玩啊。"

白净脸愣了会儿，想反驳又发现似乎没什么不对，一时语塞的样子甚是狼狈，少女见状扑哧一声，笑得眼泪都出来了。

"很好笑吗？"

"不好笑，但是我喜欢。"

2.

入夜。

窗外偶尔有国道上驶过的卡车轰鸣，余下零星的蛙鸣，月光透过破了洞的玻璃泼进来，似是一层淡淡的水银。

许卿躺在床上翻来覆去地睡不着，自己如今与师大女神仅一墙之隔，却只能望墙兴叹，恨不得长出一双透视眼来。

"也不知学姐这会儿睡了没有。"

离开枫桥镇之后两人一路重新北上，行至半夜距离济南城尚有五十公里，鱼凡真困意绵绵，无论如何也开不动了，只得找了处国道旁的宾馆入住。

好死不死，宾馆剩下两间房。

许卿心说怎么和书里写的不一样，讲好孤男寡女行走江湖，客栈只允许有一间房，可转念一想又明白了，他这是命。

穆仁庄常说人类的命运五颜六色，黑的是领导命，粉的是网红命，绿的是原谅命，许卿是屎黄色的。

屎黄色的命五行属单，八门属死，忌少妇、靓女、青春女子、校园女神，一生孤独。

这么一想许卿反倒坐了起来，他可不是认命的人。

"学姐，要不要出去吃夜宵？"

许卿死不要脸地在手机上摁出这几个字，表示对命运的抗争，结果刚发完就有一声极轻的呼唤气若游丝地从门外飘来。

"许卿……"

是人是鬼？！

"许卿……"

年轻人骂了句脏话起身下床，开门却发现鱼凡真一身睡衣站在走廊，一副欲言又止的模样，她自称半睡半醒之间宾馆座机却响了，听筒里一语不发竟只有喘息，听着像个半残风箱呼呼作响。

大半夜的让人毛骨悚然，也不知是谁在恶作剧。

"我觉得不对劲。"鱼凡真低着头，"还是住一间吧，出了危险我也能保护你。"

许卿忍着兴奋把床让给鱼凡真，自己打了个地铺，她刚洗过澡，湿漉漉的头发有一股好闻的柠檬味，许卿贪婪地吸了口气，心中感慨，果真你不认命，命就认你。

"你笑得我都听见了。"

"噢……噢……"许卿脸一红，不作声了。

两人各自躺着，一片夜云吞掉了月光，屋内登时漆黑一片，只余夜风呼啸，树影沙沙，不知何处的野猫嘶叫，听着像婴儿啼哭，惹人阵阵发毛，许卿不舒服地翻了个身，无意中摸到手边炎剑，却是一片冰凉。

"你给我讲个笑话吧。"鱼凡真的声音从床上飘来。

"学姐，你是不是怕鬼？"

"我没有，我就是想听笑话。"

"从前啊……有个死人……"

"好吧我承认，是有一点。"鱼凡真嘟囔着。

许卿忍不住笑了，索性坐起来，却发现鱼凡真不知何时已靠在床角，双手拢着膝盖像是一条离群索居的小鱼，让人觉得一只手就可以搂过来。

半晌过后，许卿小声嘟囔："学姐，你有男朋友吗？"

"我让你讲个笑话，你问这个干什么？"

"书上说害怕的时候就要转移注意力，年轻人在一起，聊聊惨淡的就业形势，黯淡的婚姻前景，孤独的情感生活，就知道活着比死还可怕了。"

"小小年纪，你这都哪儿学来的一套一套的。"鱼凡真摇头。

"就我所知，你只比我大两岁。"

"但我心理年龄比你成熟。"鱼凡真反驳。

"追你的人那么多，我听说你一个都看不上，你眼光太高了，因为你老觉得自己比别人都成熟吧。"

"不是的。"鱼凡真严肃地摇摇头，"女生喜欢一个人，不是说他条件好就行，有时候是看感觉的，但是感觉又是最难把握的东西，所以有些人会喜欢一个浑蛋，不是因为浑蛋好，而是那时候感觉对了。"

见许卿一副目瞪口呆的样子，鱼凡真又低头补了句："我看书看来的。"

"那我给你什么感觉？"

"没有你这么问的。"

此时斑驳的月影落在女孩脸上，她不再理会许卿，头埋进膝盖，轻轻哼着一首英文歌，许卿也听不懂。

可是她的姿态让许卿觉得很美，他一直认为鱼凡真不是那种俗世的美人，就好比此时此刻，夜云终于散开，一缕清风袭来，吹过女孩鬓角，她沐浴在月光之中，这么近看鱼凡真，才发现她化了淡淡的妆，衬托着羊脂般的肌肤，煞是漂亮。

"你觉得我还有希望吗？"

其实真的有点不甘心。

枫桥镇上的事，让他恍惚忘记了黄浦江上女孩的拒绝。

换个人喜欢，哪有那么容易呢？

人世虽然那么大，却并不是想爱上谁，就能爱上谁，喜欢一个人很辛苦，你挑了很久又怎么舍得丢掉。

"你今晚非要聊这些吗？"鱼凡真侧过脸去。

"我就是想知道……我有可能吗？"

"我困了。"

她既没有回答"有"，也没有回答"没有"，许卿反倒有些不知所措。

"学姐……"

"那里！"

鱼凡真忽然下床一步跳到窗前，甚至顾不得穿鞋，那一瞬有变幻的光掠过房间。

砰！

许卿抬起头，窗外的夜空中升起一朵礼花，飞扬的花火绽放似雏菊，噼里啪啦地徐徐落下，又化作许多细小的流星。

大夏天的，有人在高速路边上放烟火？

许卿正想问个明白，可扭过头却不由得愣住，那一瞬他看见鱼凡真踮起脚尖，把身子探出窗户，风吹起发丝，与黑夜一样都是变幻的宝蓝色，远处不断升起的花火投下一缕暖红，倒映在女孩的眼睛里。

那是一种窒息的美。

足以令他想要不顾一切地抓住对方的手。

然而他伸出的手指却在半空悬住，只因鱼凡真的表情阴沉严肃。

那不是礼花……是信号！

下一秒许卿竖起耳朵，确信自己没有听错，那是两个人说话的声音，吐字如兰，且极清晰，钻入人的耳膜，好像一侧帘子撩开，红彤彤的舞台上站着穿长衫的人笑意盈盈。

"真是的，有文化。"

"呵呵！"

"咱文化高啊。"

"文化？"

"对了，知道我外号吗？"

"什么呀？"

"我的外号知道吗？"

"什么呀？"

"马大学问。"

这是马三立与王凤山的《文章会》。

第 三 部 分

剑落无声

自古魔教多无情

1.

许卿目瞪口呆。

原本是宾馆前台大堂，如今却站了一圈少年男女，清一色长衫长袍，这些人年纪比许卿还要小上一些，规规矩矩站好，当中又有个成年人脸色红润，尤其牙口皎白，笑起来温暾如玉。

奈何金发碧眼，竟是个外国人。

"介绍一下我自己。"男人中文流利，"在下安德烈，俄罗斯圣彼得堡人士，位列山东柴可夫斯基相声社八德之一，今日听闻神剑路过，特来拜会。"

许卿以前听说相声有八德，特指京津一代八位相声大师，如马德禄、周德山等，眼前老外自称安德烈，竟也是什么八德，还有这柴什么基相声社，到底是个什么玩意儿？

"少见多怪。"

安德烈笑道："中原相声自称闻名海外，我等慕名前来有何不可？想我师兄梅德韦，师弟凯德林，虽为欧罗巴人士，却也是德字辈高徒，试问天下高手又岂在中原一隅？"

"废话太多。"鱼凡真冷着脸，"各位大晚上不睡，想必也是来求剑的吧。"

"自然。"安德烈点头，"有人给了我消息，说剑在此处。"

"谁？"

"你不必操心。"

"你一个老外要剑有什么用？"许卿实在纳闷。

"自有大用。"安德烈摆手又道，"这些人都是我的弟子，二位识相的话就把剑留下，马上可以走，往后想听相声尽管来找我，给你们免票。"

"不好意思，我不听相声。"鱼凡真摇头。

"师父，何必跟这些武林败类废话！"

武林败类？许卿心想，这才几天自己就有了这等"虚名"，一抬头却发现喊话的是个少女，齐耳短发倒有几分可爱，只见她一跃而起，舌根翻卷，竟吐出一枚银针！

鱼凡真顺势扯过许卿，二人惊险避过。

"小儿，你又冲动。"又有少年叹气，齿间也衔着一枚银针。

"没事，越是不听，越是要好好说一段！"安德烈拍手。

"你剑能使吗？"鱼凡真低声问。

"现在我没什么感觉啊……"许卿要使剑，全靠剑显灵，但他眼下完全没有当初的心境。

"那你就先走。"

许卿一愣，正想说这么多人挡在大堂，我能走哪儿……忽然脑中一过，才发现这情景似曾相识。

身子一轻，鱼凡真一脚蹬在屁股。

"你怎么又来……"

许卿飞在空中，想起当初从出租车上飞出的一幕竟是故技重演，整个人撞破大堂窗户，炮弹一般栽了出去。

"追！"安德烈吼。

五元音枪疾出，鱼凡真一步跃入大堂，一双凤眼睥睨。

"我看谁敢走？"

"大家别怕！五元音枪刚猛有余变化不足，一对一是杀招，一对多却是弱势，我们这么多人，她奈何不了。"安德烈胸有成竹。

"你搞错了。"鱼凡真摇头冷笑，"五元音枪也只是音枪的一种。"

"故弄玄虚！"少年舌根一顶，口中飞出数枚银针，"铺户这个买卖两边排！"

他张口就是数来宝，这一段《棺材铺》节奏明快，却有一缕阴气。

"是也有买，也有卖，也有这个幌子和招牌！"

众人齐声念唱，一时数百枚银针齐射，瞬间四面八方密如雨珠，避无可避。

"b，c，d，f，g，h，j。"

鱼凡真嘴唇轻碰，绵柔的内力沿枪尖送开，似是天边涌来一片暴雨雷云，雷云中又有铁枪乱舞，形成一圈饱和防御。

火星四溅，叮叮咣咣乱响之间，银针纷纷落地。

"是辅音！"安德烈大惊。

2.

"哇呀！"

眨眼的工夫，周围一圈弟子尚不及反应，已有数人中枪，个个惨叫倒下。

鱼凡真吐字如莲，双手翻飞间枪头迅雷飞闪，若说五元音枪是靠元音催动雄力破坏，那她如今枪术则更重于曼妙变化。

只因英语中除却五个元音字母，更有二十一个辅音字母，辅音发音讲究短而快，变化多样，又分爆破音、摩擦音、破擦音、鼻音、舌侧音与半元音，鱼凡真眼下的枪法正是以此为基础，幻化出无数可能，被称为——

二十一辅音枪。

正是那些飞蝗银针的克星。

"j，k，l，m，n，p，r，s。"

念咏不停，数枪齐发，她原本枪法就快，孰料身形更快！伏低前冲再接反手弹射，果真有人躲闪不及，枪尖正中小腹。

"小五师兄！"

见一人被音枪贯穿，捂着小腹鲜血如泉，这些个少年弟子霎时慌了，心一慌则气不稳，再是不能吐出银针。

"你下手怎么这么狠？！"安德烈一双眼睛腾起火苗。

"你既然这么在乎他们，何不就此收手。"鱼凡真以牙还牙。

安德烈退后一步，他心知鱼凡真武功远在弟子们之上，此时竟有些后悔将他们带出来，这些人不过十五六岁的年纪，哪里知道武林人对战，是要拼个你死我活的。

"收手是不可能了。"

说完他扭头低喝："小七，你带着小九他们去追剑！"

少年得令，拉起身边女孩就走，后者见小五师兄倒在血泊中，一双稚气未脱的眼里既是恐惧，又是难过，抬头瞥了眼安德烈，欲言又止。

"愣着干什么，走啊！"

鱼凡真见众人欲走就想出枪阻拦，却有一股刚力席卷不得已闪身避开，小七等人趁机夺门而去。

"你们的招数赢不了的。"鱼凡真盯着安德烈，"何必呢？"

言毕身形下压与铁链枪成为一条直线，既是一对一，自然是五元音枪更加有效，她要与安德烈以攻对攻！

"啊！"

音枪钻如黑蛇，直刺安德烈脑门。

谁知安德烈掌中翻出一物，一招蛇打七寸，本是霸道的枪刺顿时偏了准头。

"你也搞错了。"

他手中所握竟是一把折扇，只是寻常折扇或竹或木，好一点的象牙陶瓷，唯独这一把是生铁打造，足斤足两，想来男人抖开扇面，需要多大的劲道。

"相声里也不是只有数来宝一种。"

3.

宾馆门外是一片空地挨着国道，供往来司机停车，如今夜深，一片月寒自天顶泼下，更添清冷肃杀。

许卿握紧宝剑后退一步，眼前十几个少年男女将他围了个水泄不通，一个个怒目圆睁，似有天大的仇恨一般。

方才一声巨响从宾馆里传来，他忍着摔伤就想回去帮忙，结果迎面正对上这群相声弟子，为首的正是那小七与小九。

"把剑交出来！"少女虽怒，眼中却有悲伤，一声吼完又掩面蹲下，泪水止不住地流，"小五师兄……小五师兄他除了贪吃……也没什么缺点啊……你们怎么能杀了他！"

鱼凡真杀了人？！

"小九，小五还没死呢。"说话的是那个叫"小七"的少年，他轻轻抚了抚少女头发，"放心吧，小五师兄还答应带我们一起去海边玩，不会说话不算数的。"

"嗯。"少女点了点头，破涕为笑，瞥了眼许卿，又换上一层怒意，"那他们也不能打他！"

许卿心想明明是你们先动手的啊，可方才小九这一哭、一笑、一怒，三分变化全然是孩童心性，他一时想发火，又觉得犯不着。

见那少年起身盯着许卿，语气尽量克制："许同学，我姓桑，叫桑德斯，德字辈排行老七，今日只想要宝剑一用，还忘你成全。"

"这把剑根本交不出去，我成全不了。"

"七师兄别跟他废话了，此人杀了车大侠，心如铁石，你是劝不动的！"人群中有弟子高喊。

许卿正想说人不是我杀的，又听桑德斯仰天长叹，月色清寒，低下头再无半分的犹豫。

"那只好如此了！"

金招牌，（我这）银招牌，里里外外地挂出来！
这边儿写，特别（这个）减价大赠彩；那边儿写，（这个）白送一天您快来。
说你也来，我也来，（这个）大掌柜的发了财！

天地间声音洪亮，像是开了个封箱会演，这些个弟子也不是善茬，双手笼于袖内，两唇翻飞，一声高过一声，一浪高过一浪，银针也层层叠杀，竟比上一次更加密集。

数来宝的基本句式为上六下七，上句六字为三三，下句七字为四三、二五、二二三。

这银针也是如此，上句六枚攻上路，余下七枚攻下路。

许卿心想各位大可不必如此麻烦，直接上来揍我就行，何须使用必杀技？万般无奈索性眼一闭，横竖是个死，死成董存瑞是死，死成仙人掌也是死。

谁知屁股一痛，突然被人一脚踹飞出去，恰好避开了银针。

"鱼凡真你没完了？！"

许卿正不爽，抬眼一看却不是什么美少女，而是个眼有白翳的男人，一柄黑鞘长刀在身，纯粹的黑色透着股纯粹的不祥。

是个瞎子。

"放心，"他瞥了眼脸色煞白的许卿，挤出个不算自然的笑容，"今夜我保你。"

"大侠……靠你了！"

许卿虽不知此人为什么帮忙，但多个帮手总归没错。

"你又是谁？"桑德斯皱眉，口中银针露尖，运足内力。

长刀无声出鞘，似是枯井中泻出一池黑水，男人邪气大盛：

"魔教，项光明。"

4.

"一笔如刀，劈开昆山分石玉！"

大厅内安德烈张口怒喝，吐字如惊雷响鼓，须臾飞至，手中扇骨砸在女孩肩头似万钧铁锤，后者单膝跪地竟是磕碎了大堂地板。

鱼凡真心中叫苦不迭，她幼时听师父说过，舌声坊的"五轮金刚贯口"蛮力惊人，且是专门用来对付长兵器的贴身体术，想不到今日危局却"有幸"一见。

"双瞳似电，观透沧海辨鱼龙！"

男人手中一扬，铁扇又一击打中下颌，女孩只觉整个下巴都要脱臼！

她原本一条铁链音枪，丈远的距离天下无敌，可对方偏生选择近身短打，竟将她克得死死的。

"看我主双眉带煞，二目有神，左肩头有一朱砂痣，后必有九五之尊！"

安德烈贯口不停，以发声挟内力，铁扇舞得虎虎生风，劈头盖脸地砸在鱼凡真四肢骨节，每一下都疼得她流汗。

此人已有"小无相声"之姿，鱼凡真自知不是敌手，若是她一人大不了拼个鱼死网破，可许卿此时还在外面逃命，一想到这儿，她只得起身抹了把唇边血渍，语气缓和道："安大侠，你我当真要走到绝路吗？"

她怔子冷硬，此番对她而言已是几近哀求。

安德烈叹息一声，脸上有一丝愧色："走到这一步，我也是没有办法，我要这柄剑不是为我自己，而是为了我太太。"

"你太太？"

"她快死了。"

男人的语气不轻不重，铅一样的阴云凝在眉间，那一瞬铁扇高举，内力冲霄！

鱼凡真大惊失色，安德烈杀心已动！

"乒！"

突然不知何处少女发声，整座大堂竟像开了个口子，滚滚浓烟卷入，瞬间吞没了一切。

"怎么样，你俩有没有搞？"仇胭滴溜溜转的眸子从浓烟里冒出来。

"搞……什么？还有你谁啊？！"

"我一个电话让你俩睡一起，这一招叫驱虎吞狼，你怎么就……哎呀！搞了半天是他追你！我不该跟你说的，该死该死！"少女一个人懊恼地跺脚。

鱼凡真目瞪口呆，原来房间里的电话竟是这少女打的，只是她这自言自语的到底什么意思？

"不管了！先对付这个说书的！"

仇胭说完手中香烟弹指而出，烟雾聚拢，霍然化作一只白云猛虎！

5.

"魔教？！"宾馆外桑德斯恍然大悟，旋即又恨道，"果然你们是一伙的，都是邪魔外道！"

"我不是魔教！"许卿急忙辩解，他自己都没想到眼前站了个魔教中人，以前看电视剧里魔教神乎其神，想不到竟然真有，可按理说都二十一世纪了，怎么还有这帮装神弄鬼的？

"是不是有什么区别，这些人自诩正派，我们与正派为敌，就是魔教。"项光明冷笑。

"今日不光为取剑，也为车大侠报仇，我们武林人是讲道义的。"桑德斯咬着牙，功力再增一倍。

"我劝你们不如就此算了。"

"不行，他不死，我们的师娘就得死！"小九忍不住喊。

项光明叹："好，那你们一起上吧。"

他看起来毫无防备，再加上本身是个瞎子，桑德斯多了几分勇气，大吼一声月下百枚银针吐露，竟有了层层叠影，好一个十支化百、百支破万！

项光明仍是不躲。

银针距离心口一寸。

这到底是什么？

桑德斯心中闪过念头，却已是晚了。

"这什么都不是。"

无穷的黑暗里，男人不过前倾一步，可一步踏过，蓬勃的黑暗便展开，像是一滴浓墨落进水中，最终天地只剩下一片彻底的黑，于是长刀出鞘，是黑暗中一缕寒芒。

"小九！"

"师兄！"

众人在黑暗中呼喝，却不辨东西，像是落进个不见底的深渊，原本户外的月光、马路、风尘，都消失得干干净净。

许卿紧张地站着，不敢移动，他感到诡异极了，眼前那些个少年人个个好似瞎了一般，没头苍蝇似的乱走，可他分明看得清清楚楚。

"我希望你去一趟贾情珍的坐标。"

"我们……之前认识？"

"现在不就认识了吗？！"项光明想了想，"怎么说呢，我也很想知道那个地址有什么，这关系到我要找的一个人。"

说完他走上前，正有个弟子捂着双眼惶恐不已，项光明刀锋掠过，那人眼珠溅血，许卿见对方也不过是个半大小子，疼得竟痛哭出来。

"十年前三个人取走了剑，方清浊、贾情珍，还有一个姓林。"项光明语气阴森，"他叫林英雄。"

林英雄？

许卿倒是头一次听这个名字。

"这个人与我有缘，只是他那晚之后也与方清浊一道下落不明，我想知道他在哪儿。"

如此说来，他的理由和鱼凡真倒是相似。

"你放心，在你到东北之前，我不会让你死掉。"

尽管瞳孔里满是白翳，却丝毫不妨碍此人出刀，一柄长刀如蝴蝶振翅，掠过几个"失明"弟子，刺破双眼，宾馆外一片哀号不绝。

那些个少年人武功本就平平，如今目盲更是拼了命地乱扑，又无一例外被项光明刀锋舔过，此人虽俊俏，下手却阴狠，招招死手，纵不致命，但也足以落下残疾。

"保护小九！"桑德斯呼喊。

许卿心想这伙人也许就这一个女的。

正因为是头一个，才是各位师兄的心头好，那少年方才不也说，要带她去海边玩嘛。

"算了吧……他们都看不见了……"许卿说。

"难。"

一字轻吐，项光明身形已在数丈之外。

他这一步如烟，好似夜雪飘飞，无声中又有阴风掠耳，一静一动，视旁人如无物，手已将桑德斯拎小鸡似的提出来。

不费吹灰之力。

许卿见众人睁大双眼，喉咙里丝丝进气，却连七师兄发生了什么事也不知道。

"七师兄！"少女扑通跪下。

"小九，我没事……"桑德斯挤了个笑容，后颈被项光明捏在手中，只觉疼得钻心。

"你们方才说许卿不死，师娘就得死，这是什么意思？"项光明皱眉。

"师娘她……得病了。"小九鼻子一红，揉了揉眼睛，"我们从小就跟师父师娘住，师父平常很凶，可师娘她很温柔啊！我生病了她还会抱着我睡，她那么好的人，忽然就病倒了！这太不公平了！"

"她是胃癌。"桑德斯叹，"我们听说宝剑有神力，可以打通经脉，起死回生，这已经是我们最后的希望了！"

许卿觉得心像是被人狠狠揪了一把。

"好，宝剑抗癌。"项光明苦笑。

"难道我们想救师娘也有错吗？！"小九喊。

"没错，你们都没错。"

项光明手腕一抖，刀光如影。

"七师兄！"一众弟子尖叫。

那少年"嘶嘶"叫了两声，整个身子瘫软下去，项光明不但割去他双眼，更以刀尖挑了他经脉，手上已沾满鲜血。

"你……太狠了吧！"许卿也不知道自己为什么要向着一个敌人，也许是那少女哭泣的样子让人不忍。

"他们想请你去死，你还帮他们说话。"

项光明丢下疼晕的桑德斯，迈前一步，抬手刀锋削过一人鼻梁。

"许同学，武林里想要这柄剑的人太多了，有人想天下无敌，有人想成为武林至尊，有人为了钱，有人为了义，有人为了抗癌治病，没准明天阳痿不举、月经不调、夫妻不和，都来找你，他们把这柄剑想得太好，你拿了这么好的东西，除非你死，否则你永远都是错。"

　　言语间又有数人惨遭项光明"毒手"，惨叫声不绝于耳，仿佛这宾馆前的一方空地不是俗世，而是那血池骷髅的阿鼻地狱。

　　"他们都是邪魔啊！我们打不过他们！"

　　"快跑！快跑！"

　　众人连滚带爬，可这些人目不能视物，终被男人轻而易举地捉住，凄厉之声起伏。

　　"大哥哥，我求求你，我们只想救师娘，我们真不是故意的！你行行好，师娘她不能死，她……她真的不能死！"

　　小九听见师兄们惨叫，双眸里流下眼泪，她现在连项光明在哪儿都不知道，也只能一个劲地磕头。

　　男人愣了几秒，像是想起些什么。

　　女孩本以为得救，正要抹泪。

　　咔嚓。

　　两条手臂竟被项光明齐齐掰断，如同脱了线的木偶耷拉在两侧，她疼得大哭，成了只受惊的小兽，项光明又将她两腿拧折，一气呵成，于是连哭声也戛然而止，只剩下一片死沉死沉的夜。

　　"住……住手！"许卿感到呼吸里裹着刀子，刮得他胸口疼。

　　"你还不明白吗，他们是来杀你的！"项光明语气冰冷，"你不狠心，他们往后也不会放过你；你不狠心，所有人都当你好欺负！你想放过他们，可你拿了神剑，你问问他们，会不会放过你？！"

　　刀锋刺入少女眼睑，双瞳鲜血如泪。

　　有那么一瞬间，许卿觉得小九不是小九，她是鱼凡真，自己也不是自己，是车行子，是钱无用。

　　她只是个小姑娘啊，不是还要去海边玩吗？

　　他还没见过这么惨的情景，他是那种连恐怖片都不敢看的人，此刻却看着一个十几岁的女孩被人掰断四肢，刺瞎双眼。

　　书上说神剑出世，血雨腥风，他一路走来，只知神剑出世，以为不过如此，今日方知血雨腥风，寥寥四字，竟是这般惨象。

　　可他不明白，为什么要这般惨，为什么这些人要来对付他，又为什么要落得如此下场，他们只是想给一个女人治病啊，那个女人对他们那么好，当然不能死。

　　可他也不想死啊。

为什么每个人都要来杀我？

眼前一地的少男少女奄奄一息，谁又能回答他呢？

他以为拿了神剑只是一场新奇的冒险，可他忘了，剑是凶器，凶器是要死人的，他盯着小九那双黑洞洞的瞳孔，那里都是恨，恨他拿了这柄剑，又不去死。

这样的人到底还会有多少？

"醒醒吧。"项光明举起刀，血珠划过月轮。

"住手……"

"这世上无不是你的敌人。"

刀锋下落，却被一只手握住。

"我叫你住手，你没听见吗？"

项光明这一生都不曾感受过如此炽烈的剑风，像是一道焚天的火撕开了夜晚冰凉如水的空气，纵然他看不见，可求生的本能让他竭尽全力地退开！

若不如此，只怕自己现在早已是一捧干裂的残灰。

"许……卿？"

大火包裹了那个孤立的影子，像是荒原里燃起的枯树，他原本空无内力的身体沉下去，像是落进了无尽的深渊，反射在一双死寂的双眼中，却有着超于常人的威压，然而这神迹也不过维持了短短数秒，许卿仰头喷出一口鲜血，竟像是一剑烧尽了他的生命，夜风中满是血的腥味。

"你不是他。"

项光明颇有些怜悯地盯着许卿。

嘭！

突然又有一只烟云拢成的白虎从宾馆里扑出来，背脊上正驮了两个女孩。

"老板！不得了了，不得了了！"

紧随而至的怒吼直冲夜云。

"小九！"

安德烈死死盯着众人，一双眼里裂出血来。

6.

月下腥风吼，呼啸的夜风中立着脸色铁青的男人。

安德烈。

　　如今他一身灰袍狂舞，内力在皮肤下可见地浮卷，蹲下身，一双手抚过奄奄一息的小九，又推了推昏迷不醒的弟子们，这些人与他同来，却落得如此下场。

　　心中有痛，更有恨。

　　他袍子一掀，折扇开屏，掌中内力翻卷，扇面若隐若现，最终浮出一层般若地狱图景。

　　"驸马爷！近前看端详！"

　　这是安德烈的杀招——柳活。

　　所谓柳活，实际是说学逗唱中的"学"，包含了京剧、评剧、地方戏等。

　　男人张口即来：

　　驸马爷！近前看端详！

　　上写着秦香莲她三十二岁，状告当朝驸马郎，欺君王，藐皇上，悔婚男儿招东床！

　　他杀妻，灭子，良心丧！

　　逼死韩琪在庙堂。

　　将状纸押至在了爷的大堂上，咬定了牙关你为哪桩？

　　安德烈两唇分开，中气十足，每一字便如一道音波，夜云之下力流翻飞，初看杂乱，实则汇涌于口中。

　　《铡美案》本就声势雄浑，加之他怒急攻心，竟将内功提至顶层，达到了武学中崭新的层次，使出了前无古人的"大无相声"，声势浩大似千军万马，那些个音节字句也化无形为有形，在空中打出道道音波，又似刀枪剑戟兜头劈来！

　　"老板小心！"

　　项光明见一道音波来袭，真如斧劈一般。

　　"来！"他竟一刀劈回去！

　　却是一刀之下，化解了安德烈的音浪。

　　"舌声坊的柳活果然名不虚传。"项光明叹，"你是恨我废了你的弟子们吗？"

　　"是。"安德烈脸色冰冷，嗓音再不似往常，更有一种沉闷嗡音，充满悲恸，"我不该带他们出来，是我太想救阿秋了。"

　　原来那个女人叫阿秋。

　　安德烈十七岁的时候第一次登台，帘子拉开却只有空荡荡的剧场，人们说一个老外说相声，傻瓜才听，他难过极了，直到看见阿秋，女孩是那天唯一的客人，穿了一件大红毛衣，微微冻红的鼻头，她有些不好意思地招手，于是整座剧场只有两个人，少年稚嫩的声音回荡着，女孩偶尔捂着嘴笑。

安德烈问："你是专门来听我说的吗？"

"上一场我睡着了，起来的时候就看见你。"女孩吐了吐舌头，"我觉得要是我走了的话，你就太可怜了。"

一晃都快十年了，那个台下的女孩，后来成了他的太太。

有时候安德烈也会想，女人真是善变啊，本来很温柔的姑娘，结了婚就变成母老虎，会罚你跪搓衣板，也会当着弟子们的面训得你抬不起头来，你们经常吵架，恨不得当初帘子拉开底下一个人都没有。

"可有一天她真的要走了，你心里才发现，你不怕母老虎，也不怕搓衣板，你怕的是有一天帘子真的拉开了，底下坐满了人……可那个位子却空着。"

安德烈的声音低下去，习惯性地摩挲无名指，眼中滚着泪珠："所以我没有退路，为了她，我愿意杀一个人！"

"放屁！"鱼凡真断喝，气得发抖，"凭什么许卿的命要拿来换你老婆？！你老婆不能死，难道许卿就该死吗？！你徒弟今天这些下场，全是你造成的！"

"我当然知道我做得不对，可世上不对的事那么多，件件都对，我太太只有等死，对错在我眼里，根本不值一提！"

"好，不值一提我们今天就不提。"项光明提刀冷笑，"想杀许卿，先试试杀了我。"

"你到底什么来路，为什么帮我们？"鱼凡真转头皱眉，她之前问过仇胭，可少女支支吾吾也说不出个一二三来。

"他刚才说……他是魔教……"许卿气若游丝地说。

鱼凡真不敢相信，按武林的传说，魔教早该在四百年前就被杨广贞诛灭殆尽，这家伙又是从哪儿冒出来的？！

"现在不是说这些的时候。"项光明摆手，"你带着许卿先走，他邪火攻心，剑气反噬，这一路北去济南，找一个懂剑的人，我不说你也知道是谁。"

鱼凡真愣住，又注意到许卿捂着胸口已说不出话来。

"你觉得我会放他们走吗？"安德烈阴着脸。

"你会的，因为你打不过我。"

"上车。"鱼凡真知道此事多耽搁一分，都是危险，她背起许卿，却发现他皮肤烧得滚烫，心中也是一惊。

二人也赶不及回去拿行李，直奔停在一旁的黄色甲壳虫，引擎声响动，不多时只剩下尾灯。许卿剩下最后一点气力睁开眼，车窗外星夜如水，仿佛一片白银的沙漠，眼有白翳的男人与身披灰袍的男人对立，风吹起他们的头发，吹过那一地少年男女。

"天下多少事，无非是个情字。"

那一刻项光明忽然大笑，笑声如潮，直升到云端却戛然而止，换上一副森冷目光。

"可惜我魔教，自古无情。"

与此同时，胸中一口咸血正滚在许卿咽喉。

迷糊之间，他仿佛又看到那座古镇，白衣提剑的人走在漆黑的屋檐下。

大红的血沿着白雪流淌，所过之处燃成一条火河，他的白衣上溅了血，也溅了火焰，这一次，那个人好像离终点更近了，越来越多的尸体涌上来，他们没有一具完整。

在那些烧焦的残垣后面，在那些落满积雪的死树下，有什么东西来了。

那是奔流的怒与悲，从街道的尽头浩浩荡荡地涌来。

许卿觉得那一瞬自己的皮肤几乎要裂开，火要掰开整片胸膛。

千真万确，有什么东西要来了。

他闭上眼睛。

第二十二回

大明湖畔老学长

1.

漆黑的夜晚，天摇地动，他抓不住女人的手，头顶的落石砸下来，咕咚一声，女人的声音没了，又有一只布满老茧的手从碎石的缝隙里伸出来，如同一株浸了血的枯草。

那一瞬冰凉的狂风翻涌，许卿睁开眼，车窗外飞驰而过的路灯光影变幻，裹着雨水的夜风从窗缝里钻进来吹在脸上，驾驶座的女孩挂挡踩油门，全神贯注。

"我们已经进济南了，马上就到。"

水花飞溅，甲壳虫一个急转后驶入小路，也不知要去哪儿。

"我梦见我妈了。"许卿虚弱地开口。

"她有说什么吗？"

"没有，她死了。"

"你不会死。"鱼凡真盯着手机导航，那些雨水让她感到心烦。

终于她停下车："到了！"

目之所及却只有一片拆除的瓦砾废墟，竟是连一栋像样的房子也没有。

"不可能！"

鱼凡真再三确认，发现地址没有错。

此时许卿的意识终于沉下去，每一口气都要深呼吸，那里堵得难受，他的体温正在急速上升，嘴唇浮起一层泡，手摸到宝剑，却分不清手指与剑，他几乎烧得失去了感觉。

"许卿！别睡！"

鱼凡真伸手去摸许卿的额头，猛然愣住。

"你怎么这么烫？！"

"学姐……我有个不好的预感……"

许卿挤出个笑容，鱼凡真惊恐地解开他的上衣，露出一片通红发紫的胸膛。

"我搞不好要挂了。"

"你不会死！"

鱼凡真咬着牙一掌打入许卿后背，可不论她灌入多少内力，那些内力似乎都滑向了一片不见底的深渊，后者的生命特征正在消失，一张脸更是肌肤裂开，冒出一簇发白的火焰，火在体内。

这一刻鱼凡真确定这绝不是什么剑气反噬。

武林人练剑，并非没有人走火入魔，但可怖如斯的却绝无仅有。

"许卿！"鱼凡真大吼。

回应她的只有窗外雨声，无穷无尽无边无际的雨，女孩觉得心口像是被什么东西狠狠扎了一刀，仿佛很久以前那个大雨夜她醒来，发现小小的铺子里只剩下她一个人。

她跟自己说，不要哭，不要哭，要坚强。

泪珠滴在许卿的皮肤上，嗞地一响变作缕缕蒸汽。

忽然间又有一股力量压下来！

敌人？！"

这个节骨眼上竟然还有人杀出来？

鱼凡真警觉地抬眼，表情却僵在脸上。

那是个个子不高的男人，大庭广众之下只穿了一条花色泳裤，浑身湿淋淋的，似乎刚从水里出来，手里拎着一条活蹦乱跳的鲫鱼。

"让他出来！"

见鱼凡真没反应，男人又喊了一遍。

"让他出来，不然他会死！"

鱼凡真只得照做，男人从兜里摸出一把牙签，掌心狠狠拍去，百十根牙签尽数扎入地面，将许卿团团围住形成一个圆。

那一瞬他双目圆睁，北风般的内力霎时充盈天地，他手中无剑，却以身化剑。

"混账！"

声如太古洪钟，几乎穿透了云顶，万千内力如山海逼向许卿，后者早已被火焰包裹，却在这股天顶巨力之下逐渐熄灭。

"人不能输给剑！"

2.

迷迷糊糊中，许卿发现自己被什么人扛着，不知过了多久，三人停在一处老小区的烟酒店前，门脸普通，与往常街边所见并无不同。

"你怎么搬家了？"鱼凡真皱眉。

"几年前市政拆迁，我按面积分了两套房，一套在这儿用来开店，一套自己住，在隔壁小区。"男人直勾勾盯着鱼凡真，毫不害臊，"鱼学妹！想不到这几年，你变得更漂亮也更性感了！"

"你也挺性感……"鱼凡真瞥了眼男人的泳裤，又不好意思地避开。

"我刚才是去大明湖里捞鱼了。"

"你这大半夜的……"

"白天去还不给保安抓起来？"

他一把拉开不锈钢玻璃门，比了个请："进去说吧。"

店内窄得只容一人通过，货架上堆满零食百货，他手摸到一瓶二锅头，轻轻一拧，货架左右分开，露出一扇暗门。

"商业机密。"

推门而入，是个不大的储物间，毛坯的墙上挂着许多形态各异的宝剑，只不过都没有开锋，少数标了价格。

"这些是……？"

"自古武林都知我梅氏门人在济南大明湖畔，有梅花铁铺铸剑，百年不绝，不过自从拆迁后，梅花铁铺就变成了网店，平日这里用来囤货。"

男人堆笑："除了铸剑，我也做 Cosplay① 道具，不管是风清扬还是巫妖王，生

---

① Cosplay 是英文 Costume Play 的简写，日文为コスプレ，指利用服装、小饰品、道具以及化装来扮演动画、动漫、游戏、小说中的角色或是一些乐队以及电影中的某些人物。

意我都接,音枪我也没问题,正好现在搞活动,满两千送倚天剑,三千五送霜之哀伤。"

"你们梅氏混得可够惨的。"

"学姐……你们认识?"许卿虽然烧得七荤八素,可总算恢复了点意识。

"自我介绍一下,我叫梅风渡,是个铸剑师。"

"还是我们上上届的学长。"

说起来当初项光明让她去济南找一个懂剑的人,女孩心里就猜到了七八成。

梅风渡是济南铸剑梅氏最后一位铸剑师,也是师大材料系的高才生。

论武功此人是个垃圾,可要说对剑的了解确是行家,毕竟当年铸造天穹炎剑的梅铁心,就是梅氏中最杰出的铸剑师之一。

梅风渡搓了搓手:"想不到鱼学妹这么多年还记得我,我真是做鬼也……"

"许卿到底是怎么回事?"鱼凡真打断,"这肯定不是剑气反噬这么简单。"

"当然。"男人脸色严肃,"他这是过载了。"

"过载?"

"剑气超过一个人的承受极限,就是过载。"梅风渡叹,"他区区一个学生,如何承受一柄神剑?古话说'英雄佩宝剑',是说一个人只能驾驭他能力范围内的兵器,他毫无内力,却得到神剑的剑气,就好比让外围女去开战斗机,简直找死。"

"那现在怎么办?"

梅风渡笑笑,只将许卿安稳放在地上,又单手触地,口中念念有词。

"Ferian aet gylden Ic bugan peos."(《梅林传奇》里的咒语)

此万炼金术咒语,据说是拉丁语或龙语的变种,按梅风渡的说法,魔法也是武功的一种,只是东西方叫法不同而已。

"想那英伦三岛霍格沃茨,说到底也不过是个武学门派而已,少侠哈利一支龙骨魔杖,与那大理段誉的六脉神剑,难道不是异曲同工吗?"

说着梅风渡撬开地板,取出个长条匣子,造型颇为精致,其上绘有滔天巨浪,海浪中又有一座万年冰山,冰山前巨轮倾覆,似有哀鸿遍野,其中之物,恐怕不祥,又见他揭开匣盖,却露出一块黑铁,上面坑坑洼洼布满锈迹,透着一股寒意。

"这是一块百年寒铁,取自北大西洋海底沉船,唤作冰海沉棺。"

"北大西洋……沉船……"

"没错,正是泰坦尼克号,船铁是我师父生前万金购得,算是我的看家底,来,帮我一下。"

男人从房里抬出个灌满水的油桶，将寒铁置于其内，那寒铁一入水竟有一层极细的冰霜沿水面铺开，寒气凛然，仿佛一口深邃的寒潭。

"学长，你是想灭口吧！"许卿大惊。

"害不了你。"男人懒得解释，"赶紧给我进去。"

"难道就没有……"

"没有别的办法。"梅风渡摇头，"神剑如今大盛，你目前尚不能承受，我们能做的就是降低剑气的分子活性，否则你迟早被烧死。"

许卿心里虽一万个不情愿，也只得一脚迈入桶中，刺骨的冰水几乎冻裂脚趾，于是他很不要脸地尖叫起来。

梅风渡十指有力，摁着许卿一屁股坐在那块寒铁上，后者只觉嘴唇冷得发紫，冰水已淹过肩膀，他十分确信梅风渡就是想弄死他，可下一秒怀中炽烈的宝剑却被一股寒流沉沉压下，发红的皮肤也渐变成浅色。

"泰坦尼克号葬身海底百年有余，兼具深海压强与北大西洋的寒流，用来克制炎剑再好不过，只是神剑也不是凡品，你想让它彻底平息，也得待上一阵子。"

"得……多久？"许卿哆嗦着问。

"没多久，如果你没冻死的话。"梅风渡展颜一笑，拿起油桶盖子。

"有话好说！"

冰寒的水流灌入许卿鼻腔，头顶的光线也全封死。

彻骨的寒意中，他的意识在消散，脑海中似有一张从天而降的大鳖，盖住了一切，再也没有黑色的屋檐与尸体，那个白衣提剑的人也不知所终，他只觉自己沉入一片漆黑的海底，周围只有北大西洋的寒流与那艘毁了一对情侣的泰坦尼克。

天哪！学长还是要弄死我啊。

他这么想着，昏死过去。

3.

数千公里外的荒山野岭中，黑暗的房间里不透光线，朽木的味道来自墙壁，也来自床上的老人，他平躺着，像是一尊没了活气的蜡像，空洞的眼神直勾勾盯着天花板。

门外响起暴躁的狗叫，铁门吱呀一声打开，徐徐的脚步声中，满头白发的老者进屋，枯瘦如柴的手点过一盏豆粒大小的灯，昏黄的光线映出一张刀削斧劈的脸。

"睡醒了啊。"

床上的老人不说话，只有眼珠轻微地转动，白发的老者拾起脸盆里的毛巾，小心翼翼地拧过水，开始给对方擦身子。

"我在想到时候怎么把你抬去机场。"

他安静地擦拭，屋外的狗叫零零碎碎。

"不如算了吧，你现在还能和哪个女人睡觉？你的命根子根本硬不起来，喝一点酒就会加速血液凝结，你会死得喘不过气来，更别说开拖拉机了。"

床上的老人仍然不发一语，浑浊的眼中飘浮着铅灰色的杂质，因为肌肉僵死，他始终面无表情，又见白发的老者脱下外套，呼了口气双掌打在对方胸口，一股内力注入，后者僵死的肌肉才有所缓和。

"我开玩笑的。"他眨眨眼，"你的签证办好了，拖拉机也准备好了，等我下次来，我带你走。"

床上的老人沉默着，空气中弥漫着一股说不清道不明的臭味。

"放心，我不会让你死的。"他再加一分力，对方原本枯槁的脸上多了几分血色。

这疗伤也不知过了多久，房间内竟如坠云雾，那是一股纯而刚的内力，在光线下膨胀盘旋，直到这股云海般的内力全然打入老人身体，他这才闭上眼，仿佛睡去。

白发的老者站起身，意识到差不多了，披上外套轻手轻脚地拧开房门，迎着外面略有些刺眼的阳光，深深吸了口气。

这是一栋老旧的农村土楼，伫立在一片不见人烟的荒地上，远山的青烟徘徊，空气清新，几条不知从哪里跑来的野狗在院子里觅食。

不远处的田埂上停着一辆劳斯莱斯幻影，剑眉星目的男人恭恭敬敬地守在车前，一旁站了个女人正对着后视镜补妆，身后的玉面少年横笛吹吟，一首火影忍者的《青鸟》铿锵而出，直冲云霄。

"武林的危亡，全系于您一人之身。"男人拱手长拜。

"你让他别吹了，这么大岁数的人装 × 给谁看？"

那少年悻悻收起笛子："我还以为自己保养得不错。"

"侬那个不叫保养。"老人微笑，目光却鄙夷，转而扭头盯着男人，"还有你，杀人就说杀人，什么武林危亡，乱七八糟的，今日你请得动我，全靠你的承诺，我劝你最好兑现。"

言毕他眼皮扫过院中那几条野狗，微微皱了皱眉，呜咽的叫声后，狗嘴里吐出鲜血，像是被什么东西敲碎了脑壳。

"否则这就是下场。"

4.

落日的余晖洒在桌上，火锅里炖着昨晚捞来的那条鲫鱼。

许卿在冰桶里待了一天饿得近乎虚脱，此时也顾不得吃相难看一个劲地狼吞虎咽，谢天谢地，梅风渡并不是真的想要他的命。

鱼凡真本以为许卿过不了这关，如今看他这饿死鬼的模样心里才算松了口气，姓梅的当真有几分能耐，天穹炎剑的邪火竟被压了下去。

"这回谢谢学长了，等回去我就在学校传颂你的美名！"

"谢我是应该的！"梅风渡脸上一道红彤彤的巴掌印，"鱼学妹以为我要弄死你，我白吃这一掌！"

"对不起，我下手是重了点。"

"学妹可千万别这么说！"梅风渡摸着脸上红印，"我这是三生有幸，才能挨学妹这纤纤玉手……"

"说正经的吧。"鱼凡真打断，"以后许卿怎么办？总不能背着冰桶上路吧？"

"这柄剑的剑气在涨，他以后只怕泡冰桶也没用了。"

"在涨？"许卿愣住。

梅风渡想了想，压低声音："其实当初说剑气过载并不准确，学弟最大的问题是这柄剑的剑气在侵蚀你，你每一次使用它，都会加剧这种状况，我这次暂时帮你压了下去，等下一次剑气烧起来的时候，只怕会比现在更加厉害，那时候就没法回头了。"

"那你是铸剑师！你知道怎么让许卿把剑摘下来吗？"鱼凡真这回真急了。

"这个……"梅风渡面露难色，"传说中神剑认主，是说神剑具有极高的灵性，所以与剑主同生共死，人剑合一，除非剑主战死，否则神剑就不会离弃主人。"

"你这不等于没说嘛。"

谁知梅风渡话锋一转："不过我倒觉得，神剑认主是假的。"

梅风渡说："世上再好的剑，也无非就是金银铜铁，说到底和手电筒一样，都是死物，又哪来的灵性，更别谈什么认主，这又不是狗。我们武林人武功再高，也得讲科学。"

"请问你如何科学地解释在我身上发生的事。"许卿问。

"所以神剑就神在这儿。"

梅风渡说，天穹炎剑自古有择主而事的传说，古今中外找不出第二把，你说它是灵性也好，认主也罢，但说到底没人知道是怎么回事。

"没准天穹炎剑，压根就不是一柄剑。"男人感慨。

"那会是什么？怪物吗？"联想到梅风渡刚才说的剑气侵蚀，许卿手摸到剑柄，又触电一般松开。

"我哪儿知道。"梅风渡挠头，"除了梅铁心，我们梅氏没人懂这把剑。"

说着他忽然苦笑："可梅铁心在历史上是不是真的存在，还难说呢。"

许卿愣住，他一路上听的都是梅铁心铸剑，杨广贞封神，千古豪情堪称武林一对基友，怎么到了梅风渡嘴里反倒成了虚构的人物？

"这你们就有所不知了，杨广贞当时一剑铲除魔教不假，可他是在灭魔以后才对外宣称这柄剑传自梅铁心，这姓梅的到底是何人，谁也没见过呀。"

在此之前，没人见过梅铁心。

在此之后，众人也只当梅铁心投炉铸剑，死无对证。

"可你们梅氏平白无故多了个人，这么多年都不追究？"

"杨大侠是武林的英雄，他说神剑出自梅氏，那是贴金的喜事，为什么要追究？"

鱼凡真不说话了，难怪有关梅铁心的身世，梅氏上下心照不宣。

"说不追究也有点武断。"梅风渡想了想，"其实当年梅氏的宗主梅溯炎确实想借此剑一览，可偏偏那个节骨眼上杨大侠却带着剑消失了。"

他忽然冷笑："我当然理解杨大侠避免武林争斗的好心，可一柄剑整整四百年不见踪迹，真的不是有鬼？"

"不过现在说这些也没用了。"鱼凡真叹道，"你们梅氏一门到了现在，也就剩你一个废……我是说普通人，问你也白问。"

梅风渡有些郁闷，可一拍脑袋似乎又想起什么。

"对了！你们也别太沮丧，既然来了济南，有个地方你们还是应该去一趟，尤其是学弟身上还背着炎剑，也许会有什么新发现。"

"哪里？"

梅风渡轻叩桌面，嗓音低沉。

"剑冢。"

第二十三回

动物园里长颈鹿

1.

夜晚的云雾散开，露出一轮硕大月盘。

梅风渡把自己的公寓让给鱼凡真，和许卿俩人挤在烟酒店一张两肩宽的行军床上。

"这都怪你，当初在宾馆，学姐还跟我睡一间房呢。"

"你俩睡过了？！"梅风渡坐起来，目露凶光。

"我打地铺……"

"学弟你以后说话可不能这么含糊。"梅风渡放下酒瓶，递来一根红梅，"抽烟吗？"

许卿坐起来，二人盯着月光有一搭没一搭地吸着，也不知道聊什么好。

"学弟，你和鱼学妹到哪一步？"梅风渡装作不经意问。

"你问这干吗？"

"关心你啊。"

"一步都没有。"

"好！哦，不，我是说好遗憾！"

"学长，我和你是一样的。"许卿嘟囔着，"其实我连人家的手都沾不上……"

"不一样不一样，我也就嘴上讨点便宜，我自己什么东西还是知道的。"

梅风渡说，当年在师大的时候，鱼学妹就是一众学长心里的痒痒肉，别看她一副冰山美人的高姿态，可越是这样，才越引人遐想，多少师大先烈前赴后继，多少人折戟沉沙，那些个篮球队长富二代都拿不下她，梅风渡自然也拿不下。

说完他大手一挥，目光炯炯："但是学弟不同，学弟你是主角命格，鱼凡真这种女人，也就只有你配得上！"

"你……这是高级黑吗？"

许卿心想这到底哪儿不一样，他甚至能想象梅风渡当年猫在小树林里偷看鱼凡真的丑陋嘴脸，这嘴脸从眉毛到下巴都和许卿一模一样。

"当然不一样，学弟你被武林神剑选中了，又和鱼学妹出双入对，你们这种人一看就知道是男女主角，肯定要搞事的。"梅风渡摇头，"而我就是故事里的小配角，顶天了是个修装备的，男女主角完事了拍屁股离开，最后两人爱上谁，恨谁，又死在哪个大反派手上，跟我这种人都没什么关系。"

"拉倒吧，那这故事也太衰了。"许卿哼哼，"你是不知道我这一路走来有多惨。"

"可我宁愿被人追杀，也好过当个配角过一辈子。"梅风渡说，"你觉得自己倒霉，可在我看来不知道有多快活，背着一柄神剑，和心爱的女人逃脱武林的追杀，这种经历就算五十岁死了也不会后悔。"

"拜托，按你说的我再用这柄剑，估计不到五十岁就被剑气烧死了。"

"那就烧死好了。"

许卿愣住："你心理很阴暗啊……"

"英雄长剑，轰轰烈烈，那是多少人求而不得的人生，人生短短几十年，哪有那么多规矩，你有一柄神剑，为什么不用？"梅风渡捏紧拳头，"如果我可以，哪怕一天就好，就算被剑气烧死都值。"

许卿愣住，他从没想过自己倒霉的人生有一天会成为别人眼里金光闪闪的故事。

"学长你有点极端啊……再说你还年轻，好好工作，还有希望……"

"我不行，我都认命了。"

梅风渡头枕在胳膊上，窗外一片斑斓星光。

"我这种人啊，基本也就这样了，普普通通的，品位普通，爱好也普通，将来找个顾家的女人，一起看春晚，她把腿搭我身上，我给她剪脚指甲，随手吃她削好的苹果，日子就到头了。"

许卿没说话，夏夜的风有一些黏。

"但有时候我也想，可能鱼凡真这样的女人，我一辈子也得不到了，有一天她嫁了人，躺在另一个男人的怀里，我不会生气，反而会释然，我会觉得这样才对，人就是这么区分的，那时候我大概最多就笑笑。"梅风渡挤了个笑容，"但这样是不是挺恐怖？"

许卿愣了会儿，不知道怎么回答，眼前窗外的月光洒在梅风渡身上，他抽着烟，像那种一辈子看到底的老男人。

许卿忽然想着很多年以后的某一天，从手机的朋友圈里看见那个女孩去了关岛、夏威夷、迪拜，依偎在一个看不见脸的哥们儿怀里，整片的大海起伏，女孩的侧脸美得不像样子，可拍照的人也不是你，他们拍完了照要去干什么，也与你无关。

你只好关上手机，下楼买菜，然后你们的人生也就这样分道扬镳了。

许卿低下头，他忽然有些后悔和梅风渡聊这些，男人的话一句比一句糟心，本来聊着剑，好好的又扯什么女人。

"是……挺恐怖的。"

那一瞬他心乱如麻，胸口像是压了一块铁，让他喘不过气来。

正难受着，却听见有人敲门，竟是鱼凡真。

2.

"学姐，我们去哪儿？要不我请你吃夜宵？"

"走走就行了。"

夜晚的马路，鱼凡真踢着脚下石子，低着头。

她方才跑来烟酒店，莫名其妙打了个招呼又走，好在梅风渡反应及时推了把许卿。

"她这人性子就这样，心里有事又说不出口，你去陪她散散心。"

"学长你不一起？"

梅风渡摆摆手，把身子缩进屋内阴影中："我去算什么，这是你们主角的剧情。"

他这么说的时候，就好像是个真正的NPC①那样笑容可掬，不管你怎么问他，

---

① NPC 是一种角色类型，是 Non-Player Character 的缩写，一般指"非玩家角色"，指的是游戏中不受玩家操纵的游戏角色，这个概念最早源于单机游戏，后来这个概念逐渐被应用到其他游戏领域中。

翻来覆去都只有一句话。

许卿忽然觉得今夜的气氛有一丝微妙，可他懒得再去琢磨，关上门退出烟酒店，鱼凡真尚未走远，路灯下影子拉得老长，他一咬牙小跑着追上去。

"你心里有什么事，不如跟我说吧？"许卿问。

"跟你说什么？"

许卿哑然，是啊，跟我说什么，一时半会儿他还真不知道怎么接。

鱼凡真停下了，似是回忆着什么，她看了会儿许卿又把视线移开，仰头看着天空，夜风吹乱了月光，令人不忍打扰。

"我就是想起我师父来了。"

"你师父？"

"我不是第一次来济南，十岁的时候师父带我来过一次。"

"来七武吗？"

"来看长颈鹿。"

许卿愣住。

"我小时候住在泰山，有一本图画书，里面有很多很多的动物，我一眼就喜欢上了长颈鹿，缠了我师父好久，他实在没辙了，只好带我坐长途汽车来济南，去了济南动物园。"

说这些的时候鱼凡真的眼睛亮起来。

"学姐，你师父到底是个怎样的人？"

许卿忽然意识到自己对这个神秘的方清浊压根就不了解，鱼凡真也从未当他的面提起过。

"对我来说，他就是个修摩托车的。"

"修摩托车？"

方清浊号称五音宗最后的传人，音枪功力远在鱼凡真之上，怎么到了她嘴里却只是个修摩托车的？

"就在泰山脚下，有个铺子，我小时候一直在那儿长大。"

女孩的声音低低的："我很小的时候就被爸妈放在泰山的长春观门口，因为我已经是家里第三个女孩，他们不想养了，后来是我师父给捡回来，他说我一点大的时候就会咬人，看起来一点都不像女孩子。"

因为站在鱼凡真身后，许卿看不见她的表情。

"所以我师父不让我练武，他觉得女孩子就应该文文静静的，将来当医生、当老师，或者开个花店什么的，他这个人就是有点想什么是什么，也不考虑我喜不喜欢，觉得都是为我好。"

许卿心想这一点恐怕他老人家要失望了，很难想象花店的老板娘腰间缠了一根铁链，一言不合就戳人三庭五眼。

"那你怎么学的武功？"

"自学的，他走以后家里的东西都没动过，我在床底把音枪的心法找出来了。"

"后来你就一个人了？"许卿想了想，"十年前，你才十二岁啊。"

"十二岁已经不小了，我一个人能照顾自己。"鱼凡真笑了笑，"这么想想，我混社会还挺早的。"

"是挺早的。"许卿点头，"但比我南城十三燕还差点。"

其实小时候许卿自己也经常在外面野，因为不想回家，家里只有姨妈那张冷脸，但鱼凡真似乎比他还要差点，回家连个人都没有，想到这儿，他盯着天空一片水蓝色的月光，心里小小地空了一下。

"你很想你师父吧。"

"嗯。"

鱼凡真低着头，刘海遮住了眼睛。

年轻人忽然很想冲上去抱一抱她，哪怕只有一秒钟，不是因为爱或者喜欢。

"师傅！"

许卿突然伸手拦住一辆过路的出租车。

"上来吧，学姐。"

"大晚上的你还想去哪儿？"

"看长颈鹿啊！"

3.

月入中天，霜雪似的微光落在济南动物园的一角。

一男一女两个人娴熟地翻墙而过。

原本近三米高的围墙以许卿的身手是翻不过来的，但鱼凡真竟然用铁链绑了他，手劲一提将他整个人抛了进去。

许卿第一次有些怀疑自己为什么要喜欢这种力大如牛的女生。

"长颈鹿馆在哪儿？"鱼凡真小声问，听得出话里竟然有些兴奋。

谁能想到五音宗传人，雪山女王，铁链大师，师大的铁蔷薇，竟会为了一头长脖子的哺乳动物兴奋非凡。

"Sir, This way.（长官，在这边。）"

二人蹑手蹑脚，避过了摄像头，一路沿着林中小路狂奔，不多时远方传来了小小的呼气声，那种非洲草原上温和的动物终于出现在两人眼前。

许卿第一次知道长颈鹿睡觉的姿势是趴下了把脖子伸到屁股上，这样它悠长的脖颈就形成一道漂亮的弧弯，看着倒像是……

"茶壶。"

鱼凡真捂着嘴笑。

"看看看，还有小长颈鹿。"

鱼凡真一蹦一跳地跑过去，风挽起她的裙角，好像女孩本身也成了一头小鹿，许卿觉得这头小鹿正沿着脚下的石子路蹿进他心里，把那里搅得一团乱。

"长颈鹿，个子高，细长脖子摇啊摇。"

女孩的声音从黑暗里咿咿呀呀地荡漾过来，夜空中投下暧昧的影子，那座雪山似乎也融化了，你才知道山体里一直埋了座游乐场，只是你看着那些落满灰尘的木马与秋千，又会觉得很心疼。

"上次来的时候，师父还把我抱起来，让我摸长颈鹿的脑袋。"

鱼凡真仰着头，声音低下去。

如今她再不需要被人抱起来，而那个带她来的男人也已经失踪了十年。

那一刻她站在那儿，所有的声音都被无形地推开，许卿不自觉地走上去，他捏了捏手心，满是汗水，又在裤脚上擦了擦，哆嗦着，距离一点一点地靠近，他不知道也不想知道自己哪里来的勇气，只是感到女孩的手指有些冷，触到的一瞬，她忽然避开了。

真是一点机会都不给啊。

许卿心里悄悄地叹息。

"你以后都不要用那柄剑了。"鱼凡真轻声说。

"没事的吧，学长说的那个什么剑气侵蚀也不一定靠谱。"

"不要再用了。"鱼凡真斩钉截铁。

许卿愣了愣，良久低下头，他没说好，也没说不好，再次抬起头的时候却对上一双深不见底的眼眸，白月的光辉勾勒出女孩的一弯侧脸，像是玉一样的光泽流淌在一方天地中。

持剑者
心伤

"我不希望有一天，你也和师父一样不见了。"

许卿的心脏猛地停止了。

他忽然有一种感觉，这个画面他会记很多年，在每一个睡前想起今晚氤氲的月光、熟睡的长颈鹿与黏人的晚风，那个女孩看着你，她不希望你走。

终于他不再犹豫，一把将鱼凡真的手握住，一如既往地冰凉，那只手小小地挣扎了下，放弃了。

"学姐，我答应你，我再也不用这柄剑了。"

年轻人的声音不大，却几乎用尽了他所有的力气。

噩耗

1.

次日午时刚过，许卿三人就早早前往剑冢。

这个点正是早高峰，阳光热烈，车龙一眼望不见头，梅风渡开着他那辆大众速腾手扣在方向盘上。

"你俩昨晚去干吗了？"

"散步。"许卿面不改色。

"噢……散步到夜里？"

"原来你没睡？"许卿愣住。

"我睡得浅。"

"吃了点夜宵。"鱼凡真打断，"说起来，剑冢到底在哪儿？"

"市区。"

"济南有这个景点吗？我怎么没听师父说过。"

"别说你们没听过，连济南人都没听过。"梅风渡笑。

据说剑冢是一处明代古迹，说是冢，却没有棺木，只因它是四百年前的杨广贞为梅铁心所建的一处衣冠冢，可惜这么多年无人问津，早不知在何处。

许卿本能地觉得这地方和自己身上的炎剑或多或少有些联系，去一趟没准会有收获。

"快到了。"

梅风渡拐了个弯直奔旧城深处，没开多久把车停下，又领着二人步行，一路上七拐八弯，越往里楼间距越窄，也不知去哪儿。

"不是说去剑冢吗？"

"这里就是剑冢。"

终于三人停下脚步，眼前豁然开朗，许卿抬头见门口几个大字锈迹斑驳——济南市东河实验中学。

许卿无论如何也无法将这里与想象中的"剑冢"联系到一块儿，在他脑海里剑冢至少得是个古色古香的墓冢，两边金刚龙王怒目，一把剑插在正中，上面刻着沉痛哀悼梅铁心同志不幸去世云云。

"你确定？"

"你跟我进去就知道了。"

梅风渡说完当先进入，鱼凡真与许卿对视一眼，耸耸肩跟在后面。今日恰逢周末，校园里人迹寥寥，三人穿过教学楼，直奔篮球场，北边一排器材室，铁门上写着仓库，旁边种了一株桂花树，缕缕沁人肺腑的香气飘来。

"是桂花。"鱼凡真说。

这个季节正是桂花飘香的时节，黄灿灿的花簇几乎压弯了枝头。

"据说这棵树也有好几百年了，都快成文物了，我猜也是杨广贞亲手种的。"

"他还挺有情调。"

梅风渡指了指仓库大门："咱们要找的剑冢就在门后，现在已经改成地下室了，说白了就是原先的墓室内壁刷了层水泥，学校里的人不知情，偶尔还有体育老师进来野炮。"

"你怎么连这都知道。"鱼凡真皱眉。

"这不重要。"梅风渡讪笑道。

许卿瞧了眼铁门，心中不禁感慨，四百年风云激荡，一剑封神、铸剑投炉的传说，死后也就是个小小的仓库，无人知晓也无人祭奠，杨广贞为挚友建的衣冠冢，最后成了那些凡夫俗子的炮房，也不知泉下有知怎么想，后悔自己没直接建个宾馆吗……

门锁打开，露出个向下的黑洞洞口子，一股浓烈的霉味飘来，估计这仓库久无人用，常年晒不到太阳。

"咱们下去吧。"梅风渡说。

许卿和鱼凡真对视一眼，躬身入内，没走几级台阶，就触到了底，黑暗中许卿打开手机照明，沿着墙壁摸索，才发现这地方竟真的只是个仓库，再没别的稀奇。

"我总觉得是不是搞错了？"许卿问。

"你们看这里。"鱼凡真忽然指着墙角一块黑砖，上面有一行小字。

生不入谱，死不入土，三尺三十，八百零一。

"这什么意思？"

梅风渡沉思片刻："生不入谱指的是梅铁心死后成名，生前无人知晓，所以在他活着的时候，梅氏的族谱里查无此人；死不入土是说此人投炉铸剑，死后不留尸骨，所以无法入土；三尺三十指的是天穹炎剑长三尺、重三十两；至于最后的八百零一……是说炎剑曾斩杀魔教八百弟子与教主一人，总计八百零一。"

"看来这里真的是梅铁心的衣冠冢，句句不离。"

许卿心中松了口气，正想说搜搜看没准有什么发现，黑暗中却有罡风呼呼作响，扑面而来！

"这里还有别人！"

2.

鱼凡真反应极快，拎着许卿闪身避开，铁棍走空之下竟将一旁桌椅砸成两截！

许卿定了定神，才发现是个一身校服的少年，左右手所执也不是什么铁棍，而是两张卷成筒状的试卷。

"受死！"

小小地下室内一道强风暴涨，隐隐有雷霆之响。

"书生文理棍？"鱼凡真愣住。

此人左手试卷乃文综卷，唤作"文棍"，讲究写意潇洒，恣意汪洋，所谓世上难事，非有一解，情之所至，处处是解，故棍法随性而至，不拘一格。

右手试卷则为理综卷，又称"理棍"，自然应和理工之道，规矩严整，强调世上难事，唯有一解，真理在上，一即是全，故棍法横平竖直，密不透风。

两手棍法，一柔一刚，实际已将文理之妙融会贯通，学习之术化为棍法，鱼凡真举枪格挡，可此地是学校，浩然学府有先天加成，她未免也有些吃力。

"学姐我来助阵！"

许卿宝剑横陈，寒光刺眼。

"天穹炎剑！"少年目光一扫，顿时大惊失色。

"就问你怕了没有！"

许卿哈哈大笑，顺手舞了个极难看的剑花，他答应了鱼凡真不再使剑，此番不过是想吓唬吓唬对方，谁知那少年面色阴沉竟不做犹豫，脚下一蹬反扑向许卿！

"天哪！"许卿大惊失色。

"好学！"又有个娇柔可人的声音响起。

"小伙子，你的女人在我手里！我好兴奋哪！"梅风渡一脸淫笑，也不知从哪儿搜出个躲在暗处的女生擒在手中。

"别！"

出乎意料地，少年扑通跪了。

"我们……什么都没看见！"女生一把挡在少年面前，"你们放过我们吧！"

"小美，这不关你的事，你走！"

"你们打死我吧！打死我你们就消气了！"女生撕心裂肺，流下眼泪。

说着那少年竟一把搂住女生，旁若无人地吻上去，后者假意挣扎几番，最终也躺进怀中。

"别哭了，我这辈子什么都不怕，就怕看见你流泪的样子。"

女生两颊一片酡红，低着头轻轻嗯了声，回问道："他们有没有弄疼你？"

"有你在，我哪儿都不疼。"

说完伸出手来，二人十指紧扣，四目相对，一时空气里静得只有娇喘。

"我建议烧死。"许卿说。

"先烧男的。"梅风渡点头附和。

"差不多行了！"鱼凡真皱眉，又问，"你俩到底什么来路？"

"我叫诸葛好学，是这儿的学生。"少年嘟囔着。

"我是他同桌……"

"二位也是来夺剑的吗？"

"我们……我们是……"谁知那少年支支吾吾，就是说不出口。

人家是在这儿甜蜜蜜，被我们撞破了。

"学长何以见得？"

"其实非常简单。"梅风渡眯了眯眼："此人虽佯装镇定，却疏忽了一点，就是他皮带扣子扣错了一个孔，必是匆忙使然，至于这位姑娘，脸色潮红，荷尔蒙的气息散发于空气之中，我以丹田之气感知，就觉这室内有一股青春男女的……"

"梅风渡！"鱼凡真赶忙制止。

"哪里哪里，哈哈，我不懂武功，但我懂男女之事，此地坐北朝南，暗合牛郎织女之阵，在此行事，不但刺激非凡，更可……"

"梅风渡你说够了没有？"鱼凡真瞪他一眼。

想不到还真被梅风渡说中了，估摸着这两人甚至连此处是剑冢也不知道，纯属误打误撞。

"你们还真把这儿当小旅馆啊！"

许卿无语，本想让这两人赶紧滚蛋，却见诸葛好学一双眼里满是恐惧。

"落到你们手里，我们也知道跑不掉了，我只有一个要求，你们放了小美！我随你们处置！"

"你干吗搞得自己这么苦 × 。"许卿纳闷，"我们又不是坏人，好好的干吗非要处置你，你这样让我很难做。"

"就是，我们又不是流氓。"

众人看了眼梅风渡，不好说什么。

"你们不要再演了！"少年运足内力，似乎想拼死一搏，"别以为我不知道，你杀了车行子……杀了钱无用！还杀了松江侠侣史封喉！这事武林都知道了，都说你仗着天穹炎剑，为非作歹，你是个……"

接下来诸葛好学说的话许卿一句也没有听进去。

"你刚才说什么……史封喉？！"

那个穷极一生都没有鼓起勇气的懦夫……

死了？！

3.

许卿觉得自己像是一脚踩空了向着无边的悬崖坠去，深渊下的风带着一点凉意，他觉得这样也好，沉沉地摔下去，最好失去意识才好。

直到女孩的手将他托住。

"许卿……"

"学姐，他开玩笑的吧？"许卿挤了个笑，"这傻子耍我呢吧？啊？对不对？"

"他没说错。"鱼凡真扭过头，避开许卿的目光。

"原来你也知道。"

"我是昨晚……才知道。"

"放屁！"

许卿很少用这种语气和鱼凡真说话，他愤怒的是昨天晚上鱼凡真就知道了，难怪她心事重重，可她却没有告诉自己，为什么？无非是觉得他幼小的心灵需要呵护！

"你们都在骗我，对不对？恶作剧是不是？"许卿一步步退后，"我还欠那老小子学费呢！他那么贪财，他会死？我告诉你，不可能！他肯定是假死，是躲起来了，去你的猴精，耍我，我会上当……"

许卿一边说一边拼了命地把天穹炎剑砸出去，可每一次那柄剑都死乞白赖地飞返回手中，于是他咆哮着、摔打着，像个被关押了多年的精神病人。

鱼凡真只是看着他，并不接话。

许卿的眼里滚下泪来，他想要做点什么，可又不知道能做什么，仿佛有什么东西捆住了手脚，那种抑郁的痛苦难以发泄。

史封喉这回是真的走了，连一句再见都没来得及说。

这世上无处不是你的敌人。

他又想起了那个瞎子的话，颓然地坐在地上，久久不发一语。

"学弟……人都已经死了，你要是再疯了……"梅风渡伸出手，却又不敢上前。

"谁干的？"

许卿抬起眼，只一眼就逼得诸葛好学冷汗直流。

"难……难道不是你吗？"

他自从刚才看见天穹炎剑，心中就已经万念俱灰，没承想今日约会遇见了最近武林风传的"魔头"，更糟的是现在魔头似乎还失去了理智。

许卿走前一步，那女生竟是"哇"的一声吓哭了，像只小兔儿似的蜷在少年怀里，两人一齐瑟瑟发抖。

鱼凡真捉住许卿的手："这跟他们没关系。"

"你们还不快走！趁着本大爷今天心情不错！"梅风渡故作凶恶地催促。

两个学生对视一眼，慌不迭夺路而逃，许卿呆呆坐着，并没有追。

"学弟……"

梅风渡想试着上前安慰，却发现许卿触电一般定住，他的视线收回来，落在剑上，似是一股炎流从冰海下面烧起来，摸着忽冷忽热。

剑有反应。

　　许卿木然地举起剑，被那股力量引着一直走到仓库角落，撬开上面附着的水泥，其下竟是一块早已发黑的明代墓砖。

　　"有东西？"

　　许卿不回答，又以剑锋戳了戳墓砖，那墓砖便迅速烧了起来。

　　通红的光芒像是他第一次在贾老师的宿舍所见，明亮得耀眼，一炷香后，整块地砖彻底地熔化了，露出藏在里面的东西。

　　"这是什么？"鱼凡真皱眉，轻轻拿起来。

　　那似乎是个木镯子，内圈纹理有一缕发丝状的红线，像是人的血丝浸在木纹里。

　　"这是梅铁心的？"鱼凡真问。

　　"好像不是我们梅氏的东西。"梅风渡皱眉，"学弟，你认识吗？"

　　许卿仍是沉默，不知是悲痛还是着魔，只是静静盯着那镯子，像是勾起某种极其久远的记忆。

　　"给我。"

　　他将镯子握在掌心，仿佛捏着一块极寒的冰，同时又被高温的火焰烫伤，两种触感几乎是同时，然而就在他震撼之时，绒绒的雪花已落在鼻尖。

　　下雪了？

　　"许卿！"

　　他依稀听见鱼凡真焦急的呼喊，却最终淹没在风雪之中。

海边的十四个人

1.

　　漆黑的屋檐上落满了苍白的雪，从中却淋出一条血河，流过青石的古镇与支离破碎的尸体，太多的尸体几乎堵塞了小路，一簇一簇的火舌从断肢的切口里钻出来，像是血河两岸的灯烛，引着迷途的归乡死者。

　　一地的血与火中，行走着白衣提剑的人，他握剑的手在抖，眼中缀满了泪珠，越往前尸体越密集，终于在跨过一座拱桥之后，来到一片雪雾遮天的荒野，那里依稀有个大红的影子，它红得极端彻底，分不清是血还是染料。

　　走近了，才发现那是女人的红裙飘飞，裙角泡在血中，身后是一棵枯死的树。

　　女人只是站在那儿，似乎在凝视，不说话也不动，双眼里有翻腾的血潮，那一刻红裙也猎猎舒卷，像是有什么东西要降临。

　　一瞬间雪风大作，死树也熊熊燃烧，烧成一株盛大的炬火！

　　天地壮绝，许卿却不怕，他第一次见到这个女人，看不清面貌，却像是早就认识。

　　那个白衣提剑的人大哭起来，却被呜咽的雪风压过。

　　女人悲悯的眼神穿透了一切，许卿忽然觉得她是如此悲伤。

　　像是四野八荒再没有一个人明白你。

　　你想要的，终究都会失去。

　　"滚！"

许卿捂住耳朵发疯地跑，在齐膝的雪中留下脚印，他想说这种画面谁要看啊，我是一个喜欢看喜剧的人啊，不要给我这些乱七八糟的东西！

可那种悲伤却缠住了他的魂灵，死树上的火焰引燃了天穹，头顶是火海，脚下是雪白，终于许卿跑不动了，脸埋进双手中，跪倒在一条血河里。

"醒醒！"

鱼凡真摇晃着他的肩膀，许卿睁开眼，才发现自己不知何时哭了。

泪水无法抑制地流下来，他却不知道为什么。

"学姐，我该怎么办……"

女孩的眼角抽动了一下，伸手搂住许卿的脖颈，她比许卿要矮一些，不得不踮起脚尖，两人就这么拥着，也不说话，鱼凡真感到许卿在颤抖，显得惊慌又无助，于是她轻轻拍起许卿的背，像是哄一个怕打雷的小孩入睡。

梅风渡站在一旁并不打扰，任由二人相拥，只是悄悄避过眼去，不知过了多久，许卿才和女孩彼此分开，身上仍留存着对方的余温，他有些尴尬，不敢去看鱼凡真的眼睛，似乎对方也是一样，于是双方都沉默了会儿。

"到底怎么回事？"梅风渡打破了沉默。

"是枫桥镇！"

许卿揉着太阳穴，懊恼自己早该觉察："我每次在幻觉里看到的古镇……就是枫桥镇。"

错不了，幻境中的那道拱桥，正是当初许卿和鱼凡真合影的枫桥。

现在可以确定寒山寺、枫桥镇，以及这柄天穹炎剑，一定有极其紧密的联系，且是早在百年前就已经定下。

"什么幻觉？你说清楚。"鱼凡真追问。

许卿只得将方才所见的红衣女人告诉鱼凡真。

"这镯子是那个女人的。"鱼凡真猜测，"她生前的内力残余在镯子里，和你有了感应，所以你看见了幻觉。"

"可为什么是我？"

"因为你背着剑。"

"剑……镯子……"许卿愣住，"难道那个女人就是梅铁心？"

"不知道，但有可能。"

武林中只说梅铁心是杨广贞最好的朋友，为他铸成一把天穹炎剑，可谁也没想过梅铁心会是个女子，但如今一想，为什么就不能是呢，没准这名字压根就是個化名。

"你们的猜测也有道理，梅氏一门四百年前弟子遍及天下，男女都有，这不稀奇。"梅风渡叹，"可就算是这个女人铸了天穹炎剑，就算她真的是梅铁心，说到底还是没解释为什么天穹炎剑会缠着学弟。"

众人都沉默了，看来这一趟途经剑冢，非但梅铁心的身份没弄明白，连这柄剑的来历也跟着一起扑朔迷离了。

"现在所有的希望，只能寄于贾情珍的坐标，她既然告诉你们那里藏着真相，我想与其回苏州调查，不如继续北上。"

许卿默不作声，他捏起那只木镯子，也不知在想什么，如今史封喉死了，可自己却反倒离最终的答案越来越远，这一路到底所求为何，他愤懑地走出仓库，深深吸了口室外空气，想要把那些焦虑与悲痛都压下去，谁知余光一瞥，又差点惊叫出来。

"许同学，借一步说话。"

身背长刀的人伫立在侧，仍是一副了无生趣的表情。

2.

距离剑冢不远的咖啡馆内，众人围在桌前，吸引了不少顾客的目光。

"安德烈死了。"

"你杀了他？！"

"我当初只是废了他武功，并未伤及性命，可现在武林都在传，说是安德烈也死在你剑下。"

"这也能赖我头上？"许卿生气。

算上车行子、钱无用，当然还有史封喉，许卿发现这一路走来几乎每个与他有过交集的武林人都不得善终，统统尸骨无存。

"你不觉得奇怪吗？贾情珍一死，她的身份立刻就暴露了。武林人全都知道剑在许卿身上，这才引来了车行子。等许卿到了上海，立刻有人悬红八百万，便有了钱无用一战。再想想安德烈说过有人给他消息，我看这背后……"

"有人一直在算计学弟！"梅风渡也明白了。

"这不稀奇。"许卿无奈，"想要剑的人多了，谁不是针对我？"

"话是这么说，可这个人为什么不自己来抢，而是要唆使其他人来对付你？

这样算计你，到底有什么好处？"

"我哪儿知道，反正我这反派的名号算是坐实了，人家拿了神剑，都是当大侠，我倒好，到处杀人。"

许卿心里郁闷，他一开始得了天穹炎剑，一万个不情愿，可随着能力突飞猛进，连败各路高手，心底又有一种挥斥方遒的喜悦，现在倒好，自己都快成连环杀人魔了。

"杀人魔……"项光明语气很轻，笑得很邪，"你以为张无忌、令狐冲就不杀人了吗？杀坏人就不是杀人了吗？他们个个都是杀人魔。"

许卿愣住，这一番话倒是有些大逆不道了。

"你现在既然拿了天穹炎剑，就不要管别人怎么说。越是强的剑，世人越是害怕，你杀不杀人，他们都当你是敌人，杀人魔怎么了？杀得他们都怕，他们就当你是剑神！杨广贞一剑杀了八百魔教众，他是武林神话，你才杀了几个人，我看你是杀得不够。"

"我谢谢你！"许卿瞪他一眼，"你这还不如不安慰！"

项光昕不置可否，挥了挥手又改口问："说起来你们刚才在剑冢有发现什么吗？"

"什么都没有。"鱼凡真抢先一步说话，把镯子的事瞒了下来。

"我猜也是，那地方只是个空壳。"项光明点头，"讲正事吧，我今天来是想催二位尽早离开，留在济南，夜长梦多，这一路我愿意陪二位北上，保你们周全。"

说完他冲梅风渡拱了拱手："梅宗主，这次也要多谢你，要是许卿出个三长两短，我和鱼姑娘可就真的头大了。"

"什么宗主不宗主，哈哈哈，多少年没人这么喊过我了。"梅风渡抓抓头，如今铸剑梅氏只剩他一个，硬称呼是宗主也不为过，不过是光杆司令罢了。

"虽然你帮了我们一次，但到现在我们也不知道你的底细，凭什么信你？而且你说你是魔教，现在天底下哪还有魔教？"

"而且哪有魔教自己喊自己魔教的。"

"我无所谓，我说菩提教，许同学也不一定懂。"

"菩提教是魔教的本称。"鱼凡真补充，"不过武林很少有人喊。"

"所以还是怎么方便怎么来。"项光明接着说，"四百年前杨广贞灭魔，魔教八百弟子死绝，但其实这只是个泛指，确实有一些零星的人逃走，而我师父徐正道，就是其中之一的后人。"

"难道魔教真的想死灰复燃，卷土重来吗？"梅风渡愣住。

"你这么说，不觉得可笑吗？"

项光明说，就算魔教死灰复燃又怎样，难道当教主一统武林吗？这都什么年代了？更何况如今哪还有武林？

"我师父早就和魔教没了关系，除了几块祖上传下的令牌，什么也没有，他在青岛胶南乡下的海边盖了个小楼，收留了一批孤儿，每个月从政府那里拿补贴，又给自己取名徐正道，无非就是不想惹事。"

想来一个魔教的后裔，取名"正道"，又给徒弟取名"光明"，也算是煞费苦心。

"你就是孤儿之一？"

"那时候我们有十四个人，我年纪最大也不过十五岁，最小的一个孩子才四岁。"

"后来呢？"

鱼凡真有一种很不好的预感。

项光明脸色阴郁："我不知道林英雄从哪里得到的消息，十五年前他带着几个武林人出现在孤儿院门口，要见我师父。"

许卿想起来项光明之前提过，此人是三个夺剑者之一。

"那天林英雄和师父谈了什么，我不知道，但那之后房间内就传来惨叫，我推门的时候师父已经死了，胸口破了个碗大的洞。"

项光明握紧了拳头："师父死前还让我们快跑，可他哪里知道，那群人早就动手了，他们原本就是来'灭魔'的，我们一群小孩又能跑多远，没一个有活路。"

"可是死了这么多人，难道警察就不管吗？"

"都是些没身份的孤儿，再说那天恰好是台风过境，一个巨浪拍上来，小楼也塌了，外人都当是事故。"

许卿沉默半晌，又问："这个林英雄到底什么来路？为什么如此狠毒？"

"人如其名。"项光明冷笑，"此人号称英雄楷模，不但武功卓然，且品德高尚，见武林衰亡，痛不欲生，自掏腰包资助了不少原本要灭绝的门派，借此笼络了许多人心，武林人或出于真心，或处于谄媚，夸赞他是第二个杨广贞，也是重振武林的希望，更是正道的一杆大旗。"

"说得这么好，不也杀了人吗？"

许卿皱眉，这人又是胡乱杀人，又是品德高尚，倒真是虚伪。

项光明摇头："那么多武林人得了他的好处，又怎会说他滥杀无辜？你要知道他这十年消失不见，不少武林人还惋惜得紧。"

"可他最后为什么会放过你？"鱼凡真皱眉。

"因为我是个瞎子，那些人的脸我一个都没看见，不过林英雄也重伤了我，我与死人无异，再往后我被仇胭的父亲所救，这才活了下来。"

"所以这些年你一直在找他，你想复仇？"

"可惜我还没见过比老板运气更差的人。"仇胭摸了支烟，梅风渡忙不迭递火。

"我花了五年时间养精蓄锐，结果出关之日却赶上剑破寒山，想我踌躇满志，最后却连仇人的下落也找不见，实在是可笑。"项光明叹。

这也难怪，那晚天穹炎剑现于寒山寺，又逢三人夺剑，林英雄与贾情珍、方清浊一道消失无踪，整整十年。

"不管怎么说，我现在的希望就只有你了。"项光明盯着许卿，"如今贾情珍现身暴毙，又给你留下个什么坐标，我看必然与当年那三人有关，所以我和鱼同学一样，都把赌注押在这个坐标上，你必须去一趟。"

许卿没有回答，果不其然这家伙和鱼凡真一样，都指着他揭开最后的结果，可他如今脑海中都是史封喉的死讯，就算想下决心，也被生生吞了回去，最终把脸埋进双手中，这才瓮声瓮气地回答：

"可我已经不想再继续了。"

雾中之火

1.

入夜，索菲亚银座大饭店。

梅风渡包下其中一间包厢，算是给许卿和鱼凡真送行。

"一路顺风！干杯！"

鱼凡真默不作声，许卿一个劲地动筷子。

"也不知道下次见面是什么时候了。"梅风渡叹。

"会有机会的。"鱼凡真说。

"下次来我带你们在济南好好玩。"

"最好不要带着剑来。"许卿嘟囔。

"学弟乐观一点，下次带个老婆来……噢……不对！下次还带鱼学妹来！"梅风渡笑，"我已经想好了，等你到了泰国，就加盟我的网店，咱俩打入东南亚的 Cosplay 市场，不是我吹，我下一阶段的目标是达到……"

"你们聊着，一屋子烟味，我出去透透气。"鱼凡真忽然起身出门。

包厢内只剩下许卿和梅风渡。

"学长，我是不是做错了？"

"你是屄 ×，逃跑不是本能吗。"

"我果然做错了。"

白天的时候许卿提出放弃，众人都是一愣，梅风渡表示，就算放弃，你又能去哪儿？回学校也不过是换个地方等死。"

"等死总好过送死。"

许卿是真的怕了，他从没想过这一路会死这么多人，而史封喉的死更是成了压垮骆驼的最后一根稻草。

原来人生真的不是游戏，敌人会死，你的队友也会死。

他不敢想象有一天鱼凡真也落得这般下场。

"难道你就不想给史封喉报仇了？你这人怎么这么娘炮！"仇胭气得直跺脚。

"报仇？"许卿干笑两声，"我一个大学生，是有屠龙刀还是有倚天剑？你叫我怎么报仇？"

"学弟你有天穹炎剑……"

"你们根本不了解这柄剑有多恐怖！"

许卿捂着头，他想说你们什么都不知道，不知道剑气灼心的痛苦，也不知道那些噩梦般的幻觉。

"就按你说的办，今晚我就陪你回北京。"

许卿直到现在都不明白，鱼凡真为什么会同意。

他趴在桌上："其实我一开始真的想为史叔报仇。"

"我懂，一腔热血烧起来了。"

"嗯。"

"可你后来怎么又不想了？"

"因为我真的就是个普通人，普通人的热血就是一阵一阵的，我压根就不是你说的那种主角命格，这把剑落在谁手里都不该落在我手里，如果换了那些书里的大侠，他们一定早上了，一剑杀了反派，一手搂着美女，学姐也崇拜得不行，到时候就什么都有了。"

许卿的声音低下去："可那就不是我了。"

见梅风渡没反应，他又补了句："对不起，让学长你失望了。"

谁知梅风渡沉默了会儿，竟是笑了："我那晚说的话，也是吹牛的，还有什么事比活着更重要呢？只是……既然学弟你那么想做个普通人，为什么不去做点普通人的事？"

"普通人的事？"

"你表白过没有？"

"跟谁？"

"难道跟我？"

许卿愣了愣，又低下头："学姐知道我喜欢她……但是她早就拒绝我了。"

"就问你表白过没有？"梅风渡不依不饶。

"还没……"许卿抓抓头，"还有必要说吗？我那心思是个人都知道。"

"有些话说出来和不说出来，完全是两回事。"梅风渡认真道，"就算她一开始不喜欢你，可这一路上孤男寡女的，你怎么知道她没有改主意？她以前不喜欢你，那是不了解你，现在了解你了……"

"就喜欢我了？"

"就多了百分之一的概率。"

"…………"

"我问你，有一天如果陨石掉下来，地球要毁灭了，结果你都没有试过追她，她和另外一个男人抱在一起等死，你会不会很难过？"

"你今天吃错药了吗？"

"赶紧去！"梅风渡推了把许卿，"趁学长今天还在，帮你一把！"

许卿哭笑不得，犹豫着走出包厢，回头瞅了一眼，梅风渡雄赳赳气昂昂地高举酒杯，俨然是电影里的大哥送小弟去卧底。

2.

银座大饭店的对面是一栋几十层高的施工楼，夜晚几乎不见人影，整整一层还没来得及装玻璃幕墙，只有零散的水泥柱子与穿堂而过的晚风。

"我们这个位置正好看得见饭店的四个进出口，任何来往车辆都尽收眼底，有没有危险随时都可以知道。"项光明插兜站在边缘，任凭风吹卷衣角。

"我就不明白了，那小子都放弃了，你干吗还费这心思保护他？"

"他不可能放弃的。"项光明叹，"原本就没有退路的事情，又能往哪里逃？只会有更多的死人、更多的敌人、更多的痛苦来逼他。"

"你又懂了。"

项光明苦笑："因为我那些师弟师妹，他们每个晚上都会在梦里问我，问我为什么不去救他们，我答不上来。"

尽管他看起来很平静，可手指仍然不由自主地颤抖，直到另一只小手握上来。

"老板，你也会怕吗？"

"偶尔会。"

"我也好怕……心跳得好快。"

"心脏在左边，你摸的是乳头。"

"我这是示弱，你怎么没有眼力见呢！"仇胭郁闷。

"你又从哪本地摊书上看来的？"

"小鱼姐教我的，她说要让男人对你有好感，就得先装可怜，才能让对方产生成就感与满足感，最后男人就是你的了……结果完全不是这么回事嘛！"

项光明愣了愣，没想到鱼凡真竟然也有这么无聊的一面，更糟的是这丫头似乎还信了。

"你专心一点好吗？"

"老板，你绷得太紧了，晚上睡觉都听见你喊师妹！师妹！你就只知道报仇吗？"

"你怎么知道我说梦话？"

"因为我晚上偷看你……没有没有！我瞎说的！"

本以为项光明要发火，谁知男人却愣住，他不回嘴，仇胭反倒不知道怎么跟他斗气。

"丫头，你迟早得嫁人的，等事情结束了，我给你介绍一个。"

项光明说完，却听不见仇胭的声音，周遭的一切都安静下去。

他看不见也知少女心绪反复，正想说点什么，忽然身子一紧竟是被人一把抱住。

"我不要嫁人，你也不要报仇了，好不好？"

仇胭的声音很轻，也很低，带着一点哭腔。

项光明犹豫了很久，伸出手抚了抚她的长发，他的手停在那些柔软的发丝上，突然似是一盆冰水浇在头顶，整个人瞬间绷成了一张拉满的弓弦。

"你怎么了？"

"别说话。"

呼啸的风声里，仍然能听见蹀过石子的脚步声，轻而低沉，那种感觉极其地不祥，如林中伏低的猛虎，它悄无声息地从背后接近猎物，你不必回头，因为光是野兽的杀意就足以令人心胆俱丧。

疏忽了。

这个该死的夜晚让一切都变得温暧，却忘记了危险实则从未远离。

身后的阴影里走出个女人，恰到好处的套裙与胸前惹眼的乳沟，今日浓妆淡抹，发髻拢在脑后，又有一根白银发钗，搭配左右腿三条皮带显得典雅又诡异。

"我听说这么多年你一直想杀了我。"

说话的却是个男人，从女人的背后走出来，剑眉星目。

项光明全身的杀气羽翼一般骤然展开！

等你好久！

3.

拔刀！

那是一道漆黑的影子，如同一只俯冲的猎鹰，急速冲向对方！

黑鞘长刀划破了夜风，刀锋弧线直切男人脖颈，很难想象这是个瞎子，那一刻他眉宇下的一双眸子宛如鹰扬，眼中再没有了困惑。

为了这一刀，他足足等了十五年！

"一刀摘颅，好！"

林英雄大笑，金属的刀锋却被他单手挡下！见一击不中，项光明足尖一点，旋身再次劈向对方！那一瞬他化作一抹刀光的旋风，不停地挥刀，每一刀都用尽了全力，又像一头发疯的狮子，要撕开猎物的咽喉。

"动手！"项光明大吼。

一支万宝路点燃火光，少女狠狠吸了口，匪夷所思的一幕，那支万宝路仿佛永远不会燃尽，浓烟膨胀，顺着少女朱唇滚滚涌出。

"吞云吐雾·蛇。"

轰隆隆！

浓烟化成的巨蟒高昂起头颅，顶到了天花板，居高临下俯瞰众人。

"雕虫小技。"林英雄递了个眼色，"黄虎。"

"能杀吗？"女人拆下发钗，斜斜一甩，波涛般的长发如水。

"随你。"

咝咝咝。

巨蟒缩了缩脖子，蛇芯咝咝作响，盘旋起来，大如水缸的脑袋始终对着女人，烟雾组成的瞳孔时分时聚，正以不可思议的比例张开巨口，这一口足以将对手整身吞下。

叫黄虎的女人上前两步，解下脚踝处第一道皮带随手抛在地上，竟是铅球落地般砸裂了地板，足见重量！

"第一曲，伦巴。"

一声雷响如金刚铁鞭，轰然而起，回荡在偌大的楼层之中。

砰！

是女人的腿。

见她瞬间发力，脚下土石崩裂，单腿有雄浑力道，划过一道完美弧线猛然撞击在蛇头！

伦巴是以摇摆和大幅度律动为根本的舞步。

而这一招正是伦巴中的反陀螺转步！

巨蟒如遭雷击，摇摇欲坠，它扭动身子，再一次铆足了劲儿向女人冲来，妄想用它卡车一样庞大的身躯将眼前的人类碾碎。

下颌。

女人以击剑步快走，正面高抬腿！近乎雷鸣般的悍响之后是刚烈迅猛的一踢，又听见一声悲鸣，那怪物整个身子竟后仰翻去，顿时灰飞烟灭，留下一支燃尽的万宝路香烟，好似妖怪现出原形。

果然腿越长的女人，越危险。

"老板，他们好强。"仇胭见一招不成，下意识护在项光明身前。

她心里生出一丝绝望，蟒蛇已是她最强一招，却败得如此之快，眼下光是一个黄虎就难以对付，那个姓林的可还没有出手！

"再强也得死！"

项光明以刀撑地，神情如恶鬼，他怎么也没想到，那个他找了十五年的仇人如今会堂而皇之地出现。

令人措手不及，又心潮澎湃！

"你先别激动，我不是来杀你的。"林英雄背着手眺望远处灯火，"其实十五年前的事，我也很后悔。"

4.

"你是后悔当初没杀了我吗？"

"是我救了你，你不明白吗？如果我当初没有废了你，你很可能已经被那几个杀红眼的武林败类弄死了。"林英雄叹，"我后悔的是不该杀死你师父，徐正道一心想与魔教划清界限，原本不是坏人，是我是非不分，糟蹋了英雄，我很惭愧。"

"你还挺会演。"项光明冷笑，"若真是惜英雄，又何必杀了那些高手？"

"再说一遍，我不杀人，我只是借力。"

"十年前你和方清浊、贾情珍拿走了炎剑，到底是为了什么？"

"我只能说我在等一个东西。"

"等什么？"

"你师父还真是什么都没跟你说，当年那本书，你是一页都没看过？"

项光明愣住，他师父徐正道十五年前被林英雄诛杀，死前除了他手中这柄刀，竟是什么都没留下，又哪来的书？

"也罢，没看过最好。"林英雄笑，"我今天来正是劝你不要插手，人死都死了，你换个心态，和你的小丫头一起去过日子。这十五年来我始终不杀你，只因我心中有愧，不想看见当初你们这一批小孩，一个都不剩。"

项光明抿着唇不说话，他心里明白林英雄挑今晚出现，所求必是炎剑，他能从容出现在这儿，就代表还有人直奔许卿和鱼凡真去了！

可他顾不上这些了。

手握住刀柄，内力滚滚铺卷。

"妖刀杜鹃。"林英雄唏嘘。

古人说鲛人泣珠，杜鹃啼血，是指杜鹃昼夜悲鸣，啼至血出，而这柄魔教名刀也同样颇为惨烈，它以苦痛为食，杀人越多，下场越惨，刀锋越凛冽，也难怪项光明每每下手狠毒，便是为了"养"这柄刀。

"真的没有转圜的余地吗，都过去十五年了。"

"你会做梦吗？"

"偶尔。"

"我经常会梦见我的师妹，那些梦分不清真假，在梦里，只有云雷与海潮，我那些死去的师弟师妹手牵手站在海边，一个浪打过来，就被大海吞掉，他们的哭喊从海底升起来，喊我的名字，可我救不了他们，这样的梦反复地折磨我，你觉得我还回得去吗？"

林英雄沉默着，并不回答。

"我已经什么都没有了，为了报仇，我准备了十五年！十五年我的每一根筋、每一寸肌肉都在为此运转，我存在的目的就是把刀插进你的心脏，我想那一刻对

188

我会是一种解脱！"

项光明睁圆了眼，妖刀震荡："我发过誓，你欠的债，我要让你一截一截地偿还！

"杀心成魔。"

林英雄深吸口气，脸色阴鸷片刻，忽然仰头大笑！

"也好！如此也好！最大的恨，就用最凶恶的战斗来结束！今日我成全你！"

"求之不得！"项光明刀锋送出，一股浓稠黑暗如潮，像是黑云吞没了星光，待这股内力卷过，林英雄发现自己竟是目不能视，成了个瞎子。

"无声，无息！"

项光明双手握柄，骤然暴起，他这一招首先便是以刀中杀气侵害视网膜，造成短时间内"眼盲"，再以"杜鹃"凌虐对手。

刀是妖刀，武功是邪法，二者合一，实打实的歹毒。

只是林英雄又并非安德烈与小九他们那般不堪，纵然目不视物，却始终游刃有余，更仿佛游戏一般伸出两指点在他眉心，项光明便向后扑飞出去。

"再来！"

项光明运足功力，速度更快，刀锋如蛇芯游走！实际却有了几分迟滞，只因心中已然明白，自己与对手的差距实在判若云泥，可眼下他心中只有复仇，想象中长刀更是早已贯穿林英雄心口，恨不得搅个痛快。

他要杀了这个人。

怎么样都好，他要杀了林英雄。

"你打不过他的！"仇胭急得跺脚，可项光明哪里还听得进去。

"你说你准备了十五年，这就是你的决心？"男人摇头，一股光明大力从天而降，轻松将对手掀翻，然而后者脚下一蹬，卷土重来，更有了决死的心。

那一刻项光明灌注了全身内力，想要使出禁忌的一招，纵然会透支他全部的生命，也毫不吝惜，只因这世上原本就没有什么回头路！唯有刀锋切过死敌，哪怕杀不了对方，也要求一个同归于尽！

"好！有点样子了！"

林英雄五指握拳，盯准对方眉心，这一拳足以将项光明头颅击碎，是雷霆之力，同时沉浑的内力沿着刀锋翻滚，眼有白翳的男人从天而落，全然不在乎自身破绽，只想着将长刀送入对方心口，明眼人都看得出，这不过是以卵击石，非但杀不死林英雄，反倒要先被拳劲一击毙命！

然而下一秒，项光明忽觉脚下一空，似是被滚滚浓烟席卷着，整个人竟诡异地冲着窗口飞去！

"吞云吐雾·鹤！"

待项光明反应过来，人已至窗外，胯下一只烟气成形的巨鸟，这一招"鹤"是以一根黄鹤楼香烟作引，画出一只冲天云鹤，所谓故人已乘黄鹤去，断谈不上吉祥如意。

"死丫头！"

项光明大吼，二人隔了近十米，空旷的楼层中，只有少女一张释然的脸。

"哪有助理看着老板去送死的。"仇胭挤出个笑容，"谢谢你，照顾我那么久。"

说完少女内力暴涨，口中多了一支薄荷爆珠香烟，清爽烟气以自身为圆心四散炸开，转瞬膨胀在整层楼之内。

夏夜的晚风里，竟都是好闻的薄荷味。

项光明伸出手想做些什么，可他离得太远，"云鹤"驮着他迅速攀升，在那些浓雾吞没他之前，男人望见少女渺小的影子将打火机轻轻点燃。

"住手！"

那张永远处变不惊的脸上，终于也因为悲痛而丑陋得扭曲。

"老板，再见啦。"

火焰点燃了充斥屋内的烟气，剧烈的爆炸在雾中形成一股暴烈火光。

"薄荷爆珠？这算什么鬼招数？"

"你烦不烦！我自己取的，我乐意！"少女鼓着嘴。

项光明的脑中，画面走马灯似的闪过，如同身边掠过的云朵与浓雾，最终也与他渐行渐远。

那是雾中之火。

也是风铃之响。

夜雾弥漫的济南城，宛如少女。

只是一件小事

1.

饭店的一角正在翻修,跨过黄色的警戒线,是一座新式礼堂,扇面向下的布局,舞台中央有一架钢琴。

鱼凡真坐在那儿,头顶恰好一处不算亮的光束,像是刚刚开场,许卿闯进来,吓了她一跳。

"我看到这儿有架钢琴,觉得挺好玩的……你们聊完了吗?"

"嗯。"许卿走过去,隔着钢琴静静凝视女孩。

"我不会弹。"鱼凡真吐了吐舌头。

两个人沉默了会儿。

"学姐,我们什么时候出发?"

"吃完了吗?"鱼凡真看了眼表,"过五分钟吧。"

"那就是还能聊五分钟了。"

"你有什么想聊的?"

"学姐,你白天怎么没有反对我?你不是……还要找师父?"

"我不想找他了。"

许卿点点头,又意识到自己好像听错了,猛然愣住。

"哎?!"

“许卿，你还记得我在动物园是怎么说的吗？”鱼凡真扭过头。

许卿搓着手指，有些不好意思地嘟囔："你说不希望有一天，我也和你师父一样不见了……"

女孩凑上来："没错，所以我不能为了一个失踪了十年的人，再让你把命搭进去，从一开始我就做错了，我不该让你上路，早点把你藏起来也许就不会走到今天，这样至少……史封喉就不会死。"

说起那个穿文化衫的男人，许卿心里堵得难受。

“该内疚的是我。”鱼凡真冲他笑笑，"还好你让我想明白了，所以就这么定了，我们一起先回学校，到时候你想逃到哪儿我都会帮你。"

女孩的笑容像是一缕光刺破了许卿心底的黑暗。

有时候你会被某种极美的东西所迷惑，就像现在，她的礼裙恰到好处遮住了膝盖，露出骨肉匀停的小腿，纤细的手指扫过琴键盘，发出叮叮咚咚的声响。

于是所有的气都从胸口里涌上来。

“学姐……我……我……”

那三个字你得说啊。

原本你在黄浦江上就该说出口，就该告诉她，其实被拒绝了也没有关系，但万一呢，万一成功了呢，你那么喜欢她，为什么不试试？

有些话，说出来和不说出来，完全是两回事！

“我……我……”

他觉得自己现在就像个结巴或者白痴，无处安放的手指慌乱中碰到那枚小狗挂件，指尖像是触电一样松开。

“我爱你。”

原来是这种感觉，就像是嗓子里的鱼刺终于咳出来。

“许卿，你以前谈过恋爱吗？”

鱼凡真低着头，踮起脚尖一步一步退开，如同某种舞步，对于许卿的表白，她毫不惊讶。

“没有……”

“那你对爱情懂多少？”

她停住，站在一小片光下安静地注视许卿。

“就是……喜欢啊……爱啊……”

许卿才发现自己对爱情的看法无非就是书里说的白头偕老，又或者网上流传的什么现充虐狗啪啪啪之类，如此一想，他好像从来没想过爱情是什么，就好比喜欢鱼凡真这件事，对他而言，本就该是空气一样习以为常，可有一天有人问你空气的成分是什么，你一下子就不知道该怎么回答了。

"你还记不记得，你曾经说过在跨年夜的晚上看见我哭吗？"鱼凡真说，"那天我分手了。"

有将近半分钟的沉默，许卿不知所措地站在原地，像是一台死机的电脑。

开玩笑的吧，一定是的。

雪山女王怎么会有男朋友？

他后退一步，觉得那个女孩的样子忽然就模糊了，他原以为已经看得很清楚，最后才明白，其实他压根什么都不懂。

"我只谈过一个。"鱼凡真接着说，"我和他是在学校的新生舞会上认识的，那里有一个不大的舞池，音乐又土又吵。你知道我以前住在镇子上，是个土妞，我不会跳舞，走进舞池的时候我紧张坏了，只好原地踏步。那时候我就看见他，老实说我想不看他都不行，你能想象一个一米八三的大个儿在舞池里走正步吗？"

无法想象。

"其实我一开始压根不喜欢他，别人说我性子冷漠，不是没有道理，我不是一个合群的人，所以到头来上了大学也没有朋友，只有他整天不厌其烦地来找我。"

"他……叫什么名字？"

许卿心里想着那个人的轮廓，想尽一切办法丑化他，只要知道了名字，他就可以拎着天穹炎剑闯进那厮的宿舍，好叫他知道什么样的女人不能碰。

"他叫梅风渡。"

2.

许卿觉得自己是个笑话。

"我和他恋爱的事，几乎没人知道，因为他老说要低调，说什么要是别人知道他泡了女神，会戳他脊梁骨。"

"往死里戳啊……"许卿低着头。

"对吧，所以我和他平常接触得也不多，只有在寒暑假的时候才会在一起。他经常领着我出去打发时间，两个人就在北京城里乱窜，一起逛胡同口、潘家园、故宫、祈年殿……

"他知道我不喜欢说话，所以我看书的时候，他就总是找机会逗我，给我讲他从网上找来的笑话，放着他自以为好听的歌，或者表演个什么魔术，一眼就能看穿的那种。

"不过有一次他真的成功了，我们去798看画展，他突发奇想教我怎么在画展里抽烟，他蹲在展台后面猫着腰做贼似的点烟，结果被保安看见了，憋着一口烟从鼻孔里冒出来，保安问他在干什么！他说我在生气！"

说到这儿，鱼凡真竟然笑了，许卿注意到她眼里飘着一抹自己从未见过的流光。

"哦。"

他觉得身上所有的气口都被堵住了，想要发力，却发不出来，只能像个蒸汽炉子一样嗞嗞作响，他不是生气，也不是难过，他是根本不知道自己怎么了。

原来真的有些东西只属于两个人，外人难以涉足，如果有一天你不小心走进去，看见这个没有你的故事，你会疯。

那一刻许卿透过一层光影凝视着鱼凡真，忽然有一种很不好的感觉。

其实你喜欢一个人，到底又对这个人了解多少呢？

就像你第一次见鱼凡真，永远不可能知道她会在舞池里原地踏步，也不会知道她和梅风渡拉着小手在北京的大风天里没头没脑地乱窜，搞不好他们还养过一条狗、一只猫，或者别的什么玩意儿，他们那些欢声笑语、海誓山盟，你都不知道。

你知道什么呢？你只知道那个女孩高山仰止，漂亮得不像话，你天真地以为她的心只会属于一个你永远可望而不可即的人，因为风云总要龙虎来降。

可现在你知道了，没有风云，也没有龙虎。

只有你，你真的是大象。

"可你不是说过喜欢一个人是看感觉的吗？难道你喜欢学长这样的……"

许卿硬是把"傻×"两个字吞了下去。

"他也不是一直那么傻。"鱼凡真浅浅地笑，"他也会拉着我的手说什么茫茫人海也不能让我们分开，什么陨石掉下来地球要毁灭了他也陪着我，你知道他这个人说话一向没正经，但偶尔温柔起来，女孩子总是喜欢的。"

她沉默了会儿："那时候我觉得，梅风渡给我的感觉是对的。"

许卿心里涩涩地干笑，原来陨石撞地球这种骚话是学长的老套路，这个家伙明明学会了主角的所有技能，却装成一副NPC的样子以骗人为乐。

"那你们为什么又分手了？"

"因为感情光靠感觉是不够的。"鱼凡真叹，"两个人在一起，要考虑的东西很多，你也知道我这些年一直在找师父，我不可能也没有办法像他说的，毕了业租个房子，找一份工作，过那种情侣的生活，所以跨年夜的时候，我提了分手。"

"可那天你还是哭了……"

许卿想起那个胡同里的雪夜，鱼凡真蹲在地上。

"告别总归让人难过，不是吗？"女孩背过身，"其实这样对他也好，我骨子里本来就无趣，不懂关心人，也不像其他的女孩那样会撒娇，我这种冷冰冰的性子确实不适合当女朋友。"

"不是这样的学姐！你很好的！"

"雪山女王这个外号总不是你们胡编的吧？"

"那都是他们乱传的，反正我觉得你不是……"

鱼凡真盯着许卿，忽然笑了："好吧，就算我不是。"

许卿不喜欢那种笑容，就好像幼儿园的阿姨跟小朋友说好了好了你最聪明了。

沉默了很久，他低下头拧着手指："那你现在……还喜欢学长吗？"

"这个答案对你很重要吗？"

不重要吗？许卿不知道，如果鱼凡真说喜欢，那这就没他什么事了，可就算鱼凡真说不喜欢，好像也没他什么事。

"其实你已经有答案了，我在上海的时候就给过你，我以为你听进去了。"

许卿想要捂上耳朵，他当然知道那个答案，她让你换个人喜欢，是你自己不听，你不但不听，还自以为是地来力挽狂澜，妄想着什么峰回路转。

"把你刚才那三个字收回去吧，有些事我是给不了你结果的。"鱼凡真摇头，"我今天说这些只是想告诉你，我不是雪山，也不是女王，我也喜欢过人，也经历过感情，但这些对我来说已经足够了，现在你背着一柄神剑，我们都应该学着成熟一点，不要在这种小事上分心。"

什么是小事？

那什么又是大事？

一柄神剑是大事吗？对你来说，喜欢一个人是小事吗？

"我可以等……"许卿握紧拳头。

"你等什么？"

"等你再想谈恋爱的时候……"

鱼凡真愣了愣，无奈笑了："我们今天就聊到这儿吧，好吗？"

"难道在苏州的时候也是假的吗？我们都合过影了……还有昨晚……我还带你去了动物园看长颈鹿，你本来可以不去的！"

许卿也不知道自己为什么要说这些，越说越蠢，可他控制不住，他想说你也不是没有感觉吧，你明明知道，你可以拒绝的，可你不说，就代表你有意思。

"难道一起拍照，一起去动物园，女孩子就应该喜欢你吗？"鱼凡真皱眉。

"可是……可是我也可以带你逛北京啊……可以和你一起看书，去798……我也会讲笑话……"

我也会。

他会的，我都会啊……

"许卿，"女孩的目光有些冷，"有些话我不说绝，是希望你自己明白，你那些心思我不是不知道，但我不能把道理掰碎了喂给你，更不想看到你现在这副难过的样子，你已经二十岁了，不能老像个小孩一样幼稚。"

这就对了，你们都当我是小孩，梅风渡也是，你也是。

"可我就是幼稚啊！"许卿狠狠甩开鱼凡真的手，他从兜里掏出那张枫桥镇的合影，揉成一团想要扔出去，可终究是舍不得。

"对不起。"鱼凡真移开了视线。

为什么要道歉呢？

许卿摇摇头，他木然地站在那里，还想再说点什么，却发现无话可说。

与此同时，剧烈的爆炸声响彻天空！

两人抬起头，对面的高楼忽然升起一团炽烈火光，像是一座巨型火炬，在宝蓝色的夜空下泛着橘红，让一切显得魔幻且不真实。

第二十八回

一柄神剑，你为何不用？

1.

"发生什么了？！"

许卿脸色惶恐，腰间宝剑忽然凉得惊心。

"去停车场！现在就走！"

"不跟学长说一声吗？"许卿想起梅风渡还在包厢里。

"这时候去只会连累他。"

鱼凡真说得没错，敌人是冲着剑来的，此时离剑越近越危险。

二人下楼，进入酒店停车场的电梯必须先经过大厅，如今只剩下几十张圆桌而空无一人，不，确切地说，还剩一个人。

一个老人。

他坐在最角落的一桌，如果不仔细看，几乎难以觉察。

许卿从未见过如此枯瘦的老者，须发皆白，他漫不经心地用餐，仿佛这一切都与他无关。

"别说话，慢慢走。"

鱼凡真拉着许卿，前方不远就是下行的电梯。

这一刻许卿才感到这座大厅可真大，从这一头走过去，像是永远也走不完，空气里静得只有老人喝汤的呼噜声。

"二位稍等。"

许卿吓了一跳，对方似乎终于吃完了，擦擦嘴脱下外套叠好，拉伸胳膊与跟腱，就像老人家体育锻炼前的热身运动。

"麻烦把剑给我。"

"你……是谁？"

"我叫龙傲天。"

"龙什么……"

"你听到了。"

"真有人叫这名？！"

许卿以为这人是个疯子，却看见鱼凡真一张几乎失了血色的脸，她颤抖着嘴唇："我一直以为你只是……"

"传说里的人物？"老人笑，"武林里很多人拿我去吓唬小孩，还有些人拿我的名字去写小说，只可惜这么多年过去，知道我还活着的人已经不多了，他们只是在茶余饭后，把我当成一个笑话、一个魔鬼，或者一个虚构的蠢货。"

鱼凡真狠狠拽了把许卿，"跑"字还没来得及出口，老人已站在眼前。

五十米的距离，弹指一瞬。

砰！

惊人的拳劲打穿电梯门板，厚重的金属铁门折纸一般向内凹陷，老人索性掰断钢缆，电梯井内一阵刺耳摩擦，火花中整部电梯直直坠下。

他徒手拆了电梯。

许卿一时无法动弹，不是因为这一拳，而是老人身上所散发的内力，如同丝状的云絮飘浮在大厅中，又似碧蓝天空中的几朵白云，无欲淡雅，然而一瞬间，这些四散的云朵向着中心汇涌，最终垒成一片壮观巍峨的云海！

"小伙子，你听过天下无敌吗？"

2.

"跑！"

鱼凡真拉着许卿反方向后退，头顶的云海浑浑降下，将整座大厅笼在一片云雾中，二人仿佛置身于山顶，一小片清朗的山风将云团撕开小口，露出枯瘦的老人。

这个人，绝对不能靠近。

许卿感到恐惧，他的手被鱼凡真死死攥着，两个人奔跑在云海之中，却似乎永无尽头。

"混沌狂霸九天拳！"

那是刚直铁石的一拳从云中来！鱼凡真一瞬间推开许卿，转身反退一步，她身子翻滚出去，却不忘手间发力！

"啊！"

抬手音枪有如毒蛇咬中猎物咽喉，不偏不倚击中了钩锁，大厅中央那盏三人高的巨型吊灯轰鸣着坠向老人！

"何必呢，我可是龙傲天！"

"我知道！"许卿恨道。

老人大笑，朝天一拳，他拳路笔直，坦荡自然，碎裂的吊灯飞散如雨，老人却岿然不动，圆规似的站在原地，高高举着拳头，让人想起小说中无解的男主。

"我又要来了哦。"

云海朦胧，他身形隐于云中。

许卿握住了剑柄。

狂流的火焰似乎随时要从剑锋里出来，可再使用这柄剑搞不好又会被剑气烧死，再说他也答应了鱼凡真……

可眼下难道还有别的办法吗？

一万个声音爬上心头。

"宇宙天煞至尊拳！"

云中伸出枯瘦的拳头，内力似怒涛狂涌，老人狂笑着出拳。

"这都什么破武功！"

许卿抱头鼠窜，可他又哪里是老人对手，眼见一拳迎面而来，却有人飞身一脚将他踹进安全通道，堪堪避过老人坚如磐石的一拳。

"学弟别怕！你们从安全通道走！我替你们拦住他！"

梅风渡背对许卿，刚才那一脚就是他的"杰作"。

"你跑过来干什么！"鱼凡真大吼。

"救你啊。"男人笑了笑，抬腿又是一脚，将鱼凡真也踹了进去。

"走！"梅风渡反手锁上门，"还愣着干什么？"

他的声音隔着门上小窗，显得格外远。

"你发什么疯，你打不过他！"鱼凡真狠狠地踹门，然而无济于事，"梅风渡，你给我进来！"

"学弟，真羡慕你啊。"

梅风渡忽然笑了，他一步步退后，像是一块沉入海底的石头，随后他撸起袖子，转身冲向老人。

有人说这家伙当年能泡上鱼凡真，只是一种狗屎运。

后来鱼凡真把他甩了，是梦到头了。

就像有些姑娘从你的人生里撑船而过，你只是在那个时候，好运气地上了她的船，后来雾气散了，她要去向更远的地方，你只能挥手再见，于是你逢人就说无所谓、没关系，祝你们天长地久，永结同心。

可是许卿想说不是这样的，他也见过那种人的眼睛，在那一瞬，在那些色眯眯的轻浮之下，清澈得宛如飘零的花瓣落入溪水，倒映着那个他以为一生也得不到的女孩。

令人莫名心伤。

3.

"你跟你爹一个德行，都爱出风头。"

龙傲天脸色平静，好像许卿的离开只是试图从桌上爬走的小虫，只要他想，随时可以抬手捻死。

"我爹泉下有知，一定当你是夸他。"梅风渡笑，"但我跟他不一样，我不喜欢出风头，你要是肯放过我学弟，我马上认怂给你看。"

"能屈能伸，大丈夫。"

"你是真不会聊天啊……"梅风渡摇头，"说起来你不是隐退了吗？"

五十年前洞庭湖畔，有一人双拳捶开云梦大泽，是鬼功神力，自称龙傲天。

此人是天生的武学奇才，内力无师自通，武功日日飞涨，他那些个武功听起来滑稽，实则也是胡编，只因此人已强到无须套路招式，仅需挥拳便可胜利，自然就有美女环伺，宿敌折服，简直如书中人物一般。

就是如此一个强人，却在而立之年选择归隐，对此武林人无不暗自松了口气，毕竟苦练多年武功，却比不过人家天生无敌，你让这些练武的如何自处？所以还是眼不见为好。

谁知一晃五十年过去，这家伙竟又回来了。

"我现在也不是出山，只是为了点小事，帮个小忙。"

"洞庭龙君，你的忙可不是小忙。"

"也对。"

老人的气势变了，闲聊已经结束，骇人的威压潮水一样升起。

"我出手，就没有小事。"

身形如电，一拳撕开云海。

"皇极天渊猛龙拳！"

梅风渡觉得自己像是被一列火车迎面撞上，拳力竟夸张到如此程度，他摔飞出去翻了几个滚，吐出一口碎牙，全身骨骼无不剧痛。

"你这都咋想出来的名字，一个比一个土。"

"网上看的，算命的说我的命星是那美克星，天生的主角命，当主角，自然要有主角的武功。"

"这次的主角可不是你。"梅风渡竟笑了，笑得很释然，"我学弟学妹，一对璧人，神剑在手，浪迹天涯，这才是主角，你最多……是个精英怪。"

"有意思，那我是精英怪，你是什么？"

"我是个小配角。"梅风渡整了整衣服，又有一股剑锋内力从四肢百骸噌然而起，原本圆滑的眼神进而变得静默，仿佛换了个人。

"但是我也想当一次英雄，偶尔也让女主角看我一眼。"

"好，我让你当一分钟的英雄。"

"多谢。"

梅风渡内力荡开，那是带着铁锈味的气息。

这股内力全然不同于男人之前的状态，像是扶摇而上的一股戾气，所过之处，四周墙体中的钢筋，桌椅下的螺丝，甚至干脆就是一整架钢铁横梁，竟如磁石一般分裂合拢，在空中化作无数宝剑的形态，大大小小，足有千柄！

老人抬起头，原本大厅内人工的植被也被这股强韧的内力切开，那些暗红的花瓣缤纷而落，搅动着头顶云海，如同万里高空飘零的梅花，是难得的美景。

"一分钟，足够我闪闪发光了！"

那一瞬内力卷起狂风，搅碎了云海，风中站着满面血污的男人，超出极限的内力如今拱破了皮肤，鲜血中一双瞳子神采炯炯，反倒更显狰狞，他忽然咧嘴笑了，笑容如鬼神。

"铁剑梅潮!"

梅风渡大吼,一手指天,天地独尊,霎时万千剑锋如流星破宇,一切试图阻挡的人都会被切成碎片!

老人岿然不动,眼中流过一丝敬意,任凭剧烈的剑风撕开胸口衣衫,划出密如织线的血痕。

梅风渡抬眼,目光如剑:"我千年梅氏,何惧你天下无敌!"

浩然剑气从天而来!

数不清的宝剑直扑老人,那是梅风渡所"铸"成的"剑海",成百上千,铁钉一样将老人钉死在地,密密麻麻形成一圈剑棘,将他整个人埋了进去。

"成了!"梅风渡舒了口气,他其实也没想到这一招能击中,也许是运气,也许三十年过去,龙傲天毕竟已是个垂垂老矣的老人而不比当年。

然而这种喜悦却终究僵硬在脸上。

原本消散的云海卷土重来,大潮一般在脚下铺开。

他难以置信地回过头,云海中老人徐徐起身,从容摘掉身上铁剑,那些伤口却不见血渍流出,只有黑色的肌肤如同浇了一层钢砂。

"小配角,你的一分钟到了。"

老人的目光中充满怜悯。

4.

幽暗逼仄的安全通道里只有青绿色的冷光。

许卿拉着鱼凡真三步并作两步下楼,腿不自觉地发抖,梅风渡那些没正经的形象在脑子里来回翻滚,他忽然觉得这个男人真是他妈好笑啊。

那个色眯眯的家伙总是喜欢说鱼学妹啊,许学弟啊,你们要加油啊,像一个夸夸其谈的土老帽,他自作聪明地劝一个傻不愣登的学弟去表白,装作一副无所谓的样子,又口口声声说自己是个小配角,以为能骗过所有人。

结果到最后还是忍不住露出了狐狸尾巴。

世上哪里有这样出风头的配角?

"学长他会不会……"

"不会!他没事的!"许卿看不见鱼凡真的眼神。

大门推开,眼前一片开阔水泥地,史封喉借给二人的那辆黄色甲壳虫就停在不远处。

"尸臭。"鱼凡真停住脚步。

"你们好。"

玉面少年彬彬有礼地从车后走出，玉笛吹奏，一缕寒气化开，又有霜花铺展，瞬时在停车场内凝出一道冰墙，活活堵死了退路。

论武功也是鬼神。

"怎么办？！"

"你先跑出去再说！"鱼凡真手中音枪展开。

轰！

话音未落，天花板轰然裂开，有什么东西掉了下来砸在地上。

这一刻许卿没来由地想起以前在宿舍看过的一部港片。

里面黄秋生演的警司从楼上摔下来直接砸中轿车顶，圣洁的童声响起来，梁朝伟捂着嘴站在路边不知所措。

如今梅风渡的尸体也像黄警司一样扭曲着，血滴沿着冰冷的水泥地延伸。从裂口处倾泻而下的云雾有一种近乎完美的神圣，许卿却感到撕裂般的悲痛，像是一把刀将他整个人一劈两半。

云海徐徐分开，露出枯瘦如柴的老人重重落在地上，他的呼吸像是从铠甲之中喷吐，铁一样的肌肤随着呼吸起伏，纯粹的内力显现出纯粹的威严。

龙傲天没有选择从安全通道追过来，他有更简单的方法，比如一拳打穿地下两层的地板。

"怎么，你以为每个人都能活到最后？"老人叹息。

"怎么会这样……"

鱼凡真的手捏上来，许卿牢牢地攥住，他发现女孩空洞的眼神里如今什么都不剩了，浑身不由自主地颤抖。

"我在的，学姐，我在的。"

许多的声音在许卿脑海里盘旋，像是有人疯狂地擂鼓，又有一股赤红的炎流在翻涌。

为什么不拔剑？

刚才为什么不拔剑？

如果使用神剑，一定能救下梅风渡。

他懊恼地抓着头发："这柄剑到底有什么好？为了它，你们还想杀多少人？"

"是啊，我也不觉得这柄剑有多好。"龙傲天叹，"其实这柄剑厉不厉害，我一点都不在乎,至于你和林英雄到底谁想要,我也无所谓。许同学,我有个好朋友,可他快死了。"

老人的目光深邃,汹涌的云海在身后盘旋凝聚,是他醇厚的内力。

"他是我最好的朋友,也是我唯一的朋友,我不知道你有没有这样的朋友,他想要的东西,我都会帮他实现,现在我只差一张签证,而林英雄帮了我,作为报答,我为他杀人取剑,就这么简单。"

许卿知道自己已经逃不掉了。

忽然一种兴奋与恐惧兼有的情绪占据了他,他的手摸到剑柄,剧烈颤抖。

"我知道你这一路忍了很久,我也知道,小说里经常写那些主角,最后一刻绝地反击,你不如试试,毕竟现在就是你的最后一刻。"出乎意料地,老人指了指那把剑。

许卿握住剑柄的手越来越用力。

英雄长剑,轰轰烈烈,那是多少人求而不得的人生,如果我可以,哪怕一天就好,就算被剑气烧死都值。

学长说得没错。

就算被剑气烧死,也好过这样窝窝囊囊地逃,他注定是不凡的主角,也注定拥有一场盛大的演出,他将所向披靡,浴血奋战,最终成为……成为那个女孩心里的……

这声音小下去。

取而代之的是某种壮烈血腥的东西沿着深渊爬出,许卿又听见白衣提剑的人号啕大哭,红衣的女人迎风立雪,雪风冲天,天的尽头燃烧着枯死的树,树中流出血来。

"住手!不要!"鱼凡真大吼。

然而已经晚了,黑暗的大门合上,燃烧的火流吐出剑锋,像地底深处的熔岩拱开土壤,直到剑锋完全绽放出邪红的光芒。

天穹炎剑。

人生短短几十年,哪有那么多规矩?

你有一柄神剑,为什么不用?

5.

"要我给你吹个 BGM^① 吗？"少年笑。

"你不要插手，我一个人解决。"老人目视前方。

"好吧。"少年收起玉笛，索性盘腿坐下，"请开始你的表演。"

老人舒展经脉，银色的发丝狂扬，浑身肌肉变幻。

"学姐，我只能这么做！"

许卿的瞳孔亮如炬火，他高高跃起，神剑从天而降，如同高天上降下的火雨，没有人可以避开，他像是每一次使用这把剑一样，所向无敌！

他绝不可能输，因为力量就是力量。

啪！

老人两手合十。

许卿睁大了瞳孔，以为自己在梦中。

天穹炎剑，竟被止住了？！

"你已经拿到了力量，怎么，和你想的不一样吗？"老人的表情淡漠。

许卿狠狠一脚踢在他小腹，翻身出去，对方却毫无痛感，不慌不忙地一步步向他走来。

"来啊，神剑那么厉害，让它再给你点力量！"他指着许卿，像是看透了一切。

"天穹炎剑，给我力量！"

"来啊！燃烧起来啊！"

"出来啊！"

许卿双手握剑，全神贯注地盯着宝剑，火焰成倍地增长，力量的充盈庞大巍峨，又令人狂喜，剑锋上奔涌的剑气无穷无尽，给人以无所不能的自信。

他再一次冲向老人，这一次更快，土石飞溅，整个人化作一颗撕开夜空的流星。

整座停车场都是他掀起的焚风！

"你怎么能杀了学长？！"

炎剑劈入老人脖颈，那是千钧的力在几乎零点一秒的时间里加速，人类不可能挥出这样的剑弧。

---

① 背景音乐，Background Music，简称 BGM。

死。

却没有入骨的脆响，甚至可以说是空无一声的静寂。

在那些流动的云气中，老人以两指夹住了剑锋。

"不可能……"

"嘴里喊着给我力量，就以为能获得力量；心中幻想救下喜欢的人，就以为能救下；自己不怕死地冲上来，就以为成了英雄。"

老人叹了口气："拜托，力量这种东西，根本不值钱啊。"

他一只手掐住许卿，狠狠将年轻人摁在地上，那是鬼神一般的威压，许卿觉得全身都要碎了，他大张着嘴，像是在喊一个"啊"字，却发不出声音。

"只要愤怒就有力量，只要痛苦就有力量，只要绝望就有力量，你是不是还以为是老天眷顾你呢？"老人苦笑，"你怎么不想想，这种不用花任何功夫就得到的东西，得是多么廉价？拿着这种力量，以为自己是救世主？是主宰？还是英雄？你几岁了，以为自己是超级赛亚人变身吗？"

老人手中加足一分力，居高临下盯着许卿，那一瞬他高举的拳头跳动着雄浑的力与光，与星辰同辉，汇聚的力量足以一拳打穿年轻人的脑壳。

所谓天下无敌的杀心。

"指望你们这些中二病成熟起来，大概是不可能了吧。"

这一刻许卿才明白自己是多么愚蠢，当你把自己当作那个无所不能的主角，那梅风渡算什么，他就真的只是个炮灰一样的配角，连鱼凡真都成了为你准备的女伴。

可那个女孩明明不喜欢你啊，而梅风渡却为你付出了生命。

你怎么能把这些人都当成闪亮的饰品？

无耻。

剧烈的烧胎声忽然响起！

骇人的引擎声之中是那辆老旧的黄色甲壳虫，飞起的车头狠狠砸中老人，司机拼命地摆动方向盘，漂移中将老人死死碾进墙里。

"上车！"鱼凡真咆哮着，用尽力气把许卿拽进车内。

引擎轰鸣，甲壳虫以最高速度逆行疾驰，撞碎了入口冰墙，车尾灯在黑暗里红得像蝙蝠的眼睛。

"是你让我不要插手的哦。"

那玉面少年耸了耸肩，对着废墟笑得肚子疼。

第二十九回

近在咫尺的真相

1.

甲壳虫没日没夜地疾驰，窗外黑乎乎一片，不知时间空间，许卿蜷缩在后座，他死死地攥紧那柄剑，如同一根救命的稻草，张了张嘴，发现咽喉中渗着一丝鲜血。

那股暴怒阴鸷的剑气如今从身子每一处孔缝里钻出来，又在胸口起伏，像一口风箱鼓动，他觉得自己置身于一片火炭之中，这是他使剑的代价。

"没事的，一切都会好的，都会好的。"鱼凡真颤抖着，"我现在就带你回去，回师大，回苏州也行，你想去哪儿都行！"

没有比这更糟的状况了。

许卿受了重伤，而那个傻子也死掉了。

想起梅风渡，鱼凡真觉得那家伙真是一点也没变，过了这么多年还是喜欢自作聪明。

他以前老是说鱼凡真是那种天上掉下来的女人，遇见了只是好运，但鱼凡真想说其实不是的，她只是个倒霉的女人，她的父母不要她，师父也走了，到最后唯一拥有过的恋人也丢了性命，她想要留下的，一个都没留下。

想到这儿，她再也忍不住，于是摇开车窗，任凭那些疾风涌进来，像是要把自己的眼泪都吹掉。

"学姐……我们去灯塔吧。"许卿忽然虚弱地开口。

鱼凡真愣住。

"我不想再逃了……就是因为我一直逃，学长才会死。"

"那跟你没关系！"

"有关系的。"许卿吃力地摇头，"学长说得没错，我背了剑，就是主角，如果主角逃了，这个故事就永远也走不到结局。"

鱼凡真欲言又止，低声道："可如果……那个结局不是你想要的呢？"

"那至少还有学姐陪着。"

女孩的眼神里掠过一丝起伏，又见许卿挤了个笑容，在那些疼痛与压抑中，他似乎再也支撑不住了，沉沉昏死过去。

鱼凡真咬着唇，终于猛打方向盘，原本已经驶下高速的黄色甲壳虫再次掉转车头，朝着北方疾驰而去。

六个小时之后。

灯塔市，所有秘密的汇合点。

它只是一座小城，位于沈阳以南四十公里处，看得见四周绿油油的农田，地平线的尽头竖着几支铁塔般的烟囱，咕咕往外冒着白烟。

为了防止暴露，鱼凡真不敢住店，而是选择待在车内，汽车驶入一旁的小巷中，避开了人群。

许卿睁开眼时，发现已是傍晚，自己竟昏迷了一天，好在剑气的压迫减缓了许多，除却胸口像是烙了一块赤铁，每一次呼吸都疼得青筋跳动。

"如果我是你就再躺一会儿。"

鱼凡真不顾他反对，伸手替许卿撩开上衣，又扳过后视镜照给他看。

许卿惊恐愣住，整片脊背不知何时浮出一条条枝蔓般的纹路，都是青色的血管，其间又有忽明忽暗的血红涌动，似河道汇入大海一般朝着许卿的后颈聚集。

"这是什么？"

"我也不知道。"鱼凡真摇头，摁了摁许卿后腰，"但是这些血管中午只到这儿，下午就快到脖子了。"

许卿觉得自己像是被什么东西扼住了脖颈，心里不免一阵恶寒。

鱼凡真打开车内广播，正播放昨夜济南的大火，索菲亚大饭店的事情被定性为事故，警察正在进一步调查事件起因，诡异的是现场没有发现任何死者。

"难道学长没死？"

"和安德烈他们一样，被处理掉了。"她皱了皱眉，"林英雄手底下应该有专门干这种事的人。"

　　许卿想起昨晚出现的玉面少年，若是此人以寒冰融化尸体，确实可以做到不留痕迹。

　　"那个林英雄，我记得就是当初和你师父一起取剑的三个人之一吧，也是那个瞎子的仇人。"许卿思索着。

　　"更是一直在背后算计你的人。"鱼凡真冷冷道，"昨晚龙傲天的话，足以证明姓林的就是幕后主使。"

　　"嗯，龙傲天是有说过帮林英雄来取剑。"许卿想了想，忽然意识到什么，"不对啊，既然是林英雄想要这把剑，那他自己实力不弱，身边还有高手帮忙，他完全可以自己动手，为什么还要舍近求远，去怂恿龙傲天，还有之前那些高手？"

　　实际上如果林英雄在一开始就动手，根本就轮不到车行子他们出马，他像是在有意地推迟，甚至不惜为其他高手制造机会，许卿总觉得这中间缺少了至关重要的一环，以至于整件事看起来有一些不合常理。

　　"我不知道，但他肯定另有所图。"鱼凡真脸色阴沉，又改口问，"说起来你现在有什么感觉吗？"

　　"我该有什么感觉吗？"

　　"这里已经是灯塔市了，也就是坐标的地点，我们却一点头绪也没有，除非……你还能看见之前那些幻觉……"

　　许卿摇摇头："我就是觉得嘴巴干。"

　　鱼凡真沉默了会儿，递来一瓶矿泉水："实在没有的话，就算了，我带你离开这儿。"

　　"学姐，带我出去看看吧。"

　　"你想看什么？"

　　"像你说的，我找找感觉。"

　　"浪费时间而已，这样找要找到什么时候？"

　　许卿皱眉："可毕竟都来了……我怎么感觉你有点不情不愿。"

　　虽说鱼凡真当初在济南口口声声说不想再找师父，可如今变故丛生，二人还是抵达了坐标点，距离最后的真相仅一步之遥，无论如何至少该搏一搏。

　　可许卿总觉得鱼凡真有些提不起精神，就好像她早知不会有结果一般。

　　他忽然抬眼问："你是不是有什么事瞒着我？"

　　鱼凡真愣了愣，苦笑："我扶你出去找感觉吧。"

下了车二人沿着小路行进，偶尔吹过的风划过道旁梧桐，心旷神怡，不多时来到主干道，马路上人流熙攘，许卿也不说话，盯着街道行人，看了好一会儿也没发现异常，看来鱼凡真说得没错，大白天的这样找，无异于大海捞针。

他心中纳闷，贾情珍当初说让他来这儿，剑就可以摘下，一切就会真相大白，可他现在真的来了，却什么也感觉不到，既没有人接应他，也没有人告诉他该怎么做。

这么大一座城，到底该怎么找？莫非这真的只是一场闹剧？

那路上死的这么多人又算什么？贾老师她到底想干什么？

一连串的问题没有答案，这让他心中前所未有地沮丧。

"我说了，这里什么都没有。"

许卿摇了摇头，此时远空中升起一道钟鸣，那是长途车站的报时钟。

本是平平无奇的声音，年轻人却如遭雷击，他猛睁眼，那一瞬心底像是被什么东西狠狠地刺了一下，如同一把锥枪穿心而过！

"去……去长途车站！"

鱼凡真正想问个明白，可看见许卿的脸又生生止住。

那张脸上如今血管凸起，似是一万把刀在皮下搅动，痛苦至极！

2.

人流熙攘的长途客车站就坐落在灯塔市北边。

两层高的建筑模仿苏式风格，夕阳的光辉给玻璃镀上一层耀眼的金红色。

许卿脸色苍白，瘫坐在大厅的椅子上。

他觉得脑海深处像是有一只拴满了锈锁的箱子，发出诡异的响动。

依稀中的影子如同镜中碎片，女人和少年穿梭在人群中，他无法确定是不是就是这里，那些零乱的脚步声、报时的钟响、旅客呼喝的喊叫，太碎片了，像是磨成了粉的拼图，难以构成实际的画面。

"你到底感觉到什么了？"鱼凡真焦急。

"我妈妈……"许卿揉着太阳穴。

"你和她以前来过这儿？"

"我不知道。"许卿摇头，"只是有这种感觉，但我想不起来。"

"是来旅游，还是来探亲？"

"我说了我不知道！"许卿捂着脑袋。

鱼凡真不打扰了，任由许卿坐在那儿，那一刻他显得与周围环境格格不入，像是一处洼地把所有的声音都吸进去，直到不远处车站广场的长途大巴驶入，引擎的响声打断一切，许卿双眼里忽然就亮起了光，他猛地起身，嘴唇颤抖。

"是这种车……"

鱼凡真意识到许卿的眼中不是兴奋，而是恐惧。

"什么车？"

"大巴。"他似乎发现了某种可怕的秘密，用近乎哭腔的语气回答，"当年的车祸，我脑子里还有印象，就是这种车！"

关于母亲的车祸，许卿的记忆中除却那些黑暗中的血、土石的崩塌，就只有一辆土黄色的长途大巴，他记得那天两人正要前往苏州城外的穹窿山，大雨天山体滑坡，落下的巨石掀翻了客车，酿成了惨剧。

如今那辆土黄色的长途大巴就在眼前，与记忆中分毫不差。

可是苏州与灯塔市隔了何止一千公里？

难道他儿时真的来过这儿吗？

他揪着头发，蹲在地上，忽然发现自己忘了那场车祸之后的事情，那些混沌的、繁杂的、碎片状的记忆，飞速地闪回又飞速地裂成更小的碎片，它们像是一场锋利的暴雨，在脑海中切割不停。

终于他再也支撑不住，捂着头蹲在地上，痛苦地嘶叫起来，声音凄厉又悲哀。

第三十回

杜鹃以血洗锋

1.

灯塔市内。

衣衫落魄的男人停在一处刷白漆的仓库前，手旁是一只半人高的大号旅行箱，尽管眼有白翳，可如今却布满血丝，想是彻夜未睡。

这间仓库乍一看并无稀奇，四四方方的正门，门口停了不少电瓶车，穿制服的快递员往来进出，见这瞎子出现，无不打量一番。

"我要见你们站长。"

"发快递去那边登记。"门口的黑脸汉子生得粗犷，声音却雅，让人想起清泉磐石、松竹羽鹤般的意境。

"我来打听个人。"

"发快递去那边登记。"

"想请霍老说话。"

黑脸汉子愣了一下，掐灭烟蒂："你要找的人不在这儿。"

"他当然不在。"项光明冷笑。

据说武林人但凡需要获取情报，不论是寻人还是找物，又或者打探消息，无一例外都会来找霍老，只要见到刷白漆的快递站，那就是他的地盘。

"你在这儿等，我进去通报。"黑脸汉子入内。

想不到连这么偏的地方也有，项光明舒了口气。

其实如若不是迫不得已，他也不太想和姓霍的打交道，此人虽厉害，可惜蜘蛛终是只能捕小虫，不过好在他要找的人如今就在灯塔市内，想必也不难。

"进去吧。"黑脸汉子又折返回来，躬身比了个请。

仓库内近两层楼高，打扫得纤尘不染，腾出一片空白水泥地，头顶的冷光下一张仿明木桌，桌上唯有一台老式电话。

项光明轻车熟路地上前拿起听筒，拨通号码，一阵忙音后电话接通，却无人应答，隐隐似乎有气阀吞吐的声响。

"见过霍老。"

也不知过了多久，总算有个气若游丝的声音响起，在仓库内幽幽回荡，听着仿佛要死了一般。

"林英雄的下落，你准备拿什么来换？"

2.

"不愧是霍老，我还没说，就已经知道了我的事。"

项光明微微一笑。

"我的快递站遍布全国，这么大的事想不知道也难，说吧，你还没回答我的问题。"电话里的人声如朽木。

"想要霍老卖情报，就要拿好东西来换，这个道理我自然懂。"项光明一字一顿，"霍老淡泊名利，视金钱如粪土，却独喜欢一种东西。"

"女人！"听筒里传来大笑，随即又剧烈咳嗽，简直像要把肺咳出来似的。

"漂亮女人。"项光明点头。

"只要林英雄在灯塔，我的人找起来就一点不难，现在就看你的女人漂不漂亮了。"电话里的人嘿嘿笑。

"我多一句嘴。"项光明皱眉，"你隔着电话，也能玩女人吗？"

"我喜欢听。"霍老答得也爽快，"我这人也就剩下一张嘴能说，一双耳朵能听，所以我让他们玩，我听着就行。"

"变态。"项光明笑，听着倒像是恭维。

"男人变态一点有什么错？"

项光明耸耸肩，将那大号行李箱踢倒在地，拉链拉开。

竟是一对伤痕累累的少女姐妹蜷在其中，像是从杂志的扉页上款款剥下，一人波浪披肩，一人直发垂耳，却有着几乎相同的身材与相同的面孔，是一对双胞胎。

"武林人都说沈阳城的苏氏姐妹是牡丹一样的美女，只因牡丹香艳，乱人心智，我今日特意为霍老寻来，还希望你不要迷了心窍。"

"你够狠的。"霍老笑了笑，"柱子，形容一下。"

黑脸汉子上前，伸头扫了眼箱中少女。

"回霍老，两位小姐果真豪放温婉，韵味不同，却各领风骚，看得出平日不但有健身，同时注意塑形，在二人紧绷的衣物下，更裹着一对饱满的酥胸，像是要蹦出来的小兔儿，尤其勾人的还得说臀部，蜜桃一般仿佛透着一股……"

"你每次都要这么来一遍吗？"项光明皱眉，这黑脸汉子语调清雅，吐字清晰，偏偏形容这些，让人说不出地难受。

"拜托，我不听，怎么知道好不好！我虽然是个瘫子，但我也挑的啊！"霍老吼。

待汉子说完，电话里沉吟许久，项光明一度以为对方已经死过去了，又听有个声音幽幽响起：

"帮这位先生找人，事成之后，这两个妞你们好好玩，我要听个够。"

一干人马当场领命，吹了声口哨倾巢而出，就见门外数十辆电瓶小车齐齐发动，转眼只在马路尽头留下一片接天尘土。

3.

夕阳晚照，时间不急不缓地过去。

项光明也不急，倚着门闭目养神，仓库内外不断有电瓶车回来，快递小哥下车后直奔电话，耳语片刻，就听电话里的声音不断下达新的命令：

"再探。"

"向北多一里，再探。"

"东城过河，再探。"

如今此处哪里还是个快递站，分明是一座古代中军大帐。

"探到了！"

"在哪儿？！"项光明睁眼。

"往东去了。"

"往东？"

"他们一行四人，黑色的劳斯莱斯，往参窝水库去了，离这儿二十多公里吧。"霍老笑，"总之这个情报我卖完了，OK 了吧？"

项光明点头，退开一步。

"柱子！还愣着干什么！快把姑娘们叫醒！"

黑脸汉子得令，众人欢呼雀跃，兴冲冲将苏氏姐妹拎起来，项光明当初以"无声无息"夺取了二人视力，如今她俩别说武功，就连正常行走都难，活脱两只待宰羔羊。

"谁？！都是谁！"

"姐姐……我感觉好多人……啊！谁摸我！"

男人们早就等不及，一个个动手动脚起来。

"多谢霍老。"项光明拱手，却不见要走的意思，反倒是长刀出鞘，黑色的杀气延伸。

"什么意思？"柱子脸色一沉，人群纷纷散开。

"怎么了？"

"霍老，他想掀桌子。"

听筒那头沉默半晌："项兄弟，你这就没意思了，说好的事哪有反悔的道理，难不成这时候你又想英雄救美了？"

"我今天也不是英雄救美。"

"那就是冲我来咯？可就算你杀了这些人，也伤不到我，往后再想找我帮忙可就没那么容易了，得不偿失。"

"我以后不会麻烦你了。"

一瞬间刀锋掠过，剧烈的腥风绽放，绽开一朵殷红的血花。

项光明出刀的速度远胜于以往，有人捂着鼻子跪下，竟是被一刀削去了整条鼻梁！大概是经历了林英雄一战，他的内力不觉间又提了一个层次。

但是还不够。

远远不够！

妖刀杜鹃，以血洗锋，他"养"了这柄邪刀十五年。

可在林英雄的面前仍然不堪一击，所以还需要更多的血、更多的惨叫、更多的痛苦来提升这柄刀的力量，才能在下一次与林英雄见面时，真真正正地杀了他！

"大侠饶命！饶命啊！"

此起彼伏的哀号幽魂状升起，项光明游走于人群，月弧般的刀光开始起舞，血飞溅在脸上，成了失去人性的恶鬼。

"霍老！霍老救命啊！"

更多的惨叫响起来，男人每一刀都不致死，或挖眼，或割鼻，或削耳，或挑碎经脉，是虐杀一般的刀法，他要的是这些人痛苦，用来凝聚妖刀的杀意。

"你为了报仇，连理智都不要了吗？"霍老唏嘘，"就算你现在杀了这些人，你的武功又能进展多少？你根本就是自欺欺人！"

项光明头也不回地挥刀，挑衅一般刺过苏氏姐妹双眼，算是回答。

凄厉的尖叫中二人捂住脸，指缝中涌出血泪，他竟是连那两个少女也没放过。

至此整座仓库无处不是血迹，一股令人作呕的腥味里，满是染血爬行的人，只有脸色阴沉的男人站在正中，吸饱了鲜血的长刀快活地焕发着光辉，惬意非常。

妖刀。

"你满意了吧。"霍老声音疲倦，"满意了你就走吧，但我也告诉你，往后你踏进我旗下任何一家店，我都会让他们弄死你，武林中若有任何人想要你的脑袋，我都会无偿为他们提供消息。"

"明白了，那祝你生意兴隆。"

项光明点点头，收刀入鞘，没走几步，身后听筒里一声长叹："你师父，还有你那些师弟师妹，你觉得他们想看到你今天这样吗？"

"他们想不想，重要吗？"

项光明愣了愣，话音很轻：

"反正他们都死了。"

说完他大步离开，门外的风卷走了所有腥气。

第 四 部 分

枫
桥
一
梦

第三十一回

魔王在最后一关

1.

荒山野岭中繁星满空，许卿和鱼凡真顺着水流的声音摸索向前，跨过一重铁丝网，二人心中充满疑虑。

坐大巴来的路上许卿就感到景色似曾相识，却又始终难以回忆起来，他觉得自己像是穿行于水雾中，只能望见远山一轮模糊剪影，只好拨开雾气，向着某个似是而非的方向前进。

参窝水库。

这四个字早前在脑海中一闪而过，像只兔子跑过视野又钻入草丛，但是他确信自己没看错。

他有预感，这个念头不但关系到身后这柄剑，也关系到自己的母亲，想到这儿，他加快了脚步，没走多远，幽深的群山中传来了水声，滚滚如潮。

水库到了。

这是一座容积接近八亿立方米的巨型水库，几乎是一片人工湖，黑色的水面反射着白银般的月波，偶尔有扑通的声音，那是湖里的小鱼跃过。

安静极了。

他闭上眼，风中有蝉鸣，那些过去的记忆翻滚着匍匐着出现，同样也是个银色的夜晚，女人的发丝在晚风里张开，她牵着年幼的少年，向着某个地方奔跑，就在那一片山峦的深处，望得见波光粼粼的湖水。

　　凭借着这种若即若离的观感，他索性闭上眼，沿路摸索着前进，记忆中的画面却越发清晰，像是有人领着他。

　　不知过了多久，也许十分钟，也许三十分钟，甚至几个小时，他分开眼皮，倒吸一口凉气。

　　那是一口黑洞洞的枯井。

　　"学姐，我们找到了！"

　　鱼凡真的神色出奇地难看，她咬着牙，忽然手一扬，铁链枪展开。

　　"就到这儿吧，再往后，我也不敢保证会发生什么。"

　　"可我们都到这儿了！不管是什么，至少应该去看一眼吧！"

　　鱼凡真抿着唇，久久不说话，良久叹口气："你真的确定要进去吗，如果有危险怎么办？当初在济南的时候，你不是很怕死的吗？"

　　许卿哭笑不得："你今天到底是怎么了，你既然瞻前顾后，为什么又和我来灯塔，来了灯塔又想放弃，可说了放弃又陪我走到这儿，走到这儿你又不敢进去，你就说你想干什么吧？"

　　"我……我只是改主意了，不行吗？！"鱼凡真不耐烦地吼，"我们在济南说好的一起逃走，那就逃走啊！你不是喜欢我吗？那我陪你一起行不行？我答应你行不行？！"

　　鱼凡真越说越离谱，某种情绪泛滥上来，让她几乎失控。

　　许卿静静地注视着她，有那么一瞬，像是一道白雷穿过脑海，他忽然觉得心底绞了一下。

　　原来是这样。

　　"你担心……你师父已经死了，对吗？"

　　他的声音很轻，鱼凡真的身子颤了一下，泪水再也忍不住。

　　是啊，为什么没想到？

　　就像当初在衡山路的洋楼前，女孩也是这样，她不敢进去，她怕一进去，就会迎来那个她承受不了的结果。

　　"其实我在济南就想明白了……"

　　那时候真正想逃的人不是许卿，而是她。

　　"我以为我能挺过去……对不起……我高估了我自己，你也看到了这个地方，怎么可能待得住人！这次我真的不敢……我真的怕看见……"

女孩的哭声断断续续，一只手忽然将她揽过，随后就是年轻人稍显单薄的胸膛。

"没事的学姐，没事的。"许卿轻轻拍打她后背，"其实我现在也很怕的，但你想啊，万一你师父只是被关在下面呢，就像《笑傲江湖》里的任我行被人关在西湖底，最后还不是和任盈盈团聚了嘛。"

他从得到天穹炎剑，又获得贾老师的坐标开始，就明白这个地方是一切冒险的结局。

就像勇者一定会来到魔王的寝宫。

那时候一切都会有结果，任我行会闪亮登场，令狐冲也会把剑摘下，和盈盈没羞没臊地共度余生。

"贾老师不是说了吗，只要我们来了，所有的真相都会解开，我能摘下天穹炎剑，你也能找到师父，我想她一个临死的人，总该不会骗我们……"

"如果我骗了你呢？"

"你骗……"

许卿猛地愣住，眼见鱼凡真低着头，因为哭腔导致鼻音很重，他几乎以为自己听错了。

"你……说什么？"

"如果剑根本摘不下来呢？"

"如果贾情珍根本就没有说过这些呢？"

许卿一步步退开："学姐……"

"贾情珍什么都没有留下，她死之前我也根本没有见过她。"鱼凡真像是下了极大的决心，又像是极度疲倦，她捂着脸，不敢去看许卿。

"我找了师父十年，如果真的知道贾素丽就是贾情珍，又怎么可能会给她自杀的机会？！"

"可是贾老师明明留……留了坐标给我！"

"给你坐标的人从一开始就不是贾情珍，"鱼凡真抬起一双泪眼，"而是林英雄！"

瞬间的变故让许卿仿佛冻僵一样站在原地。

"贾情珍不是自杀，是林英雄杀了她！也是姓林的告诉我，只要把你领到这个坐标，我就能找到我师父，我没的选，可我没想到他一路上又算计了那些高手来杀你，我才发现这一切都是他设的一个局，我被他利用了！师父一定已经死了！"鱼凡真一把抓住许卿，"你听我一句劝，不要继续了，那里不会有你想要的结果，只是个陷阱！"

许卿觉得像是有一万个声音在脑海里沸腾，他根本听不清鱼凡真在讲什么。

他忽然觉得这个场景似曾相识，当初鱼凡真劝他带着剑上路，也是这样，抓着他肩膀，目光炯炯地盯上来。

那时候他心里还觉得很开心，因为你喜欢的人离你那么近。

想想真的好笑。

静夜如死，相较鱼凡真的激动，许卿既不说话，也不生气，他只是直直盯着对方，眸子里像是一潭死水。

"哦……所以你骗了我。"

"我其实……"

许卿伸出手，示意不必再说，他低着头沉默了会儿，竟是笑了，笑声苦涩。

"原来我真的是头大象。"

2.

手提长刀的男人疾速奔跑在往东的土路上，四周只有稀疏的白桦林，夜已完全黑了，脚下是一小片崎岖不平的田埂。

霍老最后的问题让他想起一个人，他原本已经死死地摁住了。

那个少女已经死了。

死在一片暴烈的火花之中。

他的步子慢下来，轻叩着刀柄，脑海中浮起很多年前那个脏兮兮的小姑娘，穿了件破洞的校服，刘海前段有一截小小的月牙，站在村里的土路上，不好意思地藏起指甲里的黑泥。

"从今以后，这个人就是你大哥！"仇大军告诉女儿，又蹲下来攥住项光明，"你以后不姓项了，你跟我姓仇。"

男人揉了揉太阳穴，继续启程，不多时听得见水库声响，冰凉的水汽在视线中凝了浅浅一层薄雾。

却在此时一缕寒气猛然侵入身体，他惊觉愣住，远方道路现出两盏车灯，穿透了夜雾有如浮空灯笼，原本盛夏的夜晚竟也降至冰点，土路上噼里啪啦笼上一层白霜。

纯黑的劳斯莱斯停在路中央，与夜色融为一体，只有苍白车灯照雪，周围一方天地都仿佛提前入了寒冬。

剑眉星目的人身边仍站着叫黄虎的女人，所有的寒气则来自二人身后的玉面少年，透过刺眼的车灯，项光明注意到劳斯莱斯的后座上有第四个人在打盹。

那老头完全一副事不关己的态度，就等着林英雄开车把他送过去，杀了人完事，简直像下楼买菜一般轻松。

"别怕，我不会让他动手的。"林英雄笑，"我知道你在找我，现在我来了，是不是省事多了？"

"那我还得谢谢你来送死了。"

"那我们继续你的复仇吧，如果那天不是那个丫头打断……"

"你还敢提她？！"

项光明手握住刀柄，却在极短的时间内刀锋出鞘，几乎是刹那暴起！

他深知自己远非林英雄对手，唯有出奇制胜才有一线胜机，在霍老处吸足苦痛的妖刀切开夜雾，漆黑内力翻腾飙射，先取敌视野！

孰料林英雄未动，又闻少年吹笛，一首《无头骑士异闻录》卷过一层极寒的紊流，它们拂过草叶，草叶枯萎，拂过沙石，沙石冻裂。

项光明手中吃痛，才发现虎口与刀柄早因为低温粘在了一起，他甚至无法逆转刀势，这千分之一秒的迟疑，刺骨的寒冰钻入膝盖冻死了肌腱。

"你知道问题出在哪儿吗？"林英雄笑，"不是你的刀不好，也不是你的刀术不精，而是你的杀心不够。"

项光明没有回答，取而代之的是以刀锋撑地，那一刻他借力跃起，就算双腿无法行动，他也要在空中挥出这一刀！

"仇胭还没死。"

五个字落地有声，项光明一头栽下去，抬起头两眼瞪出血。

他几乎以为自己听错了，旋即意识到这重大的喜讯。

"她没死？！那她现在在哪儿！"

林英雄背着手来回踱步，静静盯着项光明："看看，我说什么来着，我以为这世上对你而言最重要的就是复仇，可仅仅因为那个丫头还活着，你的杀心就没了，你的恨呢？你那十五年的恨？你如果不恨我，怎么杀得了我？"

"少废话！我问你她在哪儿！"

耳边似乎有人揉着一张糖纸，脆响中千万朵霜花沿皮肤绽放，项光明愤怒的表情转瞬冻结在一尺厚的冰壳之下，又透着一丝哀求。

"你刚才那一刀我很欣赏，可惜了，没有劈下去。"

林英雄拍了拍那具无法动弹的"冰雕"，幽幽长叹：

"你和许卿一样，都差一步。"

3.

许卿原本以为那是一口黑洞洞的枯井。

走近了看，才发现那更像某种通道的入口，配有气密阀门的钢盖，年久失修的边缘早被人撬开，轻轻一手就能拎起，露出一个向下的扶梯，有霉味的风冲出，也不知通往何处。

他努力地回忆着，但那些碎片化的记忆到这里彻底地掐断了。

似乎越是核心的东西，越是抹得一干二净，他能记起长途车站和水库，也能零零碎碎地摸索过来，可是再往后，就真的只剩下一片空白。

球鞋踏上扶梯发出轻响，黑暗中，许卿打开了手机电筒，一边照明，一边试着往下。

大概是身处于虚无之中，内心中的一点酸楚又泛了上来。

就在几分钟前，他做了一个决定。

"要么你跟着我下去，看看你师父到底死了没；要么我自己去，就算林英雄耍了我，我也想知道原因。"

鱼凡真犹豫了会儿，终究还是没有跟过来，也许是出于欺骗许卿的内疚，又或者是对方清浊的生死仍有顾虑。

说到欺骗，其实许卿不是不能理解鱼凡真，甚至已经原谅了她。

如果当初女孩不是骗他剑能摘下来，他恐怕压根就不敢上路，毕竟他是个懦夫，这也没什么不对。

可不管他是什么，如今也都走到了这里。

他觉得自己变得有些自暴自弃，又有些自我放纵，他想见一见那个结果，竟有一多半的理由是想知道，到底还有怎样的结局会比现在更糟。

还有被你喜欢的人骗了一路，更无厘头的事吗？

这么想着，球鞋触底了。

许卿抬头，发现井底是一条通往深处的人工甬道，与下行的入口呈一个"L"形，两旁水泥的墙壁上是延伸至尽头的照明灯，仍有一部分在正常运作，他壮着胆子走进去，看见墙体上有红油漆写好的标语——沈阳机电厂。

这应该是它的承建单位，至于标语下的一行小字—— 一九七〇年九月，想必代表着竣工时间，这里很明显是一处人防工事。

然而仅仅是一座地下工事远谈不上诡异，真正的问题还在水泥甬道的尽头。

模模糊糊的光影中，似乎跪着一人，佝偻着脊背，在这深达十几米的地下，尤其令人头皮发麻。

"谁？"

他犹豫了半分钟，终于还是鼓起勇气摸上去，才发现尽头是一处三层楼高的地下空间，像是一口圆锅倒扣下来。这里似乎受过袭击，坍塌下一大片土石碎屑，地表隆起波浪般的皱痕，如同被某种冲击波掀起，墙体与天花板上又有龟裂状的图案，当中焦黑扭曲，那是极高温烧灼的结果，而在空间的正中，躬身跪着一个人。

那个人已经死了。

是一具骷髅，如今已彻底地风化，空洞的眼窝里勾连着尘埃与蛛网，仿佛朝圣一般的跪姿，平添了几分神性。

许卿忍着恐惧，轻轻环绕一圈，才发现那具骷髅的手中攥着一截两指粗的铁链，相比鱼凡真，这条铁链枪上更有花纹咒印，古朴典雅。

是音枪。

那一刻许卿脑中嗡的一声。

这个人就是方清浊？

方清浊真的已经死了？！

他捂着脑袋，一步步退开，几乎不敢相信，难道林英雄把他骗到这里，就是为了告诉他这个消息？他心里五味杂陈，该不该告诉鱼凡真？

混乱之中他余光一瞥，却发现某个留在暗处的东西，它藏在骸骨正对着的墙壁下，在一堆坍塌的瓦砾之上。

那是一支录音笔。

许卿犹豫着上前拿住，轻轻摁下开机键，发现竟然还有电。

起先是一阵略显嘈杂的噪声，很快这种起伏的电波声平息下去，最终一个柔和的女人声音响起，他愣在原地。

是贾情珍。

"许卿，你听到这卷录音的时候，我应该已经死了。"

上一次听见她说话，还是在阶梯教室的大课上，想不到几周的时间，天翻地覆。

许卿定了定神，又听女人娓娓道来：

"我知道你有很多问题想问，不如先听我讲一个故事，但是在此之前，我恳请你先原谅我们。"

第三十二回

阎浮夜半海潮音

1.

十年前，寒山寺。

初冬一场大雪铺满小路，南方的雪通常不大，雪片碎如雨珠，然而今日却反常，鹅毛状的雪片簌簌而下，大雪中黄墙古寺巍峨，一声钟响拨开雪雾，依稀有人走来，米色大衣配着一条火红围巾，格外显眼。

扫雪的僧人头也不抬，任凭女孩从身边走过。

她每周都会来，寺内的僧人都见过，知道是一位俗家居士，年纪轻轻，姿容秀美，听说还是苏州武林的高手，姓贾。

贾情珍进得山门，又过枫江、霜钟二楼，来到正殿，寒山寺的正殿并不在中轴线上，实则全寺布局也不追求左右对称，只求处处皆院，错落相同，相较于白马、少林的宝相庄严，此处更有一番江南园林的别致，殿前有一鼎，正面铸有"一本正经"，背面则有"百炼成钢"，总计八字，鼎后为殿门，门上高悬匾额，正是"大雄宝殿"。

每次来，贾情珍照例都要先与殿内小僧打过招呼，那小僧在寺内排辈最末，这些年也没混出个名堂。

"施主，我们这正规寺院，哪里会算命。"

小僧挠了挠头，面前站个女人，齐肩的长发被扎成一个髻，仪容干净，身旁跟个半大小子，正好奇地来回张望。

"我知道我知道，我就是问问，我看大师慈眉善目，长得还帅，看个面相总行吧，该不会是佛法不精……"

"佛法又不是看相！"

"妈你别丢人了！老师说算命是迷信，反正我不信。"

身旁少年哼了一声跑开，绕着汉白玉的须弥座仰起脖子，嘴巴张成个"O"形，显然是被当中的释迦牟尼像所震撼，扫了一圈目光又停在门庭的楹联上。

"千余年佛土庄严，姑苏城外寒山寺；百八杵人心警悟，阎浮夜半海潮音。"

抑扬顿挫的声音朗读出来，他这个年龄的小孩，都喜欢在旁人面前显摆。

"你人的字挺多哦。"贾情珍笑。

"我都三年级了，还会写作文呢。"

"情珍居士来了啊。"小僧拱手，"又是躲情郎？"

据说贾情珍的美貌在苏州武林出了名，不少人慕名而来，每每这时候她就钻进寒山寺，落得个清闲。

"来看看你这个远房师弟，别是雪埋起来了。"贾情珍笑，又看了眼女人，"今天这么大的雪，还带着孩子出来烧香？"

她注意到母子二人棉鞋湿透，怕是来时踩着雪，眼下雪化了更显冰凉。

"我们……是来领衣服的。"女人的语气小下去。

有些香客或居士常年向寺内捐赠日用品，捐得多了，僧人也将它们分给福利院或附近有需要的穷苦人家，而眼前女子纵然收拾得干净利落，一双手却粗糙起茧，再想想她年岁不大又独自带着儿子，想必属于后者。

"听口音不像本地人？"

"老家东北的。"女人唉声叹气，"他爹跑了，我们这一对孤儿寡母相依为命，流落苏州，生活不容易呀。"

说完悄悄瞥了眼小僧，后者回瞪她一眼："你看我干什么，我又不是孩子他爹！"

"你儿子看起来挺聪明的，一定遗传你。"贾情珍笑，"叫什么？"

"许卿！"少年招手。

"姑娘你真有眼光，我儿子的老师都夸他聪明，肯定是遗传我，哈哈哈，你这么有眼光，将来一定嫁个帅哥！"许浮萍堆笑。

"我是居士，要什么帅哥，静心佛法，讲究的是品行端正，人嘛，也不要太帅，只要稍微英俊一点就行。"

"情珍居士真是修为精进，懂得什么叫适度，我看光英俊还不行，还得壮一点、高一点、硬一点。"小僧捧来两杯热茶，好给众人暖手。

"对对对！"

"对个屁。"

"小师父，再给多拿两件吧。"许浮萍见二人也无非是年纪大点的小孩，索性硬气起来。

"还拿？我们这儿捐的衣服，你都拿了一多半了，你不会是拿到镇子上去卖吧！当我们这儿批发市场啊！"

许浮萍低下头竟是假惺惺哭了，其实寺里的救济每人一周只能领一次，这女人硬是来了三四次，且每次都死缠烂打，负责发放的僧人一多半想轰她走，还是上机心软才把她留下。

他现在十二指肠都悔青了。

"这样吧，你答应以后每周不多拿，我就给你算个命，很公平，你别看我年纪轻长得漂亮，但在五行运命上可是很有造诣。"贾情珍上前解围。

女人打量了会儿贾情珍，似乎不太相信对方的道行。

"不要钱的吧？"

"当然。"

贾情珍故作正经地打量许卿一番，又假模假式地掐了个诀，口中喃喃自语，少年见状吓得躲进大殿佛像后，生怕被看穿。

"你不看手相，不看面相，怎么算？"

"我看气。"贾情珍抬手一掷，殿外一树的积雪纷纷散落，又似一股旋风过境，满树的雪花滚筒一般旋转，好半晌才落下。

许浮萍大张着嘴巴，这回怎么着也得信了，只有那上机在一旁捂着嘴憋笑，明白是贾情珍武功所为，不多时又见贾情珍脸色阴下来，目光扫过佛陀像，落在少年身上。

"你儿子的命势吧……可实在谈不上好。"

2.

"仙姑你可得说明白啊！"

这才眨眼的工夫，许浮萍已经改了称呼。

贾情珍沉声道："他全身气息流离凌乱，聚散无常，正代表他一生的命势孤独多舛，而这股散乱的内气却是从头顶起，一路向下，穿心而过，再由足底挥发，这恰是证明他心思敏感，情感充沛，恐怕将来还会有心伤之苦，如果我看得没错，此乃气相中的罗密欧摘心式，大不吉！"

"孤独……多舛吗？"女人愣住。

贾情珍暗自有些得意，她本是信口胡编，尤其那罗密欧摘心式，压根就是没有的东西，这么说无非就是吓唬吓唬对方，好让她长个教训，以后别在这儿撒泼无赖。

沉默半晌，许浮萍拨了拨手，让许卿先出去玩雪。

"仙姑确实有道行。"她叹口气，"仙姑觉得一个孩子的心思能有多深？"

"大概……这么深？"贾情珍很无脑地比画。

"我养了孩子才知道，其实孩子真的比大人敏感，他们什么都懂，只是不说。"许浮萍斟酌着词句，"许卿他从没见过他爸，但是我一次也没听他问起过，他心里比谁都明白，可他怕我伤心，什么都放在心里，所以他在外面被人欺负了也不说，被老师骂了也不说，这样一个小孩，仙姑说他是孤独多舛，有心伤之苦，确实说得准。"

她笑笑，忽然多了一缕飞扬跋扈的神采："但仙姑说我儿子这一生都是这样，我不信的。"

"我说的话你还不信？你见到我的道行了吧刚才。"

"我看仙姑的年龄，一定是没生过孩子。"

女人一步踏入雪中。

"一个女人有了孩子，你就知道这世上与抚养他长大相比，再没什么别的事重要，天大的困难都不是困难。仙姑恐怕不知道，我生他的时候是一个人去的妇产医院，那个男人跑了，我打电话给老家，家里人说我怀了个野种，要我打掉，我一气之下砸了电话，从此再不来往，那时候我真觉得人生怎么这么苦，所有的苦都落在我一个人身上。"

她的语气越发高昂，在风雪中竟有一股凛冽："可直到他出生，我捏着他的小手，才发现什么苦都不是苦，日子再苦，他也来到了这个世界上，那么小的一个小东西冲我笑的时候，我心都化了，我发过誓一定会把他养大，别说洗车，我就是捡破烂儿，也要让他比别人都成才。仙姑说这孩子命运多舛，那是以前，这孩子将来怎样，是我说了算，我们家许卿，这辈子就是快快乐乐，健健康康，我说得到，做得到！"

恰在此时古寺内一道钟鸣荡开，飞雪如云，上机双手合十，不禁也道了声佛号。

"施主，今日这些衣服，你们都拿去吧。"

"那……麻烦师父再请我们母子吃顿饭呗，顺便看看这个月的香火钱，要不要也施舍一点给我们，你们当和尚的偶尔也普度一下我们凡尘嘛！"

"你……你怎么蹬鼻子上脸啊！"

贾情珍正想打个圆场，可那一瞬间她心里猛然下沉，扭头看向上机，后者早已没了人色。

那是极其宏伟壮烈的内力从天而降，整座古寺也在这内力中摇摇欲坠！

二人冲出殿外，仰头望去，始终不敢相信自己的眼睛。

远空笔直如线的炎流从寺内深处冲天而起，像是一道光柱，苍白的云雪以光柱为中心形成一圈直径数公里的气旋，当中燃起赤红的火，这火焰是纯粹的光明，在天穹上形成一片倒灌的火海，仿若神罚！

巨大的变故来得过于突然，所有人愣在原地，直到上机惊叫起来："寒拾殿！"

贾情珍的脸色一片死灰。

"剑……"

3.

寒拾殿位于寒山寺藏经楼，那里除了藏有经文，也供奉着一尊韦驮神像。

"卿卿！卿卿你在哪儿！"许浮萍发了疯地喊，她万分后悔刚才把许卿支开。

寺院内无不是奔逃的僧人，大雪中贾情珍却死死盯着藏经楼，真的是从寒拾殿里升起的火光，那代表某种最绝望的情况已经发生。

可是……为什么是今天？！

"我记得我把寒拾殿锁起来了啊！"上机捂着脑袋躲避那些砸下来的雪块。

"这就是你锁的门？！"

藏经楼前的铁链仍然缠在大门上，只是大门没关死，露出个夹缝般的口子，这口子成年人进不去……小孩却钻得进去。

上机手忙脚乱地解开，三人入内，原本肃静的殿内早已笼罩在一片炽烈的火光中，古怪的是这些火舌并未舔舐木质的墙体，而是围绕着某个东西滚滚蠕动。

"卿卿！"许浮萍想冲过去，被贾情珍一把拦住，现在不管谁过去，都会被许卿身上的业火烧成烟灰！

　　上机抬起头，终于确信眼下确实是最糟糕的情况。

　　当中那尊韦驮天的神像仿佛遭雷劈一般左右裂开，原本藏在其内的天穹炎剑如今紧贴在许卿后背，活物一般牢牢吸附，少年躺在地上，奄奄一息，赤红的火流裹覆全身，火中隐隐有个漆黑的身影，它张开口，一声万古哀号响彻大殿，仿若诸魔齐声高唱，赞颂伟大无双，又或死者之幡升起，哀痛满城尸骨。

　　莫大的恐惧侵蚀了在场每个人的内心，叫人几欲仓皇奔逃，几欲跪倒匍匐。

　　"许卿！妈妈来了！妈妈来救你了！"

　　许浮萍一声大叫打断一切，不知是不是母亲的声音起了作用，少年睁开眼，那股火焰受惊一颤，竟渐渐地小下去，又水流一般缩入身后宝剑，直到几分钟后，这些炽烈光明的火，才重归于剑锋。

　　"妈……妈！我真不是有意的！我……我……"

　　"没事，没事，妈妈没怪你，妈妈在，一直都在！"许浮萍冲过去搂住儿子。

　　贾情珍与上机对视一眼，眸子里杀气翻滚，但最终又被她强行压下。

　　"按说好的办？！"上机哆嗦着嘴唇。

　　"他还是个小孩！"

　　"小孩……小孩也是……"

　　贾情珍不待上机说完，冲过去一把将许浮萍拽起来："跟我来！"

　　女人显然还没有从恐惧中恢复过来："这到底怎么回事？"

　　"你儿子闯了大祸！"贾情珍表情发狠，"我会帮你们想办法，总之你们先在寺里躲起来，千万不要惊动外人。"

　　"你们一定搞错了，我是占小便宜，但我儿子不会的！我们不是故意要拿的！卿卿还不把剑还给人家！"许浮萍只当是儿子偷拿了寒山寺的什么秘宝，勒令许卿摘下，然而少年费了老大劲将那柄剑丢在地上，须臾之后，此剑不出意料又飞返回许卿手中。

　　"这……不可能……"

　　"神剑择主而事，凡夺此剑，必杀剑主。"贾情珍脸色出奇地难看，她没想到会亲眼见证这个四百年的传说。

　　"杀……杀人？！这是什么犯罪团伙的东西吗？那……那我报警！我马上报警可以吧！"

　　贾情珍知道多说无益，长袖一抖，手中多了支粉笔，又听暴喝一声，粉笔击穿雪雾砸中藏经楼外一根石柱，后者碎成齑粉，粉笔却完好无缺，通体滚烫，似有一层内力包裹。

"这是武功，你去报警解释吧，看看警察信不信你？"

许浮萍目瞪口呆，从刚才炎剑的火光到如今这位"仙姑"的神力，都超出了她有限的理解范围。

"你儿子现在背了一柄神剑，要杀他夺剑的人，武林何止成百上千，到时候来的人武功恐怕还在我之上，只怕他死了，你都不知道凶手是谁。"贾情珍哀叹，"现在你只有听我的，别忘了你说过的话。"

许浮萍闻言愣住，又镇定下来，她抹了把泪，背起少年跟着贾情珍跑出寒拾殿，心中笃定管它是武功还是妖术，管他是高人还是杀手，她只知道一点，那就是谁都不能抢走她儿子！

"别哭，妈在呢，有妈在，没人敢欺负你！"

"上机，寺里哪里最隐蔽？"贾情珍问。

小僧指了指寺院最角落的一排末尾："西禅房，现在堆杂物。"

待母子俩藏好，贾情珍这才舒了口气，眼见一群僧众赶往藏经楼，只当是失火，好在并没有人发现许浮萍母子。

"你这样有什么用？"上机凑上来捏了把汗，"武林人想要这把剑，一定会来寒山寺，到时候怎么办？跟他们说一个孩子捷足先登了？"

"当然不行！"

"不说怎么行？你这是引的什么火，我们寺哪里惹你了！"

"要怪，就怪祖师方丈慈悲为怀，四百年前接下了这柄剑！"

上机还想要反驳，可张了张口，最终也颇为无奈地叹口气："可是我不明白，金刚韦驮咒压了这柄剑四百年，怎么今天会解开？"

"我不知道，我只知道该来的迟早会来。"贾情珍呼了口气，"上机大师，还有斋饭吗？"

"这时候你还吃得下去？"

"要来客人了，总不能让人家空着肚子。"

贾情珍冷着一张脸，拿起电话拨通了一个号码。

4.

入夜，寒山寺恢复了平静。

白日里的大雪也收敛许多，夜幕中寒山寺敲响了晚钟，枫桥镇内次第亮起灯火，镇中的道路上缓缓走来一人。

那是个男人，穿了件羽绒服，眉宇间似笑非笑，他这一路走来，镇上的人都在传，说是下午寒山寺内藏经楼大火，寺内僧人喊来消防队，却发现竟是连一本经书都未烧破。与其说是烈火，倒不如说是某种异象，镇民们全当是佛法显灵，个个摩拳擦掌，就等着明日天一亮好去拜佛还愿，沾一点灵光。

可男人心里清楚，这绝对不是灵光，若是吉祥如意的东西，又怎会将那些个家伙引来？

纵然他不露相，可凭借对内力的敏感，也能觉察这镇子上多了不少外乡客，这些人的内力或深或浅，有的入住旅店，有的干脆只在山门外逡巡，心中不免感慨，如今武林凋零，可一柄神剑出世，仍是引得各路高手四面八方而至，想想也好笑，恐怕哪一天武林亡了，武林的神器也不会亡。

这种勾人欲望的东西，自古千年不绝。

男人抬起头，不觉间已到了后院，他这一路进寺，不闻人声，竟与平日无甚区别，寒山寺不愧为千古名刹，寺内僧侣处变不惊，这会儿正在大殿咏佛念经，以定心神。

只有这唯独一个坐在偏房，小僧与女居士相对而坐，面前一张小桌，置办了些斋菜，温了壶热茶似乎在等人。

"可是寒山寺的素斋饼？"男人嗅了嗅鼻，"正好，我还没吃呢！"

"你是谁？！"上机吓得退后一步，他离门口不过丈远，竟是丝毫没有觉察，此人不但压去了内力，更连脚下声音也一并掩去，再瞧他来时雪地并无足印，可见足下踩雪，轻而不化，是功力深厚的证明。

"方大侠。"贾情珍拱手一拜，又左右张望了会儿，将方清浊引入偏房，悄悄锁上门。

"方……方……"

"泰山五音宗，方清浊。"男人笑道。

"我还以为你找了谁，原来是他！"上机恍然大悟，面露喜色，"这样好，这样就好，有方大侠主持公道，我也妥了！"

方清浊武功不俗，只是近年来武林越发凋零，他也像诸多高手般偏安一隅，不问世事，如今更在泰山脚下安了家，还收养了个小女孩，听着也安贫乐道，谁知贾情珍一个电话竟是连夜赶来。

"我和她是旧识，你别误会。"方清浊冲上机眨眨眼。

"我没误会啊……再说我误会什么？"

"没什么！"贾情珍瞪他一眼。

"贾小姐你我二人相识这么多年，你却瞒了这么个天大的秘密，想必有点不够意思。"方清浊习惯性地手探腰间，上机注意到那里一根拇指粗的铁链枪缠身，想必就是五音宗的音枪。

"难道你对这柄剑也有兴趣吗？"贾情珍笑，"我以为你脑子里只有你那个宝贝徒弟。"

"别提了，那丫头一天比一天皮。"方清浊搓了搓手，"说起来剑在哪儿呢？这么一柄武林神器，来都来了，好歹也让我看两眼。"

"在一个……小孩手里。"上机面露难色。

"小孩？"方清浊愣住。

"等人齐了，我慢慢跟你们说。"

"还有人吗？"

方清浊话音未落，门外传来了脚步声。

"方兄！贾姑娘！"硬朗的男声响起，一人大步而入，大冷天的穿了件单衣，也不嫌冷，上机心头一滞，那大门明明锁得完好，此人却不费吹灰之力推开，门锁处整齐划一的断口是被怪力拧断，却全然不见其发力，只怕武功不逊于方清浊。

"嗬，贾姑娘的朋友圈可真是广啊。"

"武林正派，自古一家。"男人拱了拱手，"林英雄见过方兄，也见过这位大师。"

说着瞥了眼贾情珍，面色含笑："贾姑娘……你这睫毛是新贴的吗，真好看。"

"都什么时候了……还想着哄女孩子。"少女脸色一红。

"嘿，我可不是什么大师。"上机连连摆手，"这位林大侠是……？"

"除魔卫道，正气所指，林大侠取了个好名字。"方清浊语气忽然冷下来。

"原来就是你当年铲除了魔教！"上机一拍脑袋，想起武林五年前风传山东有一批魔教余孽，伺机兴风作浪，却被几个武林正道及时剿灭，为首的姓林，没想到正是此人，这才重新打量，对方果然剑眉星目，英气不凡，说一句少年英雄绝不为过。

"我就是尽点本分。"

"可我听说徐正道是个老实人。"方清浊轻笑，眼神却锐利。

"魔教之人，有聪明人，也有老实人，人的善恶不以智慧来分。"林英雄并不回避目光。

"你们都别争了。"贾情珍皱眉，"你进来的时候，可有被人发现？"

林英雄摇头："我一路避人耳目，是一个人来的，只是我还是不懂，出了这么大的事，为什么要藏着掖着，让各路武林大侠一齐商讨岂不是更好？"

"商讨什么？"方清浊苦笑，"当年杨广贞把剑藏起来，就是为了避免武林争斗，咱们可倒好，再开个比武大会？"

"可是都这么多年过去了，大家也都讲理了吧……"林英雄皱眉。

"都讲理的话，要武林干什么？"方清浊揶揄。

"能不能让我先把话说完？"贾情珍打断其他人，说道，"我喊二位来，是看中你们作风正派且与世无争，我如今有件事，自己实在做不了主，只能劳烦二位了。"

方清浊与林英雄一齐点头，脸色肃穆，上机见状也重新锁上门，屋内顿时一片黑暗，又当中点起一盏豆粒大的小灯。

天地静寂，只有窗外风雪呜咽。

"就先从四百年前杨广贞灭魔说起吧。"

第三十三回

三人夺剑

1.

四百年前武林人出动各路高手，围攻位于苏州枫桥镇的魔教总坛，其中既有南北各地剑侠拳师、内功大家，也不乏白马高僧、全真道长这样的狠人。

一时武林沸腾，正气汹汹，本以为志在必得，谁承想却是一场劫难。

只因魔教教主，强横无敌。

仅凭他一人就将武林群雄杀至血流成河，顷刻间枫桥镇内无不是残缺尸体，断肢腥风，试想那各路高手浩浩荡荡，最终却落得个死绝下场，不可谓不惨。

而杨广贞恰是在此时杀出。

这个原本平平无奇的锦衣卫，已是最后的武林正道，他非但不惧，更孤身一人迎战魔教，拼尽全力挥出一道惊世剑锋，也就是这一剑，刺破穹隆，炽火焰炎，且将教主一击斩杀，连同魔教那八百弟子也逐一焚灭。此役之后，杨广贞威震武林，武林人不但知其剑法如神，更知其有一柄天穹炎剑，无所不能，堪称武林神器，出自铸剑师梅铁心之手。

"这些事我们都知道，我想重点不在这儿吧。"方清浊叩了叩桌面。

林英雄也点头："我听说不到一年，杨大侠就带着他那柄剑消失了，这实在叫人想不通。要知他那时如日中天，本可借除魔之名成为武林盟主至尊，谁知就在泰山加冕的前一天，他却不告而别，这里面一定有什么蹊跷，才能解释这柄剑如今出现在寒山寺。"

"其实很简单啊，因为他带着剑到我们寺来了。"

"什么？"

"应该说，他是回枫桥镇了，兴许是祭奠那些死去的高手，总之杨大侠先是在镇上小住几日，最后一天方才叩响我寺山门，恳请留宿，到了夜里又径直前往师祖空蝉大师的禅房，二人相谈一宿，次日遂决定把天穹炎剑交由本寺保管。"

言及此处，上机神色颇有些阴郁："只是他当初交剑之时，曾说过一番话，堪称石破天惊。"

"此剑并非梅铁心所铸。"一直沉默的贾情珍忽然开口，她迟疑了一会儿，像是在犹豫要不要说。

"你的意思是，武林人找了那么多年的神剑，难道是魔教的东西？！"林英雄大骇。

方清浊眼皮一挑，贾情珍只说这柄剑不是梅铁心所铸，林英雄却立刻就将其与魔教联想在一处，不知是聪明还是另有所指。

"这么说，当年一代高手死绝……莫非就是教主用这把剑所为？"

"是不是教主的剑，我们不清楚，武林也没人清楚，当初去灭魔的一众高手全都死了，最后只剩下杨广贞，杨广贞说这是魔教的东西，我们也只能这么一听，但有一点可以证明，若此剑真出自魔教，那么梅铁心此人，或许并不存在。"

"这个我倒是听过，当初我去济南找梅炼锋喝酒，他跟我提过一次，我还以为他是酒后胡说。"

方清浊想起那个姓梅的老浑蛋喝了三箱青岛啤酒，吐得满大街都是，他儿子非但不拦着，还嚷嚷着要拼酒一雪前耻，可那小子估计只和鱼凡真差不多大，小大人的样子倒也好笑，他叫什么来着？记得好像叫……梅风渡？

这名字估计也是他爹喝醉的时候给取的。

"可是用魔教的东西反过来灭了魔教，这未免太不合常理，况且当初神剑灭魔的人，也是杨广贞自己，怎么前后矛盾？"方清浊皱眉，此间还有些事情，恐怕被杨广贞有意掩藏了起来。

"你们听我说完吧。"贾情珍顿了顿，语气阴森，"当初杨广贞不但交代这柄剑来路存疑，更留下一句嘱托给空蝉大师，'此剑有魔，嗜血好杀，其择主而事，可使肉身成魔，故选中者皆为魔子，须立即诛杀，不得做任何犹豫！否则魔子长成，地狱复生，足可为祸千年，后果不堪设想！'"

"魔子……难道说的是魔教的教主？"

"可是魔教都没了，一个光杆教主有何可怕？"

贾情珍冷笑："是教主也好，魔子也罢，总之是不祥的东西，否则杨广贞也不必死。"

"死？"

这回就连方清浊也惊得坐了起来，当初只知杨广贞消失无踪，谁知下场竟是死了？

"留下这句话，杨大侠就拔剑自刎了，不，也许不能说是自刎。"上机哆嗦道，"据说那柄剑切过喉咙的时候，杨大侠整个人彻底地烧起来，最后化成了一把炭灰，还是空蝉师父将其撒进了枫桥下的小河中。"

所谓杨广贞"交"剑，竟是把自己的命也交了出去。

"见此异象，空蝉大师才算相信，因为他亲眼所见'火中有魔'。"贾情珍叹，"由此可见，这柄剑其实当初是选了杨广贞，他自知有成为魔子的危险，只得这样做个了结。"

小屋内静得能听见针响，方清浊与林英雄都是脸色沉重。

"可这世上真有神魔吗？这都二十一世纪了……"林英雄喃喃自语。

"我本来也不太信。"贾情珍叹，"可我今天亲眼见到天穹炎剑的异象，也与当年的空蝉大师产生了相同的想法。"

"火中有魔。"方清浊沉吟，又问，"既然杨广贞托剑的事只有空蝉知道，贾姑娘和大师又是怎么了解的？"

上机与贾情珍对视一眼。

"空蝉大师当年虽以金刚韦驮咒封住此剑，又将这柄剑藏在寒拾殿的韦驮神像中，杜绝了魔子诞生，可他毕竟已是九十岁高龄，深知自己寿限将至，恐怕将来出现变故。"

"所以就将座下弟子空闻招来，授以金刚韦驮咒妙法，告知天穹炎剑藏处，命其世代看守。"贾情珍点头。

"而你们，就是那位弟子的后人。"方清浊恍然大悟。

2.

"可和尚怎么会有后人？"

上机瞪了林英雄一眼："空闻师父收养孤儿无数，虽无血缘，但也是子嗣，从中挑选秉性正直、聪慧伶俐者，代代相传，有何不可？"

方清浊打了个圆场，又问道："你刚才说以金刚韦驮咒封剑，可为什么杨广贞与空蝉不选择把这柄剑直接毁掉？岂不是一了百了？"

"因为功力不够。"

众人惊惧，要知道空蝉素有天僧之名，杨广贞更是光明救主，此二人竟毁不掉一把邪剑？

"这把剑邪得可怕。"上机惨笑，"其中的力量深不可测，凡人武功近前如同沙砾入海，莫说毁掉，连个痕迹也留不下来，只得以法咒封印，实在是无奈之举。"

"可如今没想到连法咒也破了……"贾情珍声音越发小下去。

林英雄叹息："最后一个问题，这种事你们为什么要瞒下来？武林人至今还当这是一柄神剑，若是说清楚让大家一起想办法，岂不是好过一群人不分青红皂白地夺剑。"

"你真是高看武林人了，以他们对力量的贪婪，根本不在乎是成仙还是成魔。"方清浊苦笑，"这世上人分正邪，力量可不分正邪，只要是天下无敌、手眼通天，什么都可以拿来一试，这柄剑会不会让人成魔，都不影响它是武林的神剑，当初杨广贞藏剑说是担心武林争斗，其实也是一句实话。"

"受教了。"林英雄拱手，"还是我想得太简单。"

"你是英雄，英雄的想法当然简单。"方清浊抬眼，"听上机师父所言，剑是被个孩子拿走了。"

"不是拿，是剑选了他。"

"佛法说缘，恐怕这就是了，大师我说的可对？"

上机双手合十，道了声佛号："没错，孽缘也是缘。"

贾情珍无奈，将白天所发生的事一一道来，说起那对母子于心不忍，她怎么也没想明白，何以这柄神剑会选择一个毫无背景的少年？

难道真的是缘吗？

"事已至此现在说这些也没用了，贾姑娘你把我们喊来到底是想如何？总不会是想杀了这个'魔子'吧？"

"当然不是！"贾情珍站起身，"我知道魔子的传说可怖，但四百年过去，武林人的方法已经行不通了，更何况那只是个孩子！"

她上前一步，表情诚恳："我能信任的只有你们，我希望你们保护这个孩子，直到我找到办法把那柄剑摘下来，这期间还有劳二位，替我挡下前来夺剑的各路高手！"

谁知方清浊却没有立刻答应，而是低头沉思不语。

片刻后他反问："你有什么办法？"

"现在还没想出来，但总会有的，如今科学这么发达，一定有办法解释，只要弄清了原委，把剑摘下来肯定不难！"

"你一会儿魔子诞生，一会儿科学解释，我有点糊涂了。"方清浊摇头，"你想把这孩子送到中科院不成？"

"有何不可？"

"那你还得雇上一群人保护他，否则寻常人哪里敌得过武林人的手段，不如再喊上一帮警察站岗，要是有特种部队就更好了，就说这柄剑是武林神器，很多会武功的人要抢，这个计划是不是很好？"

"可是……"

"你到现在还不明白吗？"

方清浊盯着贾情珍，眼神冷冽起来：

"这个孩子不能留。"

3.

"为什么？！"

"如今此剑出山，我们无非只有两个选择。"方清浊竖起两根手指，"其一，杀了他，把剑抢回来重新藏好；其二，让武林人杀了他，夺去这柄剑，我们再杀了那个倒霉鬼，把剑藏好。"

男人摇头："可不管哪一种，这个孩子都得死，不是死在你我之手，就是死在那些觊觎神剑的武林人之手。"

"方清浊！你怎么下得去手？！"

贾情珍心头火起，她之所以喊来方清浊与林英雄，只因她自觉对方算是武功高强且品德正义，断不至于夺剑，更不会眼见无辜者受害，可谁知竟如此心狠。

"你以为我愿意吗，可是贾居士，你有没有想过，如果真有这么个鬼神样的东西，我是说肉身成魔，到时候死的……也许就不一定是武林人了！"

贾情珍愣住。

"想当年武林鼎盛，白马重阳的各路高手尚且尸骨无存，如今的武林又有几个人能挡下此魔？等他在闹市区大开杀戒，那时候又得死多少人？你要知道四百年前枫桥镇上的尸体加起来堵塞了河水！你愿意看到那种景象吗？"

"我同意方兄的说法。"林英雄也道，"等魔子长成，再去动手就已经晚了，只有趁着现在尚在萌芽，当机立断，斩草除根！"

"连你也……"贾情珍的脸色苍白，忽然却笑了，笑容冰冷，"我倒是忘了，林大侠是除魔卫道的英雄，我怎么会蠢到喊你来。"

"难道，不能被公安干警击毙吗……"上机犹豫着插嘴，他也不知道自己这个算不算是好办法，但总比让他们动手来得强，可一想到他本为佛子却想这些杀人的方法，心中说不出地难受。

"你打算跟警察怎么说？"

上机愣住，难道说这个小孩是魔鬼该杀吗？没准警察第一时间先把他们几个抓起来。

"我……我可以再试试金刚韦驮咒，再把这柄剑封起来！"贾情珍忽然想起来。

"还能重新封印？"

"理论上可以。"

"那个理论是有代价的！"上机断然否决，"你忘了空蝉大师的下场？"

四百年前空蝉大师封剑后不久便枯萎而死，死时全身如百兽撕咬，痛苦不已，以空蝉号称莲台清净士的修为，也不免像个疯子一般大叫。

"这就是金刚韦驮咒的代价，它需耗干内力才能启动！空蝉大师无上修为，方才弹压这柄剑四百余年，可以你区区一点内功又岂能与空蝉相比？就算启动韦驮咒，也不过是杯水车薪，没准你赔上性命，到头来只是拖延短短数年而已，这有什么意义？"

贾情珍怒道："没有意义，难道真的让那个孩子去死？"

她来回踱步，又指着上机喝道："再说就算我死了，不是还有你吗，会韦驮咒的又不是只有我一个！"

"可我为什么要去救一个魔子……"上机退后一步，贾情珍断没想到他会说出这种话，眼中一瞬满是失望。

"我看不如这样，我们有四个人，投票吧，是立刻斩杀魔子，还是从长计议？"林英雄打破平静，掷地有声，"我投杀。"

"杀。"方清浊凝视着屋外积雪，并不回头。

"我反对！"贾情珍拍桌子，扭头看向上机，他是最后一个了。

小僧扑通跌坐在地，连连诵佛，额头汗如雨下："我……我弃权！"

"你是出家人！"少女揪起上机，几乎瞪出血来。

"左右都是杀，你让我一个出家人怎么选？死他一个，还是死其他无辜的人？"

"二比一，魔子如今在哪儿？"

也不知过了多久，女孩蹲下来，紧紧抱着胳膊。

"西禅房。"

方清浊率先大步推门而出，一行人跟上。

"错不在你，我相信方大侠会有分寸的。"林英雄轻叹，"到时候我们只杀魔子，不会为难他母亲。"

"你当着一个母亲的面，杀了她儿子，这就是你眼里的分寸？"贾情珍冷笑。

"诸位，我们恐怕铸成大错了。"

方清浊倒吸一口凉气，指着禅房门口，里面空空荡荡，哪里还有那对母子的身影。

"一定是我们说的话被听见了！"

上机大惊失色，想起来这禅房隔音不好，他们几个刚才又争执不停，定是被许浮萍全听进去。

"追！"方清浊音枪在手，"事不宜迟，现在就走，上机师父留在这儿，我们三个出发。"

"啊？！丢下我一个人？可是如果那些武林人跑来寺里夺剑，我该怎么应付？我……我不会武功啊？"

方清浊想了想，表情古怪道：

"到时候你就说，是我们三个把剑夺走了。"

第三十四回

没有你想要的结果

1.

黑暗。

无边的黑暗中，许卿跪在地上，防空洞里吹来的冷风卷着一缕水汽，他闭上眼，听见风吹过那些夹缝中的枯草与骸骨中的眼窝，发出呜咽的声响，他站起身，将方清浊的枯骨掰断，也不说话，只是将那些骨头一截一截地拆下，随手丢进一旁的泥土中。

过了好一会儿，他跪坐在地上，眼泪一滴滴地挤出来，录音笔里的声音还没有结束，贾情珍的语调早不见少女甜美，取而代之的是苍老枯槁，她讲述了三个人是如何跨越南北，一边小心提防着武林人，一边与时间赛跑，赶在许浮萍母子落入他人手中之前找到他们。

这段话许卿不需要去仔细听，因为他已经想了起来，如同一把钝刀切过记忆的神经元，发苦的锈水从中流出，钻入心脏与大脑，他中毒一样痛苦地躺在地上。

"你还有脸把这个野种带回来？！

"你还嫌不够丢人是吗？

"你有能耐一辈子别回来了！"

许浮萍站在家门口，手里牵着儿子，长时间的风餐露宿外加精神紧绷使她格外疲倦，那柄剑如今光泽暗淡地挂在许卿身后，不闻半点动静，这让她一度以为寒山寺中的事情只不过是一种幻觉，但理智告诉他禅房里那两个人投票要杀了许卿，这些话绝非是说说而已。

她呼了口气，明白这个家也不会收留他们母子，当年她私奔出来的时候，就知道会是这么个结果。

"那是外公吗？"

"不是。"许浮萍用袖子擦去许卿脸上的泥，"走，妈带你吃肯德基去。"

十年前的一个傍晚，许浮萍与许卿坐在灯塔市的一家肯德基里，母子二人一路从苏州出发，女人选择了最简单直接的方法，她骑着自己那辆电瓶三轮车，把儿子绑在自己背后，花了三周时间，一路骑回了灯塔，那个很多年前她竭力想逃出来的小城此刻反倒成了心中最安全的堡垒。

"妈妈，我们为什么要跑？"

许卿把汉堡掰开，一半推给母亲，一半小心翼翼地塞进嘴里。

"不是跑，妈带你出来玩呢，你不是一直想出去旅游吗？"

"是因为宝剑吗？"少年的手握住剑柄。

"别碰它！"

女人喝止，她觉得那是一个魔鬼趴在儿子身上，她试过抱着那柄剑离开，但是每一次从中溢出的巨大力量都使它又回到许卿身边。

她已经用尽了所有的办法，却毁不掉它，而此时她逃回灯塔，又发现无处可去。终于这种绝望变成了悲痛，她捂着嘴，趴在桌上，肩膀剧烈地颤抖。

为什么命这么苦？

"妈……你也吃个汉堡吧。"许卿抱住母亲。

那一刻宝剑轻微颤抖，少年猛地抬起头，瞥见人群中的影子，穿羽绒服的男人站在很远的地方，眼神平静地投射过来，他们彼此对视，男人很快转身离开。

"走！"许浮萍一把抱起儿子。

他们已经来了。

夜色汹涌地铺满了天空，母子二人奔跑在街道，还有哪里可以躲？还有哪里？直到一辆土黄色的长途大巴缓缓从身边驶过，许浮萍燃起了希望，猛冲上去拍门。

"带我们一程！我们坐地上就行！"

"你们去哪儿啊？"

那一瞬画面从许浮萍的脑海中闪过，那是个她童年时无意发现的入口，不知现在是否还在，但总比待在市区强。

"水库。"

2.

"方清浊对于内力的掌握异于常人,对于周遭的环境也是如此,只要他静下心,甚至能够听见附近人的心跳,那时候他感觉到了,人群中那个急促慌张的心跳声,是你的母亲。"

贾情珍的声音从录音笔里幽幽飘出来。

"我们一路跟着你母亲,她往水库去了,那里有一座七十年代的人防工事,她以为躲在那里就没人可以发现,你现在知道了,这就是你此刻身处的地方。"

那声音顿了顿,叹息道:"我们三个走进去的时候,你母亲正抱着你,其实她选了最糟的地方,这个人防工事只有一个入口,只要堵住,就再也逃不出去了,实际上它是一个牢笼,如果你母亲愿意继续往北,或者干脆往西去内蒙古,我们都会头疼不已,但她没有这么做,我想在潜意识里,她已经很累了。"

二〇〇六年,夜。

方清浊小心地靠近许浮萍,身后跟着林英雄与贾情珍,他们总算舒了口气,那柄剑还在,同时那个少年也没有预想中变成"魔子"。

"你们不要过来!"许浮萍竟从包里抽出一把菜刀,那是她从街上买来的唯一一把武器。

"你冷静一点。"

"都滚!今天我在,不管你们是什么人,都别想从我身边带走他!"

发起怒来的女人像一头愤怒的母狮,许卿吓得缩在一旁,他还从未见过母亲如此狰狞。

"女子本弱,为母则强。"林英雄赞叹。

"你们都看到了,他还是好好的,没有变化。"贾情珍面露喜色,"也许那个传说本身有问题,又或者……或者这柄剑过了四百年,已经失效了!"

"所以你什么意思?"方清浊抬眼。

"再给一次机会,也许不需要杀了他,也许他根本不会变化。"

方清浊攥紧音枪,又被他死死克制住,似乎也在犹豫。

"这个地方就很好,不对吗?"贾情珍趁势劝说,"这里谁也不知道,让他们先待在这儿,我们去找办法,这柄剑一定有办法摘下来,我可以先用金刚韦驮咒封住它，如果……我是说如果出了什么问题，你们再动手也不迟！"

众人陷入了沉默，许卿瑟瑟发抖。

"你们这群畜生。"

许浮萍咬着牙，打破了沉默。

"你们以为自己是什么东西？当着一个母亲的面，讨论要不要杀她的儿子？"

"你的儿子是魔头。"方清浊垂下眼帘，回避着许浮萍的目光。

"放屁！"许浮萍举着菜刀，默默站在儿子面前，"你们才是魔头，你们是杀人狂，是神经病！是罪犯！你们……你们凭什么说我儿子是魔鬼！凭什么！我就这一个儿子……你们放过他，你们想杀人，杀我呀！杀我行不行！"

女人从愤怒转为悲痛，这种悲痛源自绝望，而绝望又令她屈膝乞怜，耳边响起少年的号啕大哭，在地下的工事里回荡。

"妈！妈，他们是要杀我们吗？！"

"没事！哭什么！妈在呢……等会儿妈再带你吃肯德基，你不是还想要买玩具吗，回去妈全给你买！"许浮萍流着泪抱紧儿子。

方清浊提起音枪，一步一步地走过去，他距离许卿只有五步的距离，只要他运气出手，自然可以结束这个少年的性命，关于那个四百年的传说，也永不会应验。

可是这真的是个魔鬼吗？

就算这柄剑选了他，就算藏经楼那一道冲天火光中有一个魔头的身影。

就能证明这个孩子是魔鬼吗？就不可救药了吗？

是否自己想得太简单了，好像自己一听见那魔子诞生的传说，就想当然地要伸张正义，维护一方平安，可到底又伸的什么义、维的什么安？

航天飞机都上天了，我们跑过来除魔卫道？！

以区区几个人，投票决定一个男孩的生死，只为了一个古代人的狗屁传说？！

他们到底在玩什么游戏？！

"她说得对。"方清浊背过身去，幽幽长叹，"我们真的是畜生。"

武林正道，多么可笑，还真把自己当民族英雄了啊……他有些责备地看着贾情珍，那一瞬他有些后悔，后悔知道这件事，他本不该来。

那个十岁的少年让他想起自己在泰山脚下的养女。

如果有一天那个女孩也被人指认成魔头，他是否还能正气凛然地说出这些话？

"我收回我的话，没有什么魔头。"方清浊双眼闭上又睁开，"是我们太把自己当回事了，听了贾姑娘的故事，就想着来伸张正义，我以为我隐退这么多年，

246

已经不算是武林人了，结果……还是武林人的思维。"

"武林人什么思维？"林英雄问。

"自说自话，自以为是。"

方清浊原本攥着音枪的手松开，他感到无限疲惫。

"也许那个传说……根本就是假的吧。"

贾情珍也舒了口气，她原本来的路上已经下了决心，找到许卿母子的一刻，就拼了命保护对方，不让方清浊得逞，好在方清浊自己想通了。

然而就在她放松的一瞬狂风骤起！

那是浩大且威严的正气，幻化成光明剑锋切过许浮萍手腕，黑暗中绽开一朵血花，女人的左手掉在地上，惨叫声刺痛耳膜！

"方兄，我原本以为你和我是一种人，结果你真的很让我失望。"

林英雄手指抚过那柄无形的"剑"，鲜红的血浆在光气中蒸发。

"就让你们看看，什么是真正的妖魔。"

3.

"徵之调！"

方清浊手中音枪暴起。

真五音枪号称五音十二律万千变化，其中五音又含宫、商、角、徵、羽，以徵调最为活跃高昂，五行主火，振奋激荡，果真这一枪几乎有奔雷烈火的气势，直扑林英雄！

方清浊不需要问自己原因，他只知道林英雄如果还站着，事情只会更糟。

从一开始这家伙就有自己的计划。

"方兄，何故伤我？"

林英雄反手挡下枪头，黑暗中一缕火花，剑锋肉眼难以觉察，可无形的空气中分明又有一股沉重光明的气势。

"不但伤你，我还要废了你。"

方清浊喉头发音，音高而力雄，一曲《文王操》扶摇而上，此谱乃徵调曲的代表之作，仿若高山流水从天而至，又似涤荡世间邪秽，渣滓消融，一时气不可挡！

"会唱歌了不起啊！"

林英雄正面挥剑，一剑斩下竟能泄去枪势，谁知身后贾情珍又腾空而起，粉笔飞掷而来！

"好，师范笔！"

林英雄回身剑锋如海，巨浪翻天，小小粉笔打着旋儿四分五裂。

"重剑。"贾情珍咬着牙，蓄势待发。

"你感觉得出来？"林英雄笑，掂了掂剑柄，似乎真有一柄宽脊巨锋握在手中。

"勇者的勇力！"

林英雄一时全身经脉舒张，内力数倍于前。

"你为什么要这么做？！"贾情珍哭喊，"原本……原本事情已经有了转机！"

不远处许浮萍断腕血流不止，那些黏稠的血浆溅在许卿脸上，原本苍白的脸色更显惨淡，他颤抖着撕开衣服替母亲包扎，然而更多的血染红了衣衫，女人已疼得说不出话，可即便如此，仍将儿子搂在怀中，生怕他受到一点伤害。

"我有我的理由。"林英雄表情严肃，"我没有骗你们，我确实赞同魔子该杀……只是没想到你们下不了手。"

他摇摇头："既然你们下不了手，我就只好让你们亲眼看看那个妖魔。"

"你到底还知道什么？"

"方兄，我可以确定，他不是人。"

林英雄苦笑，剑指许卿，瞬间所有人都愣住。

十岁的少年抱着自己的母亲，眼神中是修罗般的图卷，图卷展开，有枯骨的丛林哀号不绝，终于一双眸子失去了颜色，又似铁铅状的海水遮天蔽日，他咬破了舌头，血从苍白的嘴唇中流下来，被他一一舔过。

他站起身，沉默不语。

那一刻十年后的许卿也重新体会到了那种痛苦，像是万丈高的枯树燃烧起来，腥风卷过血池。

"卿卿……别过去……到妈妈这儿来。"许浮萍张着嘴，黑暗中伸出手抚过他的脸庞，用尽力气挤出一个温柔的笑容。

许卿避开了，他冷冷地回过身，视线扫过那三个人。

为什么要伤害我妈妈？

我们到底做错了什么呢？

他只记得自己在寺院中做了一场梦，他许下一个勇敢的愿望，却得到了一柄剑。

这柄剑带来了三个要追杀他的人，可为什么要杀他呢？

他是哪里还做得不够好吗？不够懂事，不够听话吗？还是不够坚强，不够勇敢？

不，与自己无关，与母亲也无关，只是这些人，这些该死的、自以为是的……

"杂碎！"

少年抬起头，看见那三张表情各异的脸，像是从极深的深渊中仰头，他们的脸在黑云中变化不清，脚下的火点燃了他的四肢与骸骨，烧焦了他的肌肤与眼球，他并不觉得疼痛，只是手握住了剑柄！

原本黯淡的剑锋燃起熊熊大火，一剑挥出，是四百年前光景重现，神罚状的天炎吞噬了方清浊，他想喊一个名字，但是这个名字尚来不及出口，炽烈的焚风就席卷而来，谁也不知道在生命的最后一刻他在想什么。

惨叫。

贾情珍发现原来那个泰然自若的男人会发出那样可怖的叫声。

可这叫声也只持续了几秒，五音宗的方清浊就被烧成了一具骸骨！

"不！不不！这是噩梦！"

贾情珍捂着脑袋，撕心裂肺地尖叫。

"看到了吗？这是魔！"

林英雄狂笑直冲穹顶。

4.

"卿卿！回来！"

许浮萍的叫喊在回荡，她试图阻止自己的儿子，但少年已听不进去，心中的火号角一样吹响，魔子般的歌声响彻四野八方。

天穹炎剑火流抖动，反身长锋飙射烈火，光明纯粹的业火化为一圈波澜荡开，以许卿为圆心十步之内沦为火海，林英雄甚至来不及惨叫便被火舌吞噬，全身的皮肤蒸发汽化，只剩个鲜血淋漓的尸身！

那尸身站了会儿，像是极其满足地死去了。

太快了，这两个人甚至来不及挣扎。

甚至连个像样的打斗也没有。

这不是武林人的战斗，这只是虐杀而已。

那也不是许卿，那是个飘忽的黑影，他缓缓转过身，朝着贾情珍一步一步走来。

"你妈妈……她……"

持剑者
心伤

贾情珍惊恐地指着少年身后，她现在确信这是噩梦了。

少年似乎听懂了这句话，僵硬地扭过头，时间停滞了，这种痛苦更延伸到了十年之后，二十岁的许卿捂着胸口，仿佛被一把锥枪钉死在地上。

起先只是一片虚无的黑，却在中央有一处惨淡的亮光，仿佛一场戏剧谢幕，无数的人起身鼓掌，舞台之上的女人冲你微笑。

"卿卿……妈妈要走了。"

她的声音很平静，没有选择歇斯底里，也没有痛哭流涕，那些失去活性的肌肤炭粉一样分裂飞扬，像是光下的粉尘。

"对不起，妈妈说的话，没能做到。

"你要健健康康的啊，要听老师的话。

"不要挑食，按时吃饭。"

她像个凡人那样恐惧自己的儿子化身成魔，却又像个母亲那样担忧这个小魔头在没有自己的将来该怎么办。

"妈妈一直都很爱你。"

即便在最后一刻，许浮萍也保持了一个母亲的温柔，没有责怪许卿，哪怕她死于少年滔天的怒火，那是一圈不分敌我的业火，它焚烧了林英雄，也抹去了许卿在这个世上最后的人性。

他张开嘴，似乎在嘶吼，却发不出一丁点的声音，只有大片的鲜血从嘴里涌出来。

更大的火要来了。

贾情珍做好了死的准备。

结果命运却救了她，下一秒地下工事忽然地震一般颤抖！

那是方才的剑威破坏了支撑柱，天花板的一角正在迅速开裂，更多的石块从头顶的缝隙中涌进来，可那个妖魔般的少年毫不在意，他眼里只有扭曲的悲痛。

十年之后，二十岁的许卿猛地坐起。

他像是从浴缸的冰水里浮起来，抓挠着喉咙大喘着气，举头四顾又回到了空无一人的地下工事，支离破碎的骸骨躺在身旁。

他又听见许浮萍的声音，那辆三轮车载着他，午后的日光和煦温暖，透过柳叶投下缕缕金箔一般的光，他张开双手，喊着妈妈，搂住女人的脖子，熟悉的味道混在风里，他说了个班上听来的笑话，母子俩傻呵呵地笑。

他们那天要去干什么？

250

啊，是要去吃肯德基的。

原本还要买那些玩具的。

其实他不是那种不懂事的小孩，他知道老妈真的不容易，从他出生的时候开始，他第一眼见到母亲，那是个婉约漂亮的姑娘，可是这么多年她衰老得很快，因为贫穷与劳顿使人枯萎，她变得不再年轻，也学会了撸起袖子和人打架骂街，他有时候觉得自己的妈妈变得不那么好了，他甚至放学和同学走在路上，看见那个骑着三轮车过去的身影，也不敢说是自己的母亲。

然而这个人也死了，不管你多么嫌弃她，她也不在了，她曾经拼尽全力地想要保护一个妖魔，最终却死于妖魔之手。

那个妖魔是你。

泪水如潮，凄厉至极的哭声终于响起来，回荡在幽暗的地下空间。

"我……我杀了妈妈啊……"

是妖魔的悲鸣。

5.

"我活下来了。"

录音笔里的声音带着哭腔。

"我原本以为我也会死，可等你要杀我的时候，地下工事终于承受不住你的力量，发生了坍塌，这救了我，而你失去了意识，趁着这个稍纵即逝的机会，我用最后的力气启动了金刚韦驮咒，封住了这柄剑。

"等我将你带回苏州，又发现你因为极大的痛苦，竟将这段记忆抹去甚至篡改，医学上称为应激性失忆，我不知道这对你而言是好是坏，至少这些年你都以为是旅游出了事故，这个理由骗了你自己十年。

"在你苏醒之前，我找到了你的外公外婆，可是他们不想认你，最后还是你在北京的姨妈把你接走，我本以为一切安排妥当，这就是结束。"

女人停顿了很久，声如枯木。

"然而上机说得没错，是我太天真了，以我的功力，根本封不住这把剑……"

许卿摸到背后剑柄，知道这一切都像一个轮回。

"我去过魔教的总坛，也翻过数不清的典籍，却没有找到任何一种方法能阻止这个结局，这十年我始终在观察你，有几次我真的想过杀了你，可我做不到，

251

我们都染了你母亲的血，如果我没有喊林英雄……如果我……"

许卿闭上眼。

贾情珍吸了口气，平复心境："总之，这就是全部的真相，金刚韦驮咒以心神为灯芯，燃的是寿命，我耗干内力启动它，却也不过苦撑十年，而十年间这柄剑的力量始终在涨，它渴望回到你的怀抱，可我已濒临衰竭，再也无法阻止它。"

录音笔里的声音低下去，贾情珍像是自言自语：

"有时候想想真的很讽刺，我死后，只怕剑又会回到你手中，折腾了十年，除了死了几个人，到头来什么都没有改变。

"我啊……真的很累。"

许卿关上了录音笔，坐在黑暗中。

地下空间扬起了风，传来一连串轻微的脚步声。

"贾情珍不是我杀的，她是真的想死，我去的时候她已经站在了栏杆上，可惜了苏州城的美人。"

许卿回过头，剑眉星目的男人拱手而立，黑色的衣衫融于黑暗，身旁站着鱼凡真。

"这卷录音她死前留在宿舍，本该是由鱼同学交给你，抱歉我用坐标将它稍微换了个地方，因为医生跟我说，只有病人回到现场，才能真正地回忆起忘记的一切。"

许卿没有回答。

"师父……"

鱼凡真跟跟跄跄地扑向一地支离破碎的骸骨，颤抖的手指触碰到方清浊那枚太古音枪，眼里只剩下一片浑浊的云流。

那个带她看长颈鹿的人，再也没有了。

那个为她煮溏心儿蛋的人，也永远不会回来。

现在你真的是野种了。

漆黑的铁棚中钻进零零碎碎的风雨，形成一道哗哗作响的雨帘，她抬起头，总觉得下一秒男人就会进来，像是刚从镇上办完事，脱下湿漉漉的雨衣，悄悄拨弄小女孩酣睡的刘海，喘口气说乖囡你饿不饿啊？然而她眨了眨眼，那个影子变化了，在黑暗中消散殆尽。

鱼凡真跪坐在地上，倾泻而出的情绪几乎令她窒息。

"总要面对的，坚强点。"男人拍了拍鱼凡真肩膀，"这种事我也不想的。"

"我不信！"鱼凡真忽然狠狠抬起眼，眼眶通红，"没准杀我师父的人是你！你少骗人了！贾情珍一定也是你杀的！一切都是你的诡计！你胡说许卿是个什么……什么……"

"妖魔。"

"你胡说！"

"你确定？"男人笑，"这一路上，你自己见得还少吗？"

在北京的工厂，在上海的黄浦江，在枫桥韦驮像，在月下宾馆前，在剑冢黑暗中，鱼凡真不止一次见过许卿执剑的模样，那双极冷的眼睛，抛去了人性。

不对！她告诉自己那只是个错觉，必须是个错觉，是林英雄在玩弄人心。

"你到底想干什么？！你喊我带着许卿来这儿，只是听故事吗？！这个故事是你编的对不对？你们联起手……"

"你可以自己看。"

男人看向许卿，目光平静：

"许同学，你难道不想杀了我吗？"

第三十五回

龙力不可思议

1.

黑暗中，有一片风声灌入耳中。

那是炽烈的焚风，灼烧着皮肤。

他就这样烧起来了，明亮的白色之火，结果却并不恐惧。

许卿舔了舔嘴唇，才发现嘴唇早已翻卷烧焦，他眨了眨眼，又发现眼皮早已化成灰烬，于是他呼了口气，咽喉里飘出火星。

他像是一口炉子，许多的不甘、抑郁、失望、愤怒、痛恨与挣扎是炉子里的柴薪，它们越烧越烈，撑开他的头骨，浇下一层火焰，披裹住他肉身。

许卿用一双失去眼睑的眸子盯着那个剑眉星目的人，迫不及待地想要以牙还牙，要切下他的手，切下他的四肢，切下他的头！

不妙。

在场之人几乎都本能地感觉到，眼前这"东西"，绝对，绝对不能靠近。

深渊一般的内力活物似的扭曲，整个人包裹其中，化作纯黑的"人形"，没有半点生气，除了发亮的瞳孔，再不见五官，像是成了"黑暗"本身。

"许卿……"鱼凡真喃喃自语，她已经不能确定对方是否还是她熟悉的那个人。

"多年不见，你比以前更丑了。"林英雄淡然道。

老人从他身后走出，松动筋骨："解决他，就完事了吧。"

"嗯，我保证你的老弟兄一定能去美国，还有那台拖拉机也给你准备好了。"

"好。"

老人起身长呼了口气，走向那个似人非人的"东西"。

"看来你比之前更……"

强字尚未脱口，剑锋已至眼前！

龙傲天大惊！

他一步退开，然而半张脸皮仍险些被火舌卷去，老人自认速度不慢，可方才那"东西"近身几乎不容他反应，那到底是怎样的速度！

"你行不行？"林英雄笑。

"不行，"老人两手握拳，沉重的内力压碎了地面，"也得行。"

下一秒那"东西"再次不见了，那个手执火剑的妖魔，远比在停车场内更加可怖，他高速移动几乎消失于空气，老人索性闭上眼。

"天上天下唯我独尊拳！"

暴喝中是听起来儿戏一般的拳法，笔直一拳，直直打向空气，然而空气为之凝滞，剧烈的撞击声中竟是一拳击中妖魔，又像是从一片阴影中把他揪出来，若不是这一拳，常人甚至无法发现许卿已近在眼前！

"我老了，跟不上你的速度，但是我可以算落点。"龙傲天指了指脑袋，"不要低估了老年人的经验。"

话音未落，那"东西"脚下一蹬，整个人以一种扭曲的身形反扑！

没有招式与章法，他似乎也不需要，只是疯狂地挥剑，剑柄在左右手轮番交替，只知劈开，斩断，切出一道又一道炎流大火，纵然老人每一拳都打在剑锋关节泄去剑势，可那"东西"毫不知退缩，甚至不愿思考一下策略，好像天地间只有那柄剑。

一层厚实的冰壳形成在众人脚前，护盾一样做着象征性的保护。

"你怕了？"林英雄对玉面少年笑。

"我不喜欢怪物。"少年人收敛了笑容，眼神里有一丝厌恶。

"老头打不过他的。"黄虎抱着胳膊。

龙傲天不断地挥拳，空气中尽是铁与铁撞击的巨响，然而私底下谁都看得出来，老人已体力不支。

这是他最大的弱点——苍老。

世上的强者，终究不敌岁月，再强的内功，也拦不住肉身的衰竭，也许早五十年这场战斗已经结束了，然而五十年过去，龙傲天也无法做到当年的超凡入圣。

终于一拳走空。

那"东西"漆黑的脸上有一丝变化，竟是……笑了？

鲜血瞬间涌出，老人吃痛跪倒在地，妖魔一剑锋削去了他的膝盖骨。

然而黑色的剑影遮蔽了头顶，他试图故技重演，双手夹住剑锋，可高温只是灼去了掌心皮肉，丝毫不滞地劈向他的头盖骨！

"要斩首了。"

仿佛恐怖片演到高潮，林英雄想看又不忍去看。

奔流的水声。

众人大骇，怒涛一般的水流从岩石的孔洞中激射出来，龙傲天那一拳根本不是走空，而是打穿了岩壁引来水库河道，纵然地下工事所处的位置离水库不远，可二者之间仍有近四十米的岩层，谁知这老头竟可一拳贯穿！

"这老怪物！"林英雄恼怒，抓起鱼凡真和众人一路退走，眼见黑暗中四面八方涌来的潮水吞没了一切，连同老人与那个妖魔化的许卿。

也不知跑了多久，又爬了多少级阶梯，方才见到头顶一片星光冷月。

轰隆巨响之后，面前百丈的范围面朝圆心向下崩塌，露出一片漆黑的水池，那是水库倒灌，填满了整座工事。

水中央升起了缕缕云气，从那些夜云的风中生出变化，最终化为云海。

那是龙傲天的内力，称为"古今至纯"，有人说这老头是"天授力"，自然内力纯阳且不掺一丝杂质，是至刚至威至性，而如今这股宁静浩大的力量借助水流的动势，终于得以全部展开，那是一道时速超过二百公里的旋涡在水面分开，从中竖起枯瘦的剪影，稳稳立在水波中央，头顶有雷云鸣响。

他借助水势，弥补了失去双腿的劣势。

"洞庭龙君。"

所谓神龙本司水，有水的地方才有龙，洞庭龙君，便是掌管洞庭湖的龙王。

"多少年我没有尽过全力。"老人声如太古，"不，也许这是我这辈子第一次尽全力，我希望不会是最后一次。"

漆黑的鳞甲覆盖了龙傲天的肌肉，与妖魔一致的颜色，至黑，至玄，至烈。

"二边云彻，方知实相之尊！十刹风行，乃识真如之贵！"

老人忽然仰天长吟，响彻十方！

"此为，龙力不可思议！"

2.

浩瀚的水流冲刷着许卿幻化的"妖魔"。

明亮的瞳孔在水中如同两盏潜水灯，他无助地在激流中左右倾覆，老人却游刃有余，一拳来袭！

佛门有言：世间有五不可思议，众生多少不可思议，谓众生永久之增减不断；业果报不可思议，谓依业力而万物变现；坐禅人力不可思议，谓依定力现出神通等；诸龙力不可思议，如由龙之一滴水而降大雨；诸佛力不可思议，如依佛法而证得涅槃之大果。

龙傲天此等拳劲，正是仅次于佛祖的十方龙王大力，凡人中者，非死即灭。

赞叹间拳锋击中胸口，纵然有水势却不能迟滞，反倒更添七分力道，像一条水龙咬住了四肢，龙爪撕开衣衫，龙息焚灭心肝脾肺，那是他的力。

漆黑的水底许卿张开嘴，一口污浊的黑血化散在水中，紧接着第二拳猛然击中下颌！

渺小的影子炮弹一般飞出水面，高高抛起，老者也破水紧随，他们在空中相撞，老人一拳接着一拳，再不见方才疲倦，取而代之的是威严怒相，天罚邪魔，暴雨般的拳头每一下都具有万柄铁锤的雄力，须臾之间砸在胸口，如百世万世不绝的劫难永无尽头！

"是神与魔王的战斗。"

众人仰望水面上空奇景，每一次重拳击中许卿，都会溅射出漫天火雨降在一片漆黑之海上，终于那柄剑的火苗兴许是遇水则熄，火势渐小，妖魔一头栽下，恍若一颗燃尽的流星。

"想许个愿啊。"林英雄笑，扭头看了眼已无人色的鱼凡真，"你现在信了吗？"

"许卿……真的是魔……"

"杀死你师父方清浊的，就是这个妖魔，十年来方兄的惨叫犹在耳畔，我很遗憾。"

林英雄从怀中摸出一截剑柄，浩然内力充盈，尽管不见实体，却拦住了从湖面飘射而来的杀气，寻常人在此只怕连一炷香也撑不过，就要被那两个人的威压挤碎骨头。

不……那两个已经不能算人了吧。

老人站立在水面。

龙力不可思议，是他至大的一招，全身肌肉加速消耗，内力几乎要冲破骨肉，以人身化龙，具有一拳击碎山峦的力量，方才一套拳打完，就算是佛陀也要吐血。

"这就是力量。"老人面目冷淡，"我的力量是天授，从我懂事的时候起，我就有了它，我曾经像你一样以为这是一种恩赐的幸运，以为能够为所欲为。"

年轻的时候龙傲天活得就像个小说里的人物。

"我想要的都能得到，因为我有力量，别人都没有，这一身龙力让我得以俯瞰众生，我巅峰的时候，洞庭湖便是天下武林的中枢。"

也许是漂浮在水中奄奄一息的许卿让老人放松了戒备，又或者这些话他在泱泱武林实在找不到第二个人去说。

第二个与他几乎同样强大的人。

"可后来我有了一个朋友。"龙傲天盘腿坐在水面，"那家伙不会武功，是我们生产队的拖拉机手，人生最大的愿望是把拖拉机开进美帝国主义的心脏，把红旗插在林肯纪念堂，嗬，我是真的服气。"

似是想起年轻时的好时光，他咧嘴笑："那时候我俩无话不谈，一起干活，也一起偷看从谷场看完电影回来的姑娘，你知道我在武林里没有朋友，因为太强的人交不到朋友，但那个家伙才不管这些，他拍着我的肩膀说以后咱们就是兄弟啦，我心里真的很高兴。"

许卿静静地躺在水面上，像是死了，谁也不知道他在想什么，穆仁庄、史封喉、又或者是梅风渡。

"所以我就下了决心，我要让那家伙开拖拉机去美国，一路上我们喝喝酒。找几个大学生增进一下革命友谊。我们每天想这些想得都睡不着，其实我俩连美国在哪儿都不知道，以为从蒙古往西一路开就到了。"

龙傲天拨了拨身旁流散的云海，笑容似灯芯一般寂灭下去。

"结果出发前一天，他被带走了，因为他成分不好。"

3.

夏天的午后，大红的条幅，锣鼓喧天的现场，坏分子戴着一顶好几十斤重的铁帽子，拴铁钉的皮带扬起又落下，蒸笼一般的高温让外翻的血肉与汗水黏在一处，一些恼人的蚊蝇在伤口上嘬着腐肉。

会场内爆发出一阵喧哗，有个年轻人冲进来，每一拳都似雷鸣龙吼，摧枯拉朽地掀翻了民兵，他大吼着说："我来救你了！"

谁也不知道他从哪里来，但人们见证了伟力，真正的龙力不可思议，可即便如此，在人群组成的汪洋大海中，也只不过是一只闯入蚁群的壁虎。

"我是天下无敌！

"我是洞庭龙君！

"谁敢拦我！

"拦我者死！"

他爬到最高处，盯着他的朋友大声喊，他说我带你走，就像是每一个龙傲天那样神兵天降，开天辟地，是英雄人物的出场方式。

"剧情是不是有点老套？"老人笑。

"可惜我那么厉害，到最后也没冲过去，因为那个体育场有一万个人啊！人山人海，口号震得我耳膜都要裂开。那一万个人说我的朋友是工贼，是渣滓，是败类，他们冲上来，因为我激怒了他们，我眼睁睁看着自己的朋友被打倒，再踏上一万只脚，真的是一万只脚，活活踩断了脊椎骨，而我能做什么呢？我发疯地和这一万个人搏斗，可是人真的太多了，我却只是个小小的天下无敌……"

世界是海洋。

你甚至连沙子也算不上。

"我第一次明白，我那些所谓的力量，根本不值一提，我曾经沾沾自喜的天下无敌，其实也没有意义，我能改变那一万个人的想法吗？我改变不了，说穿了我只是拳头比较厉害，我唯一能做的就是把这些人打趴下，可是打趴下这一万个人，还有十万个人、一百万个人，拳头是不会说话的，拳头除了打人，什么都做不好。"

人群散去，空旷的体育场内，他的朋友奄奄一息，到头来他什么都没有改变，小说里讲从天而降、天下无敌，本不该是这么个讲法，那些龙傲天一样的角色，应该是想救的都救到，想有的都拥有。

"我一直都是最强，一直都是。"

老人合上眼，云海状的内力变得稀薄脆弱。

"可这个世界，它压根不在乎什么最强。"

星夜之下，漆黑的妖魔嘴里发出呵呵的声响，像一头野兽在磨牙，手中宝剑重新开始燃烧。

第三十六回

一个理想主义者的自白

1.

天穹炎剑向着龙傲天劈去，老人一拳砸中剑锋，这一次没有剧烈火花，而是一道深可见骨的伤口，削去了手指，断口处涌出的鲜血滴在黑色水面，化作一缕幽暗的水纹。

许卿已经恢复了，杀意再一次牵动了他，力量百倍于前，诡异的剑锋沾了鲜血，快活又兴奋。

"我照顾了我朋友几十年，这几十年他始终无法下床，只有一点点的意识，不能说话，也不能行动，但是你能想到吗？奇迹发生了！有一天我的朋友突然跟我说话，跟我说起那个老得不能再老的梦想。"

老人一拳打回去，并不在意新添的伤口。

"开着，拖拉机，去美国。"

漆黑的妖魔竟也说话了，断断续续，声音近于一种枯竭的金属。

"是的，开着拖拉机去美帝国主义的心脏！把红旗插上林肯纪念堂！"龙傲天大笑，那一刻他光彩夺目！

"多么漂亮的梦想，我们还有时间去实现它，虽然我只是个能打的老头，但为了这个梦想我愿意付出全部，这是我欠他的。幸运的是我的力量还有一丝微不足道的作用，我只要帮林英雄杀了你，他就能为一个垂死的老家伙弄到签证，在巴尔的摩机场，那里有一辆老式的红旗拖拉机等着我的朋友！"

他憧憬着几乎已经无法实现的梦境。

梦境中他与他的朋友坐在拖拉机上，喝着白酒，找几个沿路的美国大学生增进一下革命友谊，这些东西让他根本睡不着啊睡不着。

"那，只是，你的，幻觉。"

老人的笑容僵死在脸上，终于那种飞扬的神采也消失了，像是被人撕去了伪装，他用尽全力的一拳打中妖魔胸口，快得不可思议！

然而妖魔就这样抵着拳头纹丝不动，赤红的光跳动了一下，龙傲天整条手臂便被剑刃切去，却由于高温黏合了切口，竟不见一滴血。

"没错，他早就死了。"老人退开，全然不在意自己的断臂，"我也打不过你，我的力量还是一无是处。"

龙傲天疲倦地坐下，龙力不可思议已是他最后的王牌，但是眼前这个年轻人并没有死，他就知道一切都结束了，或许是因为他没有拿出全部的力量？谁知道呢，他拿了大半的力量去灌顶他的朋友，保证那家伙的生命不至于消失，也许这才是他输掉这场决斗的原因。

可是因与果原本就是同一种东西。

你想要救的人，没有救下，想要实现的梦想，也没有实现，空有一身的力量，却无法改变这个世界、挽救自己的朋友，实际上根本没有人来喊你实现所谓的梦想，那只是你的一厢情愿，你只不过是用自己的内功像是养猪一样养着那个早该死去的"行尸"，这会让你觉得好受一点。

"杀了我吧。"老人用余下的一只手撕开衣服，露出胸膛，"我很累了。"

黑色的妖魔点点头，身体上崩出干涸状的裂痕，同样黑色的血从其中淌出，失去光泽的瞳孔亮得让人惊惧，他张开嘴，发出非人的悲鸣。

没有人听过如此悲痛的声音。

他在哭。

"妖魔也会哭吗？"玉面少年喃喃自语。

"会的，物伤其类。"林英雄叹息，"天下英雄，此时都应该垂泪。"

2.

剑锋的火焰流淌在漆黑的水面上，水与火互不打扰。

持剑者
心伤

灼热的焚风汽化了表层的水流，冲天的火焰燃烧了龙傲天的身躯，那个身子在火中大笑，笑声中有哭泣。

那一瞬妖魔周身流淌的火焰点燃了池水。

它单手举起老人，雷霆般的呼吸压在胸口，火海中不发一语，威严古奥的剑刃削去老人一条小腿，又将后者残缺的身体抛向水面，龙傲天全身的皮肉烧焦翻卷，仅余下一口气，却没有死。

"给我争取三十秒。"

"OK!"玉面少年轻吹玉笛，凝出一道厚达数米的冰层，妖魔炎剑横扫，轻易融去，可天地间的水汽似乎都是少年的武器，更多的冰层倒卷着扑来。

"快点!"少年鼻子里流出鲜血，显然支撑不了多久。

"送我!"

林英雄一声暴喝，黄虎起手滑步，抓起男人舞姿般回旋狠狠抛了出去，这女人的劲力大到诡异!林英雄飞速地扑向……龙傲天!

他踩过水面，五指扣住老人身体，滚滚的内力通过指尖蠕动进体内，像是沙漠中见到泉水的旅人，饥渴地吮吸着，至刚至纯的力量在肌肉与经脉间膨胀，男人感到从未有过的豪迈与快意，像是山峰之巅、凌云之顶!

"我在下面等你!"

老人猛然攥住林英雄手臂，后者震惊之余才意识到这只是临死前的回光返照，最终对方全身的肌肉枯萎下去，化作一截脱水的干尸，这回是真的死了。

"勇者屠龙了啊。"玉面少年叹。

鱼凡真却毫无反应，只是枯坐在那儿盯着冰层中暴怒的妖魔，嘴唇剧烈地颤抖。

此时一道耀眼的光照亮了黑夜，半个天空都亮堂起来。

那些云海状的内力翻腾着化作一束龙卷，聚入林英雄掌心，浩大光明的云气汇入体内，令人无所畏惧，原本用来拖延许卿的冰层也轰然崩塌，少年摔倒在地，一张脸从未有过地枯竭衰败，露出皮下肌肉外翻的可怕面孔。

"你这个样子不管看几次都让我想吐。"黄虎皱眉。

少年笑笑，抬手间霜花裹住龙傲天尸体，极低的温度使其化作冰晶雪水，他迫不及待地扑上去用嘴巴吸起来，那张丑陋的面孔竟再次生出鲜活娇嫩的肌肤，令人叹为观止。

"我有时候觉得你们两个像是在吃螃蟹，"黄虎耸耸肩，"一个吃黄，一个吃肉。"

少年抹抹嘴，打了个饱嗝："你不吃点?"

262

"老不正经！"

鱼凡真愣在一旁，眼见林英雄器宇轩昂地站在许卿对面，而后者如今立身于一片燃烧的水波之中，剧烈的高温瞬间汽化了水流，天地间膨胀的蒸汽雾一样炸开，依稀只有个漆黑的影子大踏步地在雾中奔跑，双手握剑高速冲向林英雄！

"他太现实了。"

男人像是自言自语，抬手一掌罩在许卿额头，万钧的冲劲竟霎时抵消！

"看见他这样，我也很遗憾，如果早十年，我也会被他说动吧，无意义的力量、一万个人之类的。"

说话间雄浑的内力向四方展开，绝顶的光明充斥着四肢百骸，他像是融化在一团没有实质的光芒中，那些原本缥缈的光气紧贴着身体，化为他的铠甲。

吸尽龙傲天内功的林英雄，如今已是至强的存在。

"好在万幸的是，我现在是一个理想主义者。"

他毫不畏惧手握天穹炎剑的许卿，仅凭一只手便死死捂住对方口鼻，失去呼吸的妖魔竟如同猫狗一样挣扎！

"此乃勇者的理想。"

3.

那些邪红的火焰熄灭下去，成为纹路中的熔岩火种，附着在许卿身上，如今他的面目清晰起来，再不见漆黑的内力，可全身却有藤蔓一般的血管凸起，从剑柄的部位蔓延至后颈，同时死死扣住了心脏。

这柄剑占据了许卿，用某种可怖的方式。

他此时介乎妖魔与人之间，意识或深或浅，只依稀记得那种吞噬人心的愤怒，以及死在剑火之下的老人，他本想杀了林英雄，却被对方钳制，那种不甘被一种悲凉取代，而悲凉中又有深渊一般的恐惧。

昏死之前他用最后的气力睁开眼，手伸向鱼凡真似是求助，可女孩捏住音枪退后了一步，那只是极其微小的动作，却似利锥穿心而过。

城堡的门关闭了，长桌的尽头只剩你一个人，黑暗是唯一的朋友。

"鱼同学，为了杀掉这个妖魔，我已经准备了很多年，龙傲天和那些高手都不会白死，他们的力量借给了我，我带着他们的正气，足以让妖魔伏诛！"

林英雄语气清朗，外貌似乎又返至十年之前，体内充盈的无穷内力使他越发夺目熠熠，他似一位年轻勇者，胸怀理想，正气光明。

"让龙傲天取剑只是个幌子，你从一开始……就盼着他去死。"鱼凡真低声道，"那些高手也是，你利用妖魔削弱他们……然后再……"

"妖魔？所以你现在信了？"林英雄似笑非笑，"我不是盼着他死，我只是想借他的力，凡人想要伏魔，总得有非凡的手段。"

他上前一步，居高临下盯着鱼凡真。

"我当初把坐标给许卿，又让你领着他上路，是希望这个妖魔暴露在武林之中，我推动那些高手去夺剑，也无非是想让许卿尽早地肉身成魔，毕竟他每一次使用这把剑，都会让自己离妖魔更进一步。"

鱼凡真恍然明白了为什么许卿每一次挥剑，他的眸子都冷得像是另一人，也明白了梅风渡当初所说的"剑气侵蚀"。

"是你……把他逼成了魔。"

"我逼他？"林英雄苦笑，"难道没有我，他就不是魔了？难道我不出现，那些武林人就不来夺剑了？难道少了那些刀光剑影，他就能做个普通人娶妻生子了？别让我发笑了！你搞清楚不是我逼他，是武林在逼他，是命在逼他！"

"闭嘴！"鱼凡真捂着耳朵大吼。

"鱼同学，我知道你心里挣扎，在你看来你的这位朋友没有什么坏心，可你要知道，光与影原本就是一体两面的东西，他在成魔之前的善良，都不足以洗白他成魔之后的残暴，作为妖魔，他曾经亲手杀了你师父，我至今记得那一剑，好端端的人烧成枯骨，方清浊在惨叫中喊你的名字，你可知道？难道这个魔子值得同情，你的师父就该死吗？！"

"不要再说了……"女孩捂着脸。

"从他十年前被那把剑选中开始，这一切就注定了。"林英雄长叹，"他是喜欢你也好，心地善良也好，都不能阻止他已是魔的事实，而我们能做的，只有杀了这个魔，否则酿成大祸，就会有更多的方清浊去死。"

鱼凡真跪在地上，攥紧了音枪，手指像是要掐出血来。

林英雄静静站在一旁，月下只有风吹死水。

"想明白了的话，就先替你师父收尸。"

干涸的池底散落着几根残碎的骸骨，方清浊的尸身早在方才的交战中被打散，鱼凡真缓缓走下去，捧起半截头骨，两个黑洞洞的眼窝中仍有小片的积水，在怀中静静与她对视。

　　天边有一道响雷，沿着地平线由远及近，不知是否先前诸多内力相交的缘故，竟引得阴云汇涌，辽阔的山林中坠下夜雨，这雨来得如此突然，浩大浓密，雨滴似井水冰凉，女孩跪坐在地，皮肤在雨中披上一层冷冽的光。

　　她抬起眼，想看看许卿在哪儿，可天地都是深不见底的黑，黑暗中是无穷无尽的雨，仿佛天穹上的水闸开了，耳边只有哗哗的水声，隔绝了一切，她有一种古怪的想法，好像这个世界不属于任何人，只属于她自己，而她永远也走不出去。

　　走不出去也好。

　　她很累了，像是走完某种短暂的轮回，回到了长春观门口，缩进了小小的襁褓中。泰山上的雨点噼里啪啦，她印象中也是一场大雨，山门两旁的松叶被吹得倒伏，于是她睁开年幼的眼睛，试图抓住一些飘飞的雨珠，可那个人并不是带她来玩的，他只是放下她就走了，留下一个模糊的影子。

　　雨里只有哭声。

　　不知过了多久，长春观的门打开，有个姓方的男人淋着雨冲出来，将她抱起来说："不要哭啦，以后我就是你师父。"

　　再后来，那个男人也走了，也是一个雨天，铁皮棚子里传来同样的哭声，像是雨水一样的哭声，滴在冰凉的山道上。

　　她找了这个男人十年。

　　最后找到了，死了。

　　被一个妖魔杀死，荒谬得匪夷所思，却是这个故事唯一的结局。

　　终于那细小的哭声也变成了哀号。

　　雨滴不绝，花纹缠绕的古音枪在残垣断壁的深处微微颤抖，如同应和。

　　"你还想替你的师父报仇吗？"一把伞撑在头顶，"如果你还想，你就跟我走，我给你机会。"

　　"你还想干什么？"鱼凡真浑身湿透，轻声问。

　　"你说呢？"

　　林英雄仰头看雨，目光有一丝黯淡：

　　"当然是重振武林。"

第三十七回

以血洗血，以怨报怨

1.

外面的雨不知何时下大了。

冰凉刺骨的雨滴透过窗户洒进来，项光明坐在地上，他看不见，可感觉极端灵敏，那些雨声在脑中成倍地放大，像是滚滚的潮水。

通过雨声的回响，他确定自己身处一间密闭囚室，只可惜妖刀"杜鹃"被人收走，令他无法突围。

"你知道这是哪儿吧。"少年的声音蛇一样从黑暗里游出来。

"苏州，枫桥镇，我闻得出蟹壳黄的香味儿。"

"鼻子倒是灵。"少年点头，"林先生早年在这里买了块宅子唤作英雄馆，本想招天下英雄，可惜他十年前失踪之后就沦为鬼楼，直到今日才重启。"

"他在魔教的老巢买房，眼光可不怎么样。"

"鬼知道他怎么想。"少年打了个哈欠，"你之前来过？"

"来过，还在城内吃了场喜酒。"项光明声音小下去，抬眼又问，"你们为什么不杀我？"

"本来是要杀你的，但是林先生改主意了，想和你谈一笔交易。"

"你们脑子坏了吧。"项光明冷哼。

"那也是他坏了，我只是奉命办事。"少年摇头笑，"你难道不想见那个带

266

你吃喜酒的人吗？"

项光明猛然暴起！他习惯性地伸手去摸那柄黑刀，却只在空气里抓了个空。

"我很好奇，为什么你那么在乎她？"

男人坐回地板："你想听？"

"洗耳恭听。"

项光明愣了愣，忽然笑了："我和那丫头认识，还得多亏你们林老板，当年我从他手里逃出来，一路流浪昏死在一片鱼塘里，那个鱼塘的主人叫仇大军，是她爹。"

"我第一次见她的时候，她就是脏兮兮的，不受人待见。"男人说，"后来我才知道，仇家当年一直想要个儿子，结果生了她，生她的时候她老妈又难产死了，所以全家上下没人喜欢她，她奶奶当时还想摔死她。"

"结果就这么巧，你出现了。"

"反正他们把我当亲儿子养，哪怕我是个瞎子。"项光明想了想，"有时候我也怀念那几年，被收养之后我就在仇大军开的养猪场里干活，村里人都叫我仇瞎子，他们知道我有个妹妹，就是仇胭，每次他们喊我仇瞎子，那丫头就上去拼命，他们就说瞎子的妹妹嫁不出去，将来只能给瞎子当老婆，生一个痴呆养一辈子猪。"

少年不打断，任他继续说。

"结果等仇胭十五岁的时候，仇大军还真给她谈了一桩婚事，那个男的我见过，是附近乡镇企业的一个厂长想续弦，比仇胭大三十岁，胖得像头猪，那丫头当然死不同意，见面的时候还把人家给打了。"

"猜得到，后来呢？"

"对方是村里的土霸王嘛，土霸王哪里受得了这个侮辱，于是挑了个没人的傍晚，喊了几个人抓了仇胭，他们扒了她的衣服……"

项光明呼了口气，窗外的冷光映着一双白翳惨淡的眼睛。

"就把她强奸了。"

2.

夜晚少女一丝不挂地跑回来，血从两腿间一滴一滴地落下，整整一路，被村里人看了个精光。

没人去帮她，哪怕让她披个毯子。

"她回家以后，就被她爸吊起来打，仇大军说她是个骚货不要脸，如果不是她打人在先，又怎么会出这种事？把仇家的脸都丢尽了，她奶奶拿出做针线的小针扎她，跟电视里的容嬷嬷似的，可她呢，一声也不叫。"

"那你做什么了呢？"

"养猪场有一把杀猪刀，那天晚上我把它取出来了。"

明月落在村口，年轻人拎着一把杀猪刀，刀锋因为常年浸满了猪血而发红，他从养猪场折返回来，像一个真正的魔教徒那样，阴气森森地站着。

"我去找了那几个人，他们因为不久前的兴奋还坐在一起打麻将。"

项光明邪魔一般走进去，拉了电闸，锁死了门，反正他是个瞎子，有没有光对他都一样，随后刀锋划过眼皮和嘴唇，削去耳朵和鼻梁，挑碎手筋脚筋，黑暗中的人惊慌失措。

"我不是拿了杜鹃才这样的，我在拿起这柄刀之前就已经是这样了。"男人的神情有一丝哀恸，"我发现我师父说的没错，我其实真是个魔教余孽，但是我不后悔。"

"你的刀法是从哪里学的？"

"五年我一刻没有懈怠。"

"所以你迟早还是会走。"

"我只是没想到会带着那丫头一起走。"

那天晚上项光明浑身是血地回到家中，他走向树上的仇胭，白玉一样的身子一声不吭，月光下远瞧着令人发冷，他解开绳子，告诉她没有什么婚事了，都结束了，我带你走。

他笑起来的样子在月夜里像是诈尸。

"我们去哪儿？"

"我去报仇，你陪不陪我？"

少女想了会儿，点点头。

仇大军惊恐地坐在地上，指着他说："邪魔！邪魔啊！我不该收留你的！"

"我其实也挺感激他的，没有他我可能当年就死了。"项光明苦笑，"可是他都不挽留一下自己的女儿，我就削去了他双手十根手指，仇胭连根眉毛都没拧一下。"

"她很气吧。"

"不，她比我惨。"项光明扭过头，浑浊的眼珠一动不动，"那不是生气，因为你连个生气的人都没有。"

"后来呢？"

"后来我和仇胭就回了趟海边，我知道师父把杜鹃藏在哪儿，我挖出来，决定找林英雄报仇。"他轻声说，"其实我原来真的有一点懈怠，以为自己可以不用回来了，毕竟五年那么久，而且养猪其实也没那么无聊，等小猪崽出来，明年我还准备翻一番。"

"可以理解，毕竟报仇那么苦。"

"但有时候，人就是命，美人有美人的命，英雄有英雄的命，魔教有魔教的命。"

"什么是魔教的命？"

"以血洗血，以怨报怨，轮回命。"

"那真不是什么好命。"

项光明起身，纵然没有"杜鹃"，也压不住他全身杀气沸腾。

"我的故事说完了，该你了，那个丫头在哪儿？"

少年愣了愣，扑哧笑了：

"随我来吧，取你的刀。"

3.

回廊外的草木旺盛，风雨大作，在庭院中泛起一层薄雾，项光明跟着少年行走，如同穿梭于蛇腹之中，远空雷鸣此起彼伏，少年的背影宛如幽魂。

"有件事我想不明白。"项光明看似不经意地开口。

"你说。"

"你贵为武林一代耆宿，世居昆仑九别峰，何以下山替林英雄卖命？"

少年的身形滞了一下："你看不见，也认得出我？"

"阁下一身祖庭寒气咄咄逼人，藏是藏不住的。"项光明冷笑，言语戏谑，"晚辈项光明，见过昆仑大侠。"

他自称晚辈实不为过，只因昆仑大侠玉君寒，鼎盛时还得上溯至十九世纪末。

想当初此人少年英姿，卓然潇洒，一身极寒内功连胜格陵兰岛十六路高手，引无数少女折腰，后为求武学境界，退居昆仑山九别峰，苦修天寒秘法再不问世事，武林一度传言玉君寒怕已经死了，更有信誓旦旦者声称在九别峰见过他的尸体，谁承想百年后竟又出山，非但活着，且是一番少年样貌。

"所以你苦修了一辈子，修的却是邪法？"

"延年益寿，怎会是邪法？"

项光明不想诡辩，空洞的目光飘飞进廊外阴雨中："我听说尸寒玉寿功可使人返老还童，增持阳寿，代价却是每隔七天须进食一次尸水，越往后，间隔越短，最终不人不鬼，不知玉大侠如今几日一次了？"

"三日一次，一次五个。"

"那你干脆去殡仪馆上班好了，让焚化炉也歇歇。"

"普通人的尸水哪里吃得饱。"玉君寒明知对方是揶揄，却也不恼，"这么跟你说吧，尸寒玉寿功确实要吸尸水，不过也分档次，武功越高，效果越好，往往一具高手的尸体，就可以管住好几个月，像龙傲天这样的，在我眼里更是人参果一样可口。"

"所以你跟着林英雄，只是为了吃那些武林人的尸体？"项光明脸色阴沉。

"当然，药补不如食补，否则怎么能活这么久。"

"可你是昆仑大侠啊！昆仑穹顶，天之柱也！怎能如此堕落？"

项光明少时跟了师父徐正道，也听他提过九别峰顶的传奇，心中曾颇为敬仰，可如今眼前之人哪里还有侠者风范。

"世间的虚名何其多也，哪里比得上生命美好。"少年摆摆手，"跟你说这些也是白费，还是跟我来吧。"

言毕又领着项光明行走一段，后者才发现雨声竟是消失了，取而代之的是木地板的轻响，二人不觉间已进了主楼。

吱呀一声，似乎是某间卧房被玉君寒打开。

"到了。"

一瞬间，那个熟悉的、气若游丝的呼吸，像是温水浸过了心脏，项光明脑中"嗡"地一响，可不论他装作如何镇定，全身也不可避免地颤抖，他试探着伸出手，却只触到一层冰雪的膜，膜下的人浓血外翻，肌肤撕裂，如同全身的水分都干枯了，原本那张明媚可人的脸蛋，也似枯萎之花蕾。

"现在我们可以谈一谈那笔交易了。"

玉君寒笑如死尸。

我的这位傻朋友

1.

"我操。"

穆仁庄拧了把衣服上的水渍，缩在枫桥镇一角。

他早早从北京南下赶来，谁知落地苏州就遇上大雨，心里百般地憋屈，这还没出手就先湿了个透。

说起来穆仁庄为什么会来，还得从几天前他找上一个人说起。

"裘老师……"

裘得解就算是躺在轮椅中，也是纽扣一丝不苟，禁欲气质彰显，穆仁庄现如今只有这一条线索了。当初他从学生会的资料里摸到史封喉住址，本想和许卿去一探究竟，结果许卿先一步消失，他只好自己去，谁知史封喉的住所也人去楼空。

到目前为止，许卿已经失踪了大半个月，抱着试一试的态度，穆仁庄才敲响了裘得解的家门。

"您那天出事之后，许卿也不见了，您知道他去哪儿了吗？"

"穆同学，你身为学生会主席，应该把心思放在狠抓青年学子思想品德规……"

"你是不是知道什么？"

"我不知道。"

穆仁庄掏出自己那台霸王龙电击器。

"我说！我说！"

穆仁庄不知当初许卿对付裴得解的手段，自然也不懂为何男人如今筛糠似的哆嗦，只当是自己威风凛凛，正气使然。

裴得解唉声叹气了会儿，抽出那柄戒尺，须臾间一道风波掀翻桌上台灯，这是他仅剩的功力。

"这是……什么？！"

"武功。"

不顾穆仁庄的目瞪口呆，裴得解吸了口气，将天穹炎剑是何物，以及那天他袭击许卿，又被电击器放倒，最后惨败于项光明的事娓娓道来。

穆仁庄失神地望了会儿，喃喃自语道："原来他那台是劣质产品！"

"重点不是这个吧！"裴得解翻了翻眼，"现如今武林人收到消息，说是消失十年的林英雄又回来了，还取得了天穹炎剑，此人发出请帖，邀请武林各路豪杰相聚枫桥镇英雄馆，共享英雄大会。"

"这名字好中二……"穆仁庄皱眉，"他到底想干吗？"

"我哪儿知道，但我猜去的人一定不少，毕竟这柄剑失踪了十年，十年后却落在一个大学生手里，而就是这么个名不见经传的大学生，竟杀了一众高手，据说连尸体都给焚灭了，心狠手辣！"

如今武林人一方面感叹天穹炎剑非凡武力，另一方面也对许卿颇为忌惮，毕竟这一路的死者众多，武林人虽财迷心窍不屑武道，但死还是怕的，天知道下一次会不会轮到自己。

故此番英雄大会，也是林英雄给武林一个安心。

"等等……你说许卿杀了人？"

"现在是这么传的。"

"放屁吧！"穆仁庄哭笑不得，"许卿敢杀人？那他就不会一直补考了，他连考试作弊都不敢！"

"你既然这么信他，为什么不亲自去看一眼？"裴得解冷笑。

2.

现如今穆仁庄站在英雄馆门口，突然有一丝后悔，这大雨天的，为什么要来这儿？

"我他妈是不是被裘得解蛊惑了？"

裘得解那些似是而非的武功，是不是操纵了他，否则他怎么会这么疯狂？

眼前这些个武林人热热闹闹挤满了大门口，各式管制刀具寒芒刺眼，穆仁庄强打精神，有一搭没一搭地抱拳寒暄，自己也不知在胡诌些什么，他心中恐慌，毕竟身为一个不懂武功的学生会主席，夹在这群练家子之间，真的不是送死吗？

"这位少侠，敢问师从何处？"门口来了个魁梧汉子，穆仁庄吓了一跳。

"机电……机电工程？"

"我问你哪一派？"

穆仁庄愣了愣，忽然从包里拎出台笔记本电脑。

"在下霹雳键盘穆仁庄。"

"霹……什么？"

"兄台有所不知，我们霹雳键盘百年前使的是算盘，一手霹雳火流珠技惊江湖，现在算盘没人用了，当年叱咤风云的霹雳火流珠也变成了拼音五笔键盘，其中我这台 IBM 夏是……"

"好了好了，我知道了。"魁梧汉子拱手，声如虎豹，"在下五台山廖山河，见过穆大侠！"

穆仁庄假模假式拱手，心中大石落地，他这番信口胡编的本事倒是全从许卿那儿学来的。

"说起来这林英雄好阔气啊，苏州市也买得下这么大的宅子。"穆仁庄伸头打量，"这人应该挺有钱的吧。"

"哎咦，这位兄台觉悟低了，我们武林人看的是正气，只要你为人正直，自有英雄豪杰敬佩！"

"廖大侠这番觉悟，孟某佩服，希望廖大侠吃好喝好，千万别死了。"人群中有个慵懒声音笑道，此人自称孟不醒，人如其名，睡眼惺忪。

"你这说的什么话？"廖山河掂了掂手中大斧。

"没有取笑的意思，因为廖大侠这样的人在武林已是稀缺物种，万一死了，岂不是天下英雄垂泪？"

那姓廖的似乎没反应过来，抓了抓头："你这么说也是……我一顿饭吃五碗，身体好得很，放心吧。"

众人都捂着嘴憋笑，穆仁庄摇了摇头，推开人群上前登记，也不知排了多久的队，总算走进宅邸，竟是惊讶得合不拢嘴。

目之所及，皆是红与白的绸缎，这些上好的真丝包裹了院中松树，支起华丽帷幕，仿佛古代贵族围猎，又有玄色的伞棚接连撑开，遮挡风雨，雷鸣之下竟是格外静谧，想必今夜必有一场盛会。

穆仁庄兴致勃勃地伸头打望，一众武林人抱拳额首，仿佛回到了古代，俨然是传说中的武林大会，他粗略点了一下，浩浩荡荡，足足小一千人，大抵是当今武林全部的人马。

人山人海之中遍寻不见许卿踪迹，穆仁庄正无奈着却扭头瞥见庭院一角分出一条小径，似乎是通向深处，他犹豫片刻，遂沿小径一路前行，跨过一座花岗岩假山，忽见一池碧波，竟是个不大的水塘，塘上漂了些残破荷叶，风卷着涟漪。

有人。

背影看是个女孩，一人枯坐在那儿，浑身透湿也不知躲雨，反倒裙子挽至大腿，露出一双白玉在池中搅荡，晶莹的水珠沿脚面滑落。

穆仁庄咽了口口水，转身蹑手蹑脚想走。

"你来找死吗？"

"女侠我不是故意……哎？等等……"

这声音好生熟悉。

3.

"说吧，你们想交易什么？"

房间内，项光明竭力压着火气。

"请你作为魔教，今晚杀一百个武林人，放心尸体我会帮你处理，保证不留痕迹。"

玉君寒从柜子里取出一柄黑鞘长刀，轻轻放在他手中："你做到了，就可以带着女孩离开，林小友在市医院的烧伤科为她安排了最好的医生。"

说到这儿，少年打开门，比了个请："当然，你现在也可以拿着刀冲出去砍死林英雄，我不会拦你，但这个女孩就会死。"

"你们这是拿她的命要挟我！"

"你错了，没有人可以要挟一个复仇者，就像你说的，你为了复仇准备了十五年，我不认为一个女孩的死活能阻止你，总之你自己想想吧，刀在你手上，我在门外等你。"

　　玉君寒笑了笑，躬身退走，留下男人握着那柄刀站在原地。

　　窗外风雨纷乱，他注视着床上奄奄一息的少女，仿佛看见许多熟悉的影子重叠，又被海边的雷云所湮没。

　　雨声浩荡，屋子里安静极了。

　　"老板……"冰膜里的人轻轻地开口。

　　项光明半跪下去："你醒了？！"

　　"老板，你怎么跑来了啊……"

　　少女没法扭头，也没法睁眼，声音很小："你这样，我不是白牺牲了吗……"

　　"你还没牺牲呢。"项光明尽力让自己的语气显得轻柔。

　　他忽然发现以前对这个女孩总是冷嘲热讽呼来喝去，像是有斗不完的嘴，却很少这样轻声说话。

　　"我样子丑吗？"

　　"我看不见。"

　　男人伸手摸了摸女孩头发，头发被大火烧去了一多半，余下的几束七扭八歪地黏在头皮上，他搓了搓手指，是凝干的血痂。

　　"你自己说的，瞎子看人不用眼。"

　　"我骗你的，我真的什么都看不见。"他说得杂乱无章。

　　"我现在穿着礼裙……"仇胭轻声说。

　　"哪一条？"

　　"蓝色的那条，那条是我最漂亮的。"

　　项光明愣了愣，记忆像水雾一样散开，他又回到了那场婚礼，两人是一对"情侣"，少女穿了件黛蓝色的礼裙，美得不像话。

　　他虽然看不见，耳朵却灵敏，那些宾客的呼吸与心跳都围绕着她，这让项光明隐隐有些得意，他感到手心一暖，是少女的手牵上来，领着他走过舞池，向每一个人介绍这是我的"男朋友"，项光明不知道少女的脸是否像往常一样通红，但那些滚烫的手指确实悄悄地在收拢，最终十指紧扣。

　　她为什么要打扮得那么好看呢？

　　难道她不知道婚礼的主角是新娘吗？

　　她怎么会不知道。

　　很多事情项光明都明白，只是他从来都不愿意去承认，他以为美好的东西会软化刀锋，以为那些翻腾的情绪会让他变得懦弱。

他真是太蠢了。

很多年项光明都未感到如此痛苦，像是回到十五年前，腥咸的海水淹过了头顶，他浸泡在水中，分不清是海水还是泪水。

"老板，你哭了吗？"

"你睡会儿吧，醒了我带你去吃好吃的。"

"你不要骗我。"

男人轻轻"嗯"了一声，拿起毛巾沾了点水，小心地替少女擦去脸上血污，静得像是某种仪式，许久之后，少女沉沉睡去。

他将那柄玄黑的妖刀背在身上，最后望了一眼仇胭，白翳的眸子里水纹荡漾，温柔得不像一个瞎子。

"我一定带你走。"

4.

"我不走！"

庭院内，穆仁庄吼着，他从不知道鱼凡真的力气如此之大，拽着他胳膊活像一对铁钳。

鱼凡真如今眸子虽冷，却与往常在师大不同，那并不是"雪山女王"的冷，反倒像是她指尖那枚音枪，毫无活气，冰凉肃杀。

"许卿……是不是出事了？"

穆仁庄意识到最坏的结果可能已经发生了。

鱼凡真也不答话，拽着他来到墙角。

"这不是你该来的地方。"

"你不说清楚我就不走。"穆仁庄忽然一屁股坐下，铁了心赖在这儿。

"说什么？"

"我能找到这里，就代表很多事我已经知道了！"穆仁庄鼓起勇气，"你和许卿走了以后，又发生了什么？你别想瞒我！"

"有些事……不知道比较好。"鱼凡真扭过头。

"好个屁！"穆仁庄终于憋不住了，"你们两个一走就是大半个月，都这样了你们还想把我蒙在鼓里？"

鱼凡真低着头站了会儿，叹了口气。

"你想知道什么？"

"许卿是不是杀了人？"

鱼凡真愣了愣："算了，我从头说吧。"

一切的开始，还得从裘得解困住许卿，鱼凡真从天而降说起。

那感觉就像是在说一个百年前的老故事，但实际上只过了十几天，故事的场景一路从北京到了上海，再从上海到济南，最后抵达了灯塔市，故事的主人公也从一个怀揣神剑的大学生，变成了失去理智的魔王，最终在与龙傲天毁天灭地的决战中进入尾声。

穆仁庄越听越难以置信，他站起来，开始叉着腰来回走动，说不出是恐惧还是兴奋，如此持续了很久，又一屁股坐下，以一种困惑的眼神直视着鱼凡真。

"许卿是魔鬼？"

"贾情珍和林英雄都是这么说的。"

"你亲眼见到了？"

"见到了。"鱼凡真叹，"龙傲天号称天下无敌，可在他面前也毫无还手之力，我亲眼看见他一剑斩下老人小腿，那确实不是人。"

"别开玩笑了，这都什么年代了，我们国家是无神论啊……"穆仁庄抓着头发，"会不会这柄剑其实是别的什么东西？"

"比如说？"

"你看过《蜘蛛侠》吗？"穆仁庄想了想，"《蜘蛛侠》里面有一个反派叫毒液，就是因为有个倒霉鬼被外星生物寄生了，所以细胞活化后变得很强，但是又因为寄生会感染寄主的神经系统，所以最后会失去理智，变成了怪物，许卿会不会是这种？"

这在穆仁庄看来并非不可能，也远远好过把许卿当成一个"魔"。

鱼凡真愣了愣，她对这些似乎都没有兴趣："我没你那么多想象力，我只知道武林人说他是个魔。"

"你们总得讲点科学道理吧？不然这种事谁他妈会信？！"

"武林人信，四百年前也是这样一个人，灭了一代高手，武林人的骨子里都信。"

穆仁庄惊讶，不知该怎么解释，他越是急，越是嘴笨，他想说武林人信，难道你也信吗？许卿那么喜欢你，你不知道吗？

可他终究没有胆子说出口。

"太胡闹了……"穆仁庄喃喃自语，又抬起头，忽然意识到什么，"你现在在这儿干什么？你怎么不去把他救出来？"

277

女孩低头搓着手中铁链，却只有一片冰凉。

"就因为他杀了你师父……对吧。"穆仁庄似乎明白了，他难以置信地盯着鱼凡真，"所以你恨他，对不对？所以你就不管他了，让他去死！"

"他不一定会死，林英雄没说要杀他。"

鱼凡真忽然冷冷迈前一步，穆仁庄吓得连连后退。

"另外，什么叫就因为他杀了我师父？"

她提高了嗓门，脸涨得通红："那是我师父！是他把我从长春观门口抱回来！我从小就跟了他，他是我唯一的亲人！可许卿杀了他！你要我怎么办？难道还要谢谢许卿吗？！"

穆仁庄想要反驳，可又不知该怎么说，好在这种剑拔弩张的相持没过多久，女孩自己先泄了气。

"我师父……就像是我爸爸……"鱼凡真颓丧地倚在墙上，眼神黯下去，"我同情许卿可谁来同情我，谁来同情我师父？很多道理不是我不明白，可是我心里难受，我没办法那么理智，而且……许卿真的是魔鬼。"

一只手猛然揪住她衣领，穆仁庄发狠的眼睛死死盯上来，他完全不顾对方是个女生且武功远在他之上。

然而他终究是什么也没说，松开手，像是为他的朋友不值，又像是浑身的力气无处发泄，庭院中就此沉默下去。

也不知过了多久，穆仁庄翻开自己的包，扔出一个起了毛边儿的笔记本。

"这是什么？"

"我猜他这一路上肯定什么都不敢对你说，所以想撮合你们一下，就顺出来了。"

穆仁庄自嘲笑笑：

"我他妈真是个傻 ×。"

5.

"学姐今天穿了新裙子，腿很漂亮。"

"我今天好像知道学姐喜欢什么颜色了。"

"下午在二教食堂捡到了学姐的饭卡，缘分的证明！"

"穆仁庄说我是自取灭亡，他懂个屁，没谈过恋爱瞎指挥。"

　　鱼凡真打开那个笔记本，一页一页地翻下去，都是些平日琐碎的记录，字迹很丑，大部分都围绕着她，余下的都是吐槽穆仁庄，好像那家伙的人生里就只有这两个人。

　　她又觉得像是来到了一座城堡，推开门就看见城堡的主人端坐在长桌深处，他甚至不敢去打量他的客人，只是偷偷地、小心翼翼地把那些美好的瞬间用鹅毛笔写在自己的羊皮纸上，你忽然意识到，这么大的城堡，只有他一个人，而在你出现之前，他已经孤独地在这里度过了很多年。

　　鱼凡真翻到最后一页，呼吸骤然停住。

　　那是一张照片，因为长年累月的摩挲，表面布满了皱痕，照片里的女人抱着小男孩面向镜头，小家伙似乎非常不满，因为拍照不得不放下手里的糖葫芦，女人垂着眼看他，目光暖得像冬日太阳。

　　时间是二〇〇六年十月，国庆节。

　　距离寒山寺之变，只有一个月。

　　鱼凡真翻过照片，那里有一排极小的字：

　　"妈妈和我，永远快乐。"

　　鱼凡真觉得心脏砰的一声炸开，那种爆发出来的情绪让她想要找个地方不顾一切地逃走。

　　"我让你看这些，不是想说许卿有多么多么喜欢你，毕竟这种事本来也不能强求，我只是想告诉你，许卿不是魔鬼，这家伙除了嘴巴欠一点、人懒一点、学习成绩差一点，哪里像魔鬼呢？"

　　穆仁庄回头盯着鱼凡真，眼眶通红："他连你的眼睛都不敢去看，却敢去救你，你可以说他傻，可我的这位朋友就是挺傻的，因为他没有别的人了！他的朋友是我，他喜欢的人是你！如果连我们都把他当成魔鬼，他该有多难过。"

　　穆仁庄上前一步，揉了揉眼睛："我知道你师父的死你心里过不去，可这件事不能算在许卿头上，是那柄剑杀了你师父，不是许卿，如果你有那么一点点，只要一点点关心过他，就带我去救他，算我求你好吗？"

　　说完他掏出那台霸王龙电击器，像武侠书里的好汉一样，要上黑木崖救他的朋友。

　　"哪怕你不打算救他，那你告诉我他在哪儿，我自己去。"

　　沉默良久，鱼凡真忽然深深吸了口气，整个人凛冽得像是她的枪，古老的花纹绽放，银色的内力嵌入漆黑的铁。

"他有你这样的朋友，真好。"

"你同意了？！"

穆仁庄的欣喜僵在脸上，鱼凡真抬起眼来，目光竟是凛冽如刀：

"可我不能让你去。"

深沉的杀气弥漫，铁链枪直取穆仁庄心窝！

第三十九回

断头波罗夷

1.

许卿木然地坐在房间正中，漆黑的室内唯有天井中落下一点月光，其间有飘飞的雨滴，溅起地上的尘土。

兴许是屋主怕他无聊，竟留了一台电视在屋内，循环播放着时下流行的电视剧，里面古装的男女要去杀敌报仇，捏了个诀就御剑飞行。

许卿在这里已经很多天了，他醒来就在这儿，不知身在何处，除了天井中一小片变幻的流云作陪，就只有鱼凡真来过一次。

他仍然记得女孩进屋的时候始终低着头，许卿看不见她的眼睛。

"贾情珍死的那一晚曾经找过我，应该是想把磁带留给我，告诉我真相，可等我赶到的时候就只有林英雄站在那儿。"

女孩的声音听不出情绪，冷冰冰的，像是完成某种任务。

"我那时候很惊讶，我没想到我要找的人之一就在学校，更没想到她会死，而林英雄就成了唯一知道师父下落的人，可他什么都不肯说，他只是让我带着你去坐标，只要你到了，自然一切就能真相大白，我也能找到师父。"鱼凡真说，"我当时没的选，我找了师父十年，我不可能放过任何线索，只有按他说的做。"

"我不是有意要骗你，可如果不告诉你可以摘下这柄剑，你一定不敢和我走，只是我没想到……"她顿了顿，声音小下去，"最后会是这么个结局。"

许卿端坐在黑暗里，忽然觉得很闷，他想说其实是什么结局，你又骗没骗我，已经不重要了。

我也不是一个小心眼的人。

"学姐，你恨我吗？"良久他开口问。

女孩没说话，她站起身目光投射过来，许卿永远也不会忘记。

他还以为魔王就不会心痛了，原来也是书里瞎编的。

"以后别再喊我学姐了。"

许卿睁开眼，又回到了昏暗的房间，像是做完了一个梦，不知什么时候电视已经灭了，在屏幕的反光里他看见自己那张血管凸起的脸，狰狞又可怖。

这就是魔的样子吗？

以前看电影里面说什么魔神鬼怪，一个个长得狂霸酷炫，跟仙界斗，跟诸神斗，活得很痛快，又有几个美女做伴，反正邪邪的角色更惹人喜爱。

可是如今看来，其实魔神都很丑，惨不忍睹，也没有什么女人做伴，它们一点都不讨喜，是世界之敌。

这个时候穆仁庄在做什么呢，这家伙有快一个月没见了吧，他是不是还等着自己去图书馆复习呢？如果他知道自己的朋友变成了这副模样，会怎么说呢？

"你整容了？"

"傻 ×，哈哈哈，这回你可追不到鱼凡真了。"

是啊，鱼凡真追不到了。

自己本来是因为喜欢这个女孩，才敢提着剑离开师大，可最后发现是自己杀了女孩的师父，也杀了自己的母亲。这种事本该让人崩溃，可许卿没有，他心中没有丝毫的难过。这几天他吃得好，睡得足，甚至怀疑自己长胖了。他想起历史课上的典故，说刘备在荆州刘表帐下待得太久，有一次席间摸了摸自己的髀，发现上面的肉又长起来了，一下子就哭了，感叹道："吾常身不离鞍，髀肉皆消。今不复骑，髀里肉生。日月若驰，老将至矣，而功业不建，是以悲耳！"

许卿忍不住去猜想，如果刘备知道很久以后二弟、三弟都会死，曾经一起复兴汉室的战友也一个个离去，最终蜀国也灭亡了，他还会哭吗？会不会觉得在刘表帐下的这段时光，反倒是人生难得的惬意？如果换了许卿自己，大概会一辈子赖在刘表这儿，吃他的粮草，泡他的姑娘，其实这样也挺好，不去想那些阴谋与杀戮，开心每一天。

这样至少很多人都不用死。

又或者他们死的时候，你可以假装不知道。

"七十年代英国人做过一个实验，让几个人在全黑的房子里待上一周。"

林英雄穿了件新熨的衬衫，潇潇洒洒地走进来，他的头发剪短了，恰到好处的棱角显得英俊挺拔。

"超过四十八个小时，就有人产生了幻觉，七十二小时之后，会没有缘由地哭泣。"

他站定在许卿面前，仰头盯着天井。

"但我感觉都不太适合你，你这人好像没心没肺。"

许卿躺在地上，盯着天井里垂下的一缕光线发呆。

林英雄笑着打量许卿："你不问问我为什么抓你吗？"

"你想说什么就快说吧，我在听。"

"好，那我们随便聊聊，你想听就听，不想听就当我自言自语。"

男人从怀里掏出一只锡酒壶，又翻出两个小酒杯，恭恭敬敬地斟满，席地而坐。

"武林人对谈，一定要有酒。"

"我算哪门子武林人，我是魔头。"

"英雄侠客是武林，难道魔头教主就不是武林了？"

许卿愣住，林英雄举起酒杯，轻轻相碰。

"没有魔头，怎么会有武林，正与邪缺一不可，这个道理我也是后来才明白。"男人笑，"白酒喝得惯？"

"以前和穆仁庄喝过一点，还行。"

"好！先来三杯润肚子！"

三杯饮尽，林英雄吐了口浊气。

"你应该知道，是我十五年前杀了徐正道。"

许卿想起来徐正道是项光明的师父，因为此人的死，项光明找了林英雄十五年，仅仅是为了复仇。

"十五年前我去找徐正道，带了几个武林人，我本以为是魔教的余孽，必有一场血斗，最后却发现是一群孩子。"

许卿没有说话，他在等着林英雄继续往下说。

"我那时候真觉得徐正道是邪魔，他蛊惑了那些孩子，这个人不死不行，于是我不顾他解释，一剑杀了他。等我出来的时候，我发现那几个小孩也死了，死在我带去的武林人手上，只剩下那个瞎子在求饶。"

林英雄皱了皱眉："那几个武林人的表情我现在都记得，我才意识到他们也不在乎什么魔教，当初我怕他们的门派绝了，出了点钱，在他们眼里我就是个傻×的金主，我想除魔卫道，他们就陪我玩这个游戏。"

男人捏碎了酒杯："我忽然就不明白了，到底谁是魔？我以为杀尽了魔教，就能重振武林，可是我发现魔也不是魔，人也不是人，我心里很糊涂，直到我看见徐正道藏起来的那本书，我才有了一个答案。"

"书？"

"那本书很少有人知道，是一本疯书，也是一本魔教的秘典。"林英雄坐直腰板，"四百年来传到了徐正道手里，我想他之所以没有烧掉，大概是压根不明白这本书的意义，这本书叫《波罗夷》。"

之所以鲜有人知，是因为杨广贞灭魔之前，魔教本身就是神秘的东西，中原武林斥为邪魔外道不是没有道理，杀都来不及，哪还有闲情去了解研究，就算有，最后一次围剿中武林一代高手死绝，知情人也都入了黄土，故四百年下来，整个武林对魔教所知甚少，无非只知有教主一人强横无匹，下有八百弟子为非作歹。

"这本书中提到过魔教的圣树。"

"圣树……"

"因果菩提。"

2.

魔教的本名唤作"菩提教"，四百年前这个教团被武林人斥为邪魔外道，但实际上教众却信奉一株佛门圣树，拜谒光明。

"我知道你在剑冢拿了一只镯子。"

许卿只好将那镯子摸出来，想不到时隔这么久，仍然完好无缺，内圈纹理一缕发丝状的红线，仿佛人血。

"有关因果菩提，在《波罗夷》中有详细记载，据说当年雷楔降世，大火数日不绝，坠地处生得一树，发菩提相，故为圣树，凡每年五月，教众折枝祈愿，以木枝衔为菩提镯，保平安，增福寿，故菩提木镯正是识别魔教众的关键性标志。"

"你的意思……梅铁心是魔教的人？"

许卿陷入思索，当初梅风渡说梅铁心很可能不存在，后来根据他自己的幻觉，又猜测此人或许是个女人，到现在林英雄一席话，基本可以证实四百年前杨广贞确是从魔教手中获得了这柄剑，又一举灭杀了魔教，对外称这柄剑来自一个叫梅铁心的铸剑师，为其建了衣冠冢祭奠，又私下将魔教的木镯藏在冢中，理应是"梅铁心"生前之物，他二人生前是什么关系，暂不得而知，但梅铁心恐怕是魔教的重要人物，甚至有可能直接就是教主。

"就算是这样，也只是一段历史故事，让你震撼的应该不是这些。"

许卿知道以林英雄的城府，不至于为了一段似是而非的传说就醍醐灌顶。

"没错。"林英雄笑，那笑容僵了一会儿，又冷下来，"接下来我要说的才是重点，你知道这本书为什么是疯书吗？"

许卿摇头。

"因为这书里说，魔教的教主就叫作波罗夷，又作波罗阇已迦，乃身外化身。"

"这个菠萝……我是说波罗夷，到底是什么？很厉害吗？"

"此物乃戒律中的极重罪，也是人心根本之恶，《四分律》谓之断头，且堕落于阿鼻地狱，不名比丘沙门，极可厌恶，堕落崩倒，如截多罗树头，更不复生。"

"听不懂……"

"我这么说吧，如果和尚犯了杀、盗、淫、大妄语四戒，就是波罗夷，它是极恶极凶极厌的东西，这种东西的化身，你说是什么？"

许卿吸了口凉气："反正……不是人。"

"当然不是。"林英雄苦笑，"根据这本书的记载，圣树因果菩提会在世间选一人，加持法力，让此人成为菩提教主，危难时守护教众，这被视为一种化身，也就是说，所谓魔教教主，就是波罗夷的化身。"

"这背景设定越来越玄乎了啊……"许卿摇头，"可我听说邪教都喜欢搞得神神秘秘，无非就是淡化人性、突出神性，就是一种笼络人心的方法而已，谈不上稀奇。"

"你不但成熟了，而且也聪明了。"林英雄点头，瞳子里流过缕缕阴气，"但你要知道，世人不信，是因为世人都没见过真正的魔性，然而你持剑成魔的样子，难道自己还不信吗？更别说这把剑上一任的主人，不管是杨广贞还是那个神秘的教主，他们所造成的杀戮，总不能是假的吧？"

许卿又饮一杯烈酒，肚子里灼烧起来，方才不显得那么惊慌。

"你刚说菩提选人，那这柄剑就是因果菩提咯？可它不该是一棵树吗？"

"你何必假装没听见。"

林英雄站起身，沉吟不语，他是要等许卿亲口说出来。

"我就是那个菠萝。"

阴影中的年轻人淡淡回答，听不出悲喜。

3.

"你相信世上真的有神魔吗？"

"不相信。"

林英雄与许卿碰杯，雨从天井落下，在地板上汇成一小摊积水。

"在我看来天穹炎剑也许就不是一柄剑，它只是有着剑的外形，至于什么狗屁的神剑择主……"

男人拂去地上的水渍，指尖轻叩着地板："倒更像是一种寄生。"

"难道……真的是怪物吗？"

"谁知道呢，当年雷楔降世，说的就是陨石，陨石落地处生得一树，我怎么看都不像是个人间东西。"林英雄笑，"不过它是因果菩提也好，是地外生物也好，都没关系，甚至连你是不是那书里写的波罗夷，也不重要。"

许卿哑然："怎么会不重要……"

"许同学，你知道如今的武林是末法吗？"林英雄忽然站起身。

"末法？"

"武林百代以下，不论心法、境界、武学，皆已衰微，现如今各大门派凋零飘絮，诸多武功根绝失传，剩下这些练武的一个个就好比蚍蜉萤草，眼里除了金钱名利、一己私欲，什么都没了，这让我很难过。"

男人饮下一大口酒，抹了抹嘴："为了改变这一切，我也努力过，可我发现不论我救济多少门派，杀多少所谓的魔教余孽，都无法重振这个武林，为什么呢？为什么四百年前武林人可以团结一致，剿灭魔教，而如今的武林却只是一盘散沙，各自消亡？"

许卿愣住，他似乎也有了答案。

林英雄仰头将最后一点酒也嗑干，那一刻天井中灌下强风，吹起他的衣衫，漆黑的室内他站在一束风雨中，武林的豪气竟是都集于一身。

"因为武林没有真正的邪魔，杨广贞说得不错，我们灭了魔教，剩下的就只有钩心斗角，魔教死了，武林也就差不多了。我这么说吧，许同学你一定也玩过游戏，知道勇者打败魔王是最老套的模板，可你也许不知道，当勇者杀死魔王的同时，实际上也杀死了他自己，他的冒险结束了，留给他的只有平庸与死亡，他一切的光荣都来自魔王，或者说勇者本身就是为了魔王而存在的东西，没有魔王肆虐，他也许穷尽一生也走不出新手村，可惜这个道理很多人都不明白。"

"所以你现在需要一个新的魔王，而这个魔王就是我。"许卿低着头。

"没错。"林英雄目光热切，"十年前当贾情珍告诉我天穹炎剑的秘密，我心里其实充满了狂喜，我发现原来你就是书里记载的魔王，但我还需要亲眼验证一下，所以在东北我伤了你母亲，幸好……你也没有让我失望。"

"是啊，你激怒我，我杀了她。"年轻人的声音小下去。

"我也不好受，我本来没想卷入无辜的人，那一剑削去你母亲的左手其实并不致命，我只是低估了妖魔的力量，这都怪我。"林英雄盯着那些从天井中飘下的雨点，"当年你几乎烧死我，可我的武功就是吸取内力，靠着吞噬其他人，我活了下来，活到现在，我知道贾情珍藏起了剑，可我不在乎，因为金刚韦驮咒封不住它，天穹炎剑终究会回到你手中，你也注定肉身成魔，这十年我一直为此做着准备，如今总算到了最后一步。"

许卿没说话，沉默中天井外响起了滚雷，仿佛古神的马车驶过。

他忽然笑了，笑得眼泪都出来了。

"这有什么好笑的吗？"林英雄皱眉。

"想不到还真有啊。"许卿擦擦眼睛，喘了口气，"你真的跟电视剧里的反派一模一样，滔滔不绝地说什么最后一步啊，然后主角发现可恶啊竟然是个大阴谋，我以前觉得这都是演的，但是今天真的发生了，还是觉得很奇妙，太牛了。"

"你这么一说还真是。"林英雄挠挠头，"你怎么看？"

"我能怎么看？"许卿换上一副戾包似的表情，"我哪里配得上这么牛的事情，你都不知道，我一开始就是想跟这把剑说拜拜，顺便把学姐泡了，现在倒好，我成了怪物，还杀了学姐的师父，我很抑郁啊，就这样你还指望我变成什么魔王？"

"你不恨我们吗？因为我们这些武林人，你才发狂失控，杀了你母亲。"

五个字刚落音，天井中的风雨为之止息，林英雄喉间一凉，他本以为是剑锋，却发现许卿摇晃着脑袋仍坐在五步开外，一切似乎只是错觉。

"恨你们又怎么样呢，人都已经死了。"

"可是剑选了你，就由不得你了。"

"你搞错了，我觉得这柄剑也受够了。"许卿扬了扬宝剑，"你看它现在也朴实无华了，它一定也很烦，被你们当成神剑抢来抢去，没准它就是想挂在墙上整天和家里的冰箱彩电眉来眼去呢。"

　　林英雄没有接话，他注意到许卿身后的宝剑死物一般毫无反应，看起来就像是一柄极普通的宝剑，属于一个极普通的人，有那么一瞬，林英雄盯着许卿双眼，平静的目光惹人发毛，在一阵冗长的沉默之后，男人忽然也笑了。

　　"好的我承认了，你确实是个戾包。"

　　轻微的风从男人四肢里吹拂而出，形成一股暴戾的狂流撕碎了房顶，原本窗口大小的天井阔裂成一整片天空，铅灰色的雨云下竟是一座宽广中庭，周遭山石草木无一不全，是古色古香的意境。

　　"那你到时候可别忘了跪下来求饶。"

　　林英雄大笑，笑声吹散了雨点，他一手拎起许卿，拖着他走入雨中，后者也不挣扎，只是盯着那台电视机，沮丧地发现它竟然被浇坏了。

第四十回

自古正邪不两立

1.

夜入中天，雨渐渐地小了，偌大的庭院中早已围坐满了人，形成一个半圆，似剧场观众，只是本该在舞台的位置却被一道宽长达数十米的黑布所遮挡，不知还有什么压轴的好戏藏着，众人翘首以盼，左等右等不见今夜正主，忽觉一股至刚的威压来袭！

仿佛一座万钧大鼎压在身上，又像雄浑的铁狮子咆哮。

砰！

高空上猛然垂直落下一人。

俨然流星坠陨，又似皇帝走下帝座，掀起的土石呈圆形飞散，饶是在座的都是武林高手，也被这鬼神般的力量所折服。

"各位，十年不见，别来无恙。"

林英雄淡淡地说。

哗啦啦，布匹翻卷，有如波涛大海。

那匹黑布被一股内力卷走，露出一片隆起的土丘，顶端一截青铜刑柱，花纹雕琢，众人皆一阵惊呼，只因铜柱以铁链绑了个脸色煞白的年轻人，他看起来似乎惊吓过度，一张脸死人一般惨白。

"你这是什么意思？"鱼凡真挤开人群，径直走向林英雄。

"你刚才去哪儿了？"

"打蚊子。"女孩接着雨水抹去指尖血渍。

男人不多问了，摘下一旁火炬点燃面前油缸，沸腾的火油翻搅着燃烧起来，将在场每个人的脸映得通红。

那一张张脸皆是神色兴奋非凡，死死盯着许卿身后的宝剑。

四百年天穹炎剑，如今就在眼前。

纵然沉凝安详，却自有一股天下独尊的威严。

一时人群骚动起来，有人站起身，更有人摁住了兵器。

"我知道大家心里在想什么。"林英雄笑，"一柄神剑出世，何以落在一个普通的年轻人手里？"

"林大侠，当初先拿走剑的三个人里也有你，难道你不该先解释一下吗？"台下有人冷笑。

"当然要解释。"林英雄点头，"可诸位来这儿，难道真的在乎这柄剑的来龙去脉吗？"

"你这样说就没意思了，我们今天聚在这儿，也不是吃饱了撑的。"

"噢，那我说开了吧。"林英雄睥睨众人，"你们无非是想一窥神剑，最好再占为己有，只是忌惮于我的武功，迟迟不敢动手。"

"林先生真会说笑话。"

"既然是笑话，那我等千年武林，又何以衰亡至此？诸位除了蝇营狗苟地活着，又为武林做过什么？脑中所想，岂不都是争名夺利？"

"你说得轻巧。"人群中冒出个尖锐声音，"敢问这都什么年代了，我们上要买房下要交公积金，还得顾着子女上学，哪个不比武林重要，怎么到你嘴里反倒成了蝇营狗苟？还是说林老板家大业大，不愁吃穿，不懂我武林人的疾苦？"

"那诸位当初何必练武？"

"你！"

"林英雄，你到底在胡扯些什么！"有几个人站起来怒视。

"我之所以说这些，是想告诉各位，时隔四百年，魔教又回来了，不但回来了，还杀了我武林许多高手，诸位的春秋大梦，也该醒醒了。"林英雄指着许卿，"想必诸位都听过此人勾结魔教，拿着神剑为非作歹的传闻，可我今天想说的是，他不是勾结魔教，他本身就是教主化身，魔头波罗夷，而天穹炎剑现在选了他，更是如虎添翼。"

"林先生的意思是，亡了四百年的魔教又回来了？"有人冷笑。

"世上的魔教何其多也，岂能杀干净。"

"可天穹炎剑是武林神剑，怎会选一个魔头？"

"人分正邪，剑又岂分正邪。"林英雄叹，"总之十年前我为了阻止这个魔头，险些被神剑烧死，而方清浊却没这么好命，落了个尸骨焚灭的下场；十年后魔头卷土重来，杀了贾情珍，终于夺得我武林神剑，现已是不灭不死的邪物，今日不杀他，后患无穷。"

林英雄扯开上衣，露出一片烧伤后的胸膛，那些坏死的皮肤群蛇一般扭曲，令人头皮发麻，然而在场的武林人却无动于衷。

"他是把武林人当傻子吗？"一旁的鱼凡真皱眉，反倒是玉君寒神态自若，反驳道："那是你不懂武林人。"

"林先生不去写网文，真的可惜了。"台下果真一片哄笑。

"剑给你们。"

笑声止住，众人只当是自己听错了。

"我今日捉了这个魔头，绝非是想独吞神剑，而是要凝聚人心、重振武林，既然各位现在不信我，何不上来试试，到底许卿是人是魔，自有分晓，若是谁能杀了这魔头，神剑归你也无妨！"

说完他退后一步，竟是真的让开了。

冗长的沉默，气氛说不出地诡异，像是所有人都知道某件事，但所有人都不说破，私下有些年轻气盛的握紧拳头，想振臂一呼却被人按住。

直到一个声音打破。

"此人必是魔头。"

睡眼惺忪的孟不醒打了个哈欠，冷眼扫了一圈：

"我不知道诸位想好了没有，反正我想好了。"

2.

"你们见过……我这么屁的魔头吗……"

火光映着许卿一张惨白的脸，他像是喃喃自语："我之前认识一个学长，我俩特别投缘，我和他一样都是那种普通人，你们说的这些事，什么武林、魔教、神剑什么的，真的跟我没有关系，我月底还要回学校补考高数……"

他低着头，声音越来越小："我不想杀人，也不想当什么魔头，我只想回学校，麻烦你们……放过我好不好……"

可耳边只有震天的咆哮，没有人理会他。

"这魔头拿了我们武林正道的神剑却滥杀无辜，留着他，我们武林还有何颜面？！"

"我看这位大侠说的没错，魔教是我等武林的死敌，如今死灰复燃，我们不能坐视不管！除魔卫道是我等的义务！"廖山河起身抱拳，长柄斧虎虎生风。

"自古正邪不两立，车大侠他们不能白死！"

"说得好！今日匡扶正义，一定要替死去的大侠们报仇！"

"报仇！"不知谁振臂一呼。

"报仇！"

鱼凡真默默退后，她看了眼土丘上的许卿，年轻人的目光黯淡下去，想必也明白了。

林英雄说得没错，是魔头，不是魔头，杀了武林高手，没杀武林高手，说到底又有什么区别？反正都是笑话。

谁在乎？

"你看这些人并不傻，"玉君寒冷笑，"都知道天穹炎剑有超凡力，进可天下无敌、威风凛凛，退可打通经脉、延年益寿，再不济，至少也是上古神器，价值连城，他们想得明白得很。"

说完又呸了一口："庸人愚哉！"

"在你看来，什么才是庸人？"林英雄抬眼。

"眼高手低，见利忘义，眼前人就是庸人。"

"你错了，其实庸人也有能力，也有善心，也知是非曲直、公理道义，心里也有爱恨、有冷暖。"

"那你这么说，天底下岂不个个是庸人了？"

"当然，世上的庸人浩如烟海，只有英雄屈指可数，方显珍贵。"

"英雄与庸人，区别又在何处？"玉君寒皱眉。

"唯贯彻二字。"林英雄正色道，"想做的事，想求的道，一贯到底，万人不可挡，非心中有大志向、大毅力，乃至大狠心不可，能做到这些，就是英雄，只因英雄非人哉！"

玉君寒愣住，旋即玉笛横陈，铁音飞天，竟是被林英雄内力所染，心潮澎湃，暗暗感慨自己枉活一百余岁，不觉间失了这侠义英雄的心气。

"什么曲子？"

"横山菁儿的《英雄的黎明》。"

"好曲子。"

正说着远处人群已蹿出一位大侠，一支镀银台球杆握在手中，脚下一跃，踏过草叶向着山丘上冲去了。

"我不管你们了，我先上！"

像是闸门打开，余下的武林人浩浩荡荡紧随跟上，各路神拳飞腿使得尽心尽力，脸上也都是天罡正气，不觉间心潮澎湃，热血飞扬起来！

长杆刺入许卿胸口，几乎是一击毙命。

"且慢！"

那人第一个退开，眼中满是惶恐，只因许卿胸口忽地燃起一道火苗，沿着裂开的肌肉舔过，嗞嗞冒着蒸汽，原本裸露的伤口竟是愈合了，至于刺入体内的半截球杆也化为灰烬。

"妖魔……妖魔！错不了！"

有人惊喜，有人恐惧。

"你们放过我吧。"许卿疼得快哭出来。

"诸位，替天行道，我不入地狱，谁入地狱！"

又有人抡起一把重锤，狠狠砸中许卿后颈，木板掰断一样的声响清脆骇人，年轻人的头深深垂下去，可下一秒又是一层火焰浮卷，似针线一般缝合了断骨。

"再来！上几个人跟我降魔，剩下的去拿剑！"

有人冲上去，抱起许卿身后宝剑就走，可五步不到，那宝剑生出一股磁力，飞返回许卿手边，众人恼怒，又以十八般兵器轮流上阵，割喉戳心，血花飞溅，一时再无人说话，只有铁刃切过肌肉、浓血挤出血管的可怕的声响，那些个武林人如今个个残冷肃穆，将许卿团团围住，穷尽了办法要杀死这个年轻人。

空气中有腥风，也有火焰的焦煳味，更有一股怪异的杀意。

"让我来！"廖山河手提大斧，推开人群大步冲上去。

"求求你们放过我吧！我给你们跪下还不成吗？！"

许卿高声哀求，声嘶力竭，想要屈膝却发现自己被捆在铜柱上动弹不得。

眼见一柄近三米长的长柄巨斧，斧身上流动的电光耀眼得发白。

径直切入许卿小腹。

惨叫声冲破了夜空，鲜血溅了廖山河一脸。

得亏是廖山河尚有几分迟疑，这一斧未尽全功暂不致死，却也入骨三分，险些腰斩，场面堪称血腥可怖，天地间一时静如洪荒太古，只有许卿在柱子上牲畜似的扭曲惨叫，一缕浓浓的血味在空气中蔓延开，众人为之一震。

"阿弥陀佛，死了别找我啊……谁让你拿了神剑！"

廖山河索性咬牙加足力道，眼见这回劈向脖颈，许卿避无可避。

他觉得自己恐怕真的要死了。

然而一声金属怒响炸开！

纯黑的妖刀硬碰硬地撞上大斧，海潮一般的力量将廖山河推了出去，肉眼难以觉察的刹那，许卿感到有什么黏稠滚烫的液体溅在自己脸上。

廖山河大张着嘴倒下，一条血线沿着鼻梁开裂，脑袋竟像是西瓜一般从中裂为两半！

"什……什么人！"人群中爆发出惊恐的喊声。

"第一个。"

项光明洒去刀尖鲜血，妖魔般睥睨：

"还有九十九个。"

第四十一回

四百年邪魔傲骨

1.

刀光吞没了身影，随之而来的是浓墨般的黑暗，像是无边无际的一片海。

当先一排有人捂住双眼，失去了视力，项光明以一招"无声无息"先发制人，便有几个武林人倒在他刀下，他刀法迅捷如雷，毫不迟滞，几乎是穿心即走，由于刀速极快，锋刃上竟是不沾一滴残血。

"是妖刀！妖刀杜鹃！此人是魔教徒！魔教的帮手来了！"

武林人群情激愤，杀心一起再无所顾忌，刀枪剑戟各式兵器一拥而上，全然不顾"以多欺少"，只想着拿下项光明。

"许卿，还活着吗？！"男人一刀斩下某个武林人胳膊，后者惨叫打滚。

豆大的汗珠从许卿脸上滑落，鲜血止不住地从腹部涌出，他觉得自己的肠子也耷拉了出来，只能气息奄奄地点点头。

"放心，今夜我保你。"项光明挥刀冲入阵心。

许卿忽然想起安德烈那一晚，他也是这么说的。

四百年过去，最后一个魔教徒又站在武林群雄面前，提着一柄鲜血淋漓的妖刀，守护着他们所谓的教主，一切都似曾相识，仿佛回到大雪纷飞的古镇，凋零之花浮于血河，那些人踩着同伴的尸体冲上去，喊着魔教不死。

许卿想说这个组织真是倒霉啊，哪朝哪代都是叛逆，是妖魔，没个原因就要被人赶尽杀绝。

所谓正与邪不死不休。

长刀插入地面，滚滚黑潮汹涌，项光明忽然立身在原地，刀柄被他虚握在手中，安静得像是一片羽毛。

"他没力气了！"

有人大喜过望，手中一截铁鞭直劈过去，谁知项光明由静入动只在须臾，身形一抖竟是消失了！一瞬杀气胀开如冰水淹过头顶，那执鞭的倒霉鬼尚不及反应便已失去双手，浓血抛出两道弧线。

"无情，无欲。"

项光明一步一步走上去，踩住对方脖颈，一刀插入心脏，手腕一拧，那家伙抽搐了几下便不再动弹。

许多年武林都没有如此凶狠的手段，毕竟如今杀人不比从前，可有人却将武林的残忍重新推至眼前。

有人舔了舔嘴唇，双目血红，有人搓了搓手，握紧剑柄，武林人都不是正常人，他们并不会觉得恐惧，相反对这种搏命的武斗尤为惬意，四百年温温暾暾，四百年风平浪静，这些人都快忘了当初为什么练武。

"多谢。"孟不醒上前拱手一拜。

"谢我什么？"

"谢阁下大开杀戒，也让我等不必再装模作样。"

人群中爆发出笑声，那笑声听着像一群饿鬼，更多的人发起进攻，四面八方好似千军万马，庭院中的草木齐齐倒伏，红与白的帷幕舒卷着被气流撕开，那是数不清的杀气灌入天穹，月夜为之胆寒！

项光明举刀迎击，刀锋游走如蛇，好一招"无情无欲"竟令人心无旁骛，抛去了怜悯、正义、欢喜、愤怒，只有彻头彻尾的杀戮，冷酷至极，凶残至极，近乎完美的刀弧掠过一个又一个脖颈，鲜血像是一场大雨。

"三十五，三十六，三十七！"

他必须这么做，因为那个人还躺在冰壳里，他要作为一个魔教徒，杀死一百个武林人，原因他不愿去想，也懒得琢磨为什么是一百个，林英雄的计划他压根不想知道，他只想要仇胭能活下去。

只要仇胭不死，他愿意做任何事。

于是那颗原本阴云密布的心脏也终于洒下了一束光，整整十五年，那里只有一片漆黑的海，如今却有个少女一蹦一跳地走在岸上。

原来世上还有比复仇更重要的事。

你以为你什么都没有了，追逐了很多年，才发现其实还有一个人陪着你。

他现在只希望这种悔悟还没有太晚。

"你们不是要诛杀魔教吗？魔教就在这儿！不死不灭！"

人群中那个魔教徒高昂起头，忽然放声大笑，是四百年邪魔傲骨。

2.

"死了多少了？"

林英雄俯瞰前方庭院，武林人群起而攻之，各式武功与兵器轮番上阵，那场面就好比是草原上的鬣狗在围猎。

"九十几个了吧。"少年点过庭中尸体，又以寒气化去，不留痕迹。

"还差点。"

"差在哪儿？"

"杀心。"

"他恨了你十五年，你为什么老说他杀心不够？"

"他只是以为自己恨我。"

"以为？"

林英雄苦笑："其实恨一个人与爱一个人，本身没有区别，都不是能长久的事，你说这十五年他有没有想过放弃？想过和某个萍水相逢的女人度过一生？"

"项光明想过……"

"他一定想过，毕竟十五年太久了，他那些死去的师弟师妹在梦里趴在他身上，压得他喘不过气，只是他不愿意承认，所以他骗自己什么都没有了，但其实那个女孩一直都在，那天在济南，我就看破了。"

"我怎么感觉你有点失望。"玉君寒皱眉，"你就这么想让人杀你？"

"惨烈的复仇，快意的杀戮，也是武林美好的一部分，我想亲身体会。"

林英雄目之所及，远处项光明刀锋愈烈，更多的武林人冲上来，无休无止的攻击，以男人为圆心形成一圈风暴，他左突右冲，刀起刀落，如今已是一头一脸的血，双瞳白翳波动，全身杀气水纹一般漾开。

"杀呀！杀了这个魔教徒！"

项光明挡开一剑，又有飞刀骤至，劈开飞刀，数把长枪来袭，他不敢怠慢，刀锋扫过一人小腿，伏低身形本想逆势反切，却感到眉心一股剧痛！

妖刀"杜鹃"号称以血洗锋，愈痛愈强，却也极耗精力，如今他一人独战群雄，早已力有不逮，全凭着心中一口气咬死，可偏偏这一刹那的迟滞，胸口便像是被一辆卡车碾过，总算有人一拳得逞！

"他不行了！"有人惊喜道。

项光明以刀撑地，吃力地站起身，尚不及站稳，转瞬间一把铜锤又将他狠狠砸在地上！

"瞎子！"铜柱上的许卿愣愣地注视着一切，却无能为力。

"不要放过他！诸位英豪，只要杀了他！剑就是你们的！"林英雄在远处咆哮。

"魔教之人，罪该万死！"

人群中孟不醒暴喝一声，高高跃起，这一招从天而降，将项光明狠狠压在身下，后者当场吐出一口浑血，黑鞘长刀打着旋儿一头栽入泥土。

"结束了！"

孟不醒运足内功，死死勒住对方脖颈，好似巨蟒缠身，眼见项光明全身骨头即将挤压粉碎，那会是噼里啪啦的脆响如同爆竹，多么悦耳的声音。

然而下一瞬孟不醒却愣住，鼻尖一凉，竟是雨点。

原本停了很久的雨又落了下来，雨水中又有一条黑影破开，与其说是刀——

不如说是一只妖异的飞鸟！

"一百。"

3.

大雨中孟不醒整个人被长刀贯穿，绝没想到那柄刀竟能随意念而动。

妖刀杜鹃，果真是一柄不祥的魔物。

项光明反手一拧，长刀回到手中，他轻轻推了把孟不醒，后者直挺挺地倒下去。

"能以杀气催使杜鹃，算得上大有进步。"林英雄在土丘上笑，"只是还差一点，就一点点。"

"一百个到了。"浑身是血的男人摇摇晃晃站起来，以刀撑地，白翳的瞳子沾满血浆，意识在模糊。

"交易结束了，你可以带那个丫头走了。"

不远处的林英雄目光平静，似乎颇为满意。

项光明玉住了刀，另一种念头妖魔一样涌上来。

他如今与林英雄相距不足二十步，实际是一个绝好的机会。

即便林英雄如今内功如海，但这极短的距离只要他灌注精神，未必不能一刀诛杀！

于是海边的风雷又响起来了，师弟师妹哭喊着抓住他，他们在说师兄救救我们啊，师父也冲上来，揪着他的领子说你要替我们报仇！

他们都死了。

那一瞬项光明几乎就要拔刀。

可他动了动鼻尖，原本腥咸的海风里却嗅出一缕烟味，香烟的牌子他再熟悉不过，闻起来呛人刺鼻，少女眼眸清澈，她沿着沙滩走来，抱住哭泣的自己，这让他想起那个晚上曾经也是同一个人这样抱着他，因为个子小，不得已踮着脚，却温柔得像是一只小猫。

"你不要报仇了，好不好？"

"好。"

项光明开口，眼中的波澜奇迹般地退潮，他深吸口气，冲林英雄点头："都结束了，不管你想做什么，都与我无关了。"

也许当初林英雄说的没错，他真的可以换个心态，和那个小丫头一起去过日子。

他已不再是一头复仇的野兽。

于是他收起刀，转身走向主楼的方向。

"你以后打算做什么？"林英雄轻声问。

"养狗，柯基小狗。"

林英雄愣住，没想到会是这么个答案，良久，他笑了：

"养狗好，下辈子干这个也挺好。"

项光明僵住，他以为自己听错了，与此同时远空一声巨响！

主楼的窗户伸出荆棘般的冰锥，像是一朵巨大的雪莲霜花凭空绽开，四面八方的雨幕为之凝结。

那里是仇胭的病房。

少女的身体在冰雪中化为尸水，干净得不留一丝痕迹。

"现在，你的杀心才够了。"

林英雄心满意足。

第 五 部 分

盖世英雄

第四十二回

杀心足够

1.

"你口口声声说恨了我十五年，我以为会有什么惊喜，结果你为了一个微不足道的女孩，竟愿意给我当打手，甚至渴望我放你离开，这让我有一点失望。"

林英雄的话穿透了雨帘。

"我说过你不是刀法不精，而是杀心不够，你的恨与爱都太廉价了，不过没关系，我可以帮你，现在那个女孩已经死了，你也不用再顾忌了。来，让我看看什么是真正的杀心。"

大雨如注，那个瞎子低着头，毫无反应。

周遭一圈武林人纷纷散开，他们惊叹于这场突如其来的冰雪，只当是魔教的大部队杀过来，一个个伸头寻找着不知会从哪儿冒出来的"魔教徒"。

"来啊！拿出你最强的实力，来啊！"林英雄怒吼，"魔教的余孽！"

"你刚才不是很厉害吗？你的气势哪里去了？"

可无论林英雄怎么喊，项光明只是跪在那儿，一双满是白翳的眼睛看不出任何情绪，像是死了。

"喂……你还好吧？"

那是许卿的声音，他颤抖着道："你别难过啊……人死不能复生……你节哀吧，赶紧走吧！

"喂！你听见没有啊？"

许卿流着泪，他也不知道自己在说什么，只是近乎哀求地看向林英雄："大叔你差不多行了吧，我们魔教认输了还不行吗，你们最牛了！放我们一条生路吧！

"各位武林大侠，我们魔教投降了还不行吗？你们让我想想办法，我把剑摘下一定送给你们，你们可以去我学校打听打听，我许卿最讨厌的就是占人便宜！"

他的话无人理睬，只有天空的雨水瓢泼而下，盖住了他的声音。

"你这武林振兴得好。"鱼凡真盯着林英雄，"你派一个瞎子出来，再骗这群蠢货魔教徒回来了？"

"武林分明处处是魔，何以你熟视无睹？"

"处处是魔……"鱼凡真轻笑两声，一抖音枪直指许卿，"那个魔头你准备留到什么时候处理？"

"一直为你留着。"

话音刚落鱼凡真已在数丈之外，黑铁的链枪拖曳过泥泞的雨水。

"让开！"

音浪以女孩自身为圆心扩散胀开，形成一圈半球形的障壁，瞬间排空了四周雨幕。

大雨中距离最近的武林人被铁链枪直接顶了出去，砸穿庭中假山。

鱼凡真反手一拧，铁链枪回到手中。

"这个魔头，我来杀。"

曾几何时，许卿觉得鱼凡真就像是奥丁神话中的女武神瓦尔基里，而如今她真的成了那个信奉铁与血的战神。

"学……"

许卿张了张嘴，那个称呼却叫不出口。

鱼凡真死死盯着他，忽然开始奔跑，脚步越来越快，也越来越急，到最后已是大步狂奔，手中铁链枪猛然拉成一道直线，划过空气的啸声响彻庭院！

"对不起。"

这一声轻极了，在许卿听来却是雷鸣，他终于意识到自己可能真的要死了。

其实为什么要说对不起？

都已经走到了这一步，不过是注定的结局。

有些事本不可改变，有些人本不属于你。

想到这儿，他不再惊慌了，反倒有一丝释然，于是他索性闭上眼，等待着致命的最后一击。

凛冽的杀气压至眼前，女孩与跪坐在地的项光明擦肩而过，高高跃起，铁链枪脱手而出！

死！

金属的撞击剧烈刺耳，那是半截铜柱被刺飞出去，许卿整个人身子一空，忙着下落，却被一只不算温暖的手抱住。

"对不起，学姐又骗了你。"

2.

"项光明！你还要睡多久？！"

鱼凡真回头大吼。

那个瞎子仍是跪在原地，掌中却多了一个小物件。

半包香烟，仍带着仇胭的余味，他愣愣地盯着，木然地摸出一根塞进嘴里，没有火，男人只是咀嚼着烟丝的味道，也不出声，像是个疯子。

真苦啊，原来抽烟是这种感觉。

项光明抬起头，看了眼周围人，那双无光的瞳孔终于彻底地寂灭，他忽然笑了，那笑容僵死在脸上像个活尸。

林英雄似是料中一般低笑。

"林小友，你确定这是你想要的？"

不知何时玉君寒已经回来了，他抹了抹嘴，似乎仍在回味仇胭的尸水。

"散开，大家都散开！魔教徒发疯了！"武林人哀号着散开，他们亲眼见过那柄妖刀的恐怖，如今它所焕发出的杀气更是百倍于前！

不，已经不是杀气了。

那是幽深的潮水遮天蔽日地奔涌，成为一片风雷不止的海。

那个瞎子站起来了。

握紧了他的刀。

"我终于等到了。"

"然后呢，你下去跟他杀个痛快？"

"能亲眼见虎啸山林，我已满足，何必再以身饲虎？"

304

玉君寒愣住，下一秒忽觉脚下一轻，整个人竟被狠狠抛向项光明！

"劳烦昆仑大侠了！"

3.

"无念，无想。"

瞎子嗓音枯哑，这是禁忌的招式。

他曾想用来与林英雄同归于尽，但终归还是犹豫，他承认自己还是想活下去，带着那个女孩离开，也不止一次地在梦中乞求死者的宽恕。

不过现在说这些都没有意义了。

长刀划过一轮完整的圆，沉沉的黑色吞噬了一切。

项光明的刀消失了。

那是刀速过快以至于肉眼难以捕捉，只有强烈的气流预示着死亡！

然而玉君寒深吸口气，飞扬的雨帘瞬间凝成冰墙，天地间的雨水反倒成了冰霜助力，这让他信心倍增，准备硬接这一刀！

"林英雄，等我杀了他，再来杀你！"玉君寒咆哮着，他总算知道林英雄的真实用意。

他要的是尸寒玉寿功。

又有一声冰山崩塌的巨响，近半米厚的冰墙纸片一般被裁开，断口光滑平整，涌出的刀风直扑面门！

"妖刀杜鹃，名不虚传。"

玉君寒阴着脸，轻吹玉笛，一曲 *aLIEz*[①] 冲霄而起，刺骨的冰寒沿四肢百骸溢出，庭中霜花绽放，并连成片，转瞬便化为雪白潮水。

"下……下雪了？！"

不知谁喊了声，果不其然夜空飘下鹅毛大雪，诡异的是庭院之外仍可见暴雨倾盆，却只有这头顶一处，雨凝成雪，簌簌而落，眨眼间便漫过了脚踝。

尸寒玉寿功，不愧是至邪的武功，改天换地竟如此从容。

"昆仑大侠，请与龙傲天同去！"

林英雄面带微笑，瞥了眼许卿，他如今已被鱼凡真背在身上朝后门跑去。

---

① 日本作曲家泽野弘之作品。日本动画 *ALDNOAH. ZERO* 中的片尾曲二。

"爱情真是个好东西，"男人搓了把脸，"虽然老子不懂。"

"想杀了我，没那么容易！"

庭院中玉君寒暴喝，层层叠叠的冰锥从雪地里钻出，群狼一般扑杀，其中却依稀可见个血红人影辗转，纵然冰锥无穷无尽，可对方毫不在意，一刀即碎，一步不停，空气中炸开一簇簇雪尘与冰屑。

"来得好！"

玉君寒五指张开，风雪更增百倍不止，竟有一件纯白的兵器从雪中拔地而起，扬起的雪尘高达数丈，尘埃落定，稳稳握在少年手中。

戟。

玉君寒的"尸骨未寒"。

长戟如雪崩，每一击皆有万钧重力，区别于项光明的速杀，这是一件以力降魔的兵器，项光明愣了一下，却也只是一下，旋即双手握刀，不退反进，以攻对攻！

电光石火的刀光仅留下一道道血红的残影，浑身是血的人不知疲倦地挥刀，风雪中听不见他的吼叫，也听不见呐喊，只有沉重的呼吸，像是血池深处的魔鬼在磨牙。

这声音让玉君寒头皮发麻，他试图从对方的脸上看出哪怕一丝的紧张，然而面对他的只有那双毫无情感的眼珠，大片的白翳如今被雪尘冻死，像是两颗空洞的冰球，眼角流下的黑血也冰壳一样黏在脸颊，诡异可怖。

他不知痛，不知退，不知犹豫。

他似乎没有想法，也没有情绪。

玉君寒注意到男人手腕上有一道深可见骨的伤口，浓稠血液涌出又被刀刃所吸收，那柄刀如今像个活物，贪婪地吮吸着，以至于在凌寒的风雪中竟还有腾腾热气缥缈。

尚不及反应，项光明刀锋裁过冰雪，杀气已至眼前。

竟是停住了。

"在我的 BGM 里，没有人能击败我。"玉君寒大笑。

原来二人打斗之间，早有无数粉尘般大小的雪花落满项光明全身，后者的注意力全在少年的大戟上，却疏忽了天地间的雪花才是杀招。

其中所饱含的极寒低温，足可冻结一切！

项光明似乎还有些迷惑，苍白的眼珠打量自身，早有一层冰膜覆盖，动弹不得。

他盯着出神，不发一语。

又有隆隆巨响盖过风雪，那是四面升起的冰墙齐齐向中心合拢，形成一颗密闭的冰球。

玉君寒绝不敢懈怠，抓住这千分之一的优势，长戟插入冰球，是苍穹大雪的气势，爆出入肉入骨的脆响，一股浓血从中炸开，染红了内壁，里面的人必是死了。

"牛 × 啊！"

惊惧未定的武林人总算爆发出欢呼。

玉君寒长呼了口气，正想离开，却猛然愣住。

身后玄黑的刀尖从冰球里破出，起先只有极小的一寸，而后却一划到底，仿佛腹中恶鬼破肚而出，鲜红的血从裂口流出，泼进一片雪白。

"道高一尺。"

那声音听着似朽木裂开。

"魔高一丈。"

第四十三回

少女，瞎子，好吃的

1.

"住手！你住手！我会死的！"

庭院风雪大作，玄黑的刀锋没入玉君寒腹腔，那个死人般的瞎子双手握住刀柄，微微往上一提，少年疼得几乎要晕厥过去，再也顾不得风度，发狂地惨叫起来。

瞎子没有理会，一双石灰般的眼珠干涩地转动，他唇角上扬，像是在笑，却说不出话，喉咙里嗡嗡地滚动着。

"无始，无终。"

无声无息，无情无欲。

无念无想，无始无终。

妖刀杜鹃的最后一重境界，也是魔教四百年前的妖邪刀术，只是这一套使完，持刀者非但会毙命，更要在死前承受莫大的痛苦，仿佛在修罗轮回中不得解脱，生而复死，死而复生。

"你师父徐正道当年不是魔教，结果你却真的入了魔，可惜，可恨，可敬！"林英雄叹，"如果你早拿出这个决心来复仇，何至于如此狼狈！"

"林英雄你有完没完！来救我啊！"

"救了你，你再杀我怎么办？"

"你不是要我的功力吗？！我都给你！随你吸！我不要了！"

　　玉君寒双手死死攥着刀锋，大片的鲜血水帘一样泼在雪中，他咬着牙，原本光滑的肌肤正在急速失去光泽，枯老的面孔裸露出来，似是一夜苍老。

　　"你这说的什么话，你不是想长寿吗，现在就是你的命关，过去了，肯定能再活五百年。"

　　"去你的！"玉君寒破口大骂，又转为哀求，"各位大侠……救救我……我是玉君寒啊，昆仑大侠，你们听过我的吧？！"

　　那些个武林人心有灵犀地齐齐退开，哪还管他是什么来头，只道是那妖魔杀了一百个人，何等厉害！如今避而远之最好不过！

　　"你是昆仑大侠……至少拿出点气势来吧……"有人弱弱道。

　　"难道大侠就不能怕死了吗？"玉君寒吼，"什么狗屁武林泰斗，一代大侠！死了也是干尸，是微尘，人死了就是死了！"

　　项光明略一使劲，刀锋缓缓自下而上地切开五脏与肋骨，像是锯一段死木，黑红色的血沫从玉君寒嘴里涌出来，尸寒玉寿功也到了尽头，原本狂舞的大雪总算停下，那个玉面的少年蜕为老者。

　　这回恐怕真的要死了。

2.

　　玉君寒想起十几年前自己从九别峰顶下来。

　　他在苦寒之地练了一辈子武功，号称昆仑大侠，祖庭寒气，无上彻骨，却在练功时见到冰层下的祖师广寒子，广寒子生前万人敬仰，死后也不过一具默默无闻的尸体，原来什么神功、爵位、荣誉，在死亡面前都不值一提，那一刻他心中生出一丝懊恼，懊恼这世上的灯红酒绿、美酒佳肴、大千缤纷，自己竟是一秒也不曾享受过，他自问苦练多年，所求为何？也就是这千分之一的懊恼，乱了心头观想，一口寒气倒转横流，七十年苦功土崩瓦解，结果他非但不觉心伤，反倒恨自己明白得太晚，更恨自己垂垂老矣、时日无多，于是那七十年的苦修，瞬间化作七万倍的渴望，他下了决心，要重过这一生，这才练了尸寒玉寿功，纵然是为世人所不齿的邪功，可那又何妨，只要能延年益寿、长命百岁，就还有机会。

　　"救我啊！"

　　"求求你们，我不想死，我不想死啊！"

　　"谁杀了这个妖魔！谁杀了他！"

嘶哑的声音响彻庭院，雪中无人应答。

"昆仑穹顶，天之柱也，给自己留些脸面吧。"林英雄叹。

"留个屁！我在昆仑山待了那么多年，几人有我境界？可又换来了什么呢？什么都没有！我算是明白了，武林早他妈亡了，何以你们这些庸人能放得下，我放不下？何以你们这帮杂碎能逍遥，我这个大侠就要受苦？凭什么我就不能苟活？！凭什么我……啊啊啊啊！"

项光明不再给他说话的机会，长刀一拧，切开老人头颅，登时枯老的身子向左右裂开，因为血压而蹿出的鲜血高达数米，却急速冻结，凝成一股血红的冰柱，自始至终林英雄不发一语，只是站在那儿，目光怜悯。

到底是无相神功厉害，还是三千世界可怖，以俗世之庸碌，却引无数英雄折腰，又到底是折在何处？

他长叹一声，抬起双眼，项光明拖着刀正吃力地踩过积雪，一步一步朝自己走来。

漆黑的妖刀挥出一道匪夷所思的血雾，浇在林英雄脸上。

男人并不躲，任凭一头一脸的猩红，只是轻轻开口："去看看她吧，趁你还没死。"

无始无终即将耗尽项光明的生命，这个空洞的躯壳似乎也意识到了这一点，刀落进雪中，他迟疑了会儿，扭头离开。

少女融化后的尸水滴入主楼前的雪地，其中细小的黑色颗粒是尚未冻碎的骨头，项光明跪下去，捧起一把灰色的雪，含在自己嘴里。

他说不出话，也记不得因果。

只有那套黛蓝色的礼裙在记忆中飞旋，他好像又回到了舞池，手心很暖，有人牵着他的手，少女说老板，你终于来啦，他乖乖地点点头，几缕好闻的发丝扫过鼻尖，有一些痒，他跟上去，踩过流离的光、玫红的花瓣与温润的流水，追逐着一片光明却模糊的幻影，直到雷鸣般的响声滚滚而来，冰凉的海水漫过了脚踝。

天地是风雷，也是海底。

静寂如死的黑暗中，他向着深处沉下去，却并不恐惧，反倒感到安心，在那里有许多人等他，那个虎头虎脑的是师弟，扎着辫子的是师妹，留着白胡子的是师父，他们笑盈盈地看着他，说快来吧，知道你很累了，可以休息了。

十五年枕戈待旦。

十五年血海深仇。

太累了。

许多的小鱼游来，啄开他眼里的白翳，露出一片熠熠生辉的光明，原来那个女孩这么漂亮，他抱起她，轻轻吻了吻她的额头，任凭泪水化在海中。

"走，我带你去吃好吃的。"

痴人说梦，逆势而动

1.

"下雪了？"

穆仁庄摊开手掌，难以置信，这可是夏季。

"尸寒玉寿功。"上机蹲在火边搓了搓手，"我猜玉君寒已经死了。"

雪风吹过院子，浸润了少许寒气，今夜天象诡异，想来杀气太盛。

"我说你别磨蹭了，赶紧把那个金什么咒交出来吧！"穆仁庄想起正事，恨不得举起手边折凳砸死这个秃驴。

他之所以来这儿，还是鱼凡真的命令。

大概一个小时前，鱼凡真音枪脱手，直取穆仁庄心窝！

"可我不能让你去。"

穆仁庄本以为自己要死了，谁知铁链竟是忽然偏转，活物般将他绑了一圈。

"你不会武功，去救许卿也是送死。"鱼凡真严肃道，"这里交给我，你去镇上的鑫旺网吧找一个叫上机的僧人，一定要他交出金刚韦驮咒！我到时候会带着许卿来和你们会合。"

原来在水库听完磁带之后，鱼凡真就断定当初上机骗了她和许卿，此人不但参与了十年前的密谋，还是除了贾情珍之外第二个通晓金刚韦驮咒的人。

而这正是重新封住天穹炎剑的关键。

"我有句话，不知当讲不当讲？"穆仁庄小声问。

"讲。"

"你绑我干吗？！"

"当然是送你出门。"

鱼凡真猛一掀铁链，穆仁庄双脚离地，整个人被抛上空中！

这娘儿们到底哪里好啊？

飞过墙头的穆仁庄百思不得其解。

没花多少工夫，穆仁庄就找到了上机，只因寒山寺门口一多半的"托儿"都知道这位开网吧的"大仙"。

只是他没想到上机对他的出现竟毫不惊讶，反倒像是等候多时。

"你让我再烧点纸就好，不就是个咒法嘛，小意思。"

鑫旺网吧的院子内，上机摸出些黄纸扔进铁盆中，也包括一张彩色照片，里面的女人花容月貌，穆仁庄偷偷看了眼，觉得像贾老师，又比她漂亮许多。

"学姐他们真的会来吗？"穆仁庄问。

干涩的黄纸触火即燃，伴随着呛鼻的浓烟，上机并不回答。

"还有……许卿真的成魔了吗？"

"你是他最好的朋友，你信吗？"男人忽然抬眼。

穆仁庄摇了摇头，可心里仍是没底。

"武林人是为了那柄剑,至于魔头这种玩意儿,过了四百年其实也没多少人信。"

一张黄纸从上机手中滑落，飞进火中，火舌一卷，化成了青灰。

"可林英雄就是要他们明白，这世上真的有魔，只有他们恐惧，姓林的才能当武林的英雄。"

"英雄？"

男人起身掸了掸手："是不是很蠢，他这个人就是不懂，武林末法，指的不是武功衰亡，而是大势已去。"

"可林英雄……偏要逆势而动？"

"没错，他想重振武林。"

"重振武林？！"

"我不能说林英雄是个百分百的坏人，但我觉得他是个痴人。"上机沉声道，"此人一步步逼着许卿化身成魔，又一手策划了英雄馆大会，无非就是想唤回武林人对魔教的恐惧，也只有恐惧，才能让一潭死水的武林重新团结起来。"

说到这儿，他顿了顿，仰头望天："毕竟没有魔教，就没有武林。"

天空压得很低，烦闷的滚雷响彻在天与地的尽头，好似巨鼓。

"你既然知道这些，为什么当初在枫桥镇的时候你不帮许卿？"穆仁庄有些不悦。

"我怎么帮？"上机无奈，"我既不是出家人，也不是武林人，我就是个开网吧的，你还想我怎么样？"

"可你现在明明改主意了啊！你早干吗去了！"

上机愣了愣，目光扫过贾情珍半张烧焦的照片，眼中波澜褪去。

"你别搞错了，我现在也不想惹上麻烦。"

簌簌落下的雪片堆满火盆，原本燃烧的黄纸熄灭下去，男人拎起行李箱："十年前我就知道自己没有救世度人的心，所以我才还俗了，现在我愿意把金刚韦驮咒交给你们，也是因为贾情珍的死让我有点内疚，按理说这事跟我一毛钱关系也没有。"

他又从兜里掏出一张字条塞给穆仁庄。

"这就是金刚韦驮咒？怎么才这几个字……母？"

"这是我百度网盘的密码，里面有法咒的 PDF 版。"

穆仁庄目瞪口呆。

"如此就算两清了，我今天就会离开枫桥镇，剩下的你们好自为之吧。"

"等等！你想跑？！"

"不跑怎么办？"上机惨笑，"这里就快要变成战场了！"

2.

雪后的枫桥镇，夜色暗红，家家户户门窗紧闭。

有关武林的传说再一次盘踞在镇民心头，这里四百年前就有一场血雨腥风，尸体堆积成山，本以为是古人怪力乱神，但如今杀气丝丝入扣，加之这天象诡异，无不在提醒着一切有迹可循，像是一种蚀骨的恐惧在蚕食人心。

今夜大凶。

镇北角，神色迥异的人群从英雄馆内鱼贯而出，当中又分开一条过道，剑眉星目的男人背手而立，他如今吸干了玉君寒的内力，越发年轻英俊，俨然已是个二十岁的青年。

"多亏了昆仑大侠，才将那个失心的魔子击毙，只可惜他自己也舍弃了生命，好在内力亦能为我所用，我必与他并肩作战。"

众人默然不语，方才玉君寒死前的话他们并非耳聋，林英雄此人只能信七分，可如今也顾不得了，他们今夜受邀来英雄馆，本想着神不知鬼不觉地除掉许卿，抢来神剑，谁知竟是一场血腥杀戮，那个姓项的自称是魔教徒，以一柄妖刀连杀百位高手！亲眼所见便足以令余下的武林人心胆俱丧！

毕竟武林已经很多年都没死过人。

有人不自觉地颤抖，一只手轻拍在肩膀。

"怵什么，死了一百个，我们不是还有九百个吗？"林英雄睥睨黑压压一片人海，"今夜我们共抗魔教，就算鱼凡真背叛了武林，救走了魔子，但一定还未走远，二人必在镇上，我们绝不可放过！"

说完不动声色地余光扫过，不远处叫黄虎的女人默默退出人群。

晚风萧瑟，人群里一个怯懦的声音发问："魔教……真的回来了吗？可是他们回来干吗？"

"四百年前魔教鼎盛，你说那时候他们又想干吗？"

那人一时语塞，他自小听的武林传说都是魔教肆虐，被杨广贞一剑覆灭，可魔教为何肆虐，又如何肆虐，竟是从未细想过。

"魔教是邪物，武林是正道，自古阴阳两分，正邪对立，二者水火不容，唯有一方杀尽另一方才能罢休，你问我魔教回来干吗，那你觉得一个邪物又想要什么？他们没有诸位想得多，不要房子也不要车子，无非是要诸位流尽最后一滴血！"

林英雄话音不大，却如雷贯耳，那是他内力所发。

隐隐一股浓云盘踞，竟是说不出地压抑。

"如果我猜得没错，你们中大多数都是本门的最后一人，只怕再过几年也就绝了。"

林英雄话锋一转，神色怅然："我深知武林大势已去，诸位如今把武功当生意、当演艺，甚至当保健品，我也知道，诸位笑我想重振武林，是痴人说梦，逆势而动，可今日魔教卷土重来，我再不做点什么，武林怕是真的要亡了，我不知诸位心里怎么想，但我心里真的很难过，我等习武几十年，到最后却只能坐以待毙，早知不能正气凌云、英雄长剑，何不一开始就做个富家翁？以诸位对武学的刻苦，干点什么不好，何必与武林陪葬？既然大家都说武林早也是亡，晚也是亡，那今日何不干脆拱手以降？！为何又聚义于此，扬我武林千年的威风？！"

这一声振聋发聩，云端之上劈开一轮雪云，万千光明洒下，竟是无穷的浩气连绵。

人群骚动起来，有人哀叹，有人流泪，更多的人拔出刀剑阔斧，一片片寒光沿着夜风荡开。

林英雄呼了口气，一改语态，低沉喑哑："最后我劝诸位也不要忘了，我们四百年前灭了魔教，今日就算有心想躲，魔教也不会放过我们，就在刚刚，仅一个魔子就杀我武林百人，藏在暗处的教众又何其凶也！更别说他们的教主如今得了我天穹炎剑，眼看就要肉身成魔，坐化波罗夷，到时这些个邪魔不但要杀了在座的各位，更要算上你们的妻儿老小、亲朋挚友，试问又该如何呢？"

这才算说到点子上，眼前这一干人马，终于肃穆起来。

都说那个叫许卿的年轻人杀人如麻，又是魔子附身，更兼炎剑在手，再不抱团恐怕真的没活路了，一时众人只觉愤怒与恐惧两相交叠，终于再不迟疑。

"杀了魔子！"

"邪不胜正！"

"自古正邪不两立，夺回神剑！"

人群高呼，只觉这近千人成倍地增长，像是十万个声音呐喊，心中的犹豫和胆怯也在热烈的气氛中一扫而空，只余下武林的热血和豪情！

武林本该如此，像是四百年前一样，杀向苏州，灭了魔教！

震天的咆哮中只有林英雄岿然不动，与亢奋的武林人相比，倒似个生冷的影子，融在一片黑暗之中。

3.

满天的大雨滂沱，似是天穹裂开了口子。

修车铺中，男人拉着她的手，好像要与她告别，她想说话，却开不了口，开了口，又发不出声，男人退着离开，消失在浩大的雨帘中。

于是她又回到了那个漆黑漏雨的棚子里，她想要流泪，可一道灼人的火流撕开了墙壁，露出一根血迹斑斑的铜柱，上面绑着个年轻人，他的目光清澈如月，却不见丝毫的人性。

"学姐……我能走……"

许卿的话让鱼凡真清醒过来，她抬起眼，月色下一片静寂的小镇，白雪皑皑，青石的小路尽头有一座拱桥。

寒风压住了河水的味道。

他们又回来了，也许是命运，也许是注定，她想起当初和许卿在桥上的合影，可那个拍照的小哥已经不见了。

她放下许卿，挪出一只手，轻轻摸了摸对方腰腹，原本廖山河造成的伤口果真也愈合了，像是被火焰灼过，那些坏死的肌肉又焕发了生机。

"我没事了……"

"嗯。"

她心头一阵酸楚，方才手指抚处，皆是蛇一般凸起的青筋血管，它们如今覆盖了许卿周身皮肤，那柄剑更似个活物般趴在他背后，如同小鬼敲骨吸髓。

必须马上摘下。

天穹炎剑，根本就是个邪魔。

"我还以为学姐恨我……真要把我杀了……"

"你谢谢你那个烂兄烂弟吧。"鱼凡真敲了下他脑门，"我心慈手软，这次放过你了。"

她说得风轻云淡，像是方清浊的死真的就这么过去了，许卿也不好再说什么。

"等等……穆仁庄来了？！"

"希望他没跑。"

行出不远就是鑫旺网吧，推门而入，网吧里空空荡荡，只有穆仁庄一个人呆坐在角落的电脑前，见二人进来，惊讶中跌了个跟头。

"你没死？！"

许卿挤了个笑容，他想说傻×，你怎么来了啊？又以为这是某种幻觉，像是师大的午后那家伙招手说我给你抢了台机子，我们快来开黑吧！

可他说不出口，他只是冲上去，狠狠在对方额头亲了一口。

"这怎么回事？他性取向也变了？"穆仁庄愣了愣，又观许卿脸上血管暴突，不由得咋舌，"这回你是我们师大第一丑了。"

"上机呢？！"鱼凡真打断。

"跑了……"穆仁庄叹，又指着电脑笑道，"不过韦驮咒我拿到了！"

鱼凡真蹿至屏幕前，不禁皱眉："怎么是个电子文档？"

"我也很绝望啊。"穆仁庄欲哭无泪，上机当初给他的就是个网盘地址，他哪知道这年头连武林秘籍都开始上传了？

317

鱼凡真不再搭理他，细细研读后才明白："原来韦驮咒是心法。"

所谓的金刚韦驮咒，不过是一种提取内力的心法，将内力释于剑上，形成一层气膜，其本意并非压制，而是将剑与剑主隔开，只是这层膜能维持多久，完全取决于施咒者内力多寡，一想到当初空蝉竟能凭一口气封剑四百年，实在是神技。

可转念又一想，自己的内功莫说空蝉，怕是连贾情珍也比不上，若是耗尽了自己却只封住这柄剑短短数天，那这样做又有何意义？

"世上哪来这么多意义。"

她一咬牙就要开始，许卿却退后一步："等等，你……想干什么？"

"当然是救你！"

"这是韦驮咒，你不要以为我不认字。"许卿难以置信，"贾老师的磁带我是听过的，这玩意儿用了，你会死！"

穆仁庄睁圆了眼："死？！上机那个王八蛋怎么没告诉我！"

"别听他胡说！"鱼凡真打断。

"许卿，现在没有别的办法了。"她绷着音枪逼上来，看意思是要将许卿捆个牢实，千钧一发，门外却传来了高跟鞋的脆响。

噔，噔，噔。

脚步不轻不重，却每一下都徐徐升高，到最后简直震天动地！

"武林人杀过来了？！"

穆仁庄惊慌失措，抬头却是愣住，他这辈子头一次见身材这么好的女人，波浪披肩，高腰短裙下一双雪白长腿，纵然绑着两截皮带也令人眼热。

有那么一瞬穆仁庄忽然有点羡慕许卿，早知道武林的女人都是这种，他愿意在身上背一百把剑。

"交给我。"

鱼凡真出列，如临大敌。

第
四
十
五
回

下山虎

1.

"怎么就你一个来了？"

"林先生忙着哄那帮傻子，让我先来扣住你们。"黄虎打了个哈欠。

"我不明白，你为什么要替姓林的卖命？"鱼凡真皱眉，"他明显脑子不正常。"

"我只是没地方去而已。"女人随手卸下第二条皮带丢在地上。

仿佛巨石坠地。

她本就是体术的高手，这些皮带既是压制力量，也是一种训练。

失去约束的双腿轻快地跃动，她看起来格外兴奋，鱼凡真本想听她继续往下说，孰料眼前一阵凛风，玉腿如鞭，竟已扫至眼前！

"伦巴！"

鱼凡真铁链枪抖开，心里却烦躁不堪，她实在不想和这个疯婆娘战斗，然而此人腿功之强，区区铁链根本无法阻挡，若不是将内力全部压在胸口，肋骨只怕早已粉碎！

"女人打女人，很公平。"黄虎高抬玉腿，划出一道十字。

超高速的腿风震开积雪，她一双酒红色高跟如履平地，双腿大开大合，划出一轮一轮死亡的圆弧。

"宫之调！"

君王般的音浪沿喉间送出，枪头刚正笔直，四野臣服，如帝君天临，只因宫调乃五音之主，居中央而畅四方，大气磅礴，是音枪中极难的一式，即便是方清浊本人使起来也颇为吃力。

这一枪势大力沉，看似速度不快，却有千钧巨力层峦推进，然黄虎并不惊慌，见她大腿根部最后一条皮带绷开，一双杀人玉腿再没有束缚，刺眼的光华散溢进天地。

那是何等的力量，抬腿间狂风四射，将雪尘与土石齐齐挤压排空，一刹那小腿与枪头空中撞击，天地为之震颤！

"芭蕾！"

女人凌空一字马，先前的大雨打湿了身体，高级的礼服紧贴在身，露出婀娜曲线，却自有股说不出的悍勇。

鱼凡真抖开音枪，伏低身形。

杀气在两个女人之间画卷一般展开，漫天大雪自觉退避。

"我听说宫调乃治世之音安以乐，可枪术却求疾而问烈，故二者融合难于登天，你又是如何做到的？"

"我学英语的。"

鱼凡真倒也没撒谎，她熟读英文，元音辅音吐气清晰，美音英音轮番切换，动静有致，丝毫不乱，这才学会了将秉性相反的两样东西通达协调。

"有点意思。"黄虎点头，"你今日武功远在你师父之上，是开悟了吗？"

"谈不上悟。

"心里有人了。

"不想他去死而已。"

黄虎"哦"了一声，突然间大跨步狂奔来袭，旋身一拧，大腿挟着狂风砸向鱼凡真！

"只怕由不得你。"

女孩纹丝不动，口中长吟送出，所过之处分开积雪竟绘成某种图案。

"黄钟！"

铁链枪拔地而起，对攻。

势如长龙的一枪追虹贯日，金铁撞击的巨响后黄虎毫发无损，可下一秒铁枪头再至，转为疾而短促，反倒在白璧无瑕的腿上留下一道半尺长的血痕。

黄虎退后一步，惊觉雪中图案成形，一轮完整之圆，分为十二个方位，是时辰，也是音律。

"五音十二律……"女人惊叹。

这是真五音枪中的变化之枪，总计十二式，根据音律的长度与频率使出不同枪劲，其中黄钟音长八寸十分一，最为雄长，可比怒龙出海，而应钟仅为四寸二分三分二，则烈如蜂蜇，其要义就在于节奏力道繁杂变化，对手难以跟上，往往露出破绽。

"大吕！"

"太簇！"

"夹钟！"

铁链枪反复撕开风雪，女孩手中不落，踩着十二个方位轮番出枪，黄虎将内力灌入两腿，几乎以肉眼难以觉察的速度飞踢，也堪堪能守住，可腿上的伤口却越来越多，越来越深，不多时已鲜血淋漓，又被滚滚热气所蒸发。

"你赢不了的。"

女人愣了愣，不怒反笑，她捧起一把冰雪洗过双腿，像是给两支过热的枪管降温，即便触到伤口也毫不觉疼。

激昂优雅的管弦乐奏起，黄虎将手机放进雪中，掀起并不存在的裙角轻轻行礼。

苍天雪落，修罗舞场。

"Shall we dance?（可以和我共舞吗？）"

2.

今夜的枫桥镇，像是一把洗去铁锈的刀。

冰凉的夜光如水，浸透了刀锋与刀柄。

上机拎着行李箱，瞅了瞅这深不见底的天空，那种令人窒息的杀气压得他喘不过气来，不是一个，而是近千个，当中还有一股绝顶的力量，像是狂潮一般浪推浪、风摧风，层层叠叠地碾杀过来。

得赶快走，否则来不及了。

"你现在只是个开网吧的，开网吧的啊……"

"贾情珍死了跟你有什么关系？武林跟你有什么关系？"

"活命最重要，你可以的，你留着命还要普度众生，我知道你这个人的，绝不多管闲事！"

男人像是自言自语地碎碎念，脚步越来越急，可越是急，越是慌乱，终于行李箱卡在了砖缝里，衣物哗啦啦撒了一地。

"我×！"他想骂娘，却又愣住。

尚未烧尽的照片徐徐飘落，夹在一堆牙刷牙膏之间，苏州城的美人如今只剩下半张脸。

他捡起来，不再说话了，像是被一道雷劈中。

长夜静寂，无人知晓这个还俗的和尚到底怎么了。

与此同时，网吧门前。

暴喝之中，女人以长腿为轴心，两脚腾挪，连番锁链步后，猛接一记大幅度回旋！

旋转，就是华尔兹的灵魂！

伴随剧烈的轴转步，黄虎借势而行，右腿划出一道可见风波，行云流水般的腿击一气呵成，鱼凡真脚下走空，飞身跃开，回手音枪反击，姑洗、蕤宾、夷则、南吕，十二律陆续全出，恨不得倾巢而动，谁知黄虎伏低身子，陡然提速，这回就连气息也消失了！

猛虎食人。

本是金刚双玉腿，踏过薄雪竟连脚印也不曾留。

轻巧得像是一只蝴蝶。

鱼凡真心中却骤然一坠，十二律枪招招落空，竟是全失了准头！

黄虎着实聪明，方才劈腿全然是虚招，只为引出其余诸律枪式，却靠着灵活舞步逐一躲开，鱼凡真懊恼自己失算，此人内力虽刚强顽固，可步伐却灵动飘忽。

待她枪劲泄完，对方已抓住时机，从风雪中扑出，饿虎搏兔，一招得手！

"来！"

白皙光滑的小腿化作一条钢鞭，一记极其精准的侧踢正中鱼凡真腰部，后者只觉肌肉撕裂，整个人斜飞出去。

"还没完呢！"

尚不待鱼凡真倒地，黄虎竟已杀至眼前，三百六十度回环旋转，猛然一记高抬腿，自下而上，内力贯穿，一脚踢中鱼凡真下颌，登时牙槽崩裂，后仰飞去，又见空中凛风一卷，女人紧随跃起。

"大玉凿山！"

整条千斤重的玉腿狠狠砸在女孩胸口，刚刚飞起的身子又似流星坠地一般栽入雪中，只觉全身散架一般，再是难以动弹。

"许同学，她要死了！"

高跟鞋跟刺进鱼凡真锁骨，红与白搅作一团。

"学姐！"许卿手握剑柄冲出来，如今穆仁庄不会武功，而武林人马上就要杀到，似乎再没别的办法。

"松开！"鱼凡真忍着痛吼，"你看不出来吗？她就是希望你拔剑！"

"可……"

"用吧。"黄虎冷道，"那个瞎子也死了，你不想报仇吗？"

捏住剑柄的手在抖，是啊，那个瞎子也死了。

"傻 × ！"

许卿捂着脸，目瞪口呆地看着穆仁庄："你打我？！"

"虽然不知道他们什么阴谋，但是不按反派的套路走是常识吧？"

时间逐渐过去，几乎听得见武林人的脚步声，鱼凡真忽然舒了口气，轻轻笑了。

"你笑什么？"

"我明白了，你是林英雄的女人。"

"怎么会这么说？"

"能让你这种母老虎听话的，也就是些三流的感情吧。"

女人愣了愣，扑哧笑了：

"你不懂，我可是个乖乖女。"

3.

北风卷雪，天地寂寞。

"你也许不知道，我一开始练武只是因为小时候身体不好，我爸介绍了个女师父给我，每周末学一天，我从十岁开始，学了十年，就好像其他同龄的女孩学小提琴、学跳舞一样，是不是挺逗的？"

"短短十年能有如此造诣，你也算是个天才。"鱼凡真这句话倒也不是揶揄。

"我只是学什么都很认真，因为我听话。"女人的声音很淡，"我从小就是个乖乖女，什么都不缺，父母都是做生意的，对我管得很严，他们希望我听话、努力、漂亮，所以我乖乖地上学，乖乖地练武，乖乖地当一个小公主。"

那时候她每周末练功，剩下的时间就上课，放学了回家，妈妈会考她今天学了什么，晚上为她穿上那些五位数价格的礼服，去见各种各样的太太，喝上好的红茶，听她们的表扬或者奉承。

"我十九岁的时候，父母给我安排了一个男生，那个男生的家在一座大院里，他们领着我去见他，说你应该喜欢他，你要跟他结婚，结了婚，家里的生意就能做得更大，我们给你换更好的房子、更好的车，你一辈子都会幸福。"

"你同意了？"

"我同意了，我说了我以前很听话。"黄虎摊开手掌，任凭雪片在掌心融化，"那天以后我去找师父告别，说我要结婚了，师父没说话，领着我看了一部电影——徐克的《新龙门客栈》，看见林青霞演的江湖侠女邱莫言一袭白衣出场，我忽然就哭了。"

她原本练武只是为了强身健体，根本不懂什么武林，后来她好像懂了一点，又觉得很难过。

"邱莫言应该嫁给周淮安，不然她会难过。"

师父留下这句没头没脑的话就走了，其实师父这种女人一辈子孤身一人，是不是敢爱敢恨，她也不知道，可从那以后，她就成了玉山腿最后的传人。

可这个传人就要嫁人了。

那是个极尽奢华的夜晚，闻名全市的婚礼，满座宾朋高举酒杯，祝福台上的新人天长地久，永结同心，也就是那一刻，剑眉星目的男人一步走入了中庭。

没有人邀请他，也不知他从何而来。

可他脸上的从容与淡泊就像是这场婚礼的主人，终于他跨上舞台，竟是放声大笑，笑声涤荡流云飞光，却无人敢阻。

"你笑什么？"新娘开口。

"我笑玉山腿百年威风，历代女子皆侵略如火，最后却沦落至此。"

"我不懂你在说什么。"

"我笑猛虎入闸、美玉蒙尘，也笑世人庸碌、暴殄天物。"

男人的目光投过来，深邃不知底。

"你学了武功，就是武林人，武林的女人敢爱敢恨，要嫁自己喜欢的人。"

新娘不说话了，她垂着头，仿佛着了魔，心里又像是一把长剑出鞘，一袭白衣的邱莫言剑破长虹，长着一张林青霞的脸，站在飞沙中，敢爱敢恨，自由自在。

"他是来带我走的，他说他要做一件降魔的大事，需要一个武功高强的帮手，我就很不错。"

"你就跟他走了？"

"那个时候，谁跟我说那种话，我都会走。"女人抿着嘴唇，"所以我做了这辈子最出格的事情，拎着婚纱跟一个素昧平生的男人从婚礼上跑了，可我不后悔，我再也不想听谁的话，也不想再做个乖乖女，我才明白师父说得对，邱莫言应该嫁给周淮安，不然她会难过。"

所有的声音归于平静，只有风雪呜咽。

"林英雄就是你的周淮安吧。"

女人的双眼忽然亮起来，可这片刻的迟疑却让她浑身一凛！

然而一切已经晚了。

鱼凡真抓住时机，使出最后的力气拉扯铁链，潜伏在雪中的音枪蟒蛇一般跃出！

枪头浮空，刹那间刺透风雪，无声且精准地从背后贯穿了女人后腰。

剧痛的瞬间，黄虎才意识到对方一直是在拖延时间。

她到底什么时候出招的？

众所周知，音枪须以五音发力，从头到尾不见鱼凡真出声，她又是如何神不知鬼不觉地使出这一招？

"大音希声。"鱼凡真挣扎着笑。

大方无隅，大器晚成，大音希声，大象无形，所谓最大的声音，反倒是无声，这一招是五音宗的救命手，杀伤不大，却强在出乎意料。

鱼凡真再一使劲，铁链枪从女人小腹中拔出，连带着碎肉一阵撕裂，鲜血泼进雪地，她疼得扑通一声跪下。

"怎么不杀了我？"

"劝你一句，当反派就不要说太多话。"女孩扎好伤口，抓起铁链枪起身，"老实说我还挺喜欢你的故事，你让我对林英雄产生了点不一样的看法，他说得对，武林的女人敢爱敢恨，应该嫁自己喜欢的人。"

"你打不过林英雄的。"黄虎叹。

"我知道。"

"许卿是你的周淮安吗？"

"那部电影你没看完吧，邱莫言最后没有嫁给周淮安。"

鱼凡真俯身凑在黄虎耳边："她死了啊。"

雪不知何时下大了，天地白茫茫一片。

与此同时远方响起一阵急促的脚步声，众人猛地回头，只当是林英雄和武林人来了，却是个满头大汗的秃子。

"你们……你们怎么还在这儿？！"

邪魔境地

1.

"去总坛！"上机也不理众人，直奔网吧杂物间，取出一截锈迹斑斑的禅杖，平日他用来晾衣服。

"什么总坛？"鱼凡真愣住。

"魔教的总坛，就在枫桥镇上，那是个地窖，易守难攻！"男人搓了把脸，"武林人马上就到，我留下给你们拦住！"

"我靠，你吃错药了？"穆仁庄目瞪口呆。

"别他妈问了！趁我还没有后悔！"

上机连推带踹将三人赶出网吧："往西北方向跑，看见纸人纸马就是！"

鱼凡真不做犹豫，拽起许卿就走，穆仁庄紧随在后。

"鱼姑娘！"

女孩回头，秃头的男人喊完一嗓，又愣了愣："没事……没事了，走吧！"

他横贯禅杖，盘腿坐下，忽然觉得那两个女人可真像啊，可惜其中一个已经死了。

待众人走远，上机眼见潮水般的人群涌过来，为首的剑眉星目，瞥了眼奄奄一息的黄虎，微微叹口气，旋即又莞尔笑了。

"上机大师，这么晚出来，总不能是拜佛吧？"

"十年不见了，你倒是没怎么变。"

上机惊讶于对方那张脸竟是与十年前一般无二，殊不知林英雄吸收了玉君寒的内力，连同那尸寒玉寿功也一并融入了体内。

"可惜大师变了，佛子入魔，堕落了。"

"你搞清楚，我现在只是个开网吧的。"上机叹口气，"听我一句劝，走吧，何苦弄成如今这样，你平常闲着没事就多上上网，少瞎想，我给你办个卡怎么样？"

"那个魔子不能留。"

"为什么不能留？"上机摇头，"以世界之大，何以容不下一个魔子，所谓的正与邪、武林与魔教，难道不是武林人的自娱自乐吗？何以为了件小事，死那么多人？"

"正邪两立，光明降魔，从来都不是小事。"

"连武林都是小事。"

上机自知劝不动这疯子，手中禅杖戳地，整个人威风凛凛地站起来，又冲着寒山寺的方位深施一礼。

"师父，上机无能，今生也达不到大成大果，破不了这般涅槃障了。"

言毕他回身站定身形，扫了眼武林群雄。

"诸位不是要降魔吗？今夜贫僧就是魔！"

2.

相隔千米之外，鱼凡真只觉耳边刺痛，抬头只有苍天大雪，却隐隐有个不好的念头。

"学姐，到了！"穆仁庄惊喜道。

果不其然，穿过七八条巷子，当真有个漆黑铺子，门口堆了些纸人纸马，地上有白日里没来得及清扫的纸钱，是个寿衣铺。

许卿似乎还有些犹豫："这是哪儿？"

"你家。"穆仁庄本意是此处乃魔教总坛，自然是魔头教主的老巢，可又觉得这玩笑开得实在不合时宜，更被鱼凡真狠狠剜了一眼。

吱呀一声，门开了，门板从里面拆开，探出个麻花辫的小姑娘，她揉揉眼睛，和以前一样。

"大半个月前，也有两个人来过，一男一女。"苍老的声音从小姑娘背后响起。

老人手指轻转木镯，闭目养神。

鱼凡真心绪翻涌，明白他说的是项光明与仇胭。

"通道在后面。"老人话音刚落，天穹炎剑竟回应一般兀自振动，那扇门更像是从芯子里烧起来，化为一堆齑粉，露出一条斜斜向下的甬道。

"剑……"许卿愣住。

"你是什么人？"鱼凡真皱眉，打量老人。

"你说我守了总坛一辈子，能是什么人？"

女孩愣住："你是个魔教徒。"

"天底下还有魔教吗？"老人笑，"我是不是魔教，又有什么关系？你们想看总坛，看就是了，那里无非就是个地窖。"

"如果你真的是魔教后人，我劝你还是赶紧离开，武林人随时会追杀过来。"鱼凡真好心提醒。

老人却不动："到底什么是魔教？四百年前他们也不过是一群迷信的凡人，何以就让武林人四百年不肯放过，非要赶尽杀绝？"

"因为自古正邪不两立。"鱼凡真叹。

"那又是谁分了正，谁分了邪？为什么魔教就是邪，武林就是正？就好像你的朋友成了魔子，可在我看来，为什么不是魔子成了你的朋友？"

鱼凡真被这一连串的问题噎住，不知如何回答。

"大爷，你到底想说什么？"穆仁庄愣了愣。

"你会下棋吗？"老人忽然从一旁的抽屉里取个小罐，捏出黑白各一子。

"棋子原本是不分黑白的，人给它们涂上颜色，它们就分成两拨，永远争斗不休、杀戮不停，试问黑子与白子真的有那么大的仇恨吗？没有的吧，可这就是棋盘的规则，生而为棋，就要杀、杀、杀。"

老人长叹一声，眉目黯淡："你我的人生何尝不是一枚棋子，而命运就是棋盘，所谓的正与邪，不过是游戏的规则，就算没有魔教、没有武林，我们也会找到别的借口将彼此赶尽杀绝，这才是真正的轮回不得解脱。"

"所以你们魔教的信物，是一个镯子。"鱼凡真似乎有些明白了。

"你很聪明，我教圣树名果菩提，折木成镯，代表着事事因果，无始无终，是一个完整的环。"老人点头。

"噢……"穆仁庄假装听懂似的点点头，"原来这世上真有魔教……"

"没有的事，我看他只是老年痴呆而已。"许卿沉着脸，摸出口袋里那只木镯捏在掌心。

鱼凡真不想再听老人叨叨，打断问道："那你知不知道，这柄剑与那个什么菩提，有什么关系？还有为什么它会选中许卿？"

"我只是个魔教余孽，懂得不多，我知道的已经都说了。"

说完老人便沉默了，再不看他们，鱼凡真迟疑了会儿，望了眼那扇通往地下的暗门，拽了拽许卿："走吧。"

孰料年轻人却退开了："我不下去。"

"你又怎么了？"

许卿摇头："我想明白了，我不会让你用韦驮咒的，开什么玩笑……"

"都到这儿了你耍什么小孩子脾气？！"

"不是我耍脾气！"许卿怒吼，"你们不觉得这很蠢吗？什么魔教，什么因果，这老头到底在胡诌些什么，他以为这是拍电视剧吗？"

"许卿……"

"穆仁庄你是个学霸啊，这些怪力乱神的玩意儿你怎么也跟着信？赶紧的咱俩打辆车，去车站买张票回学校不就完了吗，对不对？对不对？"他显得有些语无伦次。

穆仁庄在背后悄悄指了指脑袋，鱼凡真手刀伺候，许卿登时两眼一翻，失去了知觉。

"谁不希望这是一场噩梦呢。"

老人闭着眼轻笑。

3.

漆黑甬道中，穆仁庄背着许卿，紧紧跟着鱼凡真，也不知过了多久，似乎触到了底。

像上次项光明来时一样，这里仍是一座地窖，点了盏鬼火般的油灯，四面墙下堆满花圈冥币。

"这门上画的什么？"穆仁庄指着那扇巨大的黄铜古门，叹为观止。

画中是个白衣的古代男子，剑指白云，身披红血，脚下又有无数古代男女，身首异处，背靠一株参天枯树，仿佛炭火。

"管它是什么，先把这扇门打开。"鱼凡真一心寻找开门的机关，可两人试遍了所有方法，大门仍是纹丝不动。

万念俱灰之时，又有一声轻微的鸣响。

"剑！"穆仁庄的眼睛亮起来。

许卿背后那柄天穹炎剑竟是再一次兀自振动！

伴随着机括转动的声响，泥土簌簌而落，黄铜古门终于应声而开，扑面而来的腥风令人作呕。

"进……去？"

穆仁庄话没说完，女孩已扛着许卿大步而入，他瞄了眼满屋子的冥币，哆嗦了下快步跟上，孰料没走几步却撞上鱼凡真的后背。

"又怎么……"

话没说完穆仁庄的嘴巴已张到了这辈子最大的幅度。

也许这将是他毕生难忘的场景。

"原来总坛……不只是个坛。"

鱼凡真喃喃自语，视线所及竟是一片望不见边缘的盆地，脚下深达数十米的梯形台阶一路延伸至中央，伫立着一座雄伟地宫，泥土的腥味翻卷而来，黑暗中唯有一点赤红的光源来自炎剑上的火焰，与整座地下空间相比，不过是深海中一粒微不足道的荧光。

"这也……太大了吧……"

"只怕整座枫桥镇的下面，都是它。"

"天哪，那这镇子岂不是盖在死人堆上？"

"这不是墓穴。"鱼凡真深吸口气，"这里四百年前是魔教的圣地，我猜想……它应该是陆沉了。"

"陆沉？可是江南哪有地震？好端端的怎么会沉？"

"如果是四百年前杨广贞灭魔那一战呢？"鱼凡真幽幽地说。

穆仁庄瞠目结舌，什么样的剑法才能让方圆百里天地崩塌，又是什么样的魔子能让这一切沉入地底？

"那儿有东西。"鱼凡真眯着眼瞧去。

那是一株焦黑枯死的巨树，参天合抱，竖立在正中央。

"因果……菩提……"

鱼凡真提起一口气，只觉那棵树中涌出的力量深不可测，几令她匍匐，又令她恐惧，好在她如今强压着心念尚能保持理智。

"不要看！不要想！"她一声暴喝，脸色苍白的穆仁庄方才大喘着气跌倒在地。

那东西绝对不是什么菩提树。

忽然间耳边一声嘶鸣，竟是许卿大张着嘴，又有汁液状的黑潮从树根下扑涌过来，却像见到主子般匍匐退下，只在脚边翻涌，年轻人推开鱼凡真，自己一人徐徐走下台阶，每一步都踏开那些流淌的黑色，它们围绕着他，却不敢近前，像是两股黑暗彼此试探。

"天哪，许卿你怎么了？！"穆仁庄大吼。

许卿却像是入了魔障，梦游般闭着眼，终于他走到树下，盘腿坐下去，背上的炎剑燃烧起来，火光通红。

鱼凡真这才注意到许卿身后的壁画，它以金粉描绘在树干上，栩栩如生，内容却令人窒息，那是漆黑的古神从天而降，化为一株洪荒巨树，燃起一片业障火海，火中有金甲铁人持剑，剑下十万信众不绝，黑袍披身，手衔木镯，结掐莲花手印。

"雷楔降世……那本书里写的……"

就在鱼凡真想看个清楚时，炎剑的光辉忽然熄灭了。

黑暗中她感到一只冰凉的手抓住了自己，又有个木镯子套入手腕。

那是当初在济南剑冢找到的梅铁心遗物。

它像是活物一般收紧，死死地扣住鱼凡真的皮肤，一瞬间像是有无数的影子在四周徘徊，它们俯身拥抱她，于是鼻尖一凉。

是雪。

第四十七回

白衣提剑之人

1.

青石的路面上落满了没脚踝深的积雪。

燃烧的尸块在雪中噼啪作响。

男人怕极了，躲在那株参天的死树下，头埋进雪中希望没有人注意到他。

那些撕心裂肺的惨叫不断地冒出来，更多的人死了，死在那个女人的剑下，那是怎样一柄剑啊，它像是活物一般从树中拱出，那些枝蔓螺旋缠绕，拧成了剑锋的模样，于是那株菩提便枯萎了，像是被吸走了全部生命，只余下赤红的火光在剑脊上燃烧，最终与浓稠的血浇在一处。

女人的红裙在凛冽的寒风中狂舞，分不清是染料还是血渍，她全身皎洁的肌肤如今被潮水般的黑色包裹，只留下一双冰冷残酷的瞳子。

她已经杀尽了他们所有人，注意到了那个胆小鬼，于是她一步一步地走来，每一步都在雪中留下猩红的足印。

男人知道自己就要死了。

他只是个小小的镇抚司锦衣卫，真的不该来。

一代武林高手，几乎都死在魔头剑下，重阳老道、白马高僧、五尊龙王、天剑侠侣，还有好多叫不上名的高手，都死了，现在轮到他这个不会武功的人了。

"阿梅……阿梅你不要杀我……不要杀我……"

他跪起来，泪水因为寒风冻结在眼角。

"我真的不是故意的，我有罪，我是小人，可我真的不想死啊……"男人抬起一双泪眼，"我们是恋人对吧？是的吧？你不会杀我的对吗？你明明爱我的对不对？"

"你，为什么，要带他们来？"

女人声如金属，目光扫过一地佩戴木镯的尸体，它们成堆成堆地垒在一处，一瞬间剑锋上的火焰升上天穹。

她的弟子们都死了，八百菩提教众，被武林人尽诛。

"我错了！我错了！"

"我们谁也没惹，这里八百个人，也是八百条人命，你们说我们是魔教，可我们又做了什么呢？当初我将你领进来，把你介绍给他们，你觉得这些人是魔鬼吗？如果是魔鬼，他们为什么还要招待你，为什么还要请你吃茶，请你听戏，为什么不干脆一刀杀了你？！"

男人浑身一凛，捂住了耳朵，却感到口鼻咸涩，流出血来。

女人的双眸也流下血泪："你和我在一起的时候，是不是也把我当作魔子？"

"我没有我没有，我绝对没有！"男人颤抖着喊，"我以为……我以为你是被妖人蛊惑，我是来救你出去的啊！"

"可你没想到，我不但没有被蛊惑，反倒是你们武林口中的魔头教主。"

风雪呜咽，掩去了那些嘈杂的声音。

女人擦干了泪，忽然笑了，笑容像是冰原上开出一朵血红的玫瑰："广贞，如果我真的是个小铁匠就好了，这样在枫桥我们第一次遇见的时候，我就可以更大胆一些，我们今天也不用这样。"

她幽幽叹了一声，眸子里的光敛去了。

"可惜，魔教有魔教的命。"

"为什么……会这样……"杨广贞含住一把雪，手指扣进泥土，渗出血来。

起风了，他抬起头，雪雾被风撕开一道口子，露出一轮白玉般的月亮，像是又回到那个晚上，枫桥镇上白衣的剑客登桥远眺，河道中的小船点着暖红的光。

"你的剑太破了，我给你打一把怎么样？只收你五个铜板。"

故作老成的声音从背后响起，尽管穿了男装，可女人纤细的脖颈与俏皮的睫毛还是出卖了她，她自称是附近的小铁匠，却不见手上的煤灰老茧，她理直气壮地说什么杨兄杨兄，我请你喝花酒呀，杨兄捂着脸，说你到底知不知道什么是花酒？

"就是酒里飘着花瓣呗，这个季节用桂花最好了，喝起来又香又甜！"

杨广贞终于忍不住笑了。

如果阿梅真的是个小铁匠，那该多好，这样两个人就可以住在镇上，盖一间屋子，一起喝花酒，等到来年开春，就在院子里种一棵桂花树。

可她不是，当菩提的木镯映入眼帘，当那棵巍峨的古树拔地而起，杨广贞才知道，院子里永远不会有什么桂花树。

像是一柄剑从天地的中间剖开，分割了光与暗，划出了正与邪。

于是他连夜逃离了枫桥镇，喊来了武林人，他以为自己会成为武林的英雄。

多么可笑。

回忆如大雪消融。

红色的裙角就在眼前，女人扬起了那柄剑，炽烈的火焰形成一圈无形的焚风，化开了白雪与云月，它们越发滚烫，也越发暴怒，苍山白雪中只有这一片大红狂舞，像是一朵耀眼火花凌空绽放！

"广贞，我还是喜欢你的。"

焚风忽然渐渐地平息了，如同所有的情绪沉入海底。

那一刻剑刃紧贴住女人脖颈，她原本漆黑的肌肤褪色下去，露出一抹雪白。

"不要！阿梅！不要！"

"你的剑太破了，我答应你的，会给你一把新的。"

"阿梅！你不用这样……你不用……"

"我的家人都死了，八百个人都死了，我要去陪他们了，否则我真的会成魔。"女人声音低下去，凝视着手中火剑，终于她抬起眼来，眸子里的光纷乱又收紧，将她的过去统统化为灰烬。

"杨兄！你说你想做武林的英雄，可还记得？！"

"阿梅……阿梅！"杨广贞捂着头，"我不要做英雄，我不要了……"

"你已经是英雄了，从今往后，就是你灭了魔教，这把剑，就是你的英雄剑！"

女人的声音震慑天地，是雷霆烈火，她全身的衣衫张开，发丝在雪风中飞舞，化作一支大红的火柱。

火中的人切开咽喉，血来不及泼洒，就蒸发殆尽。

"广贞，这个季节用桂花最好了。"

剑落在雪中。

那个魔头死了。

2.

　　鱼凡真睁开眼，黑暗中一点明火，那是天穹炎剑上流淌的火苗，淡淡地，如同水纹在波动，映照着许卿苍白的面孔，流下两行血一般的泪。

　　"我知道你很难过。"

　　鱼凡真轻轻地走上去，抱住许卿，他的身子冰冷，像是埋在雪中的铁。

　　原来四百年前的故事是这样的。

　　原来梅铁心真的只是一个谎言，而天穹炎剑，也不是一柄神剑。

　　世上本没有什么铸剑大师，也不存在什么武林教主。

　　只不过是一个可怜的人，遇见了一个懦弱的人。

　　故事的最后，可怜的人自杀了，也只有死亡才能将这柄剑摘下。她曾经为了替那八百个人报仇，从因果菩提中取出它，化身成魔，最后却选择死在自己的恋人眼前，于是她的恋人得到了神剑，武林人说他是英雄，可他不是，他只是个懦弱的人，他编织了梅铁心的谎言，享受着武林的赞誉、英雄的殊荣，心中却空无一物，他才发现有些东西失去了，就真的失去了，哪怕天下无敌、武林至尊，也无法填补。

　　再往后，这个懦弱的人就在成为盟主的前夜逃开，他一路南下，先在济南为女人修了一座剑冢，埋下她的镯子，种下一株桂花树，又在树下枯坐一夜，天微微亮，他提起神剑回到了枫桥镇。

　　白衣的剑客登桥远眺，却再没有人要请你去喝花酒。

　　那个晚上，武林至尊、光明教主、镇抚司锦衣卫杨广贞，选择在寒山寺里拔剑自刎，引火自焚，火烧了一时三刻，火中有魔。

　　于是剑入韦驮，整整四百年。

　　也许这对他而言反倒是一种解脱。

　　只是他到死也不明白，那个女人到底是爱他还是恨他，如果爱他，为什么要给他一柄吞噬人心的魔剑？如果恨他，又何不在枫桥镇的大雪里一剑杀了他？

　　这些问题不会有答案。

　　如果不是那晚的枫桥夜色熏人，如果不是这世上的正邪两不相容，原本连这些问题本身都不该有。

　　"学姐……我不该去水库的……我应该听你的，在那个时候，我们就该走……"

声音回荡在空旷的地宫里，惊慌颤抖。

"你看着我。"鱼凡真捧起他的脸，"我们已经不能回头了，外面那些人要你的剑，把你当魔子，他们是来杀你的。"

"那就告诉他们啊，跟他们解释啊，我不是什么魔头，我也不想要这柄剑，只要我找到办法，我可以给他们啊！"

"他们根本不会听你的。"

"那我们可以跑啊！对不对？我们可以买张票……我们去东南亚怎么样？电影里那些黑老大不都是这么跑路的吗？他林英雄还能统治地球不成！"

鱼凡真再不多说，抬手链枪抛出。

"你干什么？！"许卿发现自己被捆成了一个球，窝囊地跪在地上。

"你还不明白吗？"

女孩的目光忽然变得平静，也变得决绝："这柄剑在吞噬你，你今晚不摘下来，也许你真的会成魔，金刚韦驮咒是你唯一的活路，更何况外面那些武林人，他们要的只是剑，把剑交出去，没准他们也会放过你。"

"可是……为什么？"许卿惨笑。

"什么为什么？"鱼凡真不耐烦。

"为什么要这样救我……"年轻人垂下头，"我们只是同学吧……哪有这样做好人好事的……而且我还杀了你师父……你明明可以恨我的……"

鱼凡真缓缓走向许卿，手指压在他脖颈，目光辗转反复。

"现在我也没有原谅你。"

许卿张了张嘴，可喉咙里却只能发出咝咝的声响。

鱼凡真点了他的哑穴。

"要开始了。"

女孩咬破拇指，洒出一道鲜血浇在地上，在许卿四周围成一个圆，紧接着吐息真气，鲜血竟似藤蔓扭动悬浮，凝成花朵绽放。

昙花。

自古昙花一现，只为韦驮，说的是小花精千年的修行只为见菩萨一面，只可惜韦驮无情无欲，花开花落后，也不过一滴眼泪。

这是金刚韦驮咒的起手式。

鱼凡真盘腿坐下，许卿如今一动不动，像是死了，直到黑铁的链枪缠上神剑，光昳的火与力才陡然迸溅出来，身后那株死树瞬时也有了光辉！

星点的火苗化为炬火，照亮了整座地宫，这是业火，没有烟气也不刺鼻，只是静寂地燃烧，像是进行着太古的仪式。

神圣的吟唱从女孩喉间送出，它轻盈的部分像是满天云气，扶摇而上；它沉浑的部分又像是地底巨岩，崩塌而落。

剑开始颤抖，韦驮开始降魔。

第
四
十
八
回

金刚韦驮之咒

1.

"结束了。"

剑眉星目的男人五指张开，摁在上机头顶，犹豫了下又松开，后者一张脸上惨无人色，折断的禅杖倒插在雪中。

"我差点忘了，你那点内力可以忽略不计。"林英雄叹，"你和贾情珍一样，都是螳臂当车，她当年用韦驮咒封住那柄剑，不惜耗死自己，以为这样就可以拯救魔子，可结果呢，反倒害死了更多的人，所以我说，那个女人有点蠢。"

"那不是蠢，论舍身救人，我不如她。"

"她救的不是人，是魔鬼。"

"就算是魔鬼，也可以救。"

"可她救到了吗？赔上一条命，也不过延长了十年，这一切都没有意义，就像你把金刚韦驮咒交给鱼凡真，又有什么用？无非是再多一个贾情珍，再多一个十年而已，你们所做的事都一样，都是蠢，难道我说错了吗？"

"我再说一遍，她不是蠢！"上机挣扎着起身，可更多的鲜血从嘴里涌出来，他的心肺已经破损，经脉更是尽丧，生命进入弥留之际。

"你是个懦夫啊，你心里的那个人死了，你后悔当初为什么没有拦住她，为什么没有追上去，你想留的都没留住，想做的都没做好，所以你捂住耳朵想当这

339

一切没有发生，可你为什么还要回来呢？"

林英雄的声音不大，上机的眼里燃起一粒灯芯似的微光。

"想求个……结果而已。"

其实他本可以代替鱼凡真来行使韦驮咒，可他知道，有些事只有特定的人做，救许卿的人不该是他，而替贾情珍报仇的，也不该是许卿。

那时候不该投弃权票的。

他还记得那个女人的眼睛。

像是往生的回忆给了他最后的力量，濒死的男人抓起一把残雪，如同十年前寒山寺的那个早上，苏州城的美人走进来，可那个残影又被风雪卷去，最终他瞳子里的光寂灭了，寒山寺内忽地升起一道苍黄钟声拨开了云雾，听着倒像是一声佛号。

"大成大果，般涅槃障，大师，此生不求也罢。"

林英雄长叹一声，替他抚上眼睛，旋即起身徐徐走向黄虎。

女人一双媚眼如今满是哀伤。

"抱歉。"

他五指张开，扣在女人脑门，滚滚内力汇入掌心，黄虎原本光洁的肌肤显出一层死灰，她方才凭借余力尚能封住伤口，如今气力一泄，鲜血不可抑止，登时嘴唇发紫陷在雪中，眼看也活不久了。

"我以为你不会这么对我。"

"我当初就说过玉山腿武功高强，今日一用，有何不可？"

"我只有这点用处吗？"黄虎淡淡地笑了。

"你后悔吗？"

血色正从女人脸上急速褪去，她已无法说话，只是摇了摇头。

"周淮安这种人，哪里配得上你。"

林英雄轻笑，俯身吻在女人额头，如今他已吸饱了内力，肌肉匀称紧致，神态更胜于前，堪称有登天之能。

"诸位！"

这一声正气嘹亮，武林人纷纷拱手道：

"如今魔教的帮凶一个接一个出现，正说明我们铲除魔教，势在必行，今夜还请大开杀戒，再现当年杨大侠一剑伏魔的盛况！"

2.

"过来帮我把门关上！不要让任何人进来！"

穆仁庄拼了老命想把那扇黄铜古门推上，可寿衣铺的疯老头却拎着孙女退到一边，从后门跑了。

"什么魔教魔教，最后还不是怕死，果然是老年痴呆。"

穆仁庄气不打一处来，狭小的地窖里如今萤萤鬼鬼的纸钱花圈，照着他一张满头大汗的脸，怎么，连个门也关不上吗？

"这就不是你们这种大学生干的事。"

一个爽朗的笑声从甬道里飘下，穆仁庄猛地愣住。

终于还是来了。

咚咚咚的脚步声像是幽魂，剑眉星目的男人倚着门饶有兴趣地打量。

"让开吧，那扇门你封不住的，再说你一个人，能拦得住谁？"

"我劝你先让开吧，你把后面的人都挡住了。"穆仁庄冷哼。

老实说这出口太小，林英雄往这儿一站，后面的人全堵死在甬道里，更有一大半还挤在寿衣铺中不得下来。

"前面的动一动啊！"

"谁挤我？！手拿开！"

"哎呀有人放屁！"

林英雄叹口气，无奈让开，武林人鱼贯而入，也只勉强塞进来十几个。

"小兄弟，识相的不要挡路！"

"我们今天一定要杀了魔子，铲除魔教，为武林除害！"

"顺便把神剑抢回来！"

武林人七嘴八舌，穆仁庄默默地拦在门前。

"上大学不容易，何苦白白丢了性命。"林英雄苦笑。

"我是保送的。"穆仁庄握紧了拳头，"反正我不会放你们进去的。"

他嘴上镇定，手却抖个不停，尽管林英雄岿然不动，然而仅凭那股至刚的内力就足以令人屈膝跪倒。

"你和许卿是好朋友？"

穆仁庄咬着牙不知怎么回答，他现在脑子很乱，凭什么许卿一介普通人就可以和师大的女神疗伤练功，他堂堂学生会主席反而得在这儿和关底大BOSS（老板）拼个你死我活？

万一就这么挂了，岂不是太不值了？

可就算不值，又有什么办法呢？

你只有这一个朋友，一个脑子坏掉的朋友。

"他不是我朋友，只是个傻×而已。"

穆仁庄捏紧拳头，深吸口气，他忽然意识到动漫里那些觉醒的主角，总会在极度的热血下燃烧自己，进而获得鬼神一般的力量。

就是现在！

男人却不知何时已至眼前，五指化掌，轻轻压在他心口。

砰！

万钧的力道仿佛狂风扫落叶，穆仁庄炮弹似的撞在墙上，仰头喷出一口鲜血，染红了胸前一片。

"你瞎想什么呢。"

林英雄笑笑，引着众人迈过对方奄奄一息的身体。

剧烈的腥风从门内扑来，带着一点烧焦的烟火味，一眼望不到尽头的巍峨地宫出现在视野，天与地都是黑色，只有当中一株参天的死树熊熊燃烧，像是某种图腾。

"最怕红颜生白发啊。"

男人喃喃自语，视线所及树下跪坐着少女，白发披肩宛如开了一朵雪莲。

3.

"金刚韦驮咒，以命抵命，非有大决心不可。"林英雄赞许，"是真爱了。"

他站在台阶上俯瞰，台下是近千个武林人，他们全都进来了，赞叹于地宫的伟岸，心头也不乏恐惧。

不远处鱼凡真坐在树下，一条血线自许卿身上延至她手腕，金刚韦驮咒已成，内力正源源不断地灌输过去，女孩原本浓密的黑发早化为干枯银丝，姣好的面容也显出一种透支的惨白。

被铁链捆绑的年轻人动弹不得，无法言语，只是睁大了眼，泪水不停地滚落，嘴里发出"呜呜"的声响。

"诸位看见了吗？那个妖女自知不敌我武林正道，竟想毁掉神剑！"

342

听闻杯英雄的话众人皆是一愣，有人忽然叫道："啊哈！我想起来了！她就是那个方清浊的丫头！错不了！她使的是音枪！"

"可她当初为何还要救走那个魔头，方大侠不是死在魔头手上吗？"

"欺师灭祖，更该杀！方大侠如果知道，九泉之下也不得瞑目！"

"对，该杀！绝不能让她毁了咱们的正道神剑！"

一直不吭声的鱼凡真抬起头来，武林人纷纷退让。

"再给我一点时间好吗？这把剑……就要摘下来了……"她说话的语气像个濒死的老人，那是内力空耗的结果。

"妖女还能说话？！"

"原来她没死啊……"

见武林人胆怯，林英雄沉声道："诸位可不要忘了，你们不杀魔教，魔教就杀你们！"

一群人面面相觑，终于有人抽刀拔剑，蠢蠢欲动。

"你们怎么这么蠢……"鱼凡真喘息着，"林英雄骗了你们，这把剑是一柄邪物，谁拿了，谁就是魔头，我现在以金刚韦驮咒封住这柄剑，也是为了你们好！"

"你少糊弄我们！天穹炎剑乃我武林正道神器，只不过是魔子夺了去，怎么就成了邪物？劝你还是赶紧交出来！"

"好……你们想要是吧，再等等，等韦驮咒完成，这把剑就摘下了，你们根本不用杀了许卿，剑给你们，你们尽管拿去！"

"她在拖延时间！剑就要毁了！"林英雄催促。

果不其然神剑上涌动的火光弱小下去，从女孩体内流出的鲜血正洗刷着剑锋，其间有密密麻麻的符咒泛着暗金色的光芒，似韦驮震怒。

"妖女！在下广东任我食，讨教了！"人群中跳出个精瘦汉子，手中一双倒钩铁筷劈中鱼凡真后背，留下一条臂长血痕。

惨叫。

许卿挣扎着想要站起来，可那条该死的铁链反倒越缚越紧，只能怒睁着眼像是要把眼珠也挤爆掉。

"妖女！鄙人武汉刘飞虎，吃我一锤！"

尚不待女孩起身，沉重的铜锤又砸中她腰腹，后者翻滚着摔出去，口鼻中的鲜血洒了一地。

"妖女！我乃四川杨大志！受死！"

"妖女！江左欧阳叶讨教！"

"妖女！看剑！"

武林人像是鬣狗一样扑上去，此起彼伏的刀剑斧锤，空气里炸开一股浓烈的血腥味。

直到鱼凡真再也不动了，成了一坨死肉。

"妖女败了！"

许卿枯愣在那儿，耳边都是"妖女""妖女"，他忽然有些感慨，以前他觉得自己是令狐冲，鱼凡真是任盈盈，盈盈是妖女，哪有男人不喜欢。

可现在女孩真的是了，他又抑制不住地泪流。

原来任盈盈也很难过，武林群雄要杀了她，只有令狐冲帮她。

可你并不是令狐冲。

欢呼的人群中，林英雄指了指女孩摔出去的方向。

"求求你们，别杀许卿，剑……剑封得住……"

那个骨折的"人形"竟是匍匐着爬起来了，她颤抖的手指伸出，许卿身边的血符为之翻腾，金色的咒印又重新开始吟唱。

"妖女！我叫你停下来！"

终于有人一脚踏在她头顶，苍白的脸上溅了泥土，再没了往日的冰雪洁白，可她仍是那副冷冰冰的性子，这让她憋着一口气抬起头，死硬死硬地盯着许卿。

别怕，我会保护你。

她翕动的嘴唇没有声音，但许卿听见了。

"差不多了。"

林英雄喃喃自语，从台阶上疾射而下。

天穹火海之魔

1.

"你以为你当个缩头乌龟，那些事就可以当作没发生吗？"

幽深的黑暗中，林英雄徐徐走来，武林人被他那股不同以往的气势所震慑，竟是都停下了。

"你是一个魔子，十年前就已经注定了。"男人叹，"不管你如何逃避，如何想要忘记，命运都不会放过你。"

"你还不认命吗？"他蹲下来，凝视着年轻人的眼睛。

许卿觉得自己的头快要裂开了。

心脏像是一面蒙着人皮的铁鼓，咚咚咚响个不停。

他想说我当然知道啊，我当然知道，不要再提醒我了。

我已经很努力地去忘掉，为什么还要追着我不放？

他曾经以为只要不去想、不去问、不去说，装作一副贪生怕死的样子，这个该死的现实就会放过自己，他不愿意去明白，他只是个大学生啊，一柄神剑，一群高手，离他的生活未免太远，这些人一个个都那么牛、那么威风，可与他又有什么关系？

我为什么会卷入这些呢？

哦对了，是因为那个女孩说好了要保护自己。

可哪一次成功了呢，他心里苦笑，哪一次不是他一剑冲天，可他并不苦恼，反倒感到快乐，因为他原本只是个连话都不敢上前说的凡人。

就是这样一个人，竟也可以在心爱的女孩面前从天而降，剑焚四海，也许真的是这样，你穷尽了一生，只是想要她多看你一眼。

于是他伸出颤抖的手去触碰剑柄，可铁链让他无法动弹，他才意识到这里本没有什么英雄。

那个念头又来了。

这一次他成了狂舞的妖魔，从黑暗中流出的血冰凉透骨，女人捧着他的脸，视线里化为碎裂的灰烬，又像是风中枯草凋零。

"妈妈。"

非人的声音从喉咙深处钻出来，仿佛铁与铁的撕咬，令人头皮发麻，无穷的懊恼和悔恨融化成泪水，心里的声音在说住手！不能再继续了！不能变成那个……怪物！

所以就这样吧，不要再给怪物机会，让它睡去，没有人需要怪物，也没有人需要你！

那个女孩反正也不爱你。

爱你的人已经死了。

所以就这样吧。

忘记，远离，然后让这一切都滚开！

"你杀了你母亲！你还以为能一辈子做个普通人吗？十年前武林人要杀了你，十年后他们也不会放过你！"林英雄在远方咆哮。

别他妈再吼了，你脑子有病啊！

那一瞬彤红的火流蹿入天顶，又流云一般散开。

"不对劲，不对劲，退开！"武林人惊叫着仓皇退后。

"看看这些人，许卿，他们哪个不想杀你，因为你拿了神剑，你就该死，你是魔教，你也该死，你想想，这一路上又有多少人因你而死？都是你害的，你还不明白吗，你是诅咒，也是毁灭，你所经之处，怎么会有光？"

林英雄的声音越发高亢，与此同时胸中伟力波澜起伏，剑柄上浮动着一层透明波纹，缕缕氤氲的光气开始汇拢，终于看得出是一柄宽口重剑。

"你想要的，终究会失去，这是邪魔的命。"

"放屁！"

那是一声穷尽力量的怒吼，许卿愣愣地看着鱼凡真跳起来，原来她发疯的样子比电视里的妖怪还可怕，许卿忽然有些想笑，如果师大的那帮人知道女神这么疯狂，还会不会排着队在楼下等她？

那已经不是女孩了，分明是一头护崽的母豹子，她全身的肌肉紧绷，狠狠地扑向林英雄，可男人仅凭单手就掐住她的脖子，不费吹灰之力地举高。

"许卿，你还有我，我哪里也不会去！"鱼凡真挣扎着吼，"你不是魔鬼！"

声音戛然而止。

年轻人眼中最后的一丝光也泯去了，只因透明的剑锋干净利落地贯穿了女孩胸口。

时间似乎停止了，猩红的湖水翻滚着，那个苗条的身影坠落下去，大片的鲜血浇在漆黑的泥土中。

"此乃一无所有之苦。"

林英雄叹息一声，他不需要再说话了，掀起的狂风早已说明了一切。

风中是炽烈的火，生冷的剑，与滚烫的泪。

2.

白雪皑皑的古镇，空气干冷，有一股尸体的味道。

许卿抬起头，天上繁星密布，白龙似的银河横贯夜空，它巨大的河床上点缀着钻石般的星辰，照亮了脚下一眼望不到尽头的街道。

齐人高的野草在道旁随风起伏，如同小鬼窃窃私语。

又回到了这里。

他知道自己要去哪儿，于是他迈开步子，踩过一地的红与白、黑与灰。

腥血与白雪杂糅在一起，烧焦的尸灰像是一场雨。

他穿过这些死寂的街道，来到尽头广场，它如此之大，几乎看不见边界，却在正中立着一棵枯死的老树，树下有红铜火苗。

他颤抖的手伸过去，却因为滚烫而缩手。

那是一柄烧得赤红的宝剑，像是熔岩浇注其上，嗞嗞冒着白气，白骨为鞘，插在一具骨化的尸身之中。

这尸体恐怕死了有多年，看不清模样，它单膝着地，双手握住剑柄，宝剑从咽喉切过。

即便皮囊已散，但仍不难想象死前的痛苦。

天地星辰斗转，夜色波涛起伏，唯有这一人一剑，半跪在树下，胸腔里仿佛一把熔炉之火，烧得赤红，也不知多少年。

树干早已被雷劈死，焦黑且狰狞，却好似太古图腾，年轻人退后几步，难以置信，又有一股刚烈悲楚的浊气堵在嗓子里，他几乎就要大喊。

那尸身动了。

两个黑洞洞的眼窝转过来，盯着许卿，喉头之剑猛然迸射出激烈的流火，十方飞溅，点燃脚下枯草，一时大火熊熊，绵延百里，波澜壮阔，连着那棵树，也烧成一把不灭的柴薪。

火焰映照着许卿的脸，他并不恐惧。

最后一抹火星，噼啪一响，骤然泯灭，满天星辰在瞬间染成赤红，又在瞬间归于黯淡，大片的焰火退入天地尽头，如同熄灭的火炉，最终，那把剑冷却下来，它不再通红耀眼，而是归为古朴凝重的青色，隐隐有威严灌顶。

与此同时，鲜活的皮肉从骨与骨的缝隙中开始生长，它们活跃地涌动膨胀幻化直到完全地覆盖住尸身，进而长出浓密的毛发、饱满的嘴唇与透亮的眼球，宛如时光倒流，勾勒出一张女人的脸。

许卿曾见过她，在许多个世纪之前，眼中是穷尽的哀伤，她近乎裸体地裹在一袭大红的裙袍中，那柄神剑切过了咽喉，她就要死了，那些血就要流干了。

年轻人流下眼泪，他不知道为什么要哭，只是觉得很难过。

此时又有一种声音，从四面八方簇拥着他。

好像一万个声音恭迎他。

来吧。

来吧！

指尖即触碰到剑柄，他想要握住它，尽管滚烫的温度烧焦了掌心，他却不以为意，任凭鲜血沿着剑刃，滴在白雪之中，化作燃起的小小火星。

而那股浩大的悲伤，也不可抑制地淹没了所有。

女人用最后的力气攥住他的手，摇了摇头。

不要，不要，不要。

她无法说话，许卿却听得见，他终于明白那些悲伤的源头，可已经来不及了，他将女人的手指逐一掰开，平静安详。

有一天，你喜欢上一个人。

不顾一切地想为对方拼命。

你明知是一切悲伤的开始，明知那不过是愚者之爱。

"可是又有什么办法呢。"

年轻人的双眸穿透了星空与大火，平静中也流淌着哀愁。

"我真的很喜欢她。"

终于，威严古奥的声音取代了一切，那是魔王从御座上投下的旨意。

3.

"是魔教……真的是魔教！魔教回来了！我们都会死！"

武林人纷纷退散，发出撕心裂肺的狂吼，那一刻他们心中懊恼、悔恨、惧怖，他们从未想过，世上真的有魔子。

那个火海中的"妖魔"轻松挣开铁链，炽热的烈火甚至连音枪本身也一并融化，方圆百米之内所有的水汽瞬间蒸发，只有干燥的焚风仿佛地狱图景。

武林人回头看去，无不两腿发软，原本林英雄说这个许卿是魔教，他们有人心中其实并不相信，至于那个叫项光明的瞎子，纵然武功厉害，可也只是个常人，然而眼前之景却超出了人类的认知，以至于某种恐惧的念头种子一般在诸人心头生长——

四百年前魔教肆虐，教主以一人之力杀尽武林，一代高手近乎死绝。

原来不是传说。

"好！断头波罗夷，人心根本之恶！"林英雄像是欣赏着某种杰作，拊掌大笑。

妖魔却只是孤零零地站在原地，微微侧过头，于是汹涌的焰光就像潮水一般从脚下流淌开，所过之处万物焚灭！

林英雄单膝跪地，那一瞬浩荡的光芒从双眸里倾泻而出，化为长锋铠甲，又在身前垒成一面等身高的巨盾。

"勇者的决心！"

他像是怒涛中的礁石，稳稳地扎在地上，那些灼烧明亮的业火沿着两侧分流。

可武林人却没有这么好运，他们中有人哀号着翻滚，试图扑灭火星，反倒被火海所吞吃。

"别……别过来！"

有人大喊，声音却只维持了半秒，天穹炎剑穿透了脖颈，那个倒霉鬼努力地想要哀号，却发不出丁点声音。妖魔抬手拔剑，一刺即离，炎剑脱离肌肉的一霎竟有明黄亮眼的火流从伤口里涌出，又将死者裹住，活物一般吞噬了尸体，阴风一吹，崩塌四散化作一把薄灰。

"他成魔了！这不是人的手段！"

妖魔仰起头，发出雄浑的哀鸣，他手握剑柄，一步登天，丈远的距离几乎一蹴而就，手中一弧剑气喷薄，冲到顶竟是劈开岩层，只一霎提剑入阵，近千人的队伍人仰马翻，有人举刀格挡，却连人带刀化为一道火柱，余下的人愣愣看着这一切，终于不知谁哭了起来，武林人顿时像蚁穴一样决堤！

他们似乎知道自己要死了，于是使出浑身解数往出口狂奔。

"等等……大门什么时候关上的？！"

那扇黄铜古门就在眼前，可如今却不知被谁彻底地封死了。

"魔头来了！"

几乎是一道疾射的火流从天而来，漆黑的"人形"重重砸在人群之中，难以置信的焰光从剑锋泄出，流水一般裹住众人，轻轻一卷，炸开一朵又一朵血泉，在黑色的天地间化为一场血雨，血珠落在剑脊上嗞一声蒸发，竟是不留一丝痕迹，那柄剑至今仍诡异得光洁如新。

非人的剑术，非人的杀心。

越来越多的人倒下，尸体化为炭粉。

遮天蔽日的恐惧像是一张无边漆黑的大氅从天而降，扣住了整座地宫。

"跑不掉了，大家杀呀！杀了这个魔头！"

不知谁喊了一声，众人反应过来，各式兵器嗡嗡震颤，刀光剑影破开，雄沛的血雨也震荡出不绝的弧线。

既然都是死，武林人也不怕拼个鱼死网破。

"嘿。"

一声毛骨悚然。

妖魔面向众人，忽地咧嘴笑了，他漆黑的面孔上不见神情，唯有双瞳如炬。

"杀！"声音落地的一刻，他已跃入阵中，一剑兜头斩下，就有人化为两半。

血浆泼洒，蒸发，狂魔的笑声穿云裂石，有人捂着耳朵跪下，他的头颅便飞去；有人反身逃跑，他的腰腹就断开。

武林人颤抖着流下泪来，杀不掉的，那种东西只要对视过，你就会明白，那不是人间的东西，面对恐惧最好的方法原来不是鼓起勇气，而是逃跑，逃得远远的！

　　他们扑向门口，可那扇黄铜古门纹丝不动，逃命的人挤满了台阶，没人敢回头，身后除了尸体还是尸体，那不是人间，是地狱！

　　武林恐怕真的要亡了，亡在一个妖魔手上。

　　"林大侠，你救救我们啊！"

　　"林大侠，杀了魔王，铲除魔教！"

　　"林大侠！武林全靠你了！"

　　林英雄站在远处，静静欣赏着杀戮，他不再像方才那般激动，也不似其他人那般恐慌，反倒是一种英雄般的豪情填满了他。

　　"诸位，我实话说了吧，天穹炎剑确实是一柄邪物，它不是一柄剑。"

　　"什……么？"

　　"其实我也思考过，我猜想四百年前雷楔降世，不过是个天外来物，这东西化为剑形，却以肉身为宿主，简单说，所谓的神剑择主，不过是一种寄生，宿主借此获得力量，可也透支了生命。"

　　"林……林大侠，你到底在说什么？！"

　　"我是说，就算韦驮咒封住了这柄剑，你们也无法用，因为寄生关系一旦确立，就只有宿主死掉，可就算咱们杀了宿主，试问在座的诸位，哪一个有胆子以身饲魔呢？"

　　"这都什么乱七八糟的！你没看见魔教要杀光我们了吗？！"

　　"傻×，"林英雄突然笑了，"哪儿来的魔教，我要你们的。"

　　死一般的静寂。

　　"林英雄，你到底……想干什么？"武林人怯懦地问道。

　　"要我说几遍啊。"

　　他双手举起那柄光明所化的重剑，深深提了口气，于是那些尚未冷却的尸身上生出缕缕白丝汇入剑锋，那是他们的内力。

　　"当然是重振武林！"

　　漆黑的天地里，一瞬光明大作，暗夜如昼，映照在武林人惨白的脸上，他们现在才明白，要他们死的，不是只有那个魔头。

　　待全部的光明汇拢于一人，此起彼伏的哀号声也渐渐小了下去，最后一个人被妖魔揪着头发，一剑削去了头盖骨。

　　近千个武林人。

　　都死了。

持剑者
心伤

"我在外面等你。"

林英雄徐徐站起身，他如今笼罩在一片光明海中，成百上千的内力不绝地涌入胸腔，他轻松舞了个剑花，剑柄上的光明状如花蕊，便有千条光流疾射，凿开了天顶！

正道大剑，无形有形，皆在于力，而林英雄现在最不缺的就是内力。

幽暗的地宫中投下一片月影，男人脚下一蹬，翻飞出去。

漆黑的妖魔并没有追赶，他呼了口气，愚钝地走向黑暗，走向那个早已沉默的人影。

鱼凡真。

这个名字像是在很远的地方呼唤，可他想不起来，但是他要追过去，他的心里有一个怯懦的声音在恳求，恳求这个魔头出手救救她。

于是魔头抱起那个女孩，后者丈长的白发拖曳在地上，胸口有一道细长伤口，血涌出来染红了衣衫，他的手抚过，猩红的火焰注入，烧灼过的地方便愈合了。

他站起身，任凭忽明忽暗的火星在胸口张合，一把赤红的炎剑握在手中，流水一样波动，沉默之后，那是一声钻云的长啸，随后剧烈的焚风从四面八方掀起，大地轰鸣震颤，冲天的火焰溅射开，所过之处熊熊燃烧。

整座地宫都崩塌在这无尽业火中。

火中，黑色的影子怀抱女孩，谁也不知道他在想什么。

第五十回

这个夏天就要结束了

1.

她又回到了那座城堡，天边的黑云沉甸甸压在头顶，连绵的山雨延伸至大地尽头，那些门前的花圃枯萎了，像有数百年不曾修剪。

她抬起头，云层拨开，露出水泥的穹顶，生锈的机器跋涉在雾中，汽笛鸣响，仿佛一群渡江的长颈鹿。

终于那座青石的拱桥也横亘在天海之间，它变得百万倍巨大，像一座山，一座登天的大山，山上的人背着剑，山下的铁铺里，小女孩吃着溏心儿蛋。

"学姐，我来救你了！

"学姐，有我在，没人能欺负你。

"我哪里也不会去的。"

或近或远的声音牵引着她，推开城堡的门，小小的少年坐在长桌尽头，瘦骨嶙峋，不说话也不动，他静静盯着闯入者，在一片洪荒般的静寂里，传来扑通的声响。

他的心脏极其细微地跳动了一下。

枯死的眼中有了水分与光彩，他站起来，像是招待一位远方的客人。

"你怎么来了？你是第一次来吗？

"许卿……

"你想看我的画吗？想听我的歌吗？想不想知道我最喜欢的游戏？

"许卿……

"啊对了！我带你参观一下我的城堡吧，我的城堡里有一个房间，都是你。

"许卿……

"你怎么啦？你不高兴吗？你有心事吗？你可以跟我说呀，书上说追女孩子一定要学会倾听，我学得很好，我什么都听。"

女孩抬起头，心想：我有很多话就在嘴边，可是你不给我机会，你要让我说呀，说出那些话、那三个字，我应该说的，你为我做了那么多，我应该答应你，我早就该答应你。

起风了，澎湃的甜蜜的苦涩的冰冷的风吹开了城堡，它们崩塌了，幻化了，只剩下一片流云，满腔的难过无处可说。

"许卿……我……

"我……"

肺里的空气在牙床里使劲地挤压，它们张开了，发出咝咝的声响。

"我知道的啊，不用说。"

那个哀凉的声音被风吹散了。

少年的身姿停滞在那里，像是时间冻结了，他的眼珠黯下去，又亮起来，无穷的哀伤从身体里涌出，淹没了整座城堡。

"学姐，我是不是很傻？"

鱼凡真猛地睁开眼，仿佛溺水之人剧烈地呼吸。

她伸出手摸了摸胸口，原本林英雄造成的剑伤早已愈合，只有藤蔓状的血纹在皮下心脏般跳动。

也许是魔子有力，令诸魔复生。

可不论是什么，都是那个妖魔救了她。

又一次。

她抬起头，想说点什么却只是愣住，睫毛抖动，挤了挤眼似乎是要把多余的苦涩都挤掉。

那已经不是"许卿"了，取而代之的是另一种东西，即便他有着许卿的面孔、许卿的身体，甚至许卿的气味，但他仍然不是那个会紧张的年轻人。

是妖魔。

漆黑的内力是他的披风与铠甲，裹住了他的全身，只露出两颗赤红的瞳子目视前方，身后是无边的业火，天地一片血红。

"许卿……你听得见我说话吗？"

妖魔不点头，也不摇头，他的呼吸从胸腔里喷吐出来，发出涩涩的声响。

女孩并不害怕，她张开胳膊，轻轻搂过妖魔的脖颈，沉闷的心跳就像钟鼓一样作响，如果那个年轻人还在，他一定会结结巴巴地说学姐你在干什么呀？！学姐你是不是喜欢我？哈哈哈太好了我也喜欢你。

可妖魔没有，他毕竟不是许卿，没有像那个年轻人一样慌张失措，他只是端坐在死树下，化作一块黑铁，如同一万年那么久。

"许卿，等回了师大，我做你女朋友吧。

"到时候我带你去吃北门后面的那家砂锅，可好吃了。

"还有你不是英语不好吗，我帮你补课。

"我再给你一张照片，你就贴在饭卡上，好不好？

"许卿，你听得见吗？听见了就点点头好吗？"

她不停地说，否则那些积郁的酸楚就会在心里腐蚀她的血管，她忽然意识到，这柄剑曾经的主人们都死了，眼前这个人……也会死吗？

就像是泰山雨夜的那个男人，从此丢下她走了，她有时候也想说，泰山可真是大啊，那座雨夜中的山峦，她可能一辈子也走不出来了。

老人说事事因果，无始无终，是一个完整的环。

原来就是这样的环，你一开始就孤身一人，走到了最后，还是孤身一人。

其实这个叫许卿的年轻人说得没错，他们真的很像，因为他们都徒劳地想抓住什么，抓住天，抓住云，抓住梦，抓住那些注定要走的人，最后又想抓住彼此，结果呢，什么也没有抓住。

"学姐，你一哭，就不好看了。"

2.

"你醒了！"

鱼凡真不知道为什么，泪水就是止不住地流下来，她一边笑，一边擦着眼泪，她说你个王八蛋现在知道骗我了？你知道骗我的人有什么下场吗？你信不信我一枪打爆你哦！

她不停地说，不停地说，好像一停下来，这个梦就要醒。

可妖魔只是静静看着她，他的嘴唇也没有动，声音来自胸腔，如同一个擅长

355

腹语的人，又像是许卿这个"灵魂"在躯壳内短暂的回光返照。

"学姐，你知道我是怎么被这柄剑选中的吗？"许卿忽然笑了，"那天我溜进寒拾殿，其实是想拜佛的。"

年轻人的声音很轻，也很温柔，反倒不像是他自己："我见到了那尊韦驮像，我说请佛祖帮帮我，我想快快长大，变成很厉害很厉害的人，这样就不会有人看不起我，也不会有人欺负我和妈妈。"

他顿了顿，仰头望着穹顶："我只是许了这个愿望，像所有的小孩一样，其实这也不难理解，你知道我老妈是个给人洗车的，没什么钱。有一次她来开家长会，看见墙上贴的小黄纸，那里是我们很多小朋友写下的愿望，有人说要和爸妈再去吃一次牛排，要和爷爷再看一次凯旋门什么的，我就写希望能给妈妈买一双手套，因为洗涤液把她的指甲都弄掉了，结果我老妈回来以后，忽然就带我去吃了一次肯德基，她说有一天还要带我去吃牛排，去看凯旋门，她一边说，就一边哭，她真的是个很爱哭的女人啊。"

"许卿！你想干什么！"

鱼凡真想冲上去，却发现被一股看不见的力场所隔开，它像是一层膜，将周遭的空气与碎石都挤压出去。

"所以你看，我老妈就是这种人。"年轻人双眼里的光开始熄灭，"我有时候想，如果她坏一点就好了，可她偏偏就对我这么好，好到让我觉得，如果不让她开心一点，我就会很难过。"

鱼凡真拼了命地想要冲进那个"场"，却无济于事。

"所以我许了愿，韦驮就开裂了，那柄剑插在里面，它一直在喊我的名字，要给我力量，要让我变成很厉害很厉害的人，我还以为是佛祖显灵了，就像是小说里的主角掉下山崖得到了一本奇书，一定是这样的，所以我跟自己说，要勇敢，要保护妈妈，要变成很厉害很厉害的人，我就握住了那柄剑……"

这就是十年前的因。

那个小小的少年握住了剑，也握住了力量，种下了魔子的萌芽。

在那片天穹大火之中，注定了此后十年的人生。

"其实我做错了吗？也没有吧，我只是想做一件好事，可却是这样的结果，命运是不是有点不公平？可我后来懂了，这就是命运，它有时候真的很偶然，可因为一个偶然，什么都改变了，就像这柄剑，就像……我遇见你。"

"许卿……让我把剑封住……求求你……"鱼凡真颓然地坐下去，她知道说这些都已经太晚了，可如果不说的话，她又会疯掉。

许卿已经做出了他的选择，在那个看不见的力场中，他的头发正以肉眼可见的速度增长，皮下泛起的黑色汹涌地膨胀，仅剩一双眼睛。

"我一直在想，因果菩提，因果菩提，到底哪里是因，哪里是果，如果说我拔起这柄剑是一切的起因，那么它的果在哪里，难道就是成为魔王吗？注定要成为魔王吗？"

许卿的笑容很淡，也很释然："我现在明白了，成为魔王并不是果，遇见你才是结果，如果没有这柄剑，没有这些事，我们就不会经历这一切，也不会走到这一步，这才是我应得的结果。"

鱼凡真觉得自己无法呼吸了，她坐在地上，只是摇头，眼泪已流了满脸，像是所有的东西都要被夺走了。

她想要大吼，可又不知道吼什么。

这个夏天要结束了。

那个人要走了。

身后的死树忽地燃烧起来，枝蔓在炽烈的焰光里生长，所爬过的一切都染上火焰，于是力场中的一切化为火海，形成一个极大的旋涡，只剩那个年轻人站在中央，肉身成魔。

"你为什么要这样做？你会死的，变成了魔头，就再也回不来了。"

"我知道啊，可谁让我这么幼稚。"

漆黑的妖魔慢慢地退进火海，他的目光投过来，温和又黯淡，再也没有了年轻人的执拗与胆怯。

"学姐……"

最后一丝黑暗吞掉了眼睛，是彻头彻尾的黑。

"这个夏天对我来说，很美好。"

第五十一回

光与影

1.

起先只是细微的震动，到最后竟成了天地倾覆。

青石的古镇支离破碎，家家户户亮起了灯，更多的人尖叫着跑出来，他们不明白发生了什么，也从未见过如此纯粹的火，它不是那种亮丽的、温暖的东西，它只是炽烈地燃烧，直到焚尽天穹云海。

冲天的火光从地底的深处升起来，目之所及的一切都在火海中崩塌，从中又生出两人粗的藤蔓，那不是幻觉，而是枯老的树枝交缠而起，它不断地生长像是参天的炬火点燃了天穹，那一刻所有人都匍匐，所有人都跪倒，除了林英雄。

没有人敢上前，更不敢靠近，因为有火的地方就有沉重的脚步，像是有什么可怖的东西来了，所有的火焰都被一股巨大的压力推开，终于一个人影出现在火的尽头，他本该有一双清澈的眼眸，如今漆黑如死。

"妖魔，你来了。"

不知道为什么，林英雄觉得很难过。

而后他深吸口气，便有万千光明涌动，整个人化作一团耀眼的明光，又氤氲拢出一道人形，那是纷乱的剑气归于平静，成为他的铠甲、盾牌、巨剑，以及猎猎舒卷的披风。

此乃勇者的正义。

妖魔却连眼皮都不抬一下，他走向废墟中的穆仁庄，那家伙还活着，如今背靠着墙角，难以置信地看着眼前的一切。

那头痴心妄想的大象，终于再也不见了。

你拥有了力量，可除此以外，你也失去了一切。

不要成为那种燃烧自己的主角啊！

穆仁庄不争气地哭起来，他知道这样很丢人，可你最好的朋友有一天化身为魔，作为兄弟的你，难道不该难过吗？因为魔头既不能和你打游戏，也不能陪你吃食堂，魔头是风云，风云降龙虎，可你的朋友是大象，你们本该在草原上。

"金刚韦驮咒以心神为灯芯，空耗内力，燃的是寿命。"林英雄沉浑的声音从天降下，"他是不想那个女孩耗尽自己。"

原来是这样。

穆仁庄觉得心里的空气都被抽光了，他跌坐在地上，惨笑起来。

这就没错了，那头大象……

他做得出来，宁愿成为魔子，也不想让那个女孩为他付出。

这种人的感情到底有什么意思？明明什么都得不到，还什么便宜都不想占！

"你以为自己是谁啊！"穆仁庄哭喊着。

"我是谁？"

黑色的妖魔一跃而起，天顶的黑云开始在火焰中燃烧，像是一场从天而降的火雨。

"肉身成魔，始终都差这一步，今天你也走到了。"林英雄轻抚着重剑，"十五年前我从《波罗夷》中得知，凡肉身成魔，皆需'一无所有'之苦，起初我还不明白，因为从你母亲死后，你就已经是个什么都没有的人，又谈何失去。

"直到你遇见那个女孩，我才顿悟了，原来你心里并不是空无一物，所以我让鱼凡真带着你上路，在英雄馆的时候，又放任你们一路逃走，因为我知道，就像游戏里的勇者需要升级，爱情也需要酝酿，只要我有足够的耐心，只要你们经历得足够多，她迟早会成为你心中一件绝不能失去的东西。"

林英雄叹口气，光明重剑浩气冲天。

"所以现在你懂了吗？当你爱上她的时候，一切就已经注定了啊。"

说完他一跃而起，在一片夜云中，像是颗耀眼的启明星，迎向天空中炽烈的火种！

持剑者
心伤

2.

　　光明与邪火对撞在一起，像是在夜空开了一朵硕大的礼花，迸溅的火流分成数道沿着夜色落下。

　　"你杀不死我的。"林英雄终于笑了，这个剑眉星目的男人如今焕发出蓬勃生机，像是有使不完的劲，每一剑都在劈山，都在填海，妖魔也不闪躲，挥舞着魔剑与他对敌，那是势均力敌的两股力量，永远不会完，只有撞击，撞击，撞击！直到另一个人死去！

　　"你，不止，一个。"邪魔微微皱眉。

　　"这就是我唯一的方法！"男人吼道，"既然我救不了武林，那就让武林化身为我！"

　　从一开始，林英雄就希望许卿肉身化魔，也只有妖魔的力量，才能在如此短的时间内杀尽数量众多的武林人。

　　他没有撒谎，他真的是在"借"力。

　　他要把整个武林的内力，都"借"入自己体内，如今他几乎成功了。

　　"等我杀了你，连魔教的功力我也要吸收！到时候我将作为武林本身而活着，所有的武功，所有的心法，都不会消失，我会将它们保存起来，流传下去，好过现在百倍！"林英雄双手挥剑砸下，放声大笑，"正所谓我即是一，一即是全！"

　　"你，好吵啊。"

　　魔头的炎剑劈开云海，漆黑的波澜如滔天巨浪，迎着那一万道金光，英雄的勇者以剑相抵，两人相击，如同雷鸣。

　　潮水般的人群试着逃出枫桥镇，远空中的两股力量已经超出了他们理解的范围，他们分不清哪个是人，哪个是魔，哪个是来拯救，哪个是来毁灭。

　　鱼凡真拥挤在乱糟糟的人流里，她仰起头，天空中乍现的火光又暗下。

　　她不知道该怎么办，除了呼喊那个人的名字，可他已经什么都听不见了。

　　"你是那天那个女孩！"逃散的人群中忽然冲出个熟悉的面孔，他因为紧张而哆嗦，强作镇定地从怀里掏出一张照片，那是他最后一张底片。

　　"外星人怎么会来！这次搞不好要没命了，给你了！"

　　女孩接过，心弦在绷紧。

　　"我拍过的人都分手了……"小哥的眼神涣散，"以后我都不会拍了，你们留着做纪念吧！"

"快帯着你男朋友跑！"小哥挥了挥手，消失在人潮中。

鱼凡真呆呆地捏着那张照片，枫桥之上，年轻人一脸紧张地搂着少女，夏季的阳光刚刚好，落在两人的发梢，像是镀了一层金边。

"我是谁！"妖魔的声音响彻八荒四野。

女孩仰头，泪珠如雨。

魔王终究只是魔王，带着他的剑与泪、血与铁，去迎接他注定而来的命。

3.

"只要还有英雄，武林就不会死！"

林英雄近乎疯狂地舞动重剑，旋身一拧，化为一道光的龙卷！与此同时，更多的光明从他的眼眸里倾泻而出，撑开了他的胸骨，他看起来也不像人了，也许极致的正义本身，也是一种妖魔。

"你在想什么？你在犹豫什么？"他怒吼着问。

"我在想，我是谁。"妖魔的声音有一丝困惑。

"你是个魔头。"

"那你是谁？"

"我是武林的正义！"

"好无聊啊……"魔头咯咯地笑。

林英雄愣住，他不喜欢那个妖魔的笑声，让他想起另一个持剑的人。

武林是一件小事。

"我受够了，你们全当我是傻子。"

林英雄咬着牙，胸口风箱一样起伏，浩渺的力量像是雷电沿着云层四射，切割了一整片天空，投下一束又一束光柱，他悬浮在其间，宛如御座上走下的神祇。

他的面孔在光焰里扭曲，忽然又像是近千人同时怒吼，近千人同时咆哮，氤氲的光气从男人体内溢出来，照得他全身透明，将他化为一颗白炽的太阳，再不见一片阴影，只有热烈的光、暴怒的光、神罚的光，它们汇聚在剑柄上，于是那柄重剑成倍地增长！最终横亘在天与地之间，长达数百米的光刃一斩之下，哪怕高山大海也要为之两分！

正道大剑！

此乃四百年武林正道不灭的杀心！

也是正与邪不死不休的结果。

"来啊，最大的恨，就用最凶恶的战斗来结束！"

海啸一般的剑气吞向漆黑的妖魔，可他只是偏着头，像是在聆听云层里的声音。

"嘘，别吵。"

他好像听见了，在林英雄那些沸腾的光气里传来纷纷扰扰的声音，伴随着记忆中某些破碎的画面。

"为什么我不可以天下无敌？！"

那个叫车行子的男人与他的兵车锤熔化在火中，像是一个点燃的草人。

可悬空的锁链上什么都没有，没有人被绑在那儿，更没有什么遍体鳞伤。

"何处买青春！"

钱无用抱着那口铜钟，模样滑稽，他那十二个徒弟死在他面前，男人流着泪，化为一地冰屑。

白玉兰号上，什么都没有。

"为了她，我愿意杀一个人！"

那个金发碧眼的老外奔跑在白银的沙漠里，身后跟着那个叫小九的女孩，他们都没有眼珠。

济南的宾馆前，还是什么都没有！

本来应该有什么的！

"别吵！"妖魔狂吼着，像是有人夺走了他最重要的东西，于是撕裂般的痛苦刺穿了他的心，心口烧得厉害。

"学弟，照顾好你自己啊！"

那个人的台词不该是这样的，不该是的，他当了这么多年的配角，把机会让给了你，那个机会……那个机会到底是什么？！

妖魔想不起来，他只好开始跑，发疯似的跑，推开那些过去的影子，却看见手持灯管的人站在湖水中央，他像是破碎了，虚化在一堆飘零的秋叶里。

"这世上几样好，靠拳脚一样也拿不来。"

一样也拿不来，你也没拿来，我也没拿来。

天黑了，有人在黑暗中举起火把，许卿睁开眼，又发现那不是黑暗，而是披着黑袍的人，环绕着一株死树。

菩提因果，教主圣裁！

教主！救我们呀！

"你们不是要诛杀魔教吗？魔教就在这儿！"

那一声裂开云霄的狂吼，风雪中是眼有白翳的人，他抱着他唯一的女孩，寂灭在一堆枯雪中，邪红的妖刀黯淡下去，他们都死了。

魔教徒都死掉了。

"卿卿，你长大了呀。"

声音不大，却似一把黑铁的枪贯穿了妖魔的心房，他愣在那儿，血腥的咽喉里有了一丝甜味。

"男孩子不能哭。"

女人的声音依旧很温柔，她俯下身，捧着妖魔的脸。

"听说你喜欢上一个女孩。

"只要有喜欢的人，就不孤独。"

终于，连声音也消失了，世界的狰狞显露出来，那是一片荒原的正中，竖起巍峨的韦驮巨像，眉目低垂，仿佛是怜悯。

"不孤独吗？"

黑色的妖魔轻轻叹息，他抬起头，火便从韦驮的眉心开始燃烧，将它劈开，朽木的味道充斥了寰宇，露出一柄万丈高的神剑。

他身后，整片天穹都化作一片倒悬的火海。

第五十二回

因与果

1.

头顶传来天穹裂开的巨响。

四百年正道不灭的杀心劈来，妖魔静静不躲。

他单手扬剑，光与影彼此撞击，也互相吞噬，冲击波撕开瀚海般的云与光，留下一柄炽烈的神剑所向无敌。

林英雄抬起头凝视着妖魔，又低头凝视着自己，你我如今皆不再是凡人，皆有了鬼神之力，可置身于这近乎无穷的天地中，为何又是如此渺小。

他摇摇头，索性不再想，也不愿去想，只是再次挥剑，百倍不止的正气沿着天地的裂缝直直劈过去，这一剑是成是败、是正是邪，也已不再重要，耀眼的明光中，妖魔的眸子透过来，在一片烈火中冷得发寒。

"来啊！

"来啊妖魔！我不会让你毁了这个世界！"

妖魔静静看着他，摇了摇头。

"我毁不掉这个世界，我只是个妖魔。"

林英雄愣在那儿，手中正道大剑波澜黯淡。

"妖言蛊惑！"

他猛地冲上来，正道大剑再涨万丈光明。

"我要拯救这个世界！我要拯救这个武林！"

无穷金色挥洒，又有紫色的雷电如游龙！

妖魔却忽然笑了，笑声欢畅愉悦。

"这个世界也不需要你拯救。"

"妖言蛊惑！妖言蛊惑！"

正道大剑横向挥斩，抢出一道数公里的圆弧，天地间的混沌一分为二，正气灼灼而升，邪气烟消云散！

妖魔不动，光明斩在身上，断了。

"你这么做，又是为什么呢？"

林英雄愣愣地凝视着手中剑柄。

妖魔困惑地看着他，迎着千万正气缓缓走来，疲倦得不像一个魔子。

是啊，为什么呢？

这个世界那么大。

以世界之大，再大的事，也是小事。

他这一生所求的，原来只是一件微不足道的小事。

下一秒心口一紧，却没有疼痛，那柄神剑没骨无声，他低下头，神剑贯穿了心口，于是所有的光明都消失了，像是有人关上了剧场的灯。

"早知道……不如娶了那个母老虎。"

林英雄也不知道为什么说这些，只是忽然觉得有些想笑。

他感到自己的体温在流失，浓稠滚烫的鲜血从嘴里涌出来，终于来了。

勇者的死亡。

"到头来还是这样。"林英雄轻叹，"师父说武林正道，群星闪耀，我从来没有见过，这个世界没有正道，也没有武林，我真的很难过。"

四百年武林风云，不见快意，也不见恩仇，最终流进一口枯井，成为一潭死水，没有一剑伏魔的故事，也没有正与邪的不死不休，也许史封喉说得对，武林只是一件小得不能再小的事。

他已经厌倦了。

于是他又成了那个十岁的少年，怀抱着膝盖躲在漏雨的窑洞里，十万大山十万峦嶂，他想去外面的世界看看。

可师父就要死了。

这里是勇者的终结，勇者的终结是老死，是平凡。

你的冒险还没开始就结束了。

"师父，我练了武功，能干什么呢？"

"英雄啊，你可以行正道！"

可是正道在哪儿呢？师父武功盖世，不也穷困潦倒吗？那些人抓着师父的脑袋，把他的头摁进茅坑里，只因为师父不小心打死了他们的牛，一头牛，赔上一个高手的命，真是天大的滑稽。

这世上的人只知蝇营狗苟地活着，武林就要亡了，他们什么都不在乎。

正道不在乎，魔教也不在乎。

已经没有英雄了。

"我是个傻子，我知道的。"男人低下头，"可武林是梦啊，喜欢做梦的人，哪里有聪明人呢。"

"你喜欢就好了，什么都比不了。"妖魔的视线俯瞰着大地，不知说给谁听。

林英雄愣了愣，忽然轻笑："所以你又是为什么呢？你成为一个魔子，就是因为喜欢？"

"是。"

"喜欢一个人，就这么重要？"

"不知道，我其实不太懂。"

"那惨了，我也不懂。"

终于男人那种轻笑变成了大笑，尽管他满嘴的血，却像是听见了世上最好笑的笑话。

"人心真小。"他的声音沉下去。

以人心之小，再小的事……

"也是大事。"

妖魔合上他的双眼，轻轻点头。

2.

很多年后，人们说起枫桥镇的故事，都会提起最后一个伏魔的英雄，那个人姓林，人如其名，林英雄，他在奔逃的武林人中逆流而上，以无上的光明伟力降伏了魔子，又最终力竭而死，他从天穹坠下的样子轻飘飘的，像是一片羽毛，却带着他不灭的英雄梦与万丈的豪情，令世人肃然起敬。

那是个痴梦，做梦的人到死都没有醒。

终于那个天空中的妖魔发出一声悲鸣，他最后的敌人也走了，他的朋友、爱人、仇人，都走了。

天地间只留下他一个。

于是他手中的神剑裂开了，裂为了碎片，露出钢铁包裹下的东西。

那只是一截木枝，却活物般扭动着，所谓的天穹炎剑，原本就是因果菩提的一部分，至于因果菩提是植物又或者是魔物，都已不再重要，如今它的宿主已经想明白了，坦然地迎接最后的吞噬。

于是那些吸饱了天地水分的树枝膨胀起来了，又从妖魔的眼球、牙齿、指甲与胸膛里钻出来，可他偏偏无所畏惧，无所挂念。

本该如此，如果一开始就知道是这个结局，他也不后悔。

于是他闭上眼，任由那些活物般的木枝吞噬包裹，成为一颗悬停在夜空中的"卵"。

透过枝蔓的缝隙，他看见地上的女孩，他总觉得在哪里见过，可他记不得了。

什么都记不得了。

"许卿！"

鱼凡真追着天空那颗红色的"星星"，撕心裂肺的哭号听着很远，像是泰山雨夜找不到家的恐惧。

她不明白，如果结局都是注定好的，为什么还要经历那一切？

这个夏天真的结束了。

那个人走了。

从此再也没有人会在刀光剑影里跑来救你，也没有人会带着你去看长颈鹿，更没有人会鼓起勇气去牵你的手，哆嗦着说我喜欢你。

如果在那个雪夜里，她没有去该多好，又或者晚上一分钟该多好，这样那个年轻人也许就已经走了，他也不会爱上你。

"你哭什么呢？

"你是谁？

"我又是谁？"

妖魔觉得脑袋很疼，都要结束了，你让我一个人静静吧，好吗？

因与果，本身就是一种东西。

拔剑是因，成魔是果。

"这不是结果！"

地上的女孩忽然吼叫着狂奔起来，天空的妖魔蜷缩在黑暗中。

"学姐……"

她听见了，"卵"里的声音像一个幽魂在回荡，在她的心底发声！于是她从未有过地、迫切地、发狂地想要喊出那三个字，那三个字直到你要失去的时候，才喊得出来，只有你喊出来，才是那个该有的结果。

胸口的血纹烫得要化开，女孩爬上那些残垣断壁，站在一片冰凉的夜风中，"卵"里的东西在哀鸣，终于它破开了，成为一棵巨大的菩提树生长在天地之间，遮蔽了云光，像是在枫桥镇上竖起了一座高塔。

就在那一晚，幸存的人听见了两个声音。

他们同时喊出来那三个字。

在浩瀚的宇宙中相遇。

就让过去的都过去，让忘记的都忘记。

一柄神剑，一个女孩，一群悲欢的人，一场徘徊的梦。

原本是这个夏天最美好的回忆。

◇ **尾声** ◇

二○一七年的夏季

"学姐！"

鱼凡真猛地回头，却只有一个新入学的学弟在那里招手。

"叫鱼老师。"她狠狠瞪了一眼。

按理说迎接新生入学不该是她来，但穆仁庄这几天实在是忙不过来，非要扯上她帮忙。

不知不觉抬起头已经是傍晚，火红的云霞轻轻地飘浮在天空，鱼凡真深吸口气，总觉得心里有什么东西堵得慌。

她有些懊恼那个小学弟为什么要喊她学姐，自从研究生毕业就再没人这样喊过她，除了穆仁庄这改不了口的书呆子。

她并不是觉得这个称呼不好，只是那一声学姐听起来似乎很熟悉，像是心里有些东西原本应该存在，如今却空空荡荡。

就像是你家里的电视柜，那里总该有个电视吧。

尽管这个比喻不恰当，可鱼凡真死活都想不起来，那该是个什么东西。

"我之前谈过恋爱吗？"鱼凡真有些莫名其妙地问。

"谈过啊，梅风渡啊，我们的老学长，不是去年车祸死了吗……"穆仁庄颇为同情地看着她，"学姐，节哀啊，节哀。"

至于梅风渡，好像是很多年前的事了，鱼凡真记得自己还参加了他的葬礼，那家伙没有什么亲戚，漆黑的棺木前只有她一个人。

据说梅风渡死后什么都没留下，除了一个卖 Cosplay 道具的小铺子，好端端一个师大材料系的高才生生前就靠这个谋生，一度让师大材料系招不到人。

"不是他。"鱼凡真摇摇头，"应该不是他。"

穆仁庄耸耸肩："难不成是我？"

"滚。"

穆仁庄灰溜溜地跑开，没跑几步又折返回来："老实说，我也觉得怪怪的。"

他皱着眉，脸色阴沉，鱼凡真缩了缩脖子，她最讨厌怪力乱神："你好好说。"

"我前两天做梦，梦见宿舍里站了一头大象……"

"你脑子有病？"鱼凡真使劲揪了他一把。

"我脑子可能真有病。"穆仁庄挠挠头，"这两天我看苏州那棵奇迹树，总觉得我好像去过。"

奇迹树是去年长出来的东西，几百米高的植物毁掉了整个枫桥景区，那一晚之后谁也记不得发生了什么，人们只好怀疑是苏州工业园的废水污染导致了附近生态基因突变，为此这事还闹了好一阵子。

"今天就到这儿，我回去了。"

鱼凡真甩开穆仁庄，一个人向着教师宿舍走，她心绪不宁，干什么都没精神，只想着回宿舍闷头睡一觉。

这个点天色将晚，她咬了咬牙，决定抄近路，这是一处两人宽的小巷，一侧院子里也不知谁种了槐树，枝蔓越过墙头，本就挡光，遮天蔽日的，这里白日里就显暗沉，晚上更是伸手不见五指。

去年贾老师就在这儿自杀了，听说还是教学压力太大。

一想到这儿鱼凡真呼了口凉气，搓了搓肩膀。

这么说其实留校任教也不是个好主意吧。

没头没脑地想着，她不知不觉已走入小巷深处，也就在那一刻，心里像是有一滴泪落在了宣纸上，又像是一颗石子飞进了湖水，这种细微的变化让她留在原地。

不知道为什么，她觉得很难过。

起风了，风里卷着碎纸，最后一片不偏不倚落在鱼凡真掌心，才发现是一本剪碎的笔记。

笔记里的字迹早已被雨水浸泡得模糊不清，可扉页上的名字仍留下了一个字。

许。

"许……"鱼凡真呆呆地站着。

许什么？

她想不起来，可她觉得自己应该想起来！

一瞬间无穷的酸楚从心底深处涌出，她像是看见了一座城堡，又有一棵死树，可她推开门，长桌的尽头空无一人。

那个人曾经来过这儿？还是他原本就是杜撰的人物？

她茫然地站在那儿，泪水无声地流淌。

天空是一片绚烂的海。

（全书完）

图书在版编目（CIP）数据

持剑者心伤 / 朱炫著 . —长沙：湖南文艺出版社，
2018.7
　ISBN 978-7-5404-8529-0

　Ⅰ . ①持…　Ⅱ . ①朱…　Ⅲ . ①长篇小说—中国—当代
Ⅳ . ① I247.5

中国版本图书馆 CIP 数据核字（2018）第 016410 号

上架建议：畅销 · 长篇小说

CHIJIANZHE XIN SHANG
持剑者心伤

著　　　者：朱　炫
出 版 人：曾赛丰
责任编辑：薛　健　刘诗哲
监　　制：蔡明菲　邢越超
特约监制：岳　阳
策划编辑：李彩萍
特约编辑：温雅卿
营销支持：张锦涵　傅婷婷
封面设计：张丽娜
版式设计：潘雪琴
出版发行：湖南文艺出版社
　　　　　（长沙市雨花区东二环一段 508 号　邮编：410014）
网　　址：www.hnwy.net
印　　刷：三河市百盛印装有限公司
经　　销：新华书店
开　　本：787mm×1092mm　1/16
字　　数：408 千字
印　　张：23.5
版　　次：2018 年 7 月第 1 版
印　　次：2018 年 7 月第 1 次印刷
书　　号：ISBN 978-7-5404-8529-0
定　　价：49.80 元

若有质量问题，请致电质量监督电话：010-59096394
团购电话：010-59320018